KB094010

길 위에서의 기다림

숙맥

8

길 위에서의 기다림

정진홍, 주종연, 곽광수, 이익섭, 김경동, 김명렬, 김상태,
김학주, 김용직, 김재은, 김창진, 이상옥, 이상일

 푸른사상
PRUNSASANG

　남풍회 숙맥 동인들의 여덟 번째 문집을 냅니다. 첫 번째 책이 2003년에 나왔으니 벌써 강산이 변할 만한 세월이 지났습니다. 문득 처음 책 『아홉 사람 열 가지 빛깔』에 실렸던 향천(向川)의 창간사를 새삼 되읽게 됩니다. 거기에서 우리는 문집을 내는 '이념'이라고 해도 좋을 두드러진 두 가지 발언을 듣습니다. 하나는 우리가 지향하는 것은 '일상의 평화이고 자유스러운 담론'이라 한 것이고, 우리의 정신적 닻의 하나로 '탈비속(脫卑俗)과 반선정주의(反煽情主義)'를 지적하고 있음이 그 둘입니다.

　그간 회원의 변화도 있어 몇 해 전부터 열세 분이 되었습니다. 세상도 참 많이 바뀌었습니다. 나이들도 더 많아졌습니다. 그러니 세상과 자신을 보는 눈도 이전 같지 않게 되었을지 모릅니다. 그러나 감히 분명하게 말할 수 있는 것은 우리가 앞에서 지적한 '지향과 닻'을 고이 지키려는 마음을 이제까지 우리 문집을 위해 글을 쓰면서 가볍게 여긴 적은 없었다는 사실입니다. 이 글을 읽을 분들의 귀함을 위해서도 우리는 그렇게 하지 않을 수 없었을 뿐만 아니라 우리 자신을 스스로 아끼고 싶은 자존(自尊) 때문에도 그렇게 하지 않을 수 없었습니다.

　이번 문집에서도 우리는 이를 확인합니다. 소전(素田)은 끊임없이 상처 입은 향수(鄕愁)를 발언하고 있습니다. 북촌(北村)의 글에서는 아련한 회상의 흐름 속에서 삶의 원형을 만나게 됩니다. 수정(茱丁)의 글은 망각이 범접(犯接)하지 못하는 기억의 두꺼운 지층들을 탐사하는 흥분을 일게 합니다. 모산(茅山)의 글을 읽으면 정치(精緻)함 속에 담긴 따듯한 배려가 새삼 고마워

집니다. 호산(浩山)은 보이는 것에 가려 보이지 않던 것을 생생하게 드러내줍니다. 잊힌 일상이 향내를 품기며 살아 있는 일상으로 다가오는 것을 경험하는 것은 백초(白初)의 글을 읽을 때입니다. 동아(東野)는 붓 따라 삶을 그려 마침내 덧칠 없는 맑은 수채화의 전시장에 우리를 안내합니다. 이불(二不)은 학문의 무게가 내 속에 가볍게 스며들어 듬직하게 자리 잡게 합니다. 향천(向川)을 따라 흐르다 보면 정직한 인식을 기술하는 맑은 논리를 좇게 됩니다. 고즈넉한 학생이 되어 칭찬도 듣고 꾸중도 듣곤 하면서 담임 선생님의 미소에 빠져드는 것은 단호(丹湖)의 글을 읽을 때입니다. 남정(南汀)의 글을 읽으면 마르지 않는 낭만의 샘에서 늙음이 아름다운 무지개로 떠 있는 것을 찬탄하게 됩니다. 우계(友溪)의 글을 읽으면 곧은 기억이 빚는 의미가 마음속에 담담하게 자리 잡는 것을 경험하게 됩니다. 해사(海史)의 글을 읽으면 상상이 논리를 펴면서 실재하게 한 상(像)과 만나는 황홀함을 겪게 됩니다.

앞으로 엮일 다음 문집에서는 또 어떤 글들이 실릴지 벌써부터 자못 기다려집니다.

이번 문집의 제호는 이전에 몇 차례 그랬듯이 회원들의 글 주제 중에서 많은 회원들이 선택한 것으로 정했습니다. '길 위에서의 기다림'이 우리의 정서를 얼마나 담을 수 있을지는 모르지만 '길'과 '기다림'에 대한 작은 공감들이 이 제호를 선택하게 했으리라고 생각하면서 그런 공감이 이 책을 읽는 이들의 마음에도 작은 여운을 낳기를 바라 마지않습니다. 각 장의 머리를 장식한 펜화는 단호의 작품입니다. 감사합니다.

해마다 책을 내 주시는 푸른사상사에 깊은 감사를 드립니다.

2014년
엮은이

김경동

김명렬

김상태

김학주

김용직

김재은

김창진

이상옥

이상일

정진홍

걸음. 길. 그리고……

길 위에서의 기다림

길도 아픕니다

길은 걸어야 길입니다

"이것도 길인가?"

걸음. 길. 그리고……

　　정확하게 언제인지는 기억이 나지 않습니다. 『교수신문』에서 '내 인생의 명작'이라는 주제로 여러 필자들이 이어 쓰는 칼럼에 청탁을 받은 적이 있습니다. 그런데 편집부에서는 친절하게도 글 쓰는 데 참고하라고 하면서 이전 필자들의 글 몇 편을 청탁서와 함께 보내 주었습니다. 그런데 그 글들을 보니 필자들이 제각기 당신들 나름의 고전을 택해 얼마나 깊고 그윽하고 재미있는 글들을 써 주셨는지요. 참 좋았습니다.

　　하지만 저도 그런 글을 써야 한다고 생각하니 갑자기 아뜩했습니다. 글재주에서 제가 그분들과 견줄 수 없는 것은 말할 필요도 없거니와 딱히 떠오르는 고전도 없었습니다. 게다가 그때쯤 저는 어떤 '책'에 푹 빠져 있어 다른 책에 새삼 눈을 돌릴 수도 없었기 때문입니다.

　　그래서 무척 마음고생을 하다가 다음과 같은 글을 보냈습니다. 여기 그대로 옮겨 보겠습니다. 신문을 뒤져 언제 그 글이 실렸는지를 확인하고 싶지만 그것이 '귀찮아서' 제가 저장했던 컴퓨터의 문서철에서 찾아 뽑았습니다. 그런데 거기에 적혀 있는 문서 작성 날짜는 1999년 2월 6일로 되어 있습니다. 아무튼 저는 다음과 같은 후기를 달아 편집자에게 원고를 보냈습니다.

'내 인생의 명작'이라는 칼럼 이름 때문에 무척 부담이 되었습니다. 생각하다 못해 요즘 저 나름대로 '충격'을 받은 풀턴의 그림('화집')을 선택했습니다. 그런데 자신이 없습니다. 이런 '책'을 택해 이런 글을 써도 괜찮은지 모르겠습니다. 그 난에 적합하지 않다고 판단되시면 무시하셔도 좋습니다. 연락 주시기 바랍니다. 안녕히 계십시오.

다행히 그 글은 실렸습니다. 그 글의 전문은 다음과 같습니다.

〈걸어다니는 예술가〉 해미시 풀턴의 그림들

나는 걷기를 즐긴다. 제법 환경론자여서 그런 것은 아니다. 그렇다고 해서 건강을 위해서도 아니다. 모든 것을 털어낸 기분으로 걸음을 걷노라면 이런저런 번잡한 세상살이가 고이 다듬어진다고 말하면서 '소요(逍遙)의 철학'을 펴는 사람도 없지 않다. 그러나 내 걷기는 그것과도 아무런 상관이 없다. 걷고 있으면 그저 좋을 뿐이다. 그렇다고 해서 즐겁기 위해 일삼아 걷는 것은 아니다. 또 걸으면서 '나는 지금 걷고 있다. 그러니 나는 참 행복하다'는 자의식을 가지고 있는 것도 아니다. 밝히 말하건대 뚜렷한 까닭이 없다. 그렇지만 걸음을 걷노라면 행복하다. 그렇게 말할 수 있을 뿐이다.

그런데 언제부터인지 나는 길을 걸으며 내 걸음을 세고 있는 나를 발견했다. 지금 나는 온갖 걸음 수를 다 기억한다. 이전에 살던 집부터 전철역까지는 784걸음에 몇 걸음이 때에 따라 차이가 난다. 지금 새로 이사 온 집부터 전철역까지는 113걸음쯤이다. 늘 다니는 목욕탕까지는 1,430여 걸음이 된다. 학교 주차장에서 내 연구실까지는 아직 한 번도 정확한 걸음 수를 확인하지 못했다. 가는 길에 사람들과 만나거나 다른 곳을 들르는 경우가 잦기 때문이다. 그래서 걸음을 세다가 놓치곤 한다.

미대 최인수 교수가 해미시 풀턴(Hamish Fulton)의 작은 화집을 내게 주었을 때 나는 깜짝 놀랐다. 그의 작품은 온통 '걷는 일'을 주제로 한 것이었다. 그림들이 다양한 형식과 기법들로 이루어져 한마디로 묘사할 수는 없지만 대체로 자기가 '걸은 일'을 담담히 문자로 옮겨 액자에 넣은 것이라고 해도 좋을 그러한 것들이다. 예를 들면 그는 모눈종이에 다음과 같은 말들을 행을 바꾸며 적어 놓고 있다.

'천막으로부터 떠나 일곱 개의 둥근 돌을 만지면서 천막으로 되돌아오는 601걸음을 세다.

첫 번째 돌부터 두 번째 돌까지 열두 걸음,

두 번째 돌부터 세 번째 돌까지 쉰한 걸음….

언 땅, 길 없음, 말 없음,

여섯 낮 걷고 여섯 밤 캠핑…

포르투갈 1월 1994'.

이런 투다.

걷기를 즐기는 '친구'가 있다는 것이 반갑고, 걸음을 세는 모습으로 걸음을 즐기는 모습이 있다는 것이 놀랍다. 게다가 기존의 미술 형식을 '걷기'를 통해 뿌리부터 뒤흔들어 예술을 되묻는 그의 진지함도 경탄스럽다. 걷기도 예술이냐는 물음에 대한 그의 대답은 산뜻하게 인상적이다.

'걸음을 예술 형식으로 생각할 수는 있지만 그것이 예술 작품이 아니다. 걷기는 팔리지 않는다.'

어느 작품에다 써 놓은 그의 화두는 투명하다.

'눈 — 마음 — 발 — 땅 — 표지 — 시간'.

그리고 마침내 그는 이렇게 말한다.

'걸음으로 하여금 텍스트를 쓰게 하고 그것을 청중들에게 읽어라, 몸과 목소리로. 그 텍스트는 걷는 이에게는 사실이고 그 밖의 사람들에게는 허구이다…… 걸음은 실제적인 것이지 개념이 아니다.'

나는 한동안, 아니 꽤 오랫동안, 풀턴의 그림에서 벗어나지 못할 듯하다.

이 글을 쓴 지 무척 오래되었습니다. 그런데 지금도 저는 길을 걷습니다. 즐겨 걷습니다. 그리고 문을 나서면 나도 모르게 마치 주문을 외우듯이 하나, 둘, 셋…… 하고 걸음을 세기 시작합니다. 예나 이제나 그 버릇도 조금도 변하지 않았습니다. 역시 저는 풀턴의 그림에서 꽤 오랫동안 벗어나지 못하고 있는 것이 분명한 것 같습니다.

  그러나 달라진 것도 없지 않습니다. 실은 바로 그 달라진 것을 말씀드리고 싶은 것인데, 이렇게 서두가 길어졌습니다. 다른 것이 아닙니다. 저는 그 글을 쓴 뒤에 집을 또 한 차례 옮겼습니다. 같은 동네라서 이전의 전철역을 여전히 이용합니다. 그런데 여러 해가 지났는데도 아직 이전처럼 집에서 전철까지의 걸음을 정확히 센 적이 없습니다. 저도 알 수 없습니다. 왜 그런지요. 틀림없이 집에서 나설 때면 걸음을 세기 시작합니다. 그렇다면 전철역에 이르면 그 걸음 수가 딱 멈춰 떨어져야 합니다. 그런데 그것이 되질 않습니다. 걷다 보면, 그러니까 걸음을 세다 보면, 어느 틈에 저는 제가 세던 걸음 수를 까맣게 잊습니다. 마치 한 움큼 움켜쥔 모래가 주먹에서 나도 모르게 새어 나가듯이 그렇게 숫자가 모두 제풀에 사라집니다. 어떤 날은 저도 제가 그런 것이 하도 이상해서 의도적으로 끝까지 수를 세리라 다짐을 하고 열 단위로 오른손 손가락을 접고, 다시 백 단위로 왼손 손가락을 접으면서 걸어 보기도 했습니다. 한데 그렇게 해도 마찬가지였습니다. 목적지에 도착한 순간 저는 제가 센 숫자들이 모두 사라진 빈주먹만을 확인해야 했습니다. 숫자가 수를 세는 저를 배신하고 스스로 저에게서 달아난 것인지, 아니면 수를 세다 수에 묻혀 제가 사라진 저를 의식을 못한 것인지 잘 분간이 되지 않습니다. 아무튼 분명한 것은 제가 수를 끝까지 세지 못한다고 하는 사실입니다.

  그런데 이보다 더 분명한 사실이 있습니다. 비록 걸음을 세는 수는 잃어버려도 저는 여전히 걷고 있었다는 사실이 그것입니다. 걸음 수의 상실이 걸음의 상실은 아니었습니다. 저는 목적지에 늘 도달했고, 그 과정은 걸음으로 채워졌습니다. 그 걸음이 쌓은 수가 당연히 없지 않습니다만 그 수를 세는 기억이, 그러니까 그 숫자가, 저를 제가 이르려는 곳에 옮겨 놓은 것은 아닙니다. 제가 거기 이르러 '이제 다 걸었다!'고 하는 것을 확인하기까지 저를 '살게 한 것'은 걸음이지 걸음 숫자가 아니었습니다. 그렇다면 세던 수를 잃었다거나 잊은 것이 제 걸음 걷기를 조금도 훼손한 것은 아닙니다. 아니, 어쩌면 저로 하여금 걸음을 셈하는 걷기에서 벗어나 셈과는 상관없는 진정한, 그리고 참으로 순수하다고 해야 할, 그런 걸음을 걷게 한 것이라고 해야 옳을 것 같다는 생각마저 듭니다.

그렇게 생각해보니 저는 이제야 비로소 '걸음마'를 하기 시작한 아기가 된 것 같습니다. 슬프게도 너무 늦은 터득이긴 한데, 그래도 아직 '해가 지기 이전의 오늘 이 시간'에 그런 생각을 한 제가 스스로 기특하기 짝이 없습니다.

'길'을 걷는다고 생각했었습니다. 온갖 길이 제 앞에 펼쳐져 있었습니다. 선택은 늘 힘들었습니다. 그래도 어떤 길 위에 들어서야 비로소 사람살이를 지탱하는 것이 삶인데 선택을 회피할 수는 없었습니다. 뜻밖에 쉬운 길이 없지 않았습니다. 그러나 힘들고 외롭고 싫고 아픈 길도 왜 그리 자주 만났었는지요. 게다가 간판들은 어찌 그리 현란했는지요. 유혹은 가끔 있는 감춰진 함정이 아니라 그대로 드러난 일상이었습니다.

어쩌면 걸음을 세는 일은 그 선택과 그 힘듦과 그 유혹을 밀쳐 낼 수 있는 제 유일한 방책이었는지도 모릅니다. 제 경험이 저도 모르게 저로 하여금 그러한 '전략'을 구사하게 한 것이라고 해야 옳을 터인데, 하긴 이러한 생각은 걸음 세기를 잃은 지금 그 잊음을 정당화하기 위한 가난한 변명일지도 모릅니다. 그러나 그렇게 생각하고 싶습니다. 그리고 그렇게 생각하면 사실이 그런 것으로 바뀝니다. 알 수 없지만 그야말로 '경험적 현실'입니다.

그런데 그러고 보니 중요한 것은 '길'이 아니었습니다. '걸음'이었습니다. 길이 걸음으로 채워진 것이 아니라 걸음이 길을 내고 길을 채웠습니다. 길이 준 거였다면 길의 길이를 짐작할 걸음의 수를 세야 하겠지만 걸음이 준 거라면 길은 걸음이 빚는 만큼의 길이만을 가질 것인데 그 걸음을 굳이 셀 필요가 없습니다. 걸음 자체의 완성이 길의 완성일 거니까요.

그래서 이제는 '길'을 걷는다고 생각하지 않습니다. '걸음'을 걷는다고 생각합니다. 오늘도 관성처럼 문을 나서면서 하나, 둘, 셋…… 하며 걸음을 셉니다. 그런데 문득 숫자를 잊었다고 하는 것을 확인하는 순간 저는 길의 끝에 있음을 확인합니다. 숫자와 상관없이 걸음의 끝은 길의 완성입니다.

달력 넘기는 일이 서글프던 때가 없지 않았습니다. 숫자의 확인은 바른 삶의 방편이었으니까요. 그러나 이제는 제 나이 헤아리기도 힘듭니다. 자식들이 몇 살인지는 벌써 잊었습니다. 연대기도 그렇습니다. 그 뚜렷하던 숫자들이 흩어진 구름처럼 이미 몽롱해졌습니다. 그런데 언제 어디인지도 모르는데 그날, 거기 머물던 이를테면 산사(山寺)의 탑 그림자의 색깔과 무게가 뚜렷합니다. 꽤 긴 산길을 올라 많은 걸음 끝에 닿았던 그곳에서의 조금은 피곤했던 휴식이 바로 지금인 듯 뚜렷합니다. 숫자가 기억을 안고 사라지지 않는다는 것이 얼마나 다행인지 모릅니다. 차츰 저는 숫자로부터 놓여나고 있는 것 같습니다. 그 치밀한 삶의 방책이 이제는 효력을 다했다고 해도 좋을지 모르겠습니다. 그래서 서술의 논리를 펄쩍 건너뛰어 '이제는 나도 꽤 자유로워진 것 같아!' 하고 말하고 싶지만 그런 저를 보고 키득거리실 분들의 표정들이 그려져 서둘러 그런 발언은 삼가겠습니다. 그러나 그렇습니다.

요즘, 걷는 사람들이 많아졌습니다. 건강을 위해서라고 하지만 그것만으로는 다 설명할 수 없는 깊음이 걷기에는 스밉니다. 바야흐로 걷기는 새로운 삶입니다. 회고풍의 낭만이라고 하기에는 적합하지 않은 절실한 모습입니다. 그래서 걷는 길 만드는 일이 '유행'이 되었습니다. 반가운 일입니다. 그러나 길보다 귀한 것은 걸음입니다. 걸음이 없으면 있는 길도 길이 아닙니다. 하지만 걸음을 걸으면 없던 길도 납니다.

그렇게 치밀하게 세던 숫자가 서서히 사라지면서 걷다가 만난 이런저런 지표들, 그러니까 '눈 — 마음 — 밭 — 땅……' 등으로 자기의 화제(畫題)를 바꿔가던 해미시 풀턴의 마음을 꽤 읽을 수 있을 것 같습니다. 아무래도 저는 그의 그림에서 아직도 한동안 더 머물 모양입니다.

길 위에서의 기다림

아버님께서는 늘 퇴근이 늦으셨습니다. 겨울에는 아예 깜깜한 밤이라고 해야 옳을 때쯤 돌아오셨습니다. 우리 식구는 대체로 그 늦은 시간에 저녁을 먹었습니다. 아버님께서 안방에 자리를 잡고 앉으실 때까지 기다려야 했기 때문입니다. 해가 지면 날씨가 낮보다 더 추웠기 때문에 우리는 밖에 나갈 엄두도 내지 못했습니다. 우리 남매들은 시장기를 참으면서 모두 아랫목 이불 속에 발을 뻗고 앉아 돌려 가며 실뜨기를 하든지 아니면 수수께끼 맞추기를 하곤 했습니다. 그러면서 아버님 오시기만을 기다렸습니다. 그러다가 대문 소리만 나면 하던 놀이를 다 집어치우고 한꺼번에 일어나 장지를 열고 우르르 마루로 뛰어나갔습니다.

여름이면 달랐습니다. 아버님은 해가 뉘엿뉘엿할 때쯤 집에 돌아오셨습니다. 시간으로는 겨울이나 크게 다르지 않았지만 여름에는 해가 길어 아버님께서 돌아오시는 때가 아직 어둡지 않았습니다. 우리는 아버지께서 돌아오시기까지 배고픈 것도 잊고 술래잡기나 그림자밟기에 빠져 정신이 없었습니다. 그러다가 집 앞에 있는 도랑 건너 양쪽으로 채마밭이 펼쳐진 사이에 난 넓지 않은 긴 저 길 끝에서 아버님께서 돌아오시는 모습이 희미하게 보이면 누군가가 "아버지다!" 그렇게 외쳤고, 우리는 하던 놀이를 다 집어치우고 아버님을 향해 너나없이 그 길을 달려갔습니다. 이렇게 아버님은 어김없이 길 끝에서 우리를 향해 걸어오셨습니다. 그리고 우리는 그 길의 이쪽 끝에서 아버님을 기다렸다가 그렇게 마중을 나갔습니다.

그런데 제가 열 살 이전이었음직한 이 기억 속에 웬일인지 아버님을 배웅한 기억이 없습니다. 때로 "안녕히 다녀오세요." 하고 인사를 드린 것 같기도 한데, 늦잠을 자서 그랬는지, 아니면 게을러 "귀찮아" 그랬는지, 문간 밖까지 나갔던 기억이 없습니다. 알 수 없는 일입니다. 아버님의 출퇴근이란 당연한 일상이어서 덤덤한 것이었다면 왜 출근하시는 일은 그리 소홀했고 퇴근하시는 일은 그리 기다려졌는지요. 그런데 어머님께서 아버님께 대한 깍듯한 예를 마치 교과서에 나와 있는 대로 하도록 하셨다고 할 만큼 엄격하게 가르치셨던 것을 생각하면 아무리 생각해도 그럴 수는 없는 일입니다. 그렇다면 어쩌면 그 몇 해 뒤에 '아버지를 잃은 일'이 저로 하여금 '떠나심'은 말짱 잊고 오직 '돌아오심'만 기다리게 했기 때문인지도 모르겠습니다. 그런다고 해서 길 끝을 바라보고 기다리고 있으면 멀리 보이던 아버님의 희미한 모습이 점점 사라지면서 아버님께서 퇴근하시듯 뚜렷한 모습으로 돌아오실 리가 없는데도 아무래도 그렇다고 해야 옳을 것 같습니다.

생각해 보면 그럴 수밖에 없는 것 같습니다. 보내기는, 사람 떠나보내기는, 다시 만나기를, 그래서 돌아오는 사람 마중하기를 담고 있을 때만 실은 견딜 수 있습니다. 그렇잖으면 그것은 너무 아픕니다. 떠나던 길을 되돌아올 것을 당연한 것으로 여겨 그 길 끝에서 그가 사라졌던 길 끝을 바라보며 이제 그가 곧 모습을 드러낼 것이라고 눈을 부비며 기다릴 수 없는 헤어짐이란 아예 생각하기도 싫습니다. 그러니 그 기다림 속에, 그 길의 바라봄 속에, 보냄의 기억이 온통 자리를 차지할 까닭이 없습니다. 이제 곧 만날 텐데, 조금만 기다리면 저 길 끝에서 희미하지만 뚜렷한 모습으로 이리로 걸어오는 그를 만날 텐데, 어느 틈에 보냈던 일, 헤어졌던 일은 까맣게 사라진 지 오래일 수밖에 없습니다. 내가 해야 할 일은, 내 지금 여기에서의 몸짓은 길 위에서 길 끝을 응시하는 일뿐입니다. 그 바라봄이 가능한 길 위에서 기다림을 조용히 숨 쉬고 있어야 합니다.

만남을 기다리는 일은 그러고 보면 행복하기 그지없는 일입니다. 찻집에 들기도 부담스러웠던 세월, 사랑하는 사람과 만나는 일은 언제나 산기슭이었습니다. 버스 정류장에서 제법 먼 거리에 있는 언덕길 위의 절 마루에서 저는 사랑하는 사람을 기다렸습니다. 늘 서두른 탓에 저는 사랑하는 사람이 저 아래에서 그 절에 이르는 꽤 험한 오르막길을 걸어 올라오는 것을 두근거리며 바라볼 수 있었습니다. 그 황홀했던 기다림을 저는 잊을 수 없습니다. 불안했던 기다림도 없지 않았습니다. 자식이 대학에 다니던 때는 온통 세상이 편하지 않았습니다. 저녁 9시가 넘으면 돌아오지 않는 자식이 궁금해 마음이 고이 가라앉지를 않았습니다. 저는 집 밖으로 나가 차도 끝에 이르러 저만치 굽이 길을 돌아오는 버스의 번호를 살피며 서 있었습니다. 자식이 탄 버스가 그렇게 기다려졌습니다. 흔한 일은 아니었지만 그러다가 밤이 이슥해지고 버스조차 뜸해지는데 자식은 아직 돌아오지 않는데, 그런 날이면 가로등이 환한 길조차 깜깜하게 어두웠습니다. 절망적인 예감이 길 위를 짙게 채색한 채 펼쳐져 있었습니다. 집에서 기다려도 될 일을 저는 굳이 길에 나와 길을 뚫어져라 바라보면서 그렇게 있었습니다.

해가 뉘엿거리는 시간, 어쩌다 텅 빈 긴 길 끝에 서면 갑자기 거기 앉아 아버님을 기다려야 할 것 같습니다. 그러면서 저도 모르게 혼자 지껄입니다. "저 이사했어요. 옛날 집을 떠난 지 오래예요. 아니, 몇 번이나 이사를 했는지 열 손가락도 모자라요. 아버님, 되돌아오시기를 고즈넉이 기다리지 못해 죄송해요. 그런데 여기 길 위에 홀로 서 있으니까 갑자기 아버님이 오실 것 같네요. 저 있는 데 아시죠? 그저 이 길로 저 끝에서부터 오시면 돼요. 제가 마중해 드릴 거니까요."

　저는 지금도 산에 오릅니다. 그러나 언제부터인지 저는 사랑하는 사람과 함께 산에 오르지 않습니다. 그럴 수 없기 때문입니다. 그렇게 홀로 산을 오르다 숨이 턱에 닿고 다리가 무거워지면 나무 아래 낮은 바위에 앉아 깊은 숨을 몰아쉽니다. 하늘이 비로소 보입니다. 올라온 긴 길이 아래로 뻗어 있는 것도 보입니다. 문득 당신 모습이 보이지 않습니다. 하긴 그럴 수밖에 없습니다. 제 키가 당신보다 크고 걸음도 빠르니까요. 그래서 아랫길을 바라보며 넉넉한 마음으로 당신을 기다리기로 합니다. 많은 사람이 그 길을 올라와 저를 스치고 지나갑니다. 그런데 당신은 오지 않습니다. 옛날에 당신을 기다리다가 저 아래서부터 당신의 모습이 보이기 시작하면 가슴 두근거리던 일이 생각납니다. 당신이 그 길을 다 올라오면 저는 준비한 두 개의 사과 중에서 하나를 당신에게 주었습니다. 무심코 호주머니에 손을 넣습니다. 그런데 사과가 한 알만 손에 잡힙니다. 저는 아랫길을 바라보며 당신을 기다리는 일을 그만두어야겠다고 다짐합니다. 아무래도 당신은 내 마중을 거절하고 있는 것 같습니다. 이미 그랬던 것이 벌써 오래전인데, 아직도 제가 저를 추스르고 있지 못한 것이 스스로 속상합니다. 내려 보이던 길이 흐려지면서 저는 나무 끝이 닿은 하늘로 흐린 눈을 돌립니다. 혹시 당신이 윗길 끝에서 나를 기다릴지도 모른다고 저는 생각합니다. 가슴이 두근거립니다.
　이제는 길에 나서서 자식을 기다리지 않습니다. 내 길과 상관없는 길을 스스로 마련하고 거기 그 길을 오갈 자식을 내 길에서 기다릴 까닭이 없습니다. 아니, 그런데 이것은 조금은 억지입니다. 저는 제가 기다렸던 길에서 자식을 기다리고 싶어 견딜 수가 없습니다. 지금 얼마나 멀리 있는지도, 얼마나 자기네 일에 바쁜지도, 얼마나 자기네 삶을 그렇게 짓고 있는지도, 그래서 애비가 기다리던 길의 자리를 생각할 겨를이 정말 없다는 것조차 저 스스로 잘 아는데도 기다려집니다. 굽어진 길을 따라 버스가 오고, 그 버스를 바라보다 저는 먼산바라기를 하는 모습으로 자식이 그리워집니다. 길 위에 서면.

그러나 이런 생각들은 부질없는 일인지도 모릅니다. 아니 잘못임에 틀림없습니다. 아버님의 돌아오심을 아직도 길 위에서 머뭇거리며 기다리는 일, 훌쩍 먼 길을 자기 혼자 떠나 버린 사랑하는 사람을 아직도 마루 가까운 등성이에 올라 아랫길을 바라보며 마냥 기다리는 일, 자식이 탄 버스가 곧 도착할 거라면서 뚫어져라 굽이진 길을 바라보며 기다리는 일, 그것이 지금 제가 할 일은 아닌 것 같습니다. 어쩌면 지금쯤은, 그래서 이제는, 저를 기다리실 아버님을 향해 내가 아버님께서 돌아오시던 길을 서둘러 되짚어 가야 옳을 것 같습니다. 사랑하는 당신을 만날 수 있기 위해서는 당신을 기다리는 것이 아니라 당신의 기다림을 향해 당신이 떠난 길을 내가 서둘러 걸어가야 할 것 같습니다. 자식을 마중하리라 기다리는 것이 아니라 자식이 편하고 따뜻하게 찾아올 길을 제 안에 서둘러 닦아 놓아야 할 것 같습니다.

이렇게 길 위에서의 기다림을 살아도 길이 싫어하지 않을지 모르겠습니다만.

길도 아픕니다

    살면서 어떤 사물이 그 사물인 채 내 기억 속에 겹쌓이면서 제각기 다른 모습으로 하나의 층위를 이룬다는 것은 흥미로운 일입니다. 그런데 그것은 누구나 겪는 일이기도 합니다. 그래서 사람들은 자기 나름의 '사물의 고고학'을 지닙니다. 이를테면 '필기도구'의 고고학에 들어서 봅시다. 글쓰기의 지표(地表)를 이루고 있는 것은 에스펜(stylus pen)입니다. 그것을 벗기면 금세 컴(com)의 자판에 이르고, 이를 조금 파헤치면 타자기가 기다립니다. 그렇게 이어가다 보면 볼펜에 이르고, 이를 지나면 만년필에, 그리고 연필에, 붓에, 비록 내 기억의 지층이 석필(石筆)을 담지는 못해도 그 고고학의 계보는 자못 장황합니다.

    물론 여기 나열한 '필기도구'들은 모두 상존(常存)합니다. 그러므로 이를 수직의 구조로 땅속에 매몰되어 있는 것이라고 주장한다면 그것은 억지입니다. 하지만 적어도 내 의식의 구조에서는 그렇게 차례차례 깊이의 층위를 가지고 그 사물들이 중첩되어 있습니다. 그렇다고 할 수밖에 없는 것은 이때 나열된 사물들이 제각기 다른 향수(鄕愁)를 내게 일게 하기 때문입니다.

    길도 다르지 않습니다. 저는 저 나름의 '길의 고고학'을 지니고 있습니다. 길에 관한 온갖 향수의 더미라고 할 수도 있을 것인데, 그러한 길의 응집은 저에게 제 의식 속에서 일정한 층위를 지니고 있는 '길 경험의 전개'를 저 스스로 살필 수 있게 해 줍니다.

이를테면 제게 익숙한 길들은 다음과 같은 것들이었습니다.

툇마루 끝에 서서 보이는 마당은 어린 내 눈에도 그리 넓지 않았습니다. 그래도 거기에는 두어 두렁 푸성귀밭이 있어 철 따라 가지, 열무, 고추, 호박, 배추 등의 서로 다른 여러 소출(所出)들이 있었습니다. 그 두렁 사이를 두렁길이라 부릅니다. 제가 기억하는 길의 이미지는 거기에 이르면서 길에 대한 제 처음 의식의 바닥을 보입니다. 어머니께서는 그 사이를 그렇게 두렁길이라 부르셨지만 아버지께서는 거기를 밭고랑이라고 부르셨습니다. 저는 아직까지 두렁길과 고랑을 '기술적(技術的)으로' 구분하지 못합니다. 그러나 어찌 됐든 저는, 입 밖으로 내지는 않았지만, 내심 두렁길을 고랑이라고 부르시는 아버지 편이었습니다. 까닭인즉 두렁길은 그저 '겨우 다닐 수 있는 길'이지 '걸어가는 길'이라기에는 너무 미치지 못하는 것이고, 고랑은 아예 길을 일컫는 것이 아니라고 판단했기 때문입니다.

저의 길에 대한 상념이 어떻게 걸음과 이어졌는지는 알 수 없습니다. 길을 걸은 경험이 처음 길에 대한 회상에 투사되면서 그 처음 길이 두렁길을 길답지 않은 것으로 여겼던 것이라고 해야 제 경험에 대한 설명이 가지런해질 수 있을 것인데, '걸은 길'의 기억은 거의 찾을 수 없습니다. 그런 채 두렁길을 길이라고 부르는 데 대한 불편함만이 오롯합니다. 그런데 두렁길만이 아닙니다. 제 길의 고고학의 심층에는 길일 수 없는데 길이라고 불린 숱한 길들이 자리를 잡고 있습니다. 논배미 길도 그렇고 골목길도 그렇습니다. 논두렁길을 논배미 길과 같은 것으로 여겨야 할지는 잘 모르겠습니다만 아무튼 그렇게 불리는 논과 논 사이의 좁고 꾸불꾸불한 길도 제게는 길답지 않았습니다. 뚜벅거리고 걸을 수 있는 길이 아니었기 때문입니다. 동네에 얼기설기 굽어 퍼진 골목을 골목길이라고 부르는 것도 저는 마땅치 않았습니다. '이웃집에 가는 일'과 '길을 걷는 일'은 다르다는, 저 스스로도 잘 설명할 수 없는, 어떤 차이를 저 나름으로 제 안에 마련하고 있었던 모양입니다.

그러고 보면 제게는 길이란 무릇 '상당한 너비를 갖고 확 트인 쪽 뻗은 공간'이었고, 그 위를 뚜벅뚜벅 걸을 수 있어야 하는 것이었습니다. 그런데 그러한 길을 경험한 것은 시골을 떠나 도회에 옮겨 살면서 경험한 '신작로(新作路)'입니다. 신작로는 좁지 않았습니다. 구불거리지도 않았습니다. 그 길을 걷는 것은 작업을 위한 짧은 이동의 수단도 아니고, 마을을 가기 위해 잠깐 나를 옮기기 위한 매개도 아니었습니다. 신작로는 내 목표를 위해 내 걸음을 실어 날라 주는 내 절실한 도구라고 할 수 있는 그런 것이었고, 그래서 길이란 당연히 신작로와 같은 것이어야 하는데, 달리 말하면 길의 끝은 내 목표의 종착점이라고 하는 그런 것으로 내게 경험되었습니다. 이래서 그랬겠습니다만 제 길의 고고학은 그 탐색의 과정에서 연이어 일그러진 길 이미지만을 드러냅니다. 길 같지 않은 길들을 길이라고 했던 마땅찮은 회상이 살아나기 때문입니다.

그런데 제가 지닌 제 길의 고고학에는 그 지층의 계보와는 다르게 그 모든 길의 지층을 꿰뚫고 지속하는 또 다른 '현실'이 있었습니다. 방금 말씀드렸듯이 무릇 길은 '걸어가야 하는 확 뚫린 펼침'이라는 것도 그 하나이지만 그것 말고도 또 다른 현실이 있었는데 그것도 마찬가지로 '신작로'의 경험에서 비롯한 것입니다. 그런데 그것은 앞에서 든 그렇게 '건강'한 이미지와는 전혀 다릅니다. 지금 제가 들고 싶은 또 하나의 길의 현실은 그것이 '아픈 길'이라고 묘사될 수 있는 그러한 것이기 때문입니다.

반세기가 훨씬 넘은 옛날이야기입니다. 해마다 봄이면 온 동네가 다 나서야 하는 부역(賦役)이 있었습니다. 통지를 받으면 누구나 조금은 우울했지만 마다하는 사람은 하나도 없었습니다. 사람을 사서 보낸 집도 있고, 돈으로 부역을 대납(代納)한 사람도 있다는 소문이 없지 않았지만 대체로 모두들 순하게 일터로 나왔습니다.

한 집에서 한 사람씩 나온 우리는 읍내 우시장에서 모여 거기서 한 마장쯤 되는 신작로로 갔습니다. 문자 그대로 남녀노소가 다 어울렸는데 어떤 사람은 괭이를, 어떤 사람은 삽을, 어떤 할머니는 호미를, 그리고 작은 장도리나 망치를 들고 온 사람들도 있었습니다. 길게 뻗은 신작로 옆의 작은 경사 나무 밑 바위에 올라선 '계장님'이 모인 사람들에게 말했습니다. "지난여름에 비가 많이 와서 산의 토사가 흘러내리기도 하고 길의 흙이 많이 떠내려가기도 해서, 보시다시피 길이 많이 상(傷)했습니다. 겨울에는 추워서 손을 쓸 수 없었지만 이제 봄이 지나기 전에 어서 손을 써서 길을 고쳐야 여름을 납니다."

우리는 가구마다 일정한 너비의 길을 나누어 받고 그 위에 자갈을 까는 작업을 했습니다. 자갈이 없어 사람들은 땅을 파 돌멩이를 캐 줍거나 작은 바위를 깨트려 자갈을 만들어 삼태기에 담아 길 위에 폈습니다. 쉽지 않았습니다. 낮에 일이 있으면 새벽이나 저녁에 와서 그 일을 했고, 그렇게 열흘도 더 해야 할당된 넓이를 덮는 일이 마무리되었습니다. 곧고 길게 뻗은 길은 색동무늬처럼 토막이 났습니다. 마침내 그렇게 자갈들이 다 깔려 길이 덮이면 올여름 장마를 길은 견딜 것이었습니다.

'길이 상했다'는 말은 제게 익숙하지 않았습니다. 길이 온전할 수만은 없다는 사실을 모른 것은 아닙니다. '길이 패었다'는 말도 자주 들었고, 어떤 길을 저 스스로 그렇게 묘사하기도 했습니다. '길이 끊어졌다'는 이야기도 들었고, 또 그런 현장을 보기도 했습니다. 그렇지만 그 계장님의 표현은 제게 지금 그 이야기를 이렇게 할 정도로 오래 제 속에 각인된 채 지워지질 않습니다. '상했다'는 표현의 일상적인 용례는 상처나 마음의 근심이 심할 때 쓰곤 하는 것이라고 알고 있는 저에게 그 표현을 길에다 적용한다는 것은 조금 낯선 것이었습니다. 달리 말하면 그것은 어쩌면 "길이 아프다"라고 하는 이야기인데, 그 표현은 길을 의인화(擬人化)한 것이라고 풀어 이야기하는 것만으로는 한참 모자라는 다른 짙은 정감(情感)을 제 안에 서리게 하였습니다.

길이 아픕니다. 길도 아픕니다. 길도 상처받아 아픕니다. 토사에 뒤덮이면서, 물에 휩쓸리면서 길도 앓습니다. 그래서 길도 제 구실을 하지 못하게 되기도 합니다.

전쟁 동안에 참 많은 길들이 끊겼습니다. '상한 길'이 한둘이 아닙니다. 전쟁은 사람만 고통스럽게 하지 않았습니다. 얼마나 많은 길들도 아팠는지 모릅니다. 전쟁이 멈추고 복구와 재건이 외쳐지면서 길도 하나둘 제 모습을 찾아갔습니다. 길들이 되살아났습니다. 상처가 아물고 건강한 모습으로 제 구실을 하기 시작했습니다. 즐겁고 다행스러운 일입니다. 하지만 어떤 길들은 아주 끊겼고 닫혔습니다. 새 길이 나면서 낡은 길은 그렇게 사라졌습니다. 길도 아픔이 심하면 죽습니다. 그 죽음 또한 정일(靜逸)한 휴식에 들어선 축복이라고 해야 할지는 잘 모르겠습니다. 아파 상처를 안고 신음하다 죽어 사라져 이제는 잊힌 길들이 이렇게 많을 수 없습니다. 이쯤에서 제 길의 고고학은 신작로를 덮은 고속도로의 층을 드러냅니다. 지층의 탐색 작업은 여기에서 지표에 이르며 끝납니다.

고속도로를 질주하면서 저는 새삼 세상이 참 많이 바뀌었다는 생각을 합니다. 길의 진화가 어디에까지 이를 것인지 짐작이 되지 않습니다. 그러나 제가 이 현실을 낯설어하는 것은 이른바 '공학적(工學的)인 성취'에 대한 경탄이 아닙니다. "길이 상했다"는 묘사가 불가능한, "길도 아프다"는 발언이 비현실적이게 된, 견고하게 떡 버티고 다가서는, 그 물화(物化)된 길의 변모 때문입니다. 비록 상처를 입힌 것이 사람이고, 짐짓 그것을 치료한다고 하는 것도 사람이었지만, 그래서 길이 아팠을 뿐만 아니라 길을 아파한 정서가 있었었는데, 그런데 이제는 아프다고 할 수 없는, 그래서 나도 굳이 아파할 필요가 없는, 그런 길을 우리는 내달립니다. 그러고 보면 길은 이미 없습니다. 있는데 없다고 할 수밖에 없습니다. 도대체 서로 아파하지 않는 관계란 그 책임이 어느 쪽에 있든 이미 '삶의 관계'는 아닙니다.

지난 추석에 할아버님 산소에 갔었습니다. 산소는 꽤 높은 산의 중턱에 자리 잡고 있습니다. 오르느라 숨이 턱에 닿았습니다. 그렇게 높이 모시게 된 어떤 사연이 있었다는 이야기조차 이제는 감감할 뿐 너무 높이 자리 잡은 산소에 대한 아쉬움만 제게서 일었습니다. 그러나 높이가 문제가 아니었습니다. 해마다 길이 흐려진다는 것을 느끼지 못한 것은 아니지만 올해는 거의 길을 확인할 수가 없었습니다. 작년만 해도 산을 타는 사람들 발걸음 탓에 잡초가 듬성듬성한 자리를 따라 이어가면 그 끝에서 산소에 가 닿곤 했습니다. 어쩌면 길이 스스로 자기가 오솔길이기조차 거부하는 그런 모습의 길이었지만 그래도 저는 거기서 그러한 길을 좇아 할아버님께 다다를 수 있었던 것입니다. 그런데 올해는 그렇지 않았습니다. 숲이 무성하게 우거지면서 그 나무 그늘에서 잡초들은 거의 자라지 못했습니다. 그런 자리를 온통 낙엽이 해를 바꾸며 쌓여 있은 탓인지 길은 흔적조차 남아 있지 않았습니다. 길이 사라지고 있었습니다. 아니, 이미 사라졌다고 해야 옳을지도 모릅니다.

능선의 향방과 커다란 바위들을 좇아 겨우 이른 산소에서 길을 덮어 버린 무성하게 펼쳐진 숲을 바라보면서 저는 가슴이 아팠습니다. 길의 상실이 못내 저리게 제 죄의식을 자극했습니다. 그리움에 담아 그 길을 기억했어야 하는 건데, 그래서 자주 찾아와 보살폈어야 하는 건데, 할아버지에 대한 사모(思慕)의 그늘에서 있는 듯 없는 듯 무심했던 그 길을 아꼈어야 하는 건데, 그래야 그 길을 따라 산을 오르며 할아버지께 이를 수 있는 건데, 저는 그렇지 못했습니다. 그렇게 하지 못하는 사이에 길은 홀로 아팠음에 틀림없습니다. 길은 지독히 외로웠을 것임에 틀림없습니다. 무성한 나무 그늘이 잡초를 한 포기 한 포기 메마르게 하면서 길의 길다움을 지워 나갈 때, 어쩌면 길은 자신의 아픔조차 절규하지 못하는 침묵을 안으로 안으로 삼켰는지도 모릅니다. 어쩌면 길은 자기가 이제 더 누구도 사랑해 주지 않는 대상이 되었다는 자조(自嘲)를 낙엽으로 두껍게 덮어 버렸는지도 모릅니다. 그렇게 길은 사라졌고, 미처 그것을 알지 못했던 저는 이제야 그랬다는 사실이 부끄러워 자학으로도 모자라는 견디기 힘든 아픔을 겪어야 했습니다. 사랑해야 할 텐데, 사랑할 수 있었는데, 그런데 사랑하지 못한 회한은 버림받은 사랑으로도 짐작 못할 나락(奈落)입니다.

그러고 보면 '길의 고고학'이란 실은 얇고 얕은 유희(遊戲)일 뿐입니다. 새로운 길다운 길이 나타나면서 하나둘 침잠하는 길의 '역사'란 실은 없습니다. 길이 어떻게 정의되든, 어떤 길이 어떻게 자리 잡고 있든, 그렇습니다. 길은 '현존'할 뿐입니다. 길은 언제나 스스로 길이기를 바라 어디에고 언제고 있습니다. 그래서 길은 내가 사랑하면 나에게 자기를 내 줍니다. 사랑하면 길은 더 이상 아프지 않아 건강하게 있다고 해야 더 바른 묘사일지도 모릅니다. 그런 길을 우리는 비로소 걸어갈 수 있습니다. 우리는 그 길을 걷습니다. 하지만 내가 사랑하지 않으면 그 길은 아예 길이기를 스스로 그만둡니다. 그렇게 되면 내게 길은 없습니다. 무관심하거나 그리워하지 않거나 아끼지 않는 길은 앓고 또 앓다가 아무도 보살피지 않는 외로움 속에서 제풀에 사라집니다. 그래서 길은 없어지고, 내게 길은 없습니다. 우리는 한 걸음도 발을 떼지 못합니다. 없어진 길은, 내가 사랑하지 않는 길은, 내 걸음을 멎게 합니다.

이제는 두렁길을 걷고 싶습니다. 마땅히 그렇게 걷겠습니다. 사랑하고 싶습니다. 논배미 길도 걷고 싶습니다. 사랑하고 싶습니다. 골목길도 걷고, 신작로도 걷고, 오솔길도 걷고, 모든 길을 걷고 싶습니다. 길을 사랑하고 싶습니다. 사랑하면 길을 걸을 수 있습니다. 고속도로도 다르지 않습니다. 그 육중한 몸뚱이도 사랑받지 못하면 앓습니다. 어떤 길도 아프지 않은 길이 없습니다. 하지만 사랑하면 그 길조차 고즈넉한 두렁길이 됩니다.

오솔길의 자취마저 간직하지 못하는 아픈 길도 내가 사랑하면 그 길은 나를 할아버지 산소에 고이 이르게 해 줍니다. 길은 그렇게 있습니다. 길도 아픕니다.

길은 걸어야 길입니다

길은 걸어야 길입니다. 그 위를 걷지 않으면 길은 길이되 길이 아닙니다. 길은 있어, 보이기 마련입니다. 그러나 '보이는 길'은 길이 아닙니다. 적어도 내가 그 길에 들어서서 그 길을 따라 걷기 전까지는 그렇습니다. 소리 되어 '들리는 길'도 있습니다. 사람들이 일컫는 아름다운 길도 있고, 그렇게 일컫는 험한 길도 있습니다. 그러나 이 길도 내가 거기 그 길을 걷지 않는다면 그 길의 아름다움은 물론 그 길도 없습니다. 험준한 길도 예외가 아닙니다.

지도에는 무수한 길이 그려져 있습니다. 흐르는 강물 따라 길게 뻗은 길을 우리는 확인합니다. 어느 지점에서는 그 강을 가로질러 산등성이를 넘는 길도 우리가 좇아 마침내 그 길이 어느 마을에 가 닿는지도 알 수 있습니다. 지도는 우리에게 참 친절하게 길이 있음을 환히 알게 해 줍니다. 그러나 많은 경우, 지도의 길은 우리가 밟아 보지 못한 길로 가득합니다. 그리고 그런 길은 실은 없습니다. 있어도 나를 '기다리는 길'이거나 내가 언젠가 혹 '가야겠는 길'이어서, 그래서 아직 거기 이르지 않았거나 미처 그 길을 걸으리라 다짐을 하지 못한 길이어서, 내게는 채 없는 거나 다르지 않습니다.

하지만 마냥 그런 길을 없는 길이라고 말하기는 조금 머뭇거려집니다. 그렇게 말하고 나면 뭔지 내 삶을 온전히 담지 못한 듯 아쉬움이 서리기 때문입니다. 달리 말하면 밟아 보지 못한 지도 위의 길이 '기다리는 길'이라고 한다면 그 길은 아무래도 '있다'고 해야 좀 마음이 놓일 것 같은 생각이 드는 것입니다. 왜냐하면 걷지 않은 보이는 길이나 그러한 들리는 길이 없다고 하는 것은 보인다고 반드시 그 길에 들어서야 한다거나 들린다고 해서 반드시 그 길을 가야 한다는 당위를 강요하지 않기 때문에 아예 그 길을 걷지 않으면 그 길 자체가 없는 것과 다르지 않지만 이와 달리 비록 눈에 보이지 않고 귀에 들리지 않아도 지도 위의 낯선 길들은 '기다림'으로 있는 길이어서 '아직' 그 길 걷기를 의도해 본 적은 없지만 그런데도 곧 갈 수 있는, 아니면 꼭 가야 하는 어떤 필연적인 길이라는 생각이 들기 때문입니다.

그런데 지도에는 또 다른 길이 있습니다. 당장 눈앞에 보이고 내 옆에서 말해 들리는 것은 아닌데 지도 위에는 내가 '지나갔던, 또는 지나온 길'도 있습니다. 그런데 그 길은 이미 지난 길이라 해서 없는 길이라고 말할 수가 없습니다. 왜냐하면 그 길이 고스란히 내 안에 담겨 있기 때문입니다.

그 길의 폭이 보입니다. 그 길의 길이를 훤하게 가늠합니다. 길가의 나무와 거기 일던 바람도 그대로 내 안에 있습니다. 길바닥 위에서 이글거리던 햇볕도, 길을 내려 덮던 밤의 어둠도, 스친 길가에 지천으로 피어 있던 들풀의 꽃향기도 조금도 사라지지 않았습니다. 세월 따라 산 흔적이 부끄러워 서둘러 감추듯 말고 또 말았던 내 걸었던 긴 길이 지도 위에서

굽이굽이 퍼지는 것을 하릴없이 바라봅니다. 그렇게 멍석 펴지듯 열리는 삶을 길은 수많은 모롱이를 꺾고 또 돌면서 아무 가리는 것 없이 책장 넘기듯 보여 줍니다. 에이듯 아프면서도 나는 지도에서 눈을 떼지 못합니다.

전쟁이 났습니다. 중학교 학생들인 우리는 강 위에 놓인 철교가 바라보이는 강변 옛 성의 가파른 절벽을 따라 토치카를 팠습니다. 유월이었습니다. 우거진 나무 그늘이었는데도 따가운 햇볕을 견딜 수가 없었습니다. 목이 말랐지만 절터 우물까지 다녀오기에는 너무 멀고 힘들었습니다. 강물에 이르기에는 너무 절벽이 가팔랐습니다. 구덩이를 파는 일은 쉬운 일이 아니었습니다.

그렇지만 이것도 사흘을 넘기지 못했습니다. 포성이 가까워지면서 우리는 모두 헤어졌습니다. 남자는 지고 여자는 이고, 식구들 끼리끼리 모두들 피난을 갔습니다. 어느 날, 우리 가족은 새벽 해가 뜨기 전에 조용히 마을을 빠져나왔습니다. 동네 뒤편 들판을 지나 '옷샘' 길을 따라 긴 산골짜기로 들어섰습니다. 오르내림이 되풀이되는 길은 무척 길고 걷기가 힘들었습니다. 용이 하늘로 올랐다는 소(沼)도 지났습니다. 용이었으면 좋겠다는 생각이 간절했습니다. 골짜기를 빠져나오자 두어 채 초가집이 보였습니다. 그런데 이미 날이 어두웠습니다. 해가 뜨기 전에 떠난 길이었는데 우리는 그렇게 오랜 시간을 걸었습니다.

그러나 괴나리봇짐 몇 덩어리에 의지해 아홉 식구가 향방(向方)도 없고 입에 풀칠할 대책도 없으면서 그 길을 이어 걷는다는 것은 도저히 현실적이지 않았습니다. "죽어도 고향에서 죽어야지!" 아버님께서 말씀하셨습니다. 그렇게 우리는 그 밤을 거슬러 다시 그 길을 되짚어 걸어 처음 떠난 자리로 돌아왔습니다.

지도는 내 속에서 그 길을 걷던 내 걸음을 되살리고 있었습니다. 그렇게 되돌아와 이제는 주검도 남겨 놓지 못하고 떠나신 어른의 걸음도 되살리고 있었습니다. 그 어른의 말씀이 들려왔습니다.

"여기가 '대낮뜰'이란다. 한낮의 밭이라는 말이지. 본래 네 할아버지 소유의 밭이었는데 글 읽으시느라 살림을 보살피시지 않아 다 남의 손에 넘어갔지……."

"한여름에도 이 '옷샘'에서 친구들하고 등물을 하면 더위를 몰랐지. 그 친구들 다 이 난리를 잘 견뎌야 할 텐데……."

"용은 본래 없는 거야. 용이 되고 싶은 사람한테만 있는 거야. 용이 되고 싶은 사람은 이미 용인 거지. 그런데 있다 해도 이런 어마어마한 골짜기에서 하늘로 솟는 용은 진짜가 아냐! 개천에서 나는 용이 진짜란다……."

지나온 길은 마음속에 있습니다. 보이지도 않고 들리지도 않습니다. 그래서 지도를 보다가 눈을 감고, 귀를 막으면, 그 길이 서리서리 스스로 자기의 길을 폅니다. 나는 언제나 어디서나 그 길을 걸을 수 있습니다. 나는 많은 것을 만납니다. 그때 더위한테도 말을 겁니다. 너무 갈증을 심하게 하지 않았느냐고 항변도 합니다. 나는 언덕진 길에게도 불평을 합니다. 왜 그리 부서지는 바윗길이었느냐고, 그리고 조금만 덜 경사가 졌어도 좋았지 않았겠느냐고. 그러다가 밤의 길에다 미안하다고 말합니다. 지금 생각하면 어둠 탓이었는데 그때는 길 탓만 했다는 것을 이제는 스스럼없이 말합니다, 그리고 나는 어느 틈에 어른의 손을 잡습니다. 크고 따듯한 손이 내 작고 찬 손을 잡습니다. 저는 다시는 놓치지 않을 양 손에 힘을 줍니다. 그리고 말합니다.

"저도 책을 읽느라 집안 살림 엉망이에요. 용서해 주세요……. 친구들 다 잘 견디셨어요. 당신만 빼고는요……. 용이란 상상의 동물인 것 알아요. 그런데 있어요. 그리고 용이 되는 사람도 있어요. 개천에서 나서요. 저도 그리고 싶었어요. 그런데 아니에요. 그래도 용이 있다고, 될 수도 있는 거라고, 믿고 살고 있어요. 당신이 그렇게 말씀하셨으니까요……."

걷지 않으면 길이 아닙니다. 보이는 길도, 들리는 길도 그 길에 들어서지 않으면 길은 아예 없습니다. 그러나 '걸어온 길'은 없어도 있습니다. 언제나 걸을 수 있기 때문입니다. 그 길은 그저 있지 않습니다. 이미 지났지만 '살아 있는 길'로 지금 여기에 있습니다. 삶을 한눈에 조망할 수 있는 '지도'를 바라보면요.

그러고 보니 이제는 '기다리는 길'의 현실성도 뚜렷해지는 것 같습니다. '걸어온 길'과 '기다리는 길'이 이어져 한데 한 장의 지도를 그리고 있는데 그 기다리는 길을 아직 걷지 않았다고 해서 그 길을 없다고 할 수는 없는 일입니다. 오히려 그 이어짐을 따라 걷다 보면 마침내 나는 '살아 있는 길' 위에 계신 그 어른을 틀림없이 만나뵐 수 있게 될 것이고, 그때 그 길에서는 다시 헤어짐 없는 '새 길'을 함께 천천히, 그러나 뚜벅뚜벅 걸을 수 있을 것입니다. 대낮뜰 이야기, 친구들 이야기, 옷샘 이야기, 용의 이야기, 거기에 붙여 우리가 헤어져 있던 세월의 이야기를 하면서요.

"이것도 길인가?"

제게 언제부터 길에 대한 상념이 일게 되었는지는 잘 모르겠습니다. 그런데도 길은 제게 마치 나비의 날갯짓처럼 황홀하면서도 고즈넉한 팔랑거림으로 스며 있습니다. 그래서 '길'이라는 글자만 봐도 설렙니다. 게다가 그것이 도(道)와 겹치고, 또 그것에 그리스어 호도스(길)와 겹치면서 길은 제게 거의 '신비한 것'으로 각인되었습니다.

제가 처음 겪은 길은 제가 기억하는 한 꽃길이었습니다. 툇마루에서 대문에 이르는 어른 발걸음으로 열 발짝이 채 못 되는 마당 한가운데 길은 양옆으로 채송화가 가득 핀 그런 '길'이었습니다. 그래서 길은 제게 무엇보다 아름다운 것이었습니다. 지금도 다르지 않습니다. 그런데 어느 날저는 우렁이를 잡으러 논에 간 적이 있습니다. 그때 미끄러져 논에 빠지지 않으려고 조심조심 두렁을 따라 걷는데 앞에 가던 누님이 그 두렁을 '논두렁길'이라고 부르는 것을 듣고 속으로 의아했습니다. 말은 하지 않았지만 '이것도 길인가?' 하는 생각이 났습니다. 아마도 그때 이후부터인 것 같습니다. 저는 자주 이런저런 길을 걸으면서 '이것도 길인가?' 하는 물음을 묻곤 했습니다. 신작로를 걷다 골목길에 들어서면 갑자기 '이것도 길인가?' 하는 생각이 났습니다. 할아버님 산소에 가는 산속 오르막길은 실은 아무런 흔적도 없는 그저 숲속이었는데 어른들께서는 '산소 가는 길'이라고 하셨습니다. 그 길을 좇아 숨을 몰아쉬며 산소에 오르면서 저는 또 그렇게 물었습니다. '이것도 길인가?'

가까운 길도 있었습니다. 먼 길도 있었습니다. 그런데 멀고 가까움과 관련해서는 '이것도 길인가' 하는 물음을 묻지 않았습니다. 그런 길은 실은 길이라는 의식조차 없이 그저 그 길을 좇아 걸었을 뿐인데, 가깝든 멀든 그 길을 따라 목적지에 이르면 길은 더 이상 길이 아니었기 때문이었던 것 같습니다. 그래서 그랬겠습니다만 길이 일정한 곳을 떠나 뜻한 자리에 이르는 과정, 곧 내 움직임을 위한 수단으로 여겨진 동안에는 한 번도 '이것도 길인가?' 하는 물음을 물어본 적이 없었습니다.

그러나 아주 그러한 물음을 묻지 않았던 것은 아닙니다. 저는 가끔 길을 걸으면서 여전히 그런 물음을 묻곤 했습니다. 이를테면 자갈길을 걸으면서 '이것도 길인가?' 하고 물었습니다. 마땅찮았기 때문입니다. 발이 푹푹 빠지는 진흙길을 걷든가 눈이 쌓였다가 녹으면서 얼어버린 미끄럽기 짝이 없는 길을 엉금엉금 기듯 걸으면서도 저는 '이것도 길인가?' 하는 물음을 물었습니다. 마음에 들지 않았기 때문입니다. 그러고 보면 이것은 물음이 아닙니다. 물음의 형식을 띤 것이기는 했습니다만 실은 길에 대한 볼멘소리일 뿐입니다.

그런데 '이것도 길인가?' 하는 물음이 이 정도에서 끝난 것은 아닙니다. 때로 저는 그 물음을 바닥에 깐 채 욕지거리를 한 적도 있습니다. 애써 찾아든 길이 막다른 길이라는 것을 알았을 때, 뚫린 길을 좇아 걷다 보니 떠난 자리로 되돌아온 것을 확인했을 때, 그런 경우에 저는 "웬 놈의 길이 이래!" 하고 거의 자조적(自嘲的)인 탄식을 쏟기도 하곤 했습니다.

그런데 참 알 수 없는 일입니다. 어느새 저는 어떤 형태로든 '이것도 길인가?' 하는 물음을 아예 묻지 않게 되었습니다. 왜 그렇게 되었는지는 저도 알 수 없습니다. 이제는 길이 너무 익숙해서 그런지, 제가 문제의식을 느끼지 못할 만큼 낡아서 그런지는 알 수가 없습니다. 이제까지 말씀드린 것도 애써 제 기억의 단층들을 뚫고 내려가 탐침(探針)에 묻어 나온 길의 이미지들이지 지금 저와는 아무 연관이 없는 제 '고고학적 자료'일 뿐입니다.

그런데 며칠 전 일입니다. 길을 걷고 있었던 것도 아닌데, 어떤 길을 회상하거나 예상하고 있었던 것도 아닌데, 제가 발언한 것인지 다른 사람이 그렇게 제게 말한 것인지도 분명하지 않은데, 난데없는 물음이 들렸습니다. 그 물음은 이런 것이었습니다.

"네가 걸어온 길, 그것도 길이었니?"

주종연

김열규 선생과의 대화

기억 속의 풍경

김열규 선생과의 대화

참으로 알 수 없는 것이 그날 성당 안에서 이승에서의 마지막 의식인 영결 미사를 위해 사제복을 입은 아홉 명의 신부들이 앞장선 뒤로 검은 비로드로 덮인 운구가 서서히 지나갈 때 나는 합장한 채 우리 곁을 영원히 떠나는 그분을 향해 R. 릴케의 시편 「가을날(Herbsttag)」을 읊조리고 있었습니다.

Herr : es ist Zeit. Der Sommer war sehr groß.
Leg deinen Schatten auf die Sonnenuhren
und auf den Fluren lass die Winde los.

선생이시여! 이제는 쉬실 때가 되었습니다.
지난날에 이루신 일들은 참으로 엄청납니다.
이젠 어둠의 장막을 내리시고 들판엔 바람을 풀어 놓으십시오.

김열규 에라스무스 선생, 당신은 여든이란 힘든 나이 고개에서조차 아무렇지도 않게 100여 권이란 놀라운 저술로 채우시더니 홀연히 따스한 남쪽 땅, 당신의 고향 자란만 너머로 날아가 버렸습니다. 그러므로 십자가 그늘이 짙게 드리운, 저기 사제들이 이끄는 운구 속에는 시방 당신의 육신만이 덩그러니 누워 있음을 우리는 압니다. 내 이제 낮은 목소리로 속삭이듯 그 이름을 불러 본다 한들 누가 들어 줄 것이며 한낱 공허한 메아리처럼 그저 내 입속에서 맴돌다 아무런 여운도 없이 사라져 버릴 것을 나는 느낍니다.

돌이켜 보면 무려 반세기도 넘게 이어 온 우리들의 이승에서의 인연은 지극히 단순한 것으로부터 비롯되었습니다. 서로가 5, 6년의 상거를 두기는 하였지만 동숭동 낙산 밑에 자리한 같은 대학 같은 학과에서 수학하였고, 선생의 익살스런 표현을 빌리자면 문리대 국문과 온 자치고 왕년에 고등학교 문예반장 안 한 놈 어디 있나 하던 자조적 표현처럼 같은 시대를 앓던 문학청년이었고 그리고 어려서는 바다의 소년들이었습니다.

선생은 동해의 남쪽 끝 따스한 바닷가에서, 나는 반도의 최북단 해안에서 소년 시절을 보낸 터라 선생께서 종종

"와레와 우미노 꼬(我は 海の子, 나는 바다의 소년)"

라고 노래 부르듯 읊조리면 나는 뒤이어

"와레와 가제노 꼬(我は 風の子, 나는 바람의 아들)"

라고 대구를 맞췄었지요.

동해의 북단과 남단이란 지리상의 거리가 있었지만 같은 암울한 시대에 바닷바람 쏘이며 선생은 소년기를, 나는 유년기를 함께 보낸 터이지요.

시간과 공간의 격차가 다소 있었다 하나 지적 성장기에 유행처럼 번졌던 당시의 관행처럼 문학과 음악과 그리고 영상 예술인 영화에 침잠함으로써 가상의 세계에서 각기 다양한 삶의 깊이와 무게를 가늠하는 지혜를 배우며 성장하였음을 우리는 서로 확인하였습니다. 그간 수없이 이야기 나누었던 러시아 문학과 음악, 독일 문학과 음악, 이들 모두가 체계적인 학습에서라기보다 즉흥적이고 충동적이며 편식적인 자의적 섭렵에 의해

얻어진, 다소 현란하기는 하나 덜 소화된 지적 편린들이 선생과의 대화 속에서 난무하였음을 부끄럽게 추억해 봅니다.

선생은 언젠가 예세닌의 서정성을 이야기하였고 나는 격동기에 토해 낸 마야코프스키의 열정을, 선생이 차이코프스키의 교향곡을 러시아 음악의 진수로 지적하면 나는 보로딘이나 림스키코르사코프 등 젊은 국민파 음악가들이 보여 준 민요풍의 러시아적 다양한 음색을 이야기하였습니다.

저 돈 코삭이 저음에서 보여 준 대륙의 육성에 선생께서 감탄하였을 때 나는 알렉산드로프가 이끈 붉은군대합창단(Red Army Choir)의 힘찬 젊은 패기를 덧붙였습니다. 그러나 음악에서조차 선생은 언제나 나보다 한 발짝 앞서 있었다고 인정되는 것이 나는 아직 베토벤이란 고전의 늪에서 허우적거리고 있을 때 선생은 브람스를 지나 벌써 말러(G. Mahler)의 교향곡에 귀 기울이고 있음을 알고 대단히 놀란 적이 있습니다. 왜냐하면 고백컨대 지금도 마찬가지지만 나는 말러의 음악이 근대로 넘어서는 길목에서 혹 그것이 기존의 것에서 벗어나려는 몸부림, 말하자면 곤충의 우화(羽化) 과정 같은 것인지 알 수 없으나 뭔가 탄탄한 총체적 흡인력이라기보다 이질적인 것이 서로 따로 노는 잡동사니 같은 인상마저 떨쳐 버리지 못하고 있었기 때문입니다.

선생은 종종 감정을 주체할 수 없을 정도로 감탄할 때 말하자면 최고의 찬사를 아끼지 않을 때는 으레 두 손을 깍지 낀 채 머리 위에 얹고 "기가 막히게"란 표현을 즐겨 썼습니다. 갓 볶아 낸 원두커피 블루마운틴의 맛과 향을 즐기며, 물기마저 비치며 거무스레하게 농익은 바나나를 입에 머금으며, 어느 늦가을인가 지리산 자락 과수원에서 빛 좋은 홍옥을 한 입 씹으며 그리고 예의 말러의 〈대지의 노래〉를 이야기하며 "기가 막히게"를 연발하며 천진난만하게 웃었지요.

대학의 선배님으로 처음 알게 된 이후부터 무시로 나는 선생을 뵙게 되었습니다. 저 북가좌동 저택의 서재를 시작으로 서오릉 근교의 꽃나무로 가득 찬 언덕 위의 정원 넓은 집에서, 그리고 종래에는 남쪽 바다 자란만이 한눈에 굽어보이는 고성 땅 전원주택 2층 방에서 밤 늦도록 이야기를 나누었었지요.

선생께서 마지막 숨을 거두신 바로 그 집에서 언제인가 독일 성장소설을, 토마스 만을, 그리고 라이너 마리아 릴케를 언급한 일이 기억납니다. 그때 선생은 「마의 산」이 다소 지루한 면도 없지 않으나 토마스 만 소설의 진수를 보인다고 했고 나는 오히려 그의 나이 스물다섯에 쓴 「부덴브로크가의 사람들」에서 만의 문학이 시작되고 끝난 것이 아닌지 오히려 예술적 완성도란 면에서 일반적으로 나는 장편보다 단편 쪽을 높이 사는 편이며 그리하여 「토니어 크뢰거」나 「트리스탄」 그리고 저 「베니스에서의 죽음」이야말로 토마스 만의 진면목이라고 객기를 부렸을 때 선생은 그저 잔잔이 웃고만 있었지요.

릴케의 경우만 하더라도 선생과 나는 서로가 접근하는 방법이 달랐습니다. 선생은 시를 통하여, 나는 산문을 통해서였습니다. 말하자면 젊은 날 가장 감명 깊게 읽었던 문학작품으로 주저 없이 손꼽고 싶은 「말테의 수기」나 「젊은 시인에게 보내는 편지」같이 서술된 내용이 비교적 이해하기 쉬운 쪽이 내가 택한 길이라면 선생은 「두이노의 비가」나 「오르페우스에게 바치는 소네트」을 비롯한 무수한 서정시를 섭렵함으로써 — 사실 고백컨대 이 부분은 나에게는 다소 난해하고 시적 구조조차 파악하기 힘든 것들이었지만 — 한국 현대시 형성에 끼친 영향을 일찍이 설파한 바 있습니다.

그때 우리는 수많은 영화를 공통의 화제로 삼았고 할리우드보다 오히려 프랑스나 이탈리아 것을 즐겨 안주 삼았지요. 선생은 프랑스의 뒤비비에와 르네 클레망, 그리고 고다르나 루이말로 대표되는 누벨 바그

(Nouvelle Vague) 계열을, 나는 데시카를 중심으로 하는 이탈리안 리얼리즘 (Italian Realism) 쪽을 선호했지요.

오랜만에 만나서 기분 좋고 흥이 나면 우리는 종종 독일 시를 원어로 읊어 대며 변함없는 문학청년의 치기를 발산하였지요.

슈베르트의 가곡집으로 더 유명해진 「겨울 나그네(Winterreise)」에서는 「보리수」와 「눈물」이 단골 메뉴였고 종국에는 릴케의 「가을날」을 읊조리며 집을 갖지 못하고 한데서 서성이는 생성되어가는 자들의 불안한 처지를 표출하였지요.

Befiehl den letzten Früchten voll zu sein
Gieb ihnen noch zwei südlichere Tage
Dränge sie zur Vollendung hin und jage die letzte
Süße in den schwere Wein

열매마다 남김없이 다 영글도록 하시고
따스한 햇볕 며칠 더 쪼여서
마지막 단맛마저
그리하여 걸쭉한 포도주 속에 담기도록 서둘러 주소서

그것은 젊은 날의 우수같이 더불어 앓고 있었던 존재론적 불안에서 기원하는 넋두리 같은 것이 아니었는지요. 고작 이틀(zwei südliche Tage)이 아니라 20년을 더 남쪽 고향땅에 머물면서 선생은 쉼 없이 글쓰기에 전념하였습니다.

젊은 릴케가 한때 불안과 우수의 공기를 호흡하며 로댕 그늘에서 지낼 때의 스승의 가르침 "일하고 일하고 또 일하라"라는 충언은 어느덧 릴케의 것이 아닌 선생의 것이 되고 만 터이지요. 릴케는 그 후 두이노의 성에서 10년이란 긴 침묵과 칩거 끝에 예의 비가(Elegie)를 토해 냈지만 선생은 하루도 쉼 없이 낙향 후 20년이란 긴 세월을 오직 글쓰기라는 고역을 마다하지 않고 수십 권이란 놀라운 과일을 영글게 하였습니다.

고성 땅 자란만 근처로 낙향한다 할 때 우리는 『월든(Walden)』으로 유명한 데이빗 소로를 연상하며 문자 그대로 그곳의 풍광이나 이야기하며 전원풍의 갈잎의 노래나 짭쪼름한 바닷바람 소리를 전해 듣게 되지 않을까 했는데 예상은 보기 좋게 빗나가고 말았습니다. 선생은 한 해가 멀다 하지 않고 깊고 넓은 사색의 편린들을 책으로 묶어 연이어 토해 냈습니다.

『한국인의 시적 고향』, 『욕, 그 카타르시스의 미학』, 『메멘토 모리, 죽음을 기억하라』, 『이젠 없는 것들』 등 이른바 이 땅에서 일어난 문화 현상 전반에 걸친 민족문화의 다양한 스펙트럼을 소상하게 때로는 해학적으로 쉽게 풀어 나갔지요.

다소 딱딱한 한국문학 연구를 업으로 삼았던 후학으로서 나는 여기에서 무엇보다 선생의 학술 연구의 총화라 할 수 있는 『동북아시아 샤머니즘과 신화론』의 상재를 으뜸으로 평가할 수밖에 없군요.

지난 세기 70년대 대학 강단에 처음 섰을 때 마땅한 국문학 연구 방법론이 떠오르지 않아 나는 몹시 방황하고 있었습니다. 그즈음 선생은 『한국민속과 문학연구』와 『한국신화와 무속연구』 등을 연달아 출간함으로써 후학들에게 한국문학 연구의 새로운 지평을 열어 주는 벅찬 감동을 안겨 주었음을 지금도 생생히 기억합니다. 말리노프스키, 엘리아데, 노드롭 프라이와 요한 하위징아 등 다양한 분야에서 활약한 인문학의 세계적 거장들의 이름과 업적들을 그리고 그들이 우리 문학 연구에 원용될 수 있다는 문자 그대로 복음과 같은 놀라운 메시지를 읽었지요. 신화와 인류학, 민속학과 고고학 등 다양한 방계 학문들과의 연관 속에서 깊이 있는 문학 연구가 가능한 시쳇말로 바꾸면 통섭(Cosilience) 이론을 선생이 처음으로 펼친 셈이지요. 그 후 30년이 지난 시점에서 출간한 예의 『동북아시아 샤머니즘과 신화론』은 말하자면 지난날에 발표된 학술 연구의 총괄이란 면에서 의미 있는 노작이라 평가하고 싶군요. 그러므로 국문학 연구에 기여한 선생의 업적은 이 한 권만으로도 충분하다고 감히 말하고 싶습니다. 그때도 그렇고 지금도 변함이 없지만 주몽 전승(朱蒙伝承)에 대한 선생의 해석은 압권으로 매우 포괄적인 관계와 의미를 밝혀 냈습니다. 해모수는 아들을 얻고, 주몽은 나라를 세우고 유리는 아비를 찾는다는 선생이 내린 성취의 삼대 해석에 자극받아 나는 유리 전승(類利伝承)을 한국 서사문학에서 면면이 이어 온 아버지 찾기 모티프, 즉 심부형(尋父型) 모티프의 아키타이프로 언급하였습니다. 말하자면 선생은 문학 연구의 한 방법론으로서의 해석학(Hermeneutik)적 시도를 선보인 것이 아닐는지요. 그동안 독립적으로만 다루어졌던 신화나 제의, 무속이나 민속놀이를 광의의 국문학 연구 안으로 끄집어들임으로써 폭넓은 해석의 단초를 마련한 점은 뜻깊은 업적으로 평가하고 싶습니다.

김열규 에라스무스 선생. 여러 해 전에 선생이 가톨릭 신도가 되었다는 소문은 어린 시절부터 할머니 손에 이끌려 범어사 경내를 드나들었고, 대학 시절엔가는 절에서 여러 달을 보낸 것으로 알고 있었던 나로서는 믿기지 않았고, 선생이 종국에는 에라스무스라는 세례명으로 성당 안에서 영결식을 치르는 마지막 과정을 지켜보며 놀라움을 감추기 무척 어려움을 솔직히 말씀드립니다.

이른바 영적 세계로의 귀의는 각자의 몫이며 타인이 관여할 바 못 되지만 선생의 지나온 행적과는 다소 거리가 있기에 무척이나 의아해한답니다.

그러나 에라스무스라는 세례명을 확인하며 16세기 구라파에서 활약했던 인본주의자 에라스무스와 선생과를 오버랩시켜 왜 하필 그 이름을 선택했을까 하고 곰곰이 생각해 봅니다.

당대 지식인의 오만과 성직자들의 위선을 유머와 풍자로 농락했던『우신예찬(The Praise of Folly)』을 젊은 날에 읽은 바 있고 언젠가 구라파에 머물고 있을 때 내가 네덜란드의 라이덴(Leiden) 대학에서 우연히 그가 잠시 머물렀던 곳을 확인한 바 있었던 터라 놀라움은 매우 큽니다. 혹시 가톨릭 성자나 복자의 반열에 끼었던 어떤 다른 분의 이름이 아니고 일찍이 슈테판 츠바이크가 극찬을 아끼지 않았던 "유럽 최고의 교양인이요 세계인" 데시데리우스 에라스무스의 이름을 택하였다면 조금은 이해될 듯합니다.

"……조용한 방에서 좋은 책을 읽는 것 그리고 자기 자신의 글을 쓰는 것, 어느 누구의 지배자도 어느 누구의 하인도 되지 않는 것이 궁극적 인생의 목표이며 정신의 자유를 위해 자기 예술과 자기 인생의 정신적 독립을 위해 살아왔던 의식 있는 유럽의 지식인이요 최초의 세계인"이라 극찬을 아끼지 않았던 슈테판 츠바이크의『에라스무스 평전』에서의 주장은 여러모로 선생의 모습을 떠올리게 합니다.

언젠가 선생과의 대화 속에서 남미에선가 스스로 삶을 마감한 츠바이크의 문필 활동에 관해 서로 이야기를 나누다가 예의『에라스무스 평전』을 칭찬하던 일이 새삼 기억납니다.

에라스무스 김열규 선생. 선생은 지금 네 귀가 아귀 맞는 아늑한 나무집 속에 편안히 누워 영원한 잠 속에 빠져들어 갔습니다. 마지막까지 글 쓰는 자유인으로서의 삶을 구가하며 그 누구의 방해도 받지 않고 그 누구의 잠도 아닌 당신의 잠 속으로 스스로 침잠했습니다.

Wer jetzt kein Haus hat, baut sich keines mehr.
Wer jetzt allein ist, wird es lange bleiben.
Wird wachen, lesen, lange Briefe schreiben.
Und wird in den Alleen hin und her
Unruhig wandern, wenn die Bläter treiben.

지금 집을 갖지 못한 자는 더는 지을 수가 없습니다.
지금 외로운 자는 그런 상태로 오래도록
깨어나서 책을 읽고 기나긴 편지를 쓰겠지요
그리고 낙엽이 뒹구는 가로수길을
여기저기 불안스레 서성거리겠지요.

　지금 저희 앞을 편안히 누워서 지나가는 선생께 바치는 마지막 넋두리로 선생과 함께 자주 낭송했던 「가을날」을 읊어 봅니다.
　그것은 어쩌면 노숙한 국문학자의 근엄함보다 다감한 문학청년으로서의 순수한 선생의 모습을 내내 간직하고픈 염원에서 아닌가 생각합니다. 어쩌면 오늘 이 순간이 나에게는 릴케를 읊는 마지막이 아닐까 하는 생각마저 잠시 스쳐 지나갑니다.
　당신의 체온도 숨소리도 그리고 천진한 웃음소리마저 여기 살아남은 자의 슬픔 속에 기억되다 조만간에 영영 잊혀지고 말겠지요.
　"주 선생! 자주 전화해 줘! 좀 자주 전화해 줘!"
　항암 치료를 받으면서 나와 나눈 마지막 선생의 목소리도 내 귓속에 남아 있다 언젠가는 사라지고 말겠지요.
　선생이 우리 곁을 영원히 떠나가듯 말입니다.

　마지막으로 다시 한 번 우리가 함께 낭송했던 그 구절을 홀로 입속으로 되뇌어 봅니다.

Wer jetzt allein ist, wird es lange bleiben.
Wird wachen, lesen, lange Briefe schreiben.
Und wird in den Alleen hin und her
Unruhig wandern, wenn die Bläter treiben.

기억 속의 풍경

관곡동 아재네 집으로 가는 길은 언제나 호젓했다.

읍내를 벗어나면 중국 사람들이 경작하는 넓은 채마밭이 펼쳐지고 우차바퀴 자죽이 두 줄 선명한 사잇길을 한참 지나서야 나진 쪽으로 가는 신작로와 만날 수 있었다. 포차가 서로 스치고 지나갈 정도의 너비로 설계되었다는 신작로는 일제가 만든 군사 작전 도로로 나진서부터 국경지대인 두만강 어귀까지 이어졌다 했다.

자갈이 깔린 채 곧게 뻗은 길 양옆으로는 포플러나무가 아스라이 하늘로 치솟았고 전신주 또한 끝 간 데 모르게 길 따라 이어져 있었다. 채마밭 사잇길에서는 온통 질경이로 뒤덮인 풀숲 사이사이로 방아깨비와 간장 같은 액체를 입에서 뿜어내는 검은색 송장메뚜기들이 요란스레 뛰어 달아나 눈을 어지럽혔다. 한편 신작로 자갈길은 풀 한 포기 돋아나지 않아 벌이나 나비는 물론 잠자리 한 마리 얼씬대지 않고 적막하기 그지없었다. 그러나 매우 드문 일이긴 하나 휘파람새 한 마리 나타나 어느 정도 거리를 유지하며 휘파람 부는 나와 나란히 전신주를 따라 동행하다가 문득 종적을 감춰 서운한 마음에 길에 서서 한참 두리번거리게 했다. 여름 한철 포플러나무에서 매미들이 일제히 쥐어짜내는 목청으로 울어 대다가 그 소리마저 자취 감추면 이내 포플러와 전신주에서 쏴쏴 또는 잉잉대는 바람 소리와 더불어 북국의 겨울이 지척에 와 있음을 알렸다. 신작로는 번개늪이라 불리는 용수호를 어느 정도 옆에 끼고 굽이 돌아 뻗어 나갔기에 민물 냄새 특유의 밍밍하고도 비릿한 내음 코끝에 닿았다. 목탄차는 물론 우차 하나 다니지 않는 곧게 뻗은 자갈길을 저벅거리며 걷노라면 멀찌감치 앞에서 족제비와 오소리 때로는 여우가 잽싸게 길을 가로질러 갈대숲 속으로 달아나는 모습이 종종 눈에 띄었다.

신작로 길 따라 십여 리 터벅대야 나진으로 넘어가는 고개 밑 마을 관곡동에 당도할 수 있었다. 소학교 분교도 있고 경찰 주재소가 있고 간이역도 있는 산골 마을이지만 아재네는 기찻길 건널목을 넘어 돌밭길이 끝나는 언덕진 산기슭 밭 가운데 외딴집에서 살고 있었다.

아무 기별도 없이 불쑥 찾아가는 길이었건만 언제나 아재는 울타리 너머로 유난히 둥글고 하얀 얼굴 내밀고 우리를 향해 웃고 있었고, 북방의 개 특유의 하얀 눈썹 눈 위에 선명한 워리는 꼬리를 흔들고 짖어대며 내게로 달려왔다.

아재네 집은 촘촘히 엮은 싸리배재(울타리)로 둘러싸인 두꺼운 흙벽 집으로 지붕은 볏짚이 아닌 갈대를 묶어서 이엉을 이은 것이기에 세월이 지나도 누렇게 뜨지 않고 드문드문 은빛으로 빛났다. 갈대는 용수호 근처 황무지 같은 늪지대에 지천으로 깔려 가을철엔 흰 깃털을 바람에 나부꼈다. 커다란 부엌 쪽문을 열면 활동 공간인 바당으로 들어서게 되고 바당을 사이에 두고 구유가 설치된 오양간(외양간)과 디딜방앗간이 한쪽에 그리고 반대편에 무쇠솥이 걸려 있는 부뚜막 너머로 생활 주공간인 정지가 널따랗게 자리했다. 정지 뒤쪽으로는 새방 또는 새고방으로 불리는 독립된 방들이 붙어 있어 어른들이 쓰는 공간으로 활용되고 있었다. 나보다 한 살 위인 아재네 아들 — 이종형과 함께 이 또한 마른 갈대로 엮어 만든 노존이 깔려 있는 정지 구들에서 뒹굴고 잤다. 된장국에 삶은 감자와 옥수수 죽, 때로는 조밥과 피밥을 배불리 먹을 수 있는 것은 좋았으나 밤이 되면 어디에 숨어 있다 나타나 사정없이 물어 대는 빈대와 벼룩 때문에 거의 뜬눈으로 지새다시피 하는 잠자리가 괴롭고 싫었다. 그러지 않아도 마른 갈대 줄기로 만든 노존이 여린 살갗에 닿는 것도 견디기 어려웠지만 물것들이 잡으려 들면 얼기설키 서로 엮인 노존 사이사이에 숨어 버려 번번히 낭패를 보았다. 간혹 벽 쪽으로 도망가는 빈대를 손가락으로 힘껏 누르면 피가 터지고 손가락에 묻어 오는 고약한 냄새 또한 질색이었다. 밤잠을 설치다 오양간의 소가 되새김질하는 소리, 푸푸거리는 소리 오줌 누는 소리 게다가 진똥이 바닥에 떨어지는 철석거리는 소리도 들으며 못내 잠 못 이루고 한밤중에 깨어나 앉아 읍내에 두고 온 내 집을 그리워했다. 멀리 동네 개가 짖어대고 길게 우 — 우 — 거리는 개승냥이 울음소리 아련히 울리면 머리카락이 곤두서도록 소스라쳤다. 괴로움은 예서 끝나지 않았다. 시골집 화장실은 본채와는 멀리 떨어진 대문 옆에 두엄집과 함께 있기에 한밤중 밖으로 나가 변소까지 가기란 정말 죽기보다 더 싫어 몰래 훌쩍거리기도 했다. 칠흑같이 어두운 밤 개승냥이 울어대는 산골 마을 외딴집에서 요의를 참고 있는, 아직 열 살도 채 안 된 그때의 딱한 심정을 생각하면 희수 나이에도 모골이 송연해진다. 그때만 해도 병풍처럼 둘러싼 뒷산, 나진으로 넘어가는 고갯마루에서 범을 만났거나 보았다는 사람들의 이야기가 끊이지 않고 이어지는 시절이었던 터라 무서움은 배가 되었다.

부엌 쪽 활동 공간인 바당을 사이에 두고 좌우로 나뉘는 정지와 오양간 모두 칸막이 벽이 없는 열린 공간이었다. 소의 키에 맞게 설치된 통나무 구유는 소가 바당 쪽으로 한 발짝도 들어올 수 없는 오양간의 경계로 삼았고 그 옆쪽으로는 통나무와 널빤지로 엮어진 작두칸과 디딜방앗간이 나란히 있었다. 물론 오양간으로 들어오는 소의 출입문은 부엌문과는 달리 따로 밖으로 나 있었다. 정지와 붙어 있는 부뚜막에는 두 개의 커다란 무쇠로 만든 가마솥이 걸려 있고 솥뚜껑은 언제나 반들반들 윤이 나게 닦여 있었다. 바당으로 들어오는 부엌문 반대쪽 벽에도 밖으로 통하는 조그마한 문이 달려 있고 그 위에는 널빤지 두세 개가 층을 이루며 걸려 있는 선반, 즉 실공이 있어 주로 회색 자기로 된 투박한 국 대접과 밥 사발 그리고 꽃무늬가 있는 사기 보시기가 엎어져 가즈런히 놓여 있었다.

바당 한쪽 귀퉁이에 깔려 있는 거적때기는 바깥쪽으로 뚫린 구멍 — 개굴을 통해 무시로 부엌 안팎을 드나드는 개의 잠자리였다.

원래 여진족들의 활동 무대였던 두만강 근처 관북 지방에서는 그것이 결코 어느 쪽이 원조인지 알 길이 없으나 이렇듯 개와 소와 사람이 윗부분이 서로 뚫린 한 공간 안에서 같이 기거했다. 부엌에서 때어 대는 불기는 우선 큰 솥에 담긴 여물을 끓이고 밥을 짓고 정지 구들을 덥히지만 궁극으로는 열린 공간 전체를 온기로 채워 귀를 에는 동삼의 매서운 추위로부터 사람과 짐승을 함께 보호했다.

어려서 함경도에서는 구체적 촌수와는 상관없이 남자 어른은 아즈바이로 여자는 아재로 통상 부른 기억밖에 없다. 그곳 관곡동 아재는 기실 엄마의 친동생인 막내 이모였다. 어려서부터 역빠르고 독립심이 강해 언니들과는 달리 홀로 대처에 나가 공부하더니 도립병원의 간호원이 되어 외갓집 자랑거리가 되었다. 나중에 들어서 안 일이지만 사달은 이내 벌어졌다 했다. 하필이면 병원의 환자 중 쫓기는 몸인 사내와 눈이 맞을 줄이야. 항차 조산원이 되는 꿈도 접은 채 외갓집에서 급히 마련해 준 자금으로 멀리 피신해 간 것이 북쪽에서도 변방 끝인 이곳 관곡동 산기슭에서 화전을 일구고 돌밭을 개간하여 농사지으며 근근이 살고 있었다. 이모부인 아즈바이는 우리를 보면 언제나 흰 이빨을 살짝 드러내 보이며 "어이 똘똘이"라고 불렀다. 어린 시절 그곳에서 똘똘이란 새끼 도야지를 일컫는 말로도 기억된다. 한편 나보다 한 살 위인 외동아들은 항용 뚜리라고 불러 아재로부터 눈 흘김을 받았다. 사실 뚜리란 머저리나 못난이를 일컫는 말이었다. 정지와 벽 하나 사이 둔 새방은 집 주인인 아즈바이의 전용 공간으로 천장은 온통 신문지로 도배되어 있었다. 거기 방구석에 있는 목침을 베고 누워 한자와 일본어로 된 철 지난 신문 기사를 더듬더듬 더듬었다. 제일 끝 방인 골방에는 아즈바이의 어머니인 나이 많은 아마이가 늘상 그림처럼 앉아 있었다. 핏기 하나 없는 주름진 얼굴에 흰 천으로 된 머리쓰개만은 언제나 이마 위는 한 겹 접고 가생이는 날을 세워 관처럼 단정히 머리에 쓰고 있었다. 북관 지방에서는 연로한 아마이들은 대체로 일할 때의 머릿수건과는 달리 흰 천으로 된(겨울철에는 대체로 융으로 된) 두건을 쓰고 점잖음을 피웠다. 그것은 언뜻 무속 탱화에 나오는 고깔과 비슷하나 머리 윗부분은 뾰죽하지 않고 머리에 맞게 둥굴었다. 언젠가 엄마더러 왜 쓰지 않느냐고 물으니 "그래도 쉬흔은 넘어야지" 하던 말이 기억난다. 골방에 문안 인사차 들어가면 엄마는 언제나 한쪽 무릎을 세우고 노아마이 앞에 앉아서 묻는 말만 대답하며 늘 이야기를 듣는 편이었다. 말끝마다 유별나게 그곳 토박이 말로 그렇습둥 그렇수꼬마 하던 노아마이의 어투가 흥미롭게 들렸다.

얼마쯤 지나 웃음 섞인 엄마의 말소리가 밖으로 새어 나오면 아재도 합세하여 장시간 웃음꽃을 피웠다. 노아마이는 오랫동안 기다렸다는 듯이 끝 간 데 모를 이야기 보따리를 하염없이 풀어 놓아 밖에서 기다리던 꼬마들을 지루하게 했다. 골방과 통하는 고방에는 마른 강냉이와 콩자루 같은 것이 쌓여 있었고 명일 즈음에는 엿이나 노란 차조 떡이 함지 속에 듬뿍 담겨 보관되어 있었다. 일 년 내내 불 땐 적이 한 번도 없는 듯 고방 속은 늘 컴컴하고 곡물 냄새와 더불어 냉기가 돌았다.

엄마는 읍내에서 삯바느질로 우리 형제를 길렀다. 한복 저고리의 어깨와 동전 라인을 맵시 있게 궁글린다는 소문으로 결혼식을 앞둔 시집갈 처녀들이 자주 찾았다. 그러나 간혹 양식이 간당간당하고 막내 동생인 아재네 안부가 궁금하면 겸사겸사 우리를 앞세워 관곡동으로 갔다. 워낙 눈이 많이 오고 바람 또한 드세게 부는 고장이라 겨울철에는 유걸이(거지)도 옷을 벗어 이를 잡는다는 눈 온 다음 날에 길을 떠난 적이 있다. 오가는 사람 하나 없이 사방이 온통 흰색으로 덮인 눈길을 때로는 깊숙이 빠져 가며 때로는 뽀도독뽀도독 소리내며 걷는 걸음걸이가 즐거웠다. 그러나 번개늪을 돌아 신작로를 따라 가면서 상황은 그리 녹록하지만 않았다. 멀리 바다와 맞닿은 호수를 안고 있는 개활지라 바람은 사정없이 포구로부터 몰려왔다. 이른바 모새풍 바람이 불어닥쳤다. 패총과 무수한 즐문토기 발굴로 고고학적으로도 유명한 송평은 작은 바닷가 어촌인데 그곳은 흔히 모새풍이라 불리고 모래가 날리는 세찬 바람이란 뜻으로도 함께 쓰였다. 물기 하나 없이 쌓여 있던 눈은 바람과 함께 일제히 공중으로 날아 흩날리며 소리 없이 요동쳤다. 삽시간에 온통 하늘을 뒤덮은 눈의 입자들이 번쩍거리며 이루어 낸 햇빛의 굴절은 앞뒤 분간 없이 다양한 밝은 색의 변화무쌍한 장관을 연출하였다.

형형색색의 꽃가루가 분분이 춤을 추며 세상을 덮어 우리는 한 발짝도 앞으로 나가지 못하고 그 자리에 멈춰 서서 눈부신 공중 쇼를 지켜봤다. 나는 엄마가 입고 있는 검정색 케이프 속에 몸을 감추고 얼굴만 밖으로 내민 채 눈앞에서 일어나는 광경에 넋을 빼앗겼다. 몹시 빠르게 두근거리는 엄마의 가슴 소리가 느껴져왔다. 이 또한 눈을 흠뻑 뒤집어썼으나 일직선으로 검게 서 있는, 포플러나무와 전신주가 희미하게 가리키고 있는 신작로 한가운데서 한동안 꼼짝도 하지 않고 멈춰 서서 우리는 눈보라의 요동이 끝나기를 기다렸다. 어디에서인가 알 수 없이 하늘에서 울리는 휘파람 부는 것 같은 소리와 어울려 전신주마저 잉잉 울어대면 엄마는 연방 관세음보살을 읊조렸다.

"엄마 자부럼이(졸음) 와!"

내 말이 떨어지기 무섭게 이거 안 되겠다 하며 엄마는 사정없이 우리들의 손을 이끌어 눈보라를 뚫고 흔적조차 희미한 포플러 사이에 난 가던 길을 재촉했다. 한 해 동삼에 한두 명은 어김없이 얼어 죽는다는 소문에는 한자리에 가만히 앉아 몹시 졸리다 그대로 황천길을 간다는 이야기가 꼬리처럼 따라 다녔다. 그러므로 겨울철 바깥에서의 졸음은 저승으로 가는 지름길이라 여겨 보통 영하 15도를 오르내리는 겨울철에는 금기시됐다.

그곳에서는 눈이 쌓인 동삼에 소에 발기를 메워 산판에서 땔나무를 날랐다. 발기란 겨울철 아이들이 논두렁이나 개울에서 타는 썰매를 일컫기도 하지만 평소의 바퀴 대신에 참나무로 만든 널빤지 스키를 댄 소가 끄는 겨울용 수레를 의미하기도 한다. 산판은 뒷동산이 아닌 제법 먼 산속으로 들어간 곳에 지정되어 있기에, 게다가 길도 험하고 자칫하면 소와 발기가 함께 미끄러져 옆으로 쓰러지거나 내동댕이쳐지는 경우가 종종 발생한다기에 꼬마들의 동행은 금지되었다. 아침 일찍 이웃 동네에서 낯선 젊은 일꾼이 톱과 도끼를 들고 오고 소 발굽에 새끼 같은 것으로 덧신을 신기면 그날은 산판으로 나무 찍으러 가는 줄로 알았다. 목에 건 왕방울 소리 절렁거리는 소를 앞세우고 산으로 향하는 일행은 싸리배재 대문 앞에서 배웅받았다. 워리는 둥굴소보다 앞서 산길을 나서지만 어느 정도까지 가서는 그냥 집으로 돌아왔다. 노루 꼬리보다 짧다는 겨울 해가 서산에 걸릴 때 즈음에야 어김없이 워리가 짖으며 힘차게 밖으로 뛰어나가 아직 눈에도 안 보이는 벌목꾼 일행을 맞이했다.

이깔나무 가래나무 물푸레나무
가문비나무 자작나무 자욱한 숲
눈 쌓인 동삼 개마고원에선
소에 발기를 메웠다.
생 솔가지 내음 향긋한 설원을
왕방울 소리 절렁이며 미끄러지듯
찍은 나무 날랐다.
턱주가리에 주렁주렁 고드름 열려
콧구멍으로 연방 안개 뿜어대는
둥굴소 등에는 땀이 뱄다.

산판 다녀온 날은
여물 끓이는 냄새 온 방 안에 가득했고
초저녁부터 정지에서는
부엌을 사이 두고 소와 사람 한방에서
푸푸거리며 잠을 잤다.
한밤중 개승냥이 내려와
돝의새끼(돼지) 몰고 가는 줄도 모르고
코 고는 소리 싸리배재 새어 나게
깊은 잠을 잤다.

철들어 나중에 안 일이긴 하나 엄마가 우리 형제 앞세워 만주로 떠난 아버지 찾아 나선 길이 이곳에 멈춘 것도 작은 이모인 아재네 때문에 아닌가 한다. 물론 군청 소재지인 읍내에는 소금 공장도 있고 정어리 잡이 전마선도 가진 엄마의 외삼촌도 살고 있어 의지가지 없는 전혀 낯선 고장만은 아니었던 것 같다. 관곡동 아재는 어려서부터 도회지 물을 먹고 자라서인지 촌티 하나 없이 서글서글하고 성격이 활달했다. 유난히 희고 둥근 얼굴은 늘 홍조를 띠었고 웃을 땐 볼우물도 살짝 들어갔다. 지금도 기억이 생생한 것은 찬 바람을 쏘이면 양볼이 잘 익은 홍옥같이 빨개지는 얼굴로 내가 나이 들어서도 그런 뺨을 한 소녀조차 여지껏 본 적이 없다. 관곡동을 떠나 오는 길에서 항용 엄마는 배운 것이 아깝게 촌사람처럼 지내는 막내 동생의 처지를 딱해하고 안타까워했다.

그때 우리는 아직 철없는 아이들이었기에 어디 가나 장난이 심했다. 나 혼자서는 다소 내성적이고 숫기가 없었으나 형과 이종형과 함께라면 드세게 놀아댔다. 엄마랑 아재랑 나물 캐러 간 어느 화창한 봄날 이종이 다니는 소학교도 가 보고 그곳에서 동네 아이 여럿들과 어울려 숨바꼭질도 하고 병정놀이도 했다. 우리는 이내 친해져 한테 어울려 여기저기 쏴 다녔다. 누군가의 인도로 나진으로 통하는 기찻굴이 보이는 철길 쪽으로 모두가 막대기를 칼처럼 든 채 몰려갔다.

여객차든 화물차든 우리 키보다 더 큰 바퀴를 굴리며 달리는 기관차가 신기해 보여 기차 지나가기만 기다리며 철길에서 놀았다. 어쩌다 기차 지나갈 때마다 철길 위에 올려놓은 못이 납작해지고 자갈이 타닥타닥 뛰어올라 우리를 즐겁게 했다.

> 봄날 산으로 어른들 나물 캐러 간 날은
> 산골 마을은 그지없이 적막했다.
> 그러나 어느새 아이들이
> 작대기 하나씩 들고 몰려들면
> 삽시간에 세상은 수라장 되었다.
> 편 갈라 칼싸움도 하고 총 쏘기도 하여
> 꼬마들의 목청은 언제나 쉬었다.
>
> 전쟁놀이도 싫증나서 우리는
> 마을 뒤켠 굽이도는 기찻길로 올라갔다.
> 멀리 읍내 너머엔 바다가 번쩍였고

산 너머 나진 쪽으로는
거뭇하니 입 벌린 기찻굴 보였다.
대낮에도 여우와 개승냥이 넘나든다는
산골 기찻길에는
작대기 든 우리에겐 거칠 것 없었다.

하루에도 몇 차례
만주로 드나드는 군수 차량이
거센 바람 일며 달려 나갔다.
이내 엎드려 레일 위에 귀를 댔다.
점점 작아지는 덜그럭 소리 귓속에 간지러웠다.
우리는 레일 위에 못 올려놓고 길 아래 숨었다.
얼마 후 뒤따라서 지나간 기차 바퀴 밑에서
못은 납작한 칼이 됐다.
이번엔 자갈돌 몇 개 올려놨다.
타다닥 튀는 소리 귓전에 울렸다.
우리는 신이 나서
수십 개의 자갈 한 줄로 늘어놓고
길 아래 엎드려 작렬하는 소리 엄숙히 기다렸다.
허나 해가 지도록 다시는 기차가 오지 않아
싱겁게 무리져 마을로 내려갔다.

그날 어둠이 깔리기 전
우리 모두 주재소로 끌려갔다.
아직 초등학교 저급 학년인데도
시멘트 바닥에 꿇어앉아 하나하나
순사 앞에 불려가 조사받았다.

한밤중 허겁지겁 달려온 어른들 손에
동네 아이들 모두 이끌려 돌아갔지만
읍내에서 온 낯선 주모자 — 형과 나는
이튿날 아침까지 거기 남아 있었다.
집에 돌아온 날 밤 이슥하도록 밤잠 설치다

한밤중 서럽게 우는 엄마의 흐느낌 소리
나는 난생처음 잠결에 들었다.

그날 밤 관곡동 주재소에서 아이들의 철없는 장난임을 또박또박 이야기하는 아재의 항변과 사정에도 아랑곳없이 우리 형제는 그곳에 갇힌 채 하룻밤을 지냈다. 아재는 궁극엔 데려가도 좋다는 자기 외동아들도 우리와 함께 있으라 하고 혼자 집으로 돌아갔다. 나는 아재가 그토록 유창하게 일본 말 할 줄은 정말 몰랐다.

그 후 저 '약소민족의 위대한 해방자' 소련군이 진주한 이후 아재네는 소리 소문 없이 그곳을 떠나갔다. 혹 함흥을 거쳐 평양으로 올라갔다는 풍문도 있고 원산을 거쳐 서울 쪽으로 내려갔다는 이야기도 있었으나 아무튼 6·25전쟁 이후 서울서는 그들의 행적을 찾을 길이 없었다.

곽광수

프랑스 유감 IV(계속)

프랑스 유감 IV(계속)

다시 조엘 이야기로 되돌아와서, 언젠가, 무슨 일로 기숙사 조엘 방에 갔는데, 방 앞에 친구들 몇이 몰려서 있었다. 그때 그 친구들이 어떻게 조엘 방에 그렇게 모여 있게 되었는지는 내 기억에 없고, 가까이 가서 보니, 조엘이 침대 밑에 쓰러져 소리 높여 흐느껴 울고 있었는데, 간간이 뭐라고 외쳐 대기도 하는 것이었다. 내가 알고 있는, 말도 별로 없는 조용한 조엘이 아니었다. 친구들에게 왜 저러냐고 물어보았더니, 하는 말들이, 자클린이 조엘과 서로의 사이를 끊겠다고 했다는 둥, 조엘이 자클린의 그 말에 술을 마구 마시고 저런다는 둥……, 그런 이야기들을 들려주었다. 나도 몇 번 본 적이 있는 자클린은 조엘의 여자 친구였는데, 인형처럼 예쁜, 드물게 보는 미인이었고, 나는 오히려 그 때문에 조엘의 짝으로는 어울리지 않는다는 느낌을 갖곤 했다. 과연 쓰러져 있는 조엘 옆에 창을 뒤로하고 자클린이 서 있었는데, 한쪽 손을 턱에 대고 다른 쪽 손으로 그쪽 팔꿈치를 받친 오연한 자세로, 마스카라를 한 것도 아닌데 속눈썹이 길게 올라간 그 아름다운 커다란 옅은 하늘색 두 눈을 말갛게 뜬 채 조엘을 빤히 내려다보고 있었다. 그 광경은 내게는 카르멘과 돈 호세를 연상시켰다.

나는 이 **희한한** 광경에 여간 놀라지 않았다. 내 놀라움은 그 당시 학생 사회에서 희한하지 않을 수 없는 그 광경 자체에 기인한 것인데, 기실 조엘만을 두고 볼 때에는 나로서는 그리 놀라운 게 아니라는 생각도 들었다. 친구들은 참 한심한 녀석이지 하는 눈치였다. 이러한 사정을 이해하기 위해, 여기서 다시 한 번, 『Courrier de la Corée(한국 통신)』의 'Kaléidoscope(만화경)' 난에 기고했던 「L'Evolution des moeurs(풍습의 진보)」라는 제목의 내 글 한 편을 우리말로 옮겨 놓기로 한다.

우리 세기에 있어서 문학적 감수성은 언제나 역사적 사건들을 앞질렀으며, 후자가 나중에 전자를 확인하게 되었다고 그의 저서 『20세기의 지적 모험』에서 말한 것은, 기억건대 R.-M. 알베레스 씨였다. 아마도 그것은 문학적 감수성의 경우만은 아닐 것이다. 어느 정도까지는 예술적 감수성 전체가 그러할 것이다. 18년 전 나는 미켈란젤로 안토니오니의 저 유명한 영화 〈정사〉를 서울에서 보았고, 8년 전, 즉 그 10년 후 프랑스 엑상프로방스의 시네마테크에서 다시 보았다. 그 영화는 두 번째에도 첫 번째에 못지않은 깊은 감동을 내게 불러일으켰다. 그 감동은 두 번째에 오히려 더 진실된 것이었다고 하겠다. 왜냐하면 〈정사〉의 경우는 예술의 예견적인 가치의 좋은 예로서, 내가 프랑스에서 그것을 다시 보았을 때, 그것은 유럽에서 전적으로 현실감이 있었기 때문이다. 그리고 단언컨대 그것은 현재에도, 아니 현재에 특히 현실감이 있다. 오늘날 누가 유럽 청년층의 큰 부분에 있어서, 남녀 간의 사랑에서 느껴지는 저 서글픈 권태와 저 물리칠 수 없는 고독을, 한마디로, 〈정사〉가 20여 년 앞서 괄목할 만하게 표현한 저 사랑의 부재를 부정하겠는가?

내가 유학하기 위해 프랑스에 간 것은, 바로 이른바 오월혁명이 발발한 그해, 1968년이었다. 내가 알기로는, 프랑스의 저널리즘에서 "풍습상의 진보"라고 부른, 유럽 청년층의 풍습의 어떤 경향이 프랑스 사회에 나타난 것은, 바로 그 오월혁명 다음이었다. 그 이래 그 진보는 계속되었고, 그것이 이제 유럽에서 어느 정도에 이르렀는지 누구나 알고 있다.

3년 전 나는 이 글 시초에 인용한 알베레스 씨와 대담하는 기회를 가진 적이 있다. 그는 그때 한국 청중들에게 강연을 하기 위해 서울에 와 있었던 것이다. 나는 그에게 여러 문화적인 문제들에 관해 질문을 했는데, 그 가운데 그 풍습상의 진보가 있었다. 그는 대답하기를, 유럽 역사를 보면 주기적으로 성적 억압의 시기가 있은 다음에는 언제나 일종의 성적 해방의 시기가 뒤따랐음을 확인할 수 있는데, 지금의 시기가 아마도 해방 단계일 것이라고 말했다. 따라서 지금 진행되고 있는 풍습의 변화에 대해 아무것도 할 수 없을 것이며, 상당한 시간이 지나면 이 변화는, 이번에는 정결(貞潔)로의 회귀로 특징지어지는 다른 변화를 불러올 것이라는 것이었다.

그러나 이와 같은 그의 답변은 나를 납득시키지 못했다. 내게는 이 진보가 단순한 순환적인 사회현상보다는 훨씬 더 깊은 것으로 보이는 것이다. 나는 이 문제를 다룬 ORTF(프랑스 국영방송)의 한 텔레비전 프로그램을 기억하고 있다. 한 젊은 노동자 커플의 인터뷰가 나왔는데, 부인이 조금도 거북함이 없이 이렇게 말하는 것이었다. "섹스라는 건 복잡한 게 아니에요. 하고 싶은 게 섹스지요. 더 이상의 말이 필요 없어요." 이 더없이 평범한 여인의 견해는 지금의 풍습상의 진보의 진상을 잘 말해 주고 있다. 이 도덕상의 진보는 유럽인들이 20세기를 지나오면서 쉬지 않고 쌓아 온, 세계와 인간에 대한 지식의 진보와, 또 그 결과인 지적 태도, 우상파괴적이고 탈신비적이라고 규정할 수 있는 지적 태도와 관계가 없지 않다고 나는 생각한다. 즉 이제 사람들은 사랑의 문제에 대해서도 신비로 속임을 당하지 않기를 바라기에 이른 것이다. 거기에는 아마도 프로이트의 정신분석이 큰 역할을 했을 것이다.

하지만 모든 인간 현상들을 합리적으로 설명할 수 있을까? 인간에게 비합리적인 성격을 일절 부인할 수 있을까? 커다란 풍습상의 자유를 누리는 젊은이들에게서 역설적으로 사랑 자체가 야기하는 권태와 고독의 감정을 찾아볼 수 있다는 사실 자체가, 그 반대를 증명하는 게 아닐까? 만약 사랑이 성행위로 환원될 수 있다면, 그 성적 자유에서 그 고독과 그 권태는 어째서인가? 내 프랑스인 친구 한 사람은 이렇게 말한 적이 있다(물론 그의 여자 친구가 없는 자리에서). "광수, 사실은 말야, 난 미셸을 믿을 수 없어. 그리고 이젠 걔와 사랑을 하는 게 별로 즐겁지도 않아……"(그들이 서로 알게 된 것은 겨우 2개월도 되지 않았었다!……)

아마도 유럽의 젊은이들에게는, 약 반세기 전 앙드레 말로가 『인간조건』의 주인공의 한 사람의 입을 통해 다음과 같이 설명한 그런 사랑은 더 이상 존재하지 않는 것 같다. 사랑이란 "선택하고 정복하고 합의한 공모(共謀)"이며, "고독에 대항하여 두 존재를 서로 밀착되어 있게 하는" 것이다.

마지막으로 나는, 이제 한국에서도 서양 문명을 맹목적으로 추수(追隨)하는 어떤 젊은이들에게서 풍습상의 진보가 나타나기 시작한 것 같다는 것을 말하고 싶으며, 그것은 특히 청년층에 진짜 위험이 된다고 생각하지 않을 수 없다.

　지난 세기 70년대에 쓴 이 글을 지금 읽어 보면, 내 근본적인 인간관에는 변화가 없지만, 지금·한국이라는 맥락에서도(사실 이런 말을 할 필요도 없을지 모르지만) 결론 부분은 다소 낡아 보인다는 생각을 막을 수 없다. 지난 10여 년 동안 우리나라 신문, 잡지들을 통해 알려진 우리나라 사람들의 성 의식의 발전상을 생각해 보면, 요즘 젊은이들에게는 나의 마지막 결론의 '진짜 위험'이라는 표현은 완전한 넌센스처럼, 그리고 말로의 그 극적인 말도 그야말로 무슨 연극 대사처럼 여겨질 것 같다.

　내가 처음 프랑스에 닿아, 파리 지하철에서 젊은 남녀가 서로 뒤엉키어 입술을 맞대고 떨어질 줄 모르는 것을 보았을 때에 느꼈던 놀라움을 잊지 않고 있고, 지금도 그 이미지가 머릿속에 뚜렷이 남아 있다. 엑상프로방스에서의 첫 학기 초에, 보수 일간지 『피가로』에서 간행하는 주간지 『Figaro littéraire(피가로 문예)』에서 나는 「나는 18세」라는 특집 기사를 읽은 적이 있다. 보수지인 만큼, 오월혁명 이후 백일하에 펼쳐지는 성 개방의 물결에 놀랐던 것일 것이다. 18세 성년에 이른 여자들에 대한 앙케트에서 대표적인 응답지들의 내용을 알려주며 쓰인 그 기사에서, 어떻게 처녀성을 버렸는가라는 질문에 대한 답변으로 유일하게 내 기억에 남아 있는 것이 있다. 오늘 저녁 파리 지하철 어느 역 승강장에 닿자마자 50보를 걸어가 만나게 되는 남자와 함께 잔다고 마음먹고 그렇게 했다는 것이었다!…… 조엘을 통해 알게 된 친구들이 사귀던 여자 친구가 어느 틈엔가 바뀌어 있는 것을 흔히 볼 수 있었다. 물론 그들의 그 사귐은 당연히, 그 당시 관용적인 표현인 '함께 외출하'는 관계가 함의하는 사랑의 행위까지 포함하는 것이었다. 친구들에 이끌려 특히 잘사는 학생의 독립 아파트 같은 데에서 열리는 **붐**(학생들이 나이트클럽의 비싼 입장료를 내기 싫어서 적은 돈들을 모아 스스로 개최하는 댄스파티)에 가보면, 술이 거나하게 오를 즈음에는 홀에서 춤을 추는 쌍들은 두서넛밖에 없고, 흐릿하게 한 불빛 아래에서 이 방 저 방 소파에, 소파는 아니더라도 몸 기댈 만한 데에는 어디서나 남녀가 뒤엉켜 키스하고 서로를 애무하기에 난장이 따로 없었다……. 그런 세태 가운데서도 더 잘나가는 한 학생이 내게 일러 준, 사랑하기에 이르는 방식은 이렇다. "광수, 욍 푀 드 당스, 에 라 프시콜로지, 에 사 이라……(춤 좀 추고 심리를 조종하기만 하면, 그냥 되는 거라……)." 장피에르가 언젠가 해 준 말로는, 예외적인 경우이긴 하지만 학생 사회에 혼음 파티까지 있다는 것이었다!…… 그런 풍습의 진보에 비판적인 학생들은, 그 모든 것이 과시주의(exhibitionisme)라고 비아냥거리기도 했다. 사실 그런 면이 있었다는 것이 내 판단이기도 하다. 요즘 파리 지하철에서는 위에서 언급한 그런 짙은 애정 행위를 보기는 힘들다. 오월혁명은 모든 기존의 사회적 규범에도 반기를 들었던 것이므로, 그 가운데 가장 첨예한 문제인 남녀 간의 사랑은 따라서 혁명 세대에 가장 큰 긴장을 불러일으키는 것이었을 테고, 그 긴장은 그런 과시적인 행태로 폭발했을지 모른다.

프랑스의 어느 사회학자가 쓴 "막힌 사회(société bloquée)"라는 용어가 오월혁명 이후 한때 유행했던 적이 있다. 프랑스 사회가 대표적으로 '막힌 사회'이며, 그래. 프랑스는 점진적으로가 아니라, 언제나 혁명을 통해 단계적으로 발전하는 나라라고들 말했다. 기실 성 개방은 대체적으로 유럽 북쪽에서 시작되어 남쪽으로 내려온 것이고, 가톨릭 기반이 단단한 이탈리아, 프랑스, 에스파냐에서는 오월혁명을 통해서 비로소 공론화된 것이다. 그 당시 내가 본 영화로 이와 관련하여 기억에 남아 있는 〈스웨덴, 지

옥인가, 천국인가?(La Suède, l'enfer ou le paradis?)〉라는 다큐멘터리가 있다. 이탈리아 감독이 만든 그 영화는 그 당시의 프랑스 학생 사회에도 흥미진 진한 내용들을 담고 있었다. 고등학교에서 이성 교제를 가르치는데, 한 반 학생들에게 키스를 실습시키는 것을 잡은 장면도 있고, 집으로 놀러 온 남자 친구를 2층 제 방에 맞아들여 시간을 보내다가 사랑을 하게 되기 도 한다는 한 여자 대학생을 인터뷰하는 장면도 있다. 후자의 경우 주인 공의 답변에는 그런 사실을 아래층의 부모가 안다는 이야기도 있다……. 그 영화는 북구인에 대한 남구인의 편견을 보여 준다고도 할 수 있을지 모른다. 여름의 그랑드 바캉스(대휴가)에 어느 프랑스 대학이고 외국인 학생들에게 불어와 프랑스 문화를 가르치는 하계강좌(cours d'été)를 열지 않는 곳이 없다. 어느 해 여름 쿠르 미라보의 한 카페에서 조엘과 나는 엑 스 문과대학 하계 강좌를 수강하고 있는 덴마크 여학생 둘과 테이블을 함 께한 적이 있었는데, 그녀들이 한 이야기는, 남쪽 나라들에서 자기들 덴 마크 여자들이나 스웨덴 여자들을 헤픈 여자들로 생각하는데, 전혀 틀린 거라는 것이었다……. 어쨌든 성 개방이 북쪽에서 먼저 시작되었다는 것 은 사실인 모양이다. 어느 해 그랑드 바캉스에 파리에서 선배 한 분이 도 색잡지의 광고에서 보았다는 광고문을 이야기해 준 적이 있다. "우리도 이젠 함부르크에 갈 필요가 없다"나. 독일을 포함하여 그 위쪽으로는 진 작부터 있었다는 섹스 숍 간판을, 내가 마르세유 거리에서 처음 본 것은, 공부를 끝낼 즈음이었다. 네덜란드에 처음 여행했을 때, 담배 가게(담배 이외에도 신문이나 대중 잡지, 공중전화카드 등도 판다)에서 도색잡지들 을 길을 면한 판매대에 내놓고 있고, 그것들을 지나가는 꼬마들이 들쳐 보는 것을 보고 충격을 받기도 했다…….

　이와 같은 그 당시 유럽 사회의 풍습적 배경을 뒤에 놓고 볼 때, 떠나겠 다는 자클린 앞에서 쓰러져 누워 비통하게(!) 흐느끼고 있는 조엘 모습이 어찌 희한하지 않겠는가?…… 요즘 우리나라 젊은이들도 그 에피소드를 낭만주의 시대의 옛이야기처럼 생각할 것이다. 지난 10여 년 동안 우리나라 신문·잡지·방송에서 내가 읽고 본, 성 의식 발전을 다룬 보도들 가운데 몇 가지만을 든다면, 우리나라가 이 방면에서도 이제 서양을 거의 따라잡았다는 생각이 든다. 몇 년 전 어느 공영방송에서 섹스에 관해 젊은 부부들을 인터뷰한 것을 방영한 적이 있고, 어느 인기 가수가 남편이 잠자리를 소홀히 한다고 이혼 소송을 제기했다는 기사가 상당히 크게 난 적도 있다. 바로 한 달여 전, 어느 일간지에 여자 대학생들의 성 의식에 대한 앙케트 결과가 보도되었는데, 성 경험 유무 여부에 대한 질문에서 경험이 있다는 답변의 백분율이 49%나 되었다고 한다……. 이제 사회제도에서 가장 보수적이라는 법이 이런 상황을 정리할 일만 남았다고 하겠다. 아닌 게 아니라, 서양에서는 옛날에 없어졌다는 간통죄에 대한 헌법 소원 기사가 두 번 났었다. 중요한 것은, 두 번 다 소원이 기각되기는 했지만 첫 번째 소원 때보다 두 번째 소원 때에 반대한 재판관의 숫자가 줄고 찬반 비율이 재판장을 빼고 정확히 50%/50%였다는 것이다. 법조계에서는 다음에 다시 한 번 더 소원이 있을 때에는 수리될 것이라고들 하는 모양이다.

  정신분석은 서양에서는 프로이트의 재평가와 그 뒤를 이은 라캉을 통해 여전히 주류 담론의 하나가 되어 있지만, 우리나라에서는 그 실천이 아직 일반에 퍼져 있지 않다는 점에서 아무래도 그 담론이 좁은 학회 범위를 많이 넘어서지 못하고 있는 듯하다. 그러나 근년 미셸 푸코의 영향은 대단한 것 같다. 그리고 오월혁명 주체들은 기실 혁명의 이념적 지표를 마르쿠제에서 구했다고 한다. 어쨌든 위의 세 사상가들은 모두 성 의식을 확장시킬 구석이 있고, 따라서 풍습상의 진보를 받아들이지 않을 수 없게 한다고도 하겠다. 그러나 우리나라의 경우는 실제에 있어서 젊은이들의 활

발한 해외여행과 정보 통신 기술의 첨단적인 발달에 힘입어 서양의 풍습
상의 진보를 뒤따라간 것이라고 생각해야 할까?…… 이른바 야동을 초등
학교 학생들이 인터넷으로 쉽게 접할 수 있다는 상황을 상상해 보라.

그 후 조엘은 내게 한 번도 자클린에 대해 말한 적이 없다(당연히). 그
러다가 어느 순간부터 더없이 평범하고 마음씨 착하게 보이는 여자 친구
와 함께 있는 것을 나는 보았다. 그리고 내가 떠날 때까지 그들은 변함없
이 함께 있었다. 1995년도 가을에 프랑스 정부의 한국불어불문학회장 초
청 기회에 엑스에도 내려가, 유학에서 귀국 후 처음으로 조엘을 다시 만
났다. 그때 내가 그에게 결혼했는지, 부인이 옛날 그 여자 친구인지 물어
본 기억이 없다. 쿠르 미라보의 한 카페에서 저녁 늦도록 이런저런 옛 이
야기를 나누고, 친구들 소식을 주고받으며 시간을 보냈다…….

앞으로 이야기를 계속하기 위해, 내게 잘 기억되지 않는 것들에 대해
물어보려고 나는 조엘에게 편지를 쓰기로 했다. 다음은 그 편지를 번역한
것이다.

2014년 9월 11일

내 친애하는 조엘,

이 편지는 아마 자네를 놀라게 할 걸세. 내 기억이 옳다면, 내가 한국으
로 돌아온 후 자네를 다시 본 것은 1995년 가을이었네. 나는 엑스 문과대학
심리학과로 자네를 찾아갔었지. 그리고 그날 저녁 쿠르 미라보의 한 카페
에서 우리는 다시 만났어. 나는 자네 사진을 찍고, 옆 테이블 사람에게 부
탁해 우리 둘의 사진도 찍었지. 오늘 나는, 약속한 대로 그 사진들을 자네
한테 보내 주지 않았던 것을 사과하네. 사실은 그럴 수가 없었다네. 왜냐하
면 왠지 모르겠는데, 우리 모습들을 알아볼 수가 없었어……. 그렇더라도
자네한테 편지는 썼어야 하는 건데…….

하지만 자네는 물론, 내가 자네를 잊어버렸다고 생각하지는 않을 걸세.
내가 한국에 돌아온 얼마 후, 서울에서 간행되는 『Courrier de la Corée』라는
한 불어 주간지를 위해 쓴 불어 기사 한 편을 여기 동봉하네. 그 불어 주간

지는 『The Korea Herald』라고 하는, 한국에서 가장 큰 영어 일간지가 간행한다네. 자네도 잘 알다시피, 영어 신문은 세계 전체로 많은 나라에서 간행되지.

그 잡지에서 내게, 외부 필자들의 기사를 싣는 '만화경'이라는 난에 기고를 의뢰해 왔었다네. 나는 거기에 여러 번 글을 썼지만, 결국 그만두고 말았네. 그 당시 학교 일에 바빴던 거야. 여기에 동봉되어 있는 글은 그 첫 번째 것이라네.

그 글을 읽으면, 내 엑스 시절의 추억이 내 마음에 얼마나 귀하게 남아 있는지 자네는 상상할 수 있을 걸세……. 장피에르는 언젠가 내게 이렇게 말한 적이 있었어. "넌 4년 장학금을 받아서 만족해하는데, 주의해야 할걸. 프랑스 정부는 널 프랑코필(프랑스 애호자)로 만들고 싶은 거란 말야. 프랑스 제국주의가 널 통해 한국에 영향력을 행사할 거다……." 장피에르의 말은 옳았어. 나는 확고한 프랑코필이 되었다네. 하지만 그것은 프랑스 제국주의 때문이 아니라, 내가 엑스에서의 내 삶을 결코 잊지 못하기 때문이야…….

자네는 내가 사귄 첫 프랑스인 친구였지. 내가 「프랑스인들의 추억」에서 말하고 있는 르 라 방두 해변에서의 캠핑은 자네에 대한 나의 수많은 추억들 가운데 하나일 뿐이야. 자네 덕택에 나는 다른 프랑스인 친구들도 알게 되었고, 그 가운데 지금은 센 강변에서 고서점을 하고 있는 장피에르가 있지 않은가. 우리 친구들의 모임이 있을 기회가 생기기만 하면, 자네는 나를 거기에 데려가기를 빠트린 적이 없었어. 자네는 심지어, 내가 코핀(학생사회에서 여자 친구를 다소 상스럽게 표현하는 말)을 만들게끔 주선해 주려고까지 했었지. 여학생들 가운데 코팽(코핀의 남성형)을 가지고 있지 않은 사람들을 내게 남몰래 알려 주지 않았나……. 그 방면으로는 내가 서양 풍습에서 이루어지고 있는 세태에 익숙하지 않아 외톨로 틀어박혀 있는 것을 자네는 잘 알고 있었기 때문이야(말이 나왔으니 말인데, 한국의 요즘 젊은 이들은 10여 년 전 이래 마침내 그 방면으로도 서양을 따라잡았다네!). 자네가 취직 후 기숙사에서 나가 스튀디오를 얻어 살게 된 이후에, 그랑드 바캉스에 됭케르크에 갈 때에는 내가 기숙사 방값을 절약할 수 있도록 내게 그 스튀디오를 쓰게 했어. 내 엑스 생활이 끝나갈 즈음, 내가 한국의 독재 체제 때문에 한국으로 돌아가기를 두려워하자, 자네는 심지어, 됭케르크에서 가정의로 일하고 있는 자네 사촌인가 그 친구인가를 내게 소개해 주려고까지 했었지. 자네는 보일 듯 말 듯한 아이러니를 담은 미소를 흘리며 이렇게 말했다네. "너 그애하고 결혼하게 되면, 넌 애보기나 하면 돼. 그애가 돈을 많이 버니까 말야!" 나는 그녀에게 편지를 썼고, 그녀도 답장을 보내 왔네. 그 편지의 내용은 그녀가 바빠서 엑스에 올 수 없다는 것이었다고 기억되네…….

자네, 아르메니아 혈통이라는 심리학과 여학생 엘리안 파파지앙을 기억하나? 그녀 역시, 물론 자네가 내게 소개해 주지 않았나. 기실 내가 좋아했던 것은 그녀였다네. 지금까지 내가 어떤 사람한테도 하지 않았던 고백이고, 따라서 지금 자네한테 처음으로 하는 고백일세! 그녀도 나를 좋아하는 것 같았지. 어느 여름날 저녁에 그녀는 무슨 핑계를 대고 내게 기숙사 자기 방으로 오라고 했어. 내가 노크 후 "들어와"라는 그녀의 말을 듣고 방문을 열었을 때, 그녀가 침대에 앉아 있는 옆모습이 금방 눈에 들어왔어. 약간 긴장한 얼굴을 내게로 돌리고 말야. 그런데…… 그 얼굴이 틀림없이 화장한 얼굴이 아니었겠나. 그녀의 입술이 루주로 빨갛게 물들어 있던 것이 지금도 뚜렷이 기억나……. 나는 전반적으로 여학생들이 화장한 것을 거의 보지 못했고, 엘리안도 화장한 것을 한 번도 본 적이 없었지. 그래 나는 그 모든 것이 무엇을 의미하는지, 단번에 알아차렸네. 그러자 갑자기 내 가슴이 요란하게 뛰기 시작했네. 나는 그것을 버틸 수가 없었어. 다음 순간, 나는 이미 복도에 나와 있었어. 나는 거의 달리다시피 하여 복도를 빠져나왔다네……. 남들은 몰라도 자네, 자네는 나의 그 행동을 이해할 수 있을 걸세. 상당한 시간이 지난 후, 나는 엘리안이 한 남학생과 함께 있는 것을 보았는데, 독일인이라고들 하더군. 그날 저녁 이후 그녀는 내 생각을 버린 것이라고 나는 생각하네. 그녀가 그 독일인 남자 친구와 내 논문 발표에 왔었다는 것을 기억해……. 자네가 엘리안의 소식을 얼마라도 안다면, 나는 얼마나 기쁠까!……

그런데 참, 자네, 결혼했겠지. 아이들도 있을 테고. 자네가 CNRS의 책임 연구원이 되었다는 것을 장피에르가 말해 주었네. 그건 당연한 일이라고 나는 생각했지. 옛날 우리 친구들은 자네가 심리학과의 가장 뛰어난 학생의 한 사람이라고들 늘 말하곤 했어. 그리고 자네 이제 몇 살인가? 아마 예순 다섯에서 일흔 사이?……

나는 일흔셋이라네. 2006년에 은퇴했어. 장피에르의 말로 미루어 생각하면, 자네는 아직 현직에 있는 모양이지? 그런데 이 나이에 이르니, 나는 내가 죽은 후에 엑스의 내 추억들이 사라지게 하고 싶지 않다는 마음이 드네. 그래 내 엑스에서의 삶에 대한 조그만 회상록을 계획하고 있다네. 그 때문에 자네한테 청을 하나 하려고 해. 내가 잘 기억해 내지 못하는 것에 관해,

자네가 할 수 있다면 자세한 내용을 알려 주었으면 하네.

내가 성공적으로 논문 발표를 한 후, 내 기사에 언급되어 있는 우리 친구들의 축하 모임을 마련한 것도 자네였던 것으로 생각되는데, 그 장소가 어떤 곳이었는지, 자네, 기억하나? (1)

내가 한국으로 출발하기 전에 내 모든 책들을 담은 큰 철제 상자를 해운회사를 통해 한국으로 부치려고 마르세유로 갔을 때, 자네를 포함한 몇몇 친구들이 그들 가운데 한 사람의 자동차로 나를 도와주었지. 그 자동차가 누구 것이었는지, 자네, 기억하나? (2)

우리 친구들 가운데 심리학과 학생으로 리옹에서 온 친구가 있었는데, 그의 아버지가 아주 부자라고들 했지(이름은 기억나지 않지만, 외모는 기억되네. 큰 키에 많이 대머리 진 얼굴이야). 그 친구가 리옹 교외에 있는 자기 아버지 성에서 봄을 열려고 한다고, 어느 날 자네가 말해 주면서, 거기에 친구들과 함께 가자고 했어. 가면무도회가 될 거라고 자네는 말했지. 모두들 자동차 몇 대에 나누어 타고 거기에 갔던 것으로 기억되네. 그리고 또 자네가 말하기로는, 봄이 끝난 후 밤늦게 성 뒤에 있는 산에 올라가 '춤추는 테이블'이라든가 뭐 그런 실험을 할 것이라는 것이었는데, 조그만 테이블 위에 여럿이 두 손바닥을 펴서 대고 노래를 부르는지 주문을 외우는지 하면서 들어 올리면 테이블이 달의 정령의 힘으로 딸려 올라온다는 것이었네. 내 기억으로는 그날 밤 달이 구름에 뒤덮여 있어서 그 실험을 포기하고 말았지. '춤추는 테이블'이라는 명칭이 정확한지 알고 싶네. 그리고 그 실험을 더 상세히 묘사해 줄 수 있는지? (3)

내 장학금 기한이 다해져 내가 기숙사를 떠나게 되었을 때, 나는 시내의 한 더러운 건물에 방을 세들었었지. 거기에는 세면대와, 커튼을 두른 변기와, 덮을 것이 없는 나무 침대밖에 없었다네. 그래 우리 친구들 가운데 누가 모포를 빌려 주었는데, 기숙사에 있는 친구들이야 기숙사 비품밖에 없었으니, 그때에도 자네가 도와주었던 것 같아. 자네는 스튀디오에 나와 있었으니, 자네 힘으로 스튀디오 비품들을 장만했으므로 여분의 모포가 있었을 거야. 자네가 맞지? (4)

우리 서클에 끼이지 않은 친구가 한 사람 있었다네. 내 기사에 언급되어 있는 미셸 레라는 친구야. 내 논문의 원고를 읽어 주었지. 그 당시 그는 독일어 CAPES(중고등학교 교사 자격증)을 취득한 참이었어. 자네가 고등학교에 다녔다는 브리앙송에 우리가 함께 여행했던 것을 자네는 물론 기억할걸세. 내 기억이 정확하다면, 자기 차로 우리를 데리고 함께 여행한 자네 친구도 독일어 CAPES를 취득한 지 얼마 되지 않았다고 했지. 그 친구가 혹시라도 미셸 레를 아는지, 자네, 그 친구에게 물어볼 수 있겠나? 그리고 그렇다면, 그 친구가 미셸의 주소를 알 수 있는지도 물어볼 수 있겠나? (5)

이상의 다섯 개 질문인데, 여기에 대답해 주었으면 하네. 보다시피 내가 질문에 숫자를 매겨 놓았으니, 자네도 자네 대답에 그렇게 하면 좋겠네. 물론 e-메일을 쓰게. 내 e-메일 주소는: ks413@snu.ac.kr 이라네.

자네 한국에 여행하고 싶지 않은가? 그렇다면, 서울행 덤핑 왕복 비행기 표를 사 가지고 서울에 오기만 하게. 그러면 자네는 여기에 한 주일가량 머무를 수 있을 텐데, 그 정도의 시간이면 내가 자네에게 한국 관광을 조금 시켜 줄 수 있을 걸세. 숙식 걱정은 말게. 우리 집에서 자고 먹으면 되지.

자네 답신에 자네 전화번호를 적어 주게. 자네 목소리를 듣는다면, 얼마나 기쁘겠나! 한국이 현재 이른바 IT기술이 아주 발전한 나라라는 것을 자네도 알 걸세. 한국에는 무척 싼 국제전화 서비스가 있다네. 자네 전화번호를 알게 되면, 곧 전화하겠네.

사실은 1995년 이후에도 나는 엑스에 두세 번 들렀었다네. 모두 그랑드바캉스 때여서, 한 번은 학교로 자네를 찾아갔으나 심리학과 문이 잠겨 있었고, 나머지는 여행 동반자들과 함께 엑스를 하루만 구경하고 지나가는 길이어서 자네를 찾아볼 생각을 하지도 못했다네. 언제고 다시 한 번 엑스에 가게 되면, 가기 전에 미리 자네하고 연락하여 서로 시간을 맞추어 꼭 만나보도록 하세나. 엑스에 한국 식당도 생겼으니, 거기에서 즐겁게 이야기를 나누세나.

자네 답신을 조급한 마음으로 기다리고 있겠네. 이만하네.

곽광수

(계속)

이익섭

어린 왕자

1.

내가 소중히 간직하고 있는 책 중에는 영어판 『어린 왕자(The Little Prince)』가 있다. 1943년 뉴욕의 Harcourt, Brace & World 출판사에서 출간된 양장본이다. 속표지에는 아주 작은 글자로 "Translated from the French by Katherine Woods"라고 적혀 있어 이것이 프랑스어 원전(原典)으로부터 번역된 영어판임을 알 수 있다.

이 책은 우선 그 장정(裝幀)이 퍽 마음에 든다. 노르스름한 고급 천으로 싼 하드커버부터 정성을 들인 흔적이 역력하고, 컬러로 들어가 있는 삽화들, 저자 생텍쥐페리가 직접 그린 그 삽화들의 인쇄도 좋은 지질(紙質)에 힘입어 참으로 깨끗하고 우아하다. 판형이 커서 그 그림들이 넉넉하고 시원스럽게 보이는 것도 마음을 사로잡는다.

이처럼 책을 고급스럽게 만든 것이 프랑스에서도 나온 일이 있는지 모르겠다. 나는 프랑스어판도, Gallimard에서 1957년에 출간한 것으로 하나 가지고 있다. 대학교 3학년 때였는지 프랑스어를 좀 더 본격적으로 배우겠다고 명동에 있던 아카데미 프랑세즈에서 하는 이휘영 교수의 강의를 신청하였더니 바로 이 책을 교재로 썼던 것이다. 이 책도 프랑스 책으로서는 호화롭다. 재단(裁斷)이 안 되어 있어 칼로 일일이 한 페이지씩 뜯어 가며 읽어야 하는 일반 프랑스 책과는 달리 가지런히 재단이 되어 있을 뿐 아니라 종이도 좋고 삽화도 컬러로 아주 깨끗하고 수려한 것이다. 그러나 미국판과 같은 모조지까지는 아니고 또 페이퍼백이다. 판형도 미국판보다 약간이나마 작아서 어쩌다 삽화의 끝 부분이 잘리기도 하였다.

프랑스에서 혹시 호화 양장의 것이 출간된 일이 있다 할지라도 미국판은 어떻든 최상의 정성을 들인 책이라는 점만은 분명해 보인다. 나는 어린 왕자를 워낙 좋아하기 때문에, 평소 그 책의 장정도 이만큼 정성을 들여야 한다는 생각에 젖어 있다. 누가 새로 번역하였다면 관심을 가지고 또 새로 사곤 하는데 그때마다 우리나라 출판사들이 정성을 덜 쏟는다는 불만이 있다. 삽화의 색도가 너무 번들거리고 판형도 대개는 너무 작다. 미국판은 그래서 늘 더 소중하게 생각된다.

2.

그러나 내 미국판의 진정한 가치는 따로 있다. 1943년이라는 그 출판 연대가 그것이다. 초판인 것이다. 초판이되, 단순한 초판이 아니다. 내가 가지고 있는 Gallimard판을 보면 그 초판이 1946년에 출간된 것으로 되어 있다. 그러니까 내 미국판은 본고장 프랑스에서보다 3년이나 더 일찍 세상에 나온 것이다. 단순한 초판이 아닌 것이다.

무슨 수수께끼 같은 이야기인가 싶은데 알고 보니 그럴 만한 사연이 있었다. 1943년이면 한창 2차 대전의 소용돌이 속에 있었던 때다. 이때 생텍쥐페리는 1941년부터 미국에 망명해 있었고, 그 때문에 독일 점령하에 있던 프랑스에서는 그의 책이 검열의 대상이 되어 있었던 모양이다. Gallimard가 해방이 되자 최대한 서둘렀으나 인쇄를 끝낸 것이 1945년 11

월, 그리고 출간은 1946년. 어쩔 수 없이 미국에서보다 늦어질 수밖에 없었던 것이다.

그러나 수수께끼는 여전히 남는다. 1943년의 미국판은 무엇을 대본으로 한 것일까 하는 것이 그것이다. 적어도 Gallimard판을 그 대본으로 쓰지 않은 것은 분명하지 않은가. 기록에 의하면 1943년에 미국에서 프랑스어판도 함께 출간되었다. Wikipedia를 보면 영어판과 프랑스어판이 Reynal & Hitchcock라는 같은 출판사에서 같은 시기에, 1주일을 사이에 두고 영어판이 먼저, 프랑스어판이 나중 출간되었다고 한다. 출판사 이름은 내가 가지고 있는 책에 적힌 것과는 차이가 있어 이상하나 어떻든 프랑스어판이 Gallimard판 이전에도 있었다는 이야기다.

그래도 의문은 여전히 남는데 어떻게 번역본이 더 먼저 나올 수 있었느냐 하는 것이 그것이다. 다시 Wikipedia에서 그 궁금증이 풀린다. 영어판을 소개하면서 친절히도 "Original title : Le Petit Prince(as handwritten)"이라는 풀이를 해 놓았기 때문이다. 프랑스어판이 책으로 나오기 전에 그 원고에서 직접 번역했다는 말이 아닌가.

그것이 저자의 뜻이었는지 출판사 측의 뜻이었는지는 알 길이 없다. 서둘러 미국 독자에게 영어로도 읽히고 싶었던 모양이다. 그래서 아예 원고를 가지고 번역 작업을 진행시켰던 것으로 보인다. 이 영어판 표지 안쪽 날개에는 이 책의 간단한 줄거리를 소개한 다음 그 끝을 이렇게 맺고 있다. "There are a few stories which in someway, in some degree, change the world forever for their readers. This is one." 온 세상의 독자들에게 엄청난 감명을 줄 최대의 명저(名著)가 될 것을 일찍이 감지(感知)하고 서둘러 영어판도 내고 싶었던 것이 분명하다.

그 결과 비록 1주일 간격이지만 영어판 『어린 왕자』가, 그 후 수없이 쏟아져 나온 이 책의 가장 앞자리에 앉게 되었다. 통계에 의하면 지금까지

250여 개의 언어로 번역되었고, 매년 1백만 부 이상 팔리며, 지금까지 1억 4천 부 이상이 팔려 가히 역대 최고 베스트셀러의 하나라 한다. 우리나라에서 번역된 것만도 47종에 달한다고 한다.

그 큰 물줄기의 발원지(發源地). 1943년 간행의 초판. 그것이 나에게 있는 것이다!

3.

1996년 미국 Maryland 대학교에 7개월가량 가 있을 기회가 있었다. 일요일 거리로 나가면 조그만 장터가 열리는 곳들이 있었다. 그것이 어느 언저리였는지 지금은 전혀 기억이 나지 않으나 벨트 웨이를 타고 Washinton DC 안으로 들어간 어디쯤, 이런저런 골동품들이며 헌책을 들고 나와 『National Geographic』의 초기본들도 살 수 있어 매력을 주던 곳인데, 한번은 할머니가 펴 놓은 자리에 『The Little Prince』가 있었다. 27불인가 달라고 하였다. 그때 신간으로 영어판을 10불도 채 안 주고 좋은 것을 하나 사 두었던 터라 헌책이 무에 그리 비싸냐고 흥정을 하다가 여의치 않아 그냥 왔다. 집에 돌아와 생각하니 후회가 되었다. 그 초판이 얼마나 귀한 존재라는 것을 그때는 전혀 몰랐는데도 오랜 세월을 겪어 온 물건을 그대로 놓쳐 버린 것이 아쉬웠던 것이다.

1976년 하버드에 가 있을 때 놓친 스푼 생각이 났다. 역시 일요일에 서는 장터에서였는데 보통 기념품 가게에서 사 모으던 스푼과는 달리 동(銅)으로 만든 고풍스러운 스푼이 눈길을 끌었다. 조각도 아주 정교하고 고급스러워 탐이 났다. 19불인가 달라고 하였다. 그때 열심히 사 모으던 스푼은 1불 정도였으니 엄청나게 비싼 값이었다. 그것을 만지작거리다, 또 오다가 다시 가면서도 끝내 용기가 나지 않았다. 그 우유부단이, 그 옹졸함이 두고두고 후회가 되었던 것이다.

　그래서 이번에는 다시 그러지 말자 그러며 다음 주 일요일 그 할머니가 앉았던 자리로 다시 갔다. 할머니는 보이지 않았다. 혹시 해서 그 다음 주에 다시 갔다. 할머니가 보였다. 어린 왕자도 보였다. 일이 잘 되려면 그럴 수도 있었다. 인연이었을 것이다.

　4.

　어린 왕자와의 인연은 그 이휘영 선생의 강의를 수강하면서부터 시작되었다. 아직 우리말로 번역되기 전이기는 하였으나, 그때까지는 이런 책이 있는지, 그 이름조차 모르고 있었다. 생텍쥐페리라는 이름도 물론 모르고 있었다. 그런데 '첫눈에'라고 해야 할까, 첫 시간에 운명은 결정되었다. 이휘영 선생은 첫머리의 헌사(獻辭)로 첫 시간을 다 채웠다. 동화(童話)로 쓴 책을 어른인 자기 친구에게 바치면서 아이들에게 용서를 구하는, 그 용서의 이유가 부족하다면 어린 시절의 그 친구에게 바치겠노라고 "어린 시절의 레옹 베르트에게"라고 헌사를 고쳐 쓴 그 짧은 글을 가지고 그 특유의 웃음과 몸짓으로 스스로 얼마나 도취되어 열강을 하였는지 어린 왕자는 이미 내 운명을 지배하기 시작했던 것이다. 책을 다 마칠 때까지 그것은 프랑스어를 배우는 시간이기보다 앞으로의 이야기 전개에 이끌려 꼼짝없이 매여 있던 도취의 시간이었다.

　우리말 번역본이 나온 것은 그 얼마 후였다. 1960년 동아출판사에서 내는 세계문학전집 제1기 13으로 『생떽쥐뻬리』편이 출간되면서 「어린 王子」가 거기에 들어 있었던 것이다. 안응렬(安應烈) 교수의 번역으로, 비록 흑백이지만 원전의 삽화까지 살리고, 또 「남방우편기」나 「인간의 대지」 등은 종서(縱書)로 하였으면서도 이것은 횡서로 하여 원전의 분위기를 많이 살린 번역이었다. 번역문도 그 후 숱한 번역이 나왔지만 이것을 뛰어넘는 것을 보기 어려울 정도로 훌륭하여 바로 둘도 없는 애독서가 되었다.

5.

그러니까 이 무렵은 아직 우리나라에 어린 왕자의 열기가 불지 않을 때였다. 언제부터 그야말로 너도 나도 어린 왕자를 사랑하게 되었는지 모르겠다. 대학을 졸업하던 해, 불문학과를 졸업한 동갑내기가 같은 직장에 있으면서 프랑스판을 낭독한 녹음을 가지고 다니던 걸 함께 들으며 신기해한 일이 있는데 그것으로 이미 어떤 열기의 기미가 있었다고 하기는 어려울 것이다.

나는 이 일을 두고는 법정 스님의 「영혼의 母音」을 떠올리곤 한다. 법정 스님의 그 많은 수필집을 말하면서도 대개 첫 수필집인 『法頂隨想錄』은 잘 모르고들 있다. 1973년에 집현전(集賢殿)이란 출판사에서 출간된 책이다. 그 책의 부제(副題)가 '영혼의 母音'이다. 그리고 그 책 가장 끝에 실린 수필이 또 「영혼의 母音」이다. 여기엔 다시 부제가 붙어 있다. '어린 왕자에게 보내는 편지'라고.

그것은 편지이되 참으로 애절한 편지다. 스님의 그 섬세하고 따뜻한 필치가 우리의 마음을 흔든다. 스님은 1965년 한 지인(知人)으로부터 어린 왕자를 소개받고서는 얼마나 경도되었는지 스무 번도 더 읽었고, 그래서 이제는 행간에 있는 사연도, 여백에 있는 목소리까지도 다 들을 수 있다고 하였다. 가까운 사람들에게 서른 권도 넘게 선물을 하였는가 하면 어린 왕자를 읽고 좋아하는 사람은 이내 친하게 되지만 그걸 읽고도 심드렁한 사람하고는 벗이 될 수 없다고도 하였다. 아니, 어린 왕자는 단순한 한 권의 책이 아니라 경전(經典)이어서 이 세상에서 책 두 권을 고르라면 『화

엄경(華嚴經)』과『어린 왕자』를 고르겠다고 하였다.

이 이상의 찬사가 어디 있겠는가. 이 이상의 추천사가 어디 있겠는가. 아마 온 세계를 다 뒤져도 어린 왕자를 두고 이토록 온 마음을 담아 찬미한 글은 없지 않을까 싶다. 이 글을 읽고 어찌 어린 왕자를 읽지 않을 수 있겠는가.

다만, 우리나라 독자들이 이 글에서 영향을 받았다면 그것은 1973년의 이 수상록에서는 아니었을 것이다. 이상하게도 이 수상록은 스님의 다른 수필집과 달리 일찍 절판이 되었기 때문이다. 어떤 사정이었는지 이 수상집에 실린 수필들 중 대부분의 것이 나중 1976년『無所有』라는 이름으로 나온 문고판 수필집에 재수록되면서 1973년의 수상집은 이내 절판이 되어 앞에서 말했듯이 스님의 책을 열심히 찾아 읽는 이들도 이 책의 존재는 대개 모르고 있다.

「영혼의 母音」이 독자들에게 널리 영향을 끼쳤다면 그것은『無所有』를 통해서였을 것이다. 「영혼의 母音」은 여기에서도 책의 마지막에 실렸다. 이 글로 대미(大尾)를 장식하고 싶었는지 모른다. 앞의 수상집의 부제로 이 글의 제목을 내세웠던 것도 그렇고, 책마다 그 맨 끝에 이 글을 넣은 것은 스님도 이 글에 애착이 컸던 게 분명하다. 그 애착이 독자들에도 전달되었을 것이다. 『無所有』는 알다시피 오랜 세월 얼마나 많은 독자들로부터 사랑을 받아 왔는가. 그야말로 우리도 이 책에 대한 반응으로써 진정한 친구가 되고 안 되고의 척도로 삼으려 하기도 한 책이 아닌가. 그 책에서 사람들이 어린 왕자에 대해서 영향을 받지 않기는 어려웠을 것이다.

좀 다른 이야기이지만 민희식의 번역으로『사막에서 별까지 — 쌩떽쥐베리의 문학과 생애』(1983)라는 책이 있다. 앙드레 드보의『神 앞에 선 작가(Les ecrivains devant Dieu)』를 번역한 책인데, 어울리지 않게 책 앞머리에 법정 스님의 「영혼의 母音」이 수록되어 있다. 번역서에 도무지 어울리지 않는 체재인데 그렇게 되어 있다. 언젠가 스님을 만난 기회에 그 이야기를 말씀드렸더니 전혀 모르고 계셨다. 어떻게 되었던 이것은 스님의 이 글이 우리에게 많은 영향을 주었다는 한 단적인 예가 아닌가 싶다. 어린 왕자의 붐 조성에 스님이 크게 기여하였으리라는 것이 내 생각이다.

6.

어떻든 이제 우리나라에서 어린 왕자를 모르는 사람은 드물게 되었다. 조그만 물컵에서 어린 왕자의 사진을 보아도 보게 되었다. 무엇보다 번역본이 47종이나 된다는 것은 이 책에 대한 우리나라의 열기를 짐작하게 하고도 남지 않는가.

어린 왕자가 독립되어 단행본으로 나온 것이 언제부터인지 모르겠다. 법정 스님이 읽은 『어린 왕자』는 안응렬 번역본인 것으로 보인다. 앞의 수필에 인용된 걸 보면 그 번역본의 것과 일치하기 때문이다. 그런데 서른 권이나 넘게 선물을 할 때 그 책으로 하기는 어려웠을 것 같다. 다른 장편들과 함께 묶인 그 두꺼운 책으로 선물하는 것은 어린 왕자에 초점이 맞추어지지 않아 마땅치 않았을 것이기 때문이다. 그러니 그 무렵엔 이미 단행본이 나온 것으로 보이는데 그것이 언제 누가 번역한 것인지 모르겠다. 어떻든 언제부터 시작되었는지 한번 봇물이 터지고는 계속 새 번역본이 나온 것으로 보인다.

그런데 번역이 이토록 계속 새로 되어야 했을까에 생각이 미치면 고개가 갸우뚱거려진다. 앞에 어떤 번역이 나왔는데 그것을 새로 번역할 때에는 그만한 명분이 있어야 할 것이다. 오역(誤譯)이 많아 도저히 그대로 볼 수 없다든가, 아니면 너무 한문투여서 좀더 현대 감각의 번역을 하려 했다든가 독자들이 고개를 끄덕일 정당한 이유가 있어야 하지 않겠느냐는 것이다. 충분한 명분이 있었으면서도 47종이나 나올 수 있었을까. 그럴 수는 없으리라고 생각되는 것이다.

47종이란 한마디로 난맥상(亂脈相)이다. 우리의 열기를 드러내 주는 자랑스러운 수치(數値)가 아니라 우리 사회가 아직 정돈이 안 된 들뜬 사회임을 고스란히 드러내는 것이 아닐 수 없다. 무엇보다 이것은 어느 번역 하나가 다른 것들이 근접하지 못할 권위를 누리지 못한다는 뜻이기도 한다. 사실 누구에게 선물하려 할 때, 마음에 쏙 드는, 그렇게 정성 들여 만든 우리말 어린 왕자가 아직까지도 없다.

근래 미국판을 몇 종 선물로 받았다. 그중 하나는 1993년 미국판 출간 50주년 기념판으로 Woods 번역본을 판형을 더 넓히고, 생텍쥐페리의 육필(肉筆) 원고며 소설에 들어간 삽화의 초벌 그림들, 그중에서도 소설에서도 그 그림만큼은 잘 그렸다고 자랑스러워했다는 바오밥나무 그림에 유난히 정성을 쏟았었다는 흔적을 보여 주는 귀한 자료들까지 넣어 초호화판 양장으로 낸 것이고, 다른 하나는 2013년에 앞엣것에 비하면 초라한 수준이지만 70주년 기념판으로 이번에는 Richard Howard 번역판으로 CD까지 끼워 출간한 것이다. 얼마나 부러운지. 어린 왕자를 진정으로 사랑하는 모습이 무엇인지, 문명국이란 어떤 것인지를 스스로 깨닫게 해 주지 않는가.

가끔 어린 왕자를 두고 허망한 꿈이 꿈틀댈 때가 있다. 어린 왕자를 내 손으로 한번 번역해 보았으면 하는 것이 그것이다. 프랑스어로는 언감생심이지만 영어판을 가지고 할 수는 있지 않을까 그런 만용이 생기는 것이다.

이 욕심은 그 장정과도 얽혀 있다. 내가 번역을 한다면 처음부터 출판사와 단단히 담판을 하여, 내가 가지고 있는 1943년판의 체재를 그대로 따라 그만큼 넉넉한 크기에 그만한 고급 종이에 그만한 고급 인쇄를 지키라고 하고 싶다. 책값이 엄청나게 비싸지겠지. 그래도 참으로 어린 왕자를 좋아하고 사랑한다면 이런 책으로 읽고 싶어 하지 않을까. 아니 책을 보면 저절로 누구한테 선물하고 싶어지며 행복해 하지 않을까.

언젠가 이 꿈이 이루어질 수 있을까. 더 늙어 노망기(老妄氣)가 생겨 분별력을 잃고 그야말로 만용을 부리면 가능해질까. 아니, 그보다는 이 이야기를 듣고, 당신 얘기를 들으니 도저히 불안해서 견딜 수 없으니 내가 나서리다 그러는 분이 있다면 훨씬 더 실현성이 있겠지. 어떻든 우리말로 된 우아한 모습의 어린 왕자가 곁에 하나 있었으면 좋겠다.

어린 왕자의 한국어 번역들

— 그 메마름과 무성의

1.

나는 몇 해 전에도 『어린 왕자』 번역본을 새로 하나 샀다. 2007년 간(刊), 그때까지는 최신판이었다. 번역자가 프랑스에서 박사 학위를 받은 불문학과 대학교수일 뿐 아니라 이 방면으로 워낙 필명을 떨치고 있는 분이어서 정말 제대로 된 번역을 볼 수 있겠구나 하는 기대가 컸다.

우리가 원서로 먼저 읽고 번역본을 읽을 때는 좀 묘한 현상이 하나 있다. 서툰 남의 나라 글에서 잘 잡히지 않던 개념이 시원스럽게 풀리는 것이 보통이지만 그 반대의 경우도 있는 것이 그것이다. 우리 감정에는 한 개의 단어로는 표현 안 되는 미묘한 것들이 있다. 서툰 외국어는 오히려 그 어렴풋함 때문에 상상의 날개를 넓게 펴면서 그런 것들을 그럴듯하게 포장해 주는 기능이 있다. 그것을 번역본에서 딱 하나로 잡히는 단어로 대하면 그 상상했던 세계가 허물어지는 것이다. 대학교 3학년 때 권중휘 선생 수업으로 John Galsworthy의 단편 「The Apple Tree」를 들으며 그 소설의 감미로움과 애달픔에 빠져 우리는 이걸 영화로 만들면 얼마나 멋질까 그런 얘기도 자주 하였었다.

졸업을 하고도 그 소설의 여운은 오래가 나중 조그만 대역본(對譯本)이 나와 반갑게 사 읽었는데, 그 실망감이라니. 이것은 마치 소설을 먼저 읽고 영화를 볼 때와 비슷한 경우일 것이다. 소설을 읽고 마음껏 그려 놓았던 풍경이 영화를 보면 대개 그만 못하여 꿈이 깨지는 듯한 실망을 맛보게 되지 않는가. 「The Apple Tree」가 영화화되었어도 역시 그 17세의 청순한 시골 과수원 처녀 메건의 얼굴을 화면에서 보는 순간 실망하였을지도 모른다.

번역본은 원문으로 먼저 읽은 경우가 아닐지라도 늘 뭔가 불만을 준다. 번역투라고 할까, 우리말답지 않은 표현이 어차피 섞이기 마련이기 때문이다. 어린 왕자도 지금까지 안응렬 교수를 비롯하여 불문학을 전공한 이름 있는 학자들이 번역해 놓은 것이 많지만 그 어느 것이나 얼마간은 어쩔 수 없이 조금씩은 성에 안 차는 부분이 있다. 이제 이 방면에 필명을 떨치는 분이 다시 뛰어들었을 때에는 남다른 각오가 있었을 것이다. 그것을 기대한 것이다. 출판사도 한창 이름을 날리는 곳이었다.

그런데 우편으로 배달되어 온 책은 우선 판형이 너무 작았다. 그리고 삽화의 색도가 도무지 원본의 따뜻한 색을 살리지 못하고 있었다. 양장이긴 하면서도 펴기만 하면 그대로 있지 못하고 왜 그렇게 덮이려고만 하는지. 어린 왕자를 이렇게 푸대접해도 되는가 하는 실망이 먼저 왔다.

안타까운 것은 내용도 거의 비슷한 수준으로 실망스러웠던 점이다. 아니 더 큰 실망을 번역문이 주었다. 물론 재치가 빛나는 부분도 있고 우리말 구어(口語)의 맛을 잘 살려 기분 좋게 읽히는 곳도 많았다. 또 원문에 얽매지 않고 자유롭게 풀어 놓는 등 정성을 들인 곳도 여기저기 있었다. 그러나 이것은 아니잖은가 하는 곳이 의외로 많았고, 더욱이 앞의 번역본에서 멀쩡히 잘해 놓은 곳을 더 나쁘게 만들어 놓은 곳도 한두 곳이 아니었다.

2.

번역문은 그 원어가 무엇이었든 우리말이다. 우리말의 질서로 들어와야 한다. 이것은 외래어를 우리말로 받아들일 때, 가령 '스포츠'의 '스'나 '츠'에 원어에는 없는 모음 'ㅡ'를 넣는 일이나, '커피'의 원음 f를 'ㅍ'로 받아들이는 것과 마찬가지 원리다. 번역문도 우리말다워야 하고, 우리말로서 자연스러워야 한다. 그리고 우리말만으로 읽어 그 뜻을 알 수 있어야 한다. 뜻이 잡히지 않아 원서를 찾아 읽는 경우가 있는데 그것은 번역자에게도 얼마나 불명예스러운 일인가.

번역문 문제에 대해서는 수 년 전에도 꽤 긴 글을 쓴 일이 있는데 이 책을 보니 다시 몇 마디 더 하고 싶어졌다. 어떤 부분은 비단 이 책에 국한된 것이 아니었다. 기왕의 여러 번역본을 보면 어슷비슷한 부분도 많고, 어떤 경우엔 서로 좀 베낀 것이 아닐까 싶도록 글자 하나 안 틀리는 곳도 있다. 좀 잘못된 번역이라고 생각되는 부분도 그래서 대개 그대로 이어져 내려오고 있다. 이참에 아예 여러 번역본을 전면적으로 비교해 보고도 싶으나 우선 이 책에서 몇몇 대표적인 부분을 뽑아 내 기분에 안 맞는 점을 지적해 보고자 한다. 그때 다른 번역본의 해당 부분도 때로 함께 보기로 하겠다. 1960년 우리나라 최초의 번역인 안응렬(安應烈)판과 그 이후 나온 것 중 가장 권위를 누리는 것으로 보이는, 각각 1972년과 2005년에 초판이 나온 두 종류를 주된 비교 대상으로 삼고자 한다.

그런데 생각하면 내 형편없는 프랑스어 실력으로 이런 일에 나서는 것이 어쭙잖기가 그지없다. 지적해 놓은 것 중에는 엉뚱하게 잘못 알고 괜히 열을 올린 것도 있을 것이다. 일단은 원문을 떠나 번역문 자체가 한국어로서 부자연스럽게 보이는 것들을 중점적으로 보고자 한다. 그리고 원문과 번역문 사이의 괴리(乖離)는 영역(英譯)판을 함께 참조하여 살펴보고자 한다.

Katherine Woods의 1943년 번역본은 오늘날까지도 그 명성을 이어 오고 있지만, 프랑스판에서는 드러나지 않는 미묘한 뉘앙스를 놀랍도록 잡아내어 어린 왕자를 더 깊게 읽을 수 있도록 해 주는 부분이 많다. 바로 이 번역본 때문에 이 일에 나서게 되었는지도 모른다. 인용하지는 않았으나 2000년에 Richard Howard가 현대 영어로 새롭게 번역한 영역본도 함께 참조하였다. 예문 끝에 단 괄호 안의 숫자는 어린 왕자의 장(章) 번호다.

3.

먼저 가벼운 예를 몇 개 보기로 한다. 어휘 선택이 잘못된 것으로 보이는 것이 그런 것들인데 다음 예문의 "문득"이 그 하나다.

⑴ 육 년 전 어느 날 사하라 사막에서 문득 비행기 고장을 만나게 되었다. ⑵

"문득"은 주로 '문득 생각났다'에서처럼 '생각'과 가장 잘 어울리고, '가다가 문득 섰다'나 '문득 이상한 소리가 들렸다'라고 할 때에도 어떤 자각적(自覺的)인 상황과 얽혀 쓰이는 것으로 보인다. 뇌졸중이라도 일으켜 쓰러졌을 때 '문득 쓰러졌다'라고 하면 어울리지 않는다. '고속도로에서 내 차가 문득 사고를 만났다'도 이상하긴 마찬가지다. 원문에는 이 부분에 부사가 없는데 친절을 좀 베풀려고 했던 모양이나 괜한 짓을 했다 싶다.

⑵ㄱ "네가 사랑하는 꽃은 이제 위험하지 않아…… 너의 양에다가 굴레를 그려 줄게…… 그리고 그 꽃에는 울타리를 쳐 주고. 또……" ⑺

⑵ㄴ "무슨 약속?"

　　"있잖아…… 내 양에 씌워 줄 굴레 말이야…… 난 그 꽃에 대해 책

임이 있어!" [25]

가볍다면 가벼운 것이지만 앞의 "굴레"는 사실 오역이나 다름없다. 지금 여기에서 얘기되는 대상은 양이 장미를 뜯어먹지 못하게 그 주둥이에 씌울 물건이다. 굴레일 수가 없다. 그런데 이 번역뿐 아니라 거의 모든 번역이 여기를 굴레로 번역해 놓았다. 좋은 불한사전이 없어서 그런지 모르나 불영사전을 찾으면 muzzle이 나오고 다시 영한사전을 찾으면 부리망이란 단어를 찾을 수 있다. 그 단어가 낯설겠지만 국어사전을 찾아보면 "소를 부릴 때에 소가 곡식이나 풀을 뜯어먹지 못하게 하려고 소의 주둥이에 씌우는 물건"이란 풀이를 볼 수 있다. 비록 소에게 씌우는 것이지만 이 정도의 원용(援用)은 으레 하는 일일 것이다. 오직 한 번역에서 "입마개"라고 하여 좀 나은 듯하나, "추위를 막기 위하여 입을 가리는 물건"으로 풀이되는 입마개도 사실 엉뚱한 단어이긴 마찬가지다.

어휘 선택을 두고 우리는 맞고 틀리고의 수준에서보다 바로 그 자리에 가장 잘 어울리는 어휘를 찾지 못해 고심하는 경우가 많다. 외국어 간에 1대 1로 완전히 일치하는 단어는 하나도 없다는 말도 있는 모양이다. 중심 개념은 같을지라도 확대되어 쓰이는 범위가 각각 달라 가령 사전에서 번호를 매겨 가며 뜻풀이를 한 그 모든 뜻들이 하나같이 일치하는 경우란 정말 있기 어려울 것이다. 번역은 그 여러가지 의미 중에서 가장 적절한 것을 골라 짝짓기를 하는 작업일 것이다. 그런데 그 글의 앞뒤 정황을 면밀히 살피지 않고 머리에 쉽게 떠오르는 단어를 덜컥 쓴 듯한 경우가 꽤 있다.

(3) 그랬더니 어린 왕자가 소리쳤다.
"뭐! 그럼 아저씨가 하늘에서 떨어졌다고?"

"응." 하고 나는 겸손하게 대답했다. [3]

안응렬판에서도 "겸손히"라고 하여 거의 같고, 다른 번역본들도 대개 "겸손하게"라고 해 놓았다. 어린 꼬마에게 겨우 한마디 "응"이라고 대답하는 자리에 왜 "겸손하게"가 들어갈까. 도무지 그럴 만한 정황을 찾을 수 없지 않은가.

'겸손' 쪽으로 가 보자면 이런 것일 것이다. '하늘에서 떨어졌다'는 것은 사람을 꽤 우쭐거리게 만들 수 있다. 어린 왕자도 당신이 그렇게 대단한 사람이냐고 놀라 물은 것이다. 그런데 비행사는, 사고로 불시착을 한 주제에, 그것이 우쭐거릴 일이 아니라는 것을 스스로 잘 안다. 그래서 말하자면 '겸손하게' 아주 짧게 대답한 것이다.

그렇다고 곧이곧대로 '겸손하게'는 아니잖은가. modestment(또는 영어 modestly)를 보면 대뜸 겸손하게가 떠오르고 그것을 그대로 가져다 쓰면 이런 일이 벌어질 것이다. 아무래도 이것은 아닌데 하고 사전을 열심히 찾아보면 그 단어가 '대수롭지 않게' 정도의 의미로도 쓰이는 용법을 찾아낼 수 있을 것이다. 게으름의 소치라 하지 않을 수 없다.

(4) "그럼 아저씨도 하늘에서 왔구나! 어느 별에서 왔어?"
　　나는 곧 신비로운 그의 존재를 알아낼 수 있는 한줄기 빛이 엿보인 것 같아서 불쑥 이렇게 물었다.
　　"그럼 너는 어느 별에서 온 거니?" [3]

"불쑥"을 이 자리에서 쓰는 감각을 나로서는 이해하기 어렵다. 안응렬판에는 "별안간"으로 되어 있는데 그것도 어울리지 않는다. 내가 본 것 중 가장 잘된 번역으로 생각되는 책에서는 "얼른"이라고 하였는데 한결 나아

보인다. 신비에 싸여 있는 어린 왕자에 대해 무엇인가 알아낼 수 있을 한 줄기 빛을 만난 '나'는 지금 마음이 무척 들떠 있고 바쁘다. 이것저것 가릴 여유가 없다. 빨리 뭣이든 한마디 묻지 않고는 배길 수가 없다. '다급하게 물었다', '재빨리 물었다', '서둘러 물었다', 찾으면 '불쑥 물었다'보다 좋은 것이 숱하게 많은데 어떻게 '불쑥'을 골랐는지 딱하다.

(5) "사람들이 있어도 외로운 건 마찬가지지." 뱀이 대답했다.
　　어린 왕자가 한참 동안 그를 쳐다보았다.
　　"넌 아주 이상하게 생긴 동물이구나. 손가락처럼 가느다란 것이……"
　하고 마침내 그가 말했다. [17]

　"쳐다보았다"고 하면 지금 뱀은 어디에 있고 어린 왕자는 어디에 있을까. 소설에 보면 어린 왕자는 바위에 앉아 있고 뱀은 땅바닥에 있다. 삽화는 바로 이 장면은 아니나 거기에서도 어린 왕자가 서서 땅바닥에 있는 뱀을 '내려다'보고 있다.
　그런데 '쳐다보았다'를 '내려다보았다'로 고치기만 해서는 일이 다 풀리는 것도 아니다. 다른 번역본에서는 대개 '바라보다'라고 했는데 역시 그것만으로는 흡족치 않다. 영역본에서는 "gaze at"이라 해 놓았다. 그냥 바라보는 것이 아니라 찬찬히 뜯어보았다는 것이다. 오랫동안 찬찬히 이리저리 뜯어보고 나서 "넌 참 이상하게 생긴 동물이구나"라고 얘기한 것이다. "한참"이란 말이 있어도 막연히 바라본 것만으로는 이 뒷말이 잘 이어지지 않는다. "마침내"라는 말도 그래서 있는 것이다.
　그런데 "마침내"는 그래서 있는 말이긴 하나 그걸 곧이곧대로 '마침내'라고 번역해야 할까. 영어판에서도 "at last"이긴 하다. 그러나 이 자리에서 '마침내'는 이상하다. 너무 무겁다. '드디어'만큼은 아니나 무겁고 거창한 분위기에나 어울리는 말이다. "오랫동안 뜯어보았다. 그러더니 '너 참 이 상하게 생겼구나'라고 말했다" 정도, 그러니까 '그러더니' 정도로 가벼웠 으면 좋겠다.

"그를 쳐다보았다"의 '그'는 번역문에서 워낙 큰 숙제 거리여서 여기서 길게 얘기하기 어려워 보인다. 다른 자리에서 아가 예수를 두고 "아기가 그의 어머니 마리아와 함께 있는 것을 보고, 엎드려서 그에게 경배하였다" 에서처럼 '그'를 쓴 성경 번역을 비판한 일도 있는데, 적어도 뱀을 두고 '그' 를 쳐다보았다고 한 것은 너무하지 않느냐는 지적은 해 두고 싶다. 다른 자 리에서 여우도 '그'로 지칭했는데 무감각 아니면 무성의일 것이다.

4.

거의 같은 유형이긴 하나 우리의 감성(感性)과 관련되는 문제를 몇 가지 보았으면 한다. 가치관이라 하면 너무 무거워지지만 그것은 감성을 넘어 가치관의 문제일지도 모르겠다.

⑹ "네 장미꽃이 그토록 소중하게 된 것은 네가 네 장미꽃을 위해서 소 비한 시간 때문이야." [21]

여기에서 "소비한"을 두고 시비를 거는 것은 좀 지나칠지도 모르겠다. 대부분의 번역본에서 '소비한'으로 한 것을 보면 무난한 번역이라 보아도 좋겠다. 그럼에도 나는 '소비한'은 어딘가 메마르고 삭막하다는 느낌을 받 는다. 어린 왕자의 중심 사상 '길들이다'의 가장 대표적인 실례로 제시되어 있는 것이 바로 어린 왕자가 자기 꽃을 공들여 돌보는 일이 아닌가. 안응렬 판에는 "허비한"이라 했는데 '허비한'은 더욱이 아니지만, 그것이 단순히

'소비한' 시간일까. 원문이 "perdre", 또 영역판에서는 "waste"로 되어 있긴 하다. '허비하다'를 '소비하다'로 고친 것으로도 잘하지 않았느냐고 할 수도 있겠다. 그러나 역시 기계적인 번역이기는 마찬가지라는 생각이 든다. '바친'이 원문에서 너무 멀다면 '보낸'이나 '들인'이라고만 하여도 얼마나 온기(溫氣)가 도는가.

(7) "꽃도 마찬가지야. 만약 어느 별에 있는 꽃송이를 사랑한다면 밤에 하늘을 쳐다보는 기분이 말할 수 없이 달콤할 거야. 어느 별에나 다 꽃이 피어 있을 테니까." [26]

어휘 선택에서 가장 큰 어려움을 겪는 것은 형용사나 부사의 경우가 아닐까 싶다. 어쩌면 여기엔 정답이 없는 세계일지도 모른다. 거꾸로 한국어를 외국어로 번역하는 경우 일례로 '향기롭다'와 '향긋하다'를 구별하여 번역하려고 한다면 얼마나 어렵겠는가. 그러나 이럴 때에도 그중 가까운 것이 있을 것이며, 적어도 거부감을 일으키는 것을 고르지는 말아야 할 것이다. 그런데 앞 예문에서 "달콤할"은 이상하게 거부감을 일으킨다.

"달콤할" 앞의 "말할 수 없이"도 원문에 없는 것을 넣은 것으로 전체적으로 이 부분을 너무 요란스럽게 만들어 놓은 듯하다. 저 아득한 어느 별에 꽃이 있다는 상상 때문에 밤하늘에서 그 별을 보고 우리가 어떤 감흥을 갖는다면 그 감흥은 어떤 것일까. 가슴이 따뜻해지며 희열의 율동이 올 수도 있겠고, 한없이 마음이 착해질 수도 있고, 미소가 머금어지면서도 어느 한 구석 슬픔이 밀려올 수 있을지도 모르겠다. 사실 별을 쳐다보는 마음은 이미 시심(詩心)일 것이다. 그것은 '달콤하다'와는 다른, 그렇게 되바라지게 다 드러난 것이 아닌 깊고 은밀한 세계일 것이다. 원문에는 "doux", 영어판은 "sweet"이기는 하다. 그것을 기계에다 번역을 시키면 '달콤할'로 해 놓을

지 모르겠다. "감미로울"로 번역한 것도 있고, "즐거울"로 번역한 것도 있다. 한결 낫긴 한데 어느 것이나 최초의 번역인 안응렬판의 "아늑해"에서 후퇴한 느낌을 준다. 정말 이럴 때 딱 맞는 형용사가 무엇일지는 참으로 어렵다. 좀더 고민을 해 보아야 하겠다.

5.

이 책에는 차마 들추어 말하기 거북한 예도 있다. 다음 예문의 "에 또"를 독자들은 어떻게 받아들일지 궁금하다.

⑻ "가지 말라. 가지 말라. 너를 대신으로 삼겠노라!"
　"무슨 대신요?"
　"에 또…… 사법대신이니라!" [10]

'에 또'를 여기서는 띄어 썼지만 원래 한 단어다. 젊은 세대는 이 말에서 일본어 냄새를 맡지 못하기가 쉽다. 그러나 나이 지긋한 세대는 대번에 "이게 뭐야, 왜 여기에 느닷없이 일본 말이 튀어나오지" 하는 반응을 일으킬 것이다. 요즘 젊은 세대에서 '무데뽀'가 일본 말인 줄 모르고 함부로 쓴다는 비판도 있다. 외래어가 범람하는 시대에 일본 말이라고 못 쓸 것이 없다고 할지 모르나 지금 이 자리에서 '에 또'는 어떻게도 변명의 여지가 없어 보인다. 정말 이런 것까지 들추어야 하는 처지가 안타깝다.

6.

번역에서 가장 나쁜 경우는 오역(誤譯)일 것이다. 그런데 딱 오역이라고 하기는 어려우나 오역의 수준인 것도 보인다. 다음 예문의 "친구가 있었다는"이 그 경우가 아닌가 싶다.

(9) "내 친구 여우는……"
　"애야, 여우 얘기를 하고 있을 때가 아냐!"
　"왜?"
　"목이 말라 죽을 지경이니까……"
　어린 왕자는 내 말을 이해할 수 없다는 듯 대답했다.
　"죽을 지경이라 해도 친구가 있었다는 건 좋은 일이야. 난 여우 친구가 있었다는 게 기뻐……" [24]

"친구가 있었다"를 읽으면 독자는 통상 어떻게 생각할까. 현재는 여우와 친구 관계가 끝난 것으로 들린다는 것이 일반적인 반응일 것이다. 지금 여기 여우는 그야말로 세상에 하나밖에 없는 귀한 친구로 여기는 존재다. "여우하고 친구가 된 것은'이 원래의 뜻일 것이다. 문법적으로 말하면 현재완료는 그 상태가 현재에도 지속되는 것을 나타내는데 그것을 과거의 이야기로 해 놓으면 뜻부터 엉뚱해지니 오역이라 해야 할 것이다. 다른 번역에서 "친구를 두었다는 건"이나 "친구를 가졌다는 건"으로 해 그 친구가 현재에도 친구 관계라는 걸 바로 나타내 주었는데 나중 번역이 이런 잘못을 저지르게 되는 이유가 무엇일지 궁금하다.
　그 앞의 "내 말을 이해할 수 없다는 듯"도 어떨까 싶다. 원문에 보면 단순과거를 써 '듯'을 써 추측으로 번역할 근거가 없다. 2005년의 다른 번역에서도 "내 말을 이해할 수 없었는지"라고 했는데 왜 이렇게 이 부분을 추측으로 바꾸려고 했는지 모르겠다. 안응렬의 "내 말을 알아듣지 못하고"와 같은 제대로 된 번역이 있는데 후대에 오면서 오히려 나빠지는지 기이하다.

그런데 '알아듣지 못하고'에서 한걸음 더 나아가 '아랑곳하지 않고'로 하면 어떨까 하는 생각도 든다. 어린 왕자는 많은 경우 이쪽 말을 무시하고 자기 말만 한다. 여기에서도 여우 얘기나 하고 있을 때가 아니라고 댄 이유인 "목이 말라 죽을 지경이니까"를 무슨 뜻인지 몰랐다기보다 아예 그쪽으로는 관심을 두지 않았다는 쪽으로 보는 것이 전체적인 흐름과 더 어울릴 것 같기 때문이다.

원문에는 "기뻐" 앞에 "무척(bien)"이 있다. 영어판에서도 "very"로 옮기면서 그것을 살렸다. 그런데 여기서는 빠져 있다. 단순한 누락인지 의도적으로 그랬는지 모르겠으나 앞에서도 지적하였지만 이런 것 하나에도 좀더 신중한 태도를 가지고 임할 필요가 있겠다.

7.

어휘 하나를 잘못 선택한 것은 그나마 단순하여 쉽게 겉으로 드러나는, 장점이라면 장점이 있다. 오류이되 간명한 오류라는 것이다. 그런데 거부감을 일으키는 것들 중에는 좀 복잡하게 얽혀 있는 것들도 적지 않다. 군더더기가 들어가 글의 투명성을 해친 경우라든가, 전후의 문맥을 헤아리지 않고 문장 단위로 번역하여 원래의 뜻을 제대로 살려 전달하지 못했다든가, 말하자면 좀 깊이 숨어 있는 결함들이 있다. 그 때문에 분석해 내기도 어려운 것들이기도 한데 그나마 좀 쉬운 예부터 보기로 한다.

(10) 사막에서 비행기가 고장을 일으킨 지 팔 일째 되는 날이었다. 나는 아껴 두었던 물의 마지막 남은 한 방울을 마시면서 그 장사꾼에 관한 이야기를 다 들었다.

"아! 네가 겪은 일들 이야기는 정말 재미있구나!" 나는 어린 왕자에게 말했다.

"그런데 난 아직 비행기를 고치지 못했고 이제는 마실 물조차 떨어졌어. 나도 무슨 샘을 향해서 천천히 걸어갈 수 있었으면 정말 좋겠다." [24]

이 예문은 전체적으로 산만하다. 어떤 결정적인 오류도 아니면서 자질구레한 결함을 여기저기 보이기 때문이다. 먼저 "아껴 두었던 물의 남은 한 방울"은 그야말로 번역투 냄새가 짙고, 더욱이 "남은"이 왜 들어갔는지 모르겠다. '아껴 두었던 것'이면 '남은' 것이겠고, '마지막'이라 할 때도 '남은'은 이미 전제되어 있다. 그러니까 '남은'은 군더더기이되 이중으로 군더더기인 셈이다.

그런데 이 장면에서 혹시 베끼기를 한 것이 아닌가 하는 의심을 일으키는 것이 있다. 1971년에 나온 한 번역본에는 "비축해 두었던 물의 마지막 남은 한 방울"로 되어 있는데 이것들을 나란히 놓고 보면 '물의 마지막 남은 한 방울' 부분은 글자 한 자 틀리지 않는다. 잘된 번역이라면 모르겠는데 하필 서툰 부분이 이렇게 같아지는 일이 우연일 수 있는지, 괴이한 느낌마저 든다.

(11) ㄱ. 아껴 두었던 물의 마지막 남은 한 방울
     ㄴ. 비축해 두었던 물의 마지막 남은 한 방울

"네가 겪은 일들 이야기"는 어떤가. 이런 것을 정상적인 국어 문장이라 할 수 있을까. 글을 어지간히 쓰는 사람은 '일들'을 빼고 '네가 겪은 이야기들'이라고 쓸 것이다. '네 지난 이야기들'이라고만 하여도 좋지 않은가.

마지막 문장 중 "무슨 샘을 향해서"의 '무슨'도 거슬린다. 넣으려면 '어느'가 낫겠고 빼는 것이 그보다도 낫겠다. "그 장사꾼에 관한 이야기를 다 들었다"의 '다'도 원문에 없는 말인데 글의 내용과 분위기를 함께 해치는 것으로 보인다.

앞의 예문에서는 "그런데"부터 행을 바꾸었다. 새 단락으로 잡은 것이다. 원문에서는 한 단락으로 묶여 있는 것을 변개(變改)한 것인데 이것도 잘못한 것으로 보인다. 지금 여기서 어린 왕자에게 네 이야기가 재미있다고 하는 말은 삽입절 정도로 보아야 할 것이다. 비행기도 못 고치고 마실 물도 떨어진 절박한 사정을 얘기하면서 인사치레 정도로 앞에 넣은 것이 아니겠느냐는 것이다. 마침표도 찍지 않고 쉼표로 이으면서 한 단락으로 만들어 놓은 것도 그 때문일 것이다. 그것을 이렇게 두 단락으로 분리해 놓으면 글의 분위기가 사뭇 달라지고 만다. 신중치 못한 처사가 아닐 수 없다.

8.

여기서 정말 복잡한 예문을 하나 보았으면 한다. 이것만으로도 한 편의 글을 쓸 만큼 지적할 것들이 너무 많이 얽혀 있는데 무엇보다 "축제처럼 달았다"를 집중적으로 검토해 보았으면 한다. 25장의 이 대목은 원문 자체가 그러하여 번역들이 어떤 다른 곳에서와는 달리 큰 불일치를 보이는 곳인데, 그중 이 번역이 가장 엉뚱하게 헤맨 것이 아닌가 싶다.

(12) "나, 이 물을 마시고 싶어. 물을 좀 줘……" 어린 왕자가 말했다.

나는 어린 왕자가 무엇을 찾고 있었는지를 깨달았다.

나는 그의 입술에 닿도록 물통을 쳐들어 주었다. 그는 눈을 감고 물을 마셨다. 축제처럼 달았다. 그 물은 보통 물과는 다른 것이었다. 별빛을 받으며 걸어와서 도르래 소리를 내며 내 두 팔로 힘들게 길어 올린 물이었다. 그것은 선물처럼 마음에 이로운 것이었다. 내가 어린 소년이었을 때, 크리스마스 트리의 불빛, 자정 미사의 음악, 따뜻한 미소 같은 것이 이처럼 내가 받은 크리스마스 선물을 온통 황홀한 것으로 만들어 주곤 했었다. [25]

먼저 가벼운 것으로 "나는 그의 입술에 닿도록 물통을 쳐들어 주었다" 부터 보자. '쳐든다'고 하면 움직임이 꽤나 크고 거칠게 느껴져 어린 왕자에게 물을 먹여 주는 분위기로는 어떨까 싶다. 그냥 '들어 주었다'라고 하면 깨끗하겠다. "입술에 닿도록"도 원문의 "입술까지(jusqu'à ses lèvres)"를 친절히 '입술에 닿도록'으로 풀어 준 것인데 오히려 부자연스럽게 만든 것으로 보인다.

"나는 어린 왕자가 무엇을 찾고 있었는지를 깨달았다" 앞에 원문이나 번역문에는 접속사 "Et" 및 "And"가 있다. 그것을 한 번역본에는 "이리하여"로 번역하였다. 앞의 어린 왕자 얘기를 듣고서, 그것으로써 그동안 궁금해하던 것을 비로소 깨닫게 되었음을, 비록 가벼운 접속사이지만 분명히 주요한 의미를 담은 'Et' 및 'And'로 나타내려고 한 것이다. 그런데 여기서는 그것을 무시하고 번역에서 빼 버렸다.

또 원문에는 이 문장 끝에 느낌표가 있다. 그 느낌표는 그 깨달음에 바야흐로 새 세상이 눈앞에 펼쳐지는 것에 대한 감탄을 넣기 위해서였을 것이다. 사실 그 감탄은 독자에게도 그대로 전달된다. 괜히 멋으로 넣은 문장부호가 아니다. 그것도 이 번역본에서 빼 버렸다. 실제로 글 쓰는 사람은 접속사 하나, 느낌표 하나를 넣고 빼는 일에 얼마나 고심하는가. 번역이라고 하여 그 정신이 달라질 수는 없을 터인데 왜 이런 경솔한 짓을 했는지 이해하기 어렵다.

예문의 첫 두 줄에 대해서도 몇 가지 지적하지 않을 수 없다. "나, 이 물을 마시고 싶어. 물을 좀 줘……"는 얼핏 깔끔해 보인다. 그러나 원문이나 영역본을 보면 뉘앙스가 꽤 다르다. '나, 이 물을 마시고 싶어'처럼 당장 마시고 싶다는 얘기이기보다는 '이 물을 그렇게 갈구(渴求)한 거야' '이물을 갈망했던 거야' '이 물에 목말랐던 거야' 그런 분위기의 문장인 것이다. 원문의 "J'ai siof de cette eau-là"나 "영역의 "I am thirsty for this water"가 그것을 바로 말해 준다. 글쎄 "나는 이 물을 찾고 있었던 거야" 정도라도 한결 낫지 않을까. 뭔가 이렇게 해 놓고 보면 바로 이어지는 "나는 어린 왕자가 무엇을 찾고 있었는지를 깨달았다"와 훨씬 긴밀하게 묶이는 느낌이 온다.

그 앞 예문에서 "그 물은 보통 물과는 다른 것이었다. 별빛을 받으며 걸어와서 도르래 소리를 내며 내 두 팔로 힘들게 길어 올린 물이었다" 부분은 어떤가. 어떤 다른 번역들도 이렇게 하지 않았는데 유독 여기서만 "걸어와서…… 소리를 내며…… 길어올린"이라고 앞의 세 문장을 종속절로 번역해 놓았다. 원문을 보면 "de la marche sous les étoiles, du chant de la poulie, de l'effort de mes bras"에서 보듯 쉼표까지 쓰면서 "별 아래서의 행진" "도르래의 노래" "내 두 팔의 노력" 하나하나가 대등절로 연결되어 있다. 그렇게 해야, 뒤에서 보게 되듯이 그 뒤에 이어지는 문장과도 연계가 되는 것인데 그쪽으로 전혀 의식(意識)이 없었던 것으로 보인다.

좀 미묘한 것이지만 여기서 "그는 눈을 감고 물을 마셨다"의 어순(語順) 문제도 좀 생각해 보았으면 한다. 다른 번역에서도 대부분 "눈을 감고 물을 마셨다"로 되어 있는데 이것을 '물을 마시며 눈을 감았다'로 할 수는 없을까 하는 것이다. 물론 "아, 이 귀한 물!" 하며 먼저 눈부터 감을 수도 있을 것이다. 그러나 물맛을 보며 "아, 이 물맛!" 그러며 눈을 감는 것이 이 감각적인 장면에 더 어울리지 않을까. 원문은 "Il but, les yeux fermés", 번역은 "He drank, his eyes closed"로 되어 있는데 그것도 이쪽과 가깝지 않을까 싶다.

이렇게 많은 이야기를 했는데도 정작 가장 어려운 부분이 남아 있다. "축제처럼 달았다"가 그것이다. 원문을 보면 이렇게 번역할 도리밖에 없어도 보인다. "C'était doux comme une fête" 주어를 생략하는 것이 더 우리말다워지는 경우가 많으니 'Ce'를 번역에서 뺀 것은 잘한 일이라고 할 수 있을지도 모른다. 그런데 '축제처럼 달았다'는 무슨 뜻일까? '무엇처럼 어떻다'는 비유는 대개 이해를 돕기 위한 도구로 쓰인다. 그런데 '축제처럼 달았다'는 마치 무슨 암호와도 같아 오히려 우리를 미궁으로 끌고 가지 않는가.

다른 번역본들도 여기에서 유난히 씨름을 한 흔적들을 보여 준다. "기쁘기가 명절 같았다" "그 순간은 축제처럼 감미로운 순간이었다" 등 제각각 달리 해 놓은 것이 그렇다. 어떻든 곧이곧대로 '축제처럼 달았다'라고할 수 없다는 인식으로 어떻게든 풀어 보려고 한 노력을 볼 수 있다. 궁금하여 영역본을 보니 Woods는 또 여기를 "It was as sweet as some special treat"라고, 즉 'fête'를 'some special treat'로, 그러니까 단순히 '축제'가 아니라 '그 축제, 또는 명절 때 먹는 별식(別食)'으로 풀어 놓았다. 내 낡고 조그만 『The Concise Oxford French Dictionary』에서 'fête'를 찾으니 거기에도 가장 끝머리에 "treat"가 있다.

과연 여기를 어떻게 번역하는 것이 가장 바른 길일까? 그야말로 무슨 세미나라도 열어야 하는 것이 아닌지 모르겠다. 당장 'Ce'는 무엇을 가리키는 것일까? 우리가 흔히 시험 문제에 "여기에서 '그것'은 무엇을 가리키는가?"라는 문제를 즐겨 내는데 이 'Ce'야말로 무엇을 가리킬까?

여기는 이 문장만 놓고 보기보다는 그 뒤의 문장들, 특히 크리스마스 선물 이야기와 어떤 관계로 엮이는지를 살펴볼 필요가 있어 보인다. 이 부분은 찬찬히 보면 그 구조가 무척 치밀하게 짜여 있어, 크리스마스 이야기가 그 앞의 것들과 하나씩 고리를 이루고 있다. 즉 오랜 갈증 끝에 마시는 '물'은 '크리스마스 선물'과 짝이 되고, '별 아래서의 행진' '도르래의 노래' '내 두 팔의 노력'은 각각 그 크리스마스 선물을 황홀하게 해 주었던 '크리스마스 트리의 불빛' '자정 미사의 음악' '사람들의 따뜻한 미소'와 착착 짝이 맞추어져 있는 것이다.

"축제처럼 달았다" 대목은 무엇보다 이 짜임새를 알고, 그 전체를 유기적으로 연관시켜 번역해야 할 것이다. 그런데 이 번역자는 앞에서 지적하였듯이 '별빛을 받으며 걸어와서 도르래 소리를 내며 내 두 팔로 힘들게 길어 올린'이라고 한 데서 드러나듯, 이 짜임새에 전혀 관심이 없었던 듯하다. "그것은 선물처럼 마음에 이로운 것이었다"로, 즉 선물을 '마음에 이로운' 것으로, 그토록 메마르게 번역한 것도 그 때문일 것이다.

그리고 'Ce'의 번역을 생략하고 "축제처럼 달았다"라고만 번역한 것은 어려운 대목을 그냥 회피하려고 한 것이 아닌가 하는 생각조차 든다. 'Ce', 즉 '그것'은 천신만고 끝에 생명수와 같은 물을 얻어 마시게 된 그 전체적 상황일 것이다. 크리스마스 쪽과 연결을 짓자면 지금 마시는 물은 크리스마스 선물이고 'Ce'는 그 크리스마스 선물을 받는 그 전체적인 상황일 것이다. '축제처럼 달았다'가 거기에 맞게 번역되어야 할 것은 말할 것도 없다.

그런데 이 번역만이 아니다. 지금까지의 어떤 번역도 이 대목의 전체적인 구조를 산뜻하게 드러내 주지 못하고 있다. 정말 세미나라도 열어서 이제 독자들을 더 이상 헤매지 않게 하는 반듯한 번역이 나왔으면 좋겠다.

9.

번역자는 그 작품을 누구보다도 좋아하는 사람이어야 할 것이다. 스스로 흠뻑 취하고 도취하여 주인공의 감정을 피부로 느끼며 그것을 어떻게 제대로 표현해 낼 수 있을까 하고 정성을 들여야 하지 않겠느냐 하는 것이다. 스스로 감흥을 느끼지 못하면서 그저 한 문장 한 문장 축조적으로 번역해 놓고 그 원문의 정신이 제대로 전달되기를 기대할 수는 없지 않겠는가. 특히 다음 예문은 번역자의 마음가짐에 대해 많은 생각을 일으킨다.

(13) "나도 목이 말라…… 우리 우물을 찾으러 가."

나는 피곤하다는 몸짓을 해 보였다. 넓고 넓은 사막 한가운데서 무턱대고 우물을 찾아 나선다는 것은 당치도 않은 짓이었던 것이다. 그런데도 우리는 걷기 시작하였다.

몇 시간 동안 아무 말 없이 걷고 나니 해가 지고 별들이 빛나기 시작했다. 갈증 때문에 열이 좀 있어서 그런지 별들이 마치 꿈속같이 보였다. 어린 왕자가 한 말이 기억 속에서 춤을 추고 있었다.

"그래, 너도 목이 마르단 말이지?"

그러나 어린 왕자는 내 물음엔 대답하지 않고 그저 이렇게만 말했다.

"물은 마음에도 좋을 수가 있어……"

나는 어린 왕자가 하는 말을 이해할 수 없었지만 아무 대꾸도 하지 않았다…… 그에게 되묻지 않는 편이 낫다는 걸 알고 있었으니까. [24]

이 예문은 번역을 이렇게 무성의하게 할 수도 있는가 하는 생각까지 불러일으킨다. 심하게 말하면 전체 이야기의 긴밀성이나 분위기는 아랑곳하지 않고 그저 단어 뜻만 우리말로 옮겨 놓은 듯한 인상마저 주는 것이다.

어디에서부터 얘기를 시작해야 좋을지 모르겠는데 얘기가 좀 쉬울 뒤쪽을 먼저 보기로 하자. "나는 어린 왕자가 하는 말을 이해할 수 없었지만 아무 대꾸도 하지 않았다"의 '대꾸'. '대꾸'는 대개 못마땅한 태도로 하는 행위다. '아무 대꾸도 하지 않았다'고 하면 무슨 불만을 나타낸 것처럼 들린다. 그런데 실제 상황은 오히려 선의(善意)로 잠자코 있는 것이다. 바로 뒤따르는 말에서 보듯 더 묻지 않는 것이 낫다는 걸 알고 좋은 마음으로 입을 다문 것이다.

"그에게 되묻지 않는 편이 낫다는 걸 알고 있었으니까"의 '되묻지'도 거슬린다. 한 번 물었던 것을 다시 묻거나 상대방의 질문에 대답 대신 질문을 던지는 것이 되묻는 것인데 여기는 지금 그런 상황이 없다. "물은 마음에도 좋을 수가 있어……"라는 어린 왕자의 말이 무슨 뜻으로 하는 말인지 감(感)이 잡히지 않아, 그게 무슨 뜻이니 하고 묻고 싶었지만 아무 물음도(아무 대꾸도) 던지지 않았다. 그러면서 지금 그 이유를 말하는 것이다. 그런 것 안 물어보는 게 낫다는 걸 알기 때문이라고. 되물어 보는 상황이 아니다. 아주 기초적인 어휘를 잘못 쓴 것이다. 이런 것이야말로 오역이라고 해야 할 것이다.

그런데 이 언저리엔 그보다 더 큰 부실(不實)이 숨어 있다. 지금 여기에서 묻지 않기로 한 물음은 단순한 물음이 아니다. "물은 마음에도 좋을 수가 있어……"와 같은 알 수 없는 말, 수수께끼 같기도 하고 신비로움을 주기도 하는 말에서 어린 왕자의 정체를 하나씩 캐내 보려고 하는 물음이다. 그 캐묻는 일, 그런 물음이 소용이 없다는 걸 잘 알기 때문에 입을 다물었다는 게 여기에 담긴 내용이다. 이것은 영역본에서 'I knew very well that it was impossible to crossexamine him'이라고 기막히게 잘 번역해 놓았는데 프랑스판에서는 단순히 "interroger"라는 단어를 쓰기는 하였다. 그렇긴 하여도 그저 기계적으로 "아무 대꾸도 하지 않았다…… 그에게 되묻지 않는 편이 낫다는 걸 알고 있었으니까"라고 해 놓은 것은 부실을 넘어 오역 수준이 아닌가 싶다.

다시 앞으로 가 먼저 "별들이 빛나기 시작했다"를 보자. 지금 이 장면은 거의 사경(死境)을 헤매는 절박한 상황이다. 거기에서 해가 지고 어두워지면서 별이 나타나기 시작하는 것을 두고 '빛난다'고 하였다. 다른 번역본에서도 "불을 밝히기 시작했다", "반짝이기 시작했다" 등 대개 이 비슷한 어휘를 선택하고 있다. 도무지 감각들이 무디어 보인다. 실제로 어둠이 깔리면서 별이 하나씩 둘씩 나타나는 장면을 본 일이 있다면 이런 표현은 쓰지 못할 것이다. 영역본에는 "the stars began to come out"이라 했는데 실제로 별은 아주 희미하게 하나씩 둘씩 천천히 나타나기 시작한다. "별이 나오기 시작했다"가 가장 적절한 표현일 것이다. 안응렬판에서는 "깜박이기 시작했다"로 되어 있는데 그것이 가장 나은 편이다. 그러니 나중 번역된 것들이 오히려 후퇴를 한 것이다. 그 앞의 "해가 지고"도 사실은 썩 좋은 감각 같지는 않다. 별이 나타나는 때는 해가 지고도 좀 지나 어둠이 깔릴 때여서 '어두워지면서'나 '어둠이 깔리고'가 더 나을 것이다.

그 앞의 "몇 시간 동안 아무 말 없이 걷고 나니"의 '걷고 나니'는 다른 번역본들도 거의가 이렇게 해 놓았는데 어딘가 거북스럽다. '걷고 나니'는 어떤 이유나 근거를 말하는 것이어서 그 결과의 내용이 뒤에 따르는 것이 정상이다. 그러니까 이 뒤에 '온몸에 기운이 쭉 빠졌다'와 같은 말이 오는 것이 정상이다. 그런데 해가 지고 별이 뜨는 것이 몇 시간 걸은 것 때문은 아니잖은가. 거북함은 거기에서 오는 것일 터인데 '걷다 보니' 정도가 아닐까 싶다.

나는 "피곤하다는 몸짓을 해 보였다"는 무난하다고 할 수도 있겠으나 역시 좀 무딘 감각으로 보인다. 그야말로 '당치도 않은' 제안을 받고 내 보이는 몸짓으로 '피곤하다는 몸짓'은 싱겁다. 안응렬판에서는 "맥이 풀린 태도를 보였다"라고 했는데 그 편이 한결 나아 보인다.

"넓고 넓은"도 역시 무난하다고 할 수도 있겠으나 안이하다는 느낌을 준다. 지금 사막은 감상의 대상이 아니고 공포의 대상이다. 그 분위기에 '넓고 넓은'은 겉도는 느낌을 준다. 광막(廣漠)한과 같은, 좀 더 삭막한 분위기의 어휘를 찾아보면 좋겠다. '꿈속같이 보였다'도 '꿈속에서처럼 보였다'가 낫지 않은가.

10.

여기서 번역자의 성실성에 대해 잠시 생각해 보았으면 한다. 우리로서는 이해하기 어려운 장면들 중에 무엇보다 성실성이 모자라 빚어진 것으로 보이는 것들이 있기 때문이다. 다음 예문이 대표적인 한 경우인데 우리를 몹시 당황스럽게 하는 현장을 보여 준다.

(14) "이상하군" 내가 어린 왕자에게 말했다. "모든 게 다 갖춰져 있잖아. 도르래, 물통, 밧줄……"

　　(중략)

　　나는 천천히 우물 전까지 두레박을 당겨 올려서 똑바로 세워 놓았다. 내 귀에는 도르래 소리가 쟁쟁하게 울리고 있었고 출렁대는 두레박의 물 속에서 햇빛이 일렁이는 것이 보였다.

　　(중략)

　　나는 그의 입술에 닿도록 물통을 쳐들어 주었다. [25]

앞 예문에서 "물통"과 "두레박"이 '물통 — 두레박 — 두레박 — 물통' 식으로 두 번씩 나온다. 마치 다른 대상이 두 가지 있는 듯한 착각을 일으키게 한다. 여기서의 물통은 곧 두레박이다. 원문에서는 다같이 "seau"로 되어 있고, 또 영역본에서는 다같이 "bucket"으로 되어 있다. 대개는 '물통'으로 번역될 법하다.

그렇다고 그것을 '물통'이라 번역하는 것은 마치 밥그릇에 있는 'rice'를

'벼'라고 번역하는 것과 같이 무성의한 짓일 것이다. 지금 여기 우물은 도르래로 길어 올리는 우물이므로 거기 쓰이는 물통을 '두레박'으로 옮기는 것이 맞을 것이다. 그런데 '두레박'으로 옮기려면 앞뒤에서 일관되게 그렇게 할 것이지 왜 한쪽은 남겨 두고 한쪽에서만 그렇게 하였을까? 반쪽이라도 바로 했으니 좀 낫지 않느냐고 할 수는 없지 않은가.

그런데 이 장면에서 참으로 야릇한 일을 보게 된다. 다른 번역본에서, 그것도 두 책에서 아주 비슷한 일이 벌어지고 있는 것이 그것이다. 하나에서는 세 번째 두레박을 생략해 버려 "물통 — 두레박 — 두레박"으로, 다른 하나에서는 "물통 — 두레박 — 두레박 — 두레박"으로 되어 있는 것이다. 비율은 다르지만 동일한 대상을 '물통'과 '두레박'으로 나누어 놓은 점은 똑같이 되어 있다.

무슨 생각들을 한 것일까? 안응렬판에서는 모두 "물통"으로 되어 있는데 같은 대상이지만 그 쓰이는 자리에 따라 이렇게 달리 불러야 정확을 기하는 것이라고 고심에 고심을 거듭하여 취한 결정일까. 두레박을 두고 그럴 만한 일이란 없지 않은가. 무엇을 혼동한 것이라면 그것도 책임이 크고, 불성실의 결과라면 그 책임은 더욱 크겠는데, 생각 없이 서로 베낀 것이라면 이것은 또 뭐라고 해야 할까.

11.

앞의 예문과 관련하여 다음 예문을 마지막으로 하나 더 보기로 한다. 어린 왕자가 해 지는 모습이 좋아 의자를 옮겨 가며 하루에도 몇 번씩 그것을 구경한다는 이야기 부분이다.

(15) 그러나 너의 조그만 별에서는 의자를 몇 발짝 뒤로 물려 놓기만 하

면 되었지. 그렇게 하면 맘 내킬 때마다 해 지는 광경을 볼 수가 있었던 거야.

"어느 날은 해 지는 걸 마흔세 번이나 본 적도 있어." [6]

어린 왕자가 해 지는 광경을 거듭 보기 위해 의자를 옮겼다고 할 때 독자들은 대개 어느 쪽으로 옮겼다고 생각하고 있는지 궁금하다. 나는 철석같이 앞으로 옮긴다고 생각해 왔다. 그런데 앞에서는 뒤로 옮기는 것으로 번역해 놓아 그만 혼란에 빠지게 된다.

그래서 다른 번역본에서는 어떻게 되었는가를 찾아보다가 참 기묘한 장면을 보게 되었다. 내가 여러 번역본 중 가장 권위를 누리는 두 책이라고 한 거기에서도 다 같이 의자를 뒤로 옮기는 것으로 하였을 뿐 아니라 그 문장까지 똑같았고, 더욱이 그것은 앞의 예문과도 똑같은 것이었다. 참고로 세 책의 이 부분을 아래 나란히 놓아 보겠다.

(16 ㄱ) 그러나 너의 조그만 별에서는 의자를 몇 발짝 뒤로 물려 놓기만 하면 되었지.

(16 ㄴ) 그러나 너의 조그만 별에서는 의자를 몇 발짝 뒤로 물려 놓기만 하면 되었지.

(16 ㄷ) 그러나 네 작은 별에서라면 의자를 몇 발짝 뒤로 물려 놓기만 하면 되었지.

특히 "의자를 몇 발짝 뒤로 물려 놓기만 하면 되었지" 부분은 마치 복사를 해 놓은 모습이다. 이것을 어떻게 해석해야 옳을지 모르겠다. 아무리 동일한 원문을 번역하였다 하더라도, 아무리 세 번역자가 프랑스에 가 공부하고 박사 학위까지 딴 배경이 똑같다 하더라도 이렇게 완벽하게 일치하는 일은 희한하지 않은가.

궁금하여 원문을 다시 찾아보았다. "il te suffisait de tirer ta chaise de quelque pas"가 해당 원문이다. 영역본에는 "all you need do is move your chair a few steps"로 되어 있다. '뒤로'라고 할 근거는 없다. 의자를 옮기는 얘기는 뒤 (14장)에서 가로등지기를 만났을 때 한 번 더 나오는데, 프랑스어로는 "tirant"이라 하여 같은 동사를 썼고 영어판에서는 이번에는 "pulling up"이라 하였다. 역시 '뒤로'라고 할 근거는 없다. 그런데 거기에서도 이들은 모두 일관되게 '뒤로'라는 말을 넣어 번역하고 있다.

마치 "의자를 몇 발짝 뒤로 물려 놓기만 하면 되었지"는 누구나 그렇게 번역할 수밖에 없다는 듯, 마치 그것이 무슨 전범(典範)인 양 너도나도 그리로 몰려 있는 것은 하나의 수수께끼가 아닐 수 없다. 안응렬판에서는 '뒤로'라는 말은 안 넣었지만 "그 조그마한 네 별에서는 의자를 몇 발자국만 물려 놓으면 되었지"라고 하여 이들 번역의 한 모델이 되었음을 보여 준다. 저 앞에서부터 베끼는 일에 대한 의문을 제기해 오고 있지만 본인들에게 직접 물어보고 싶은 충동조차 인다.

내가 '앞으로'라고 생각하고 있었던 까닭은 무엇이었을까? 워낙 별이 작으니 앞으로 가나 뒤로 가나 별 차이가 없겠지만 가령 대낮에 일몰 장면을 보고 싶으면 의자를 뒤로 옮기는 것이 더 자연스럽기는 할 것이다. 그러나 우리가 일몰 장면을 한 번 더 보고 싶은 마음이 생긴다면 그것은 대개 해가 다 넘어간 직후가 아닐까 싶다. 실제로 나는 강릉에 갔다가 서울로 차를 몰고 오면서 낙조(落照) 장면을 만나면 속력을 높여 조금 높은 언덕에 다다라 그것을 한 번 더 보는 행운을 누리는 수도 있다. 높은 산에서 낙조를 볼 때도 아쉬움이 남아 저 건너 봉우리에 가면 다시 또 볼 수 있을 터인데 하는 생각을 하곤 한다. 의자를 '앞으로' 당긴다고 머리에 박혔던 것은 그 때문일 것이다.

그런데 사실 소설 안에도 그렇게 생각하는 게 맞는다는 근거도 없지 않다. 하루에 마흔세 번을 보기도 하였다고 하였다. 그때 의자를 뒤로 옮기기보다는 앞으로 옮기면서 해를 따라가는 게 더 쉽지 않겠는가. 심리적으로도 앞으로 쫓아가며 계속 보고 싶은 것이 정상적일 것이다. 소설에는 대낮인 뉴욕에서 단걸음에 프랑스로 날아가면 해 지는 광경을 볼 수 있다는 비유도 나오는데 그 경우에도 으레 앞으로 달려가게 되지 뒷걸음질을 생각하기는 어려울 것으로 생각된다.

12.

앞에서 제기했던 문제가 다시 떠오른다. 번역자는 과연 평소에 어린 왕자에 심취되어 있었을까, 거기에 몰입되어 떨림을 맛보고 또 스스로 밤하늘을 보며 별을 바라보기도 하였을까, 적어도 정말 이 소설 하나만은 내 손으로 앞서 나온 어떤 번역보다 훌륭하게 번역해 보고 싶다는 꿈이 있었을까 하는 것이 그것이다. 이 번역본에는 머리말이나 후기(後記), 그러니까 역자의 말이 한 줄도 없다. 그러니까 이것을 헤아릴 길이 없다.

미국에서 근래 나온 새 번역을 두고 독자들이 활발히 논평을 한 것이 아마존에 실려 있는데 그중 재미있는 것이 있다. 대개가 1943년 Woods의 그 시적(詩的)이기까지 한 좋은 번역을 두고 그보다 나아진 것이 없으면서 왜 새 번역을 했느냐는 비판의 소리인데 그중 하나는 새 번역은 마치 컴퓨터 프로그램으로 번역한 것처럼 메마르다는 것이었다. 정말 스스로 애독자가 되어 깊이 몰입하는 일 없이, 가령 출판사의 요청에 이끌려 숙제하듯 서둘러 해 놓으면 자동번역기가 해 놓은 듯한 건조한 번역이 될 수밖에 없을지 모른다.

어른들은 아무것도 모른다고, 뭐든 설명해 주어야 한다고, 그게 힘들다고 어린 왕자는 말하였다. 번역하는 사람들도 독자들이 이 책을 통해 잃어버렸던 동심(童心)을 되찾기를 바란다는 부탁을 잊지 않는다. 그런데 스스로들이 과연 동심으로 돌아가, 진정으로 어린 왕자의 깊은 세계에 빠져 그 애틋한 마음 하나하나를 함께 숨 쉬며 번역에 임했는지에 대해서는 선뜻 믿음이 가지 않는다. 그야말로 설명을 많이 해 주어야 할, 가장 전형적인 사람들이 바로 그들이 아닌가 싶은 심정마저 들어 안타깝다. 우리나라에 온 어린 왕자는 괜히 측은하다는 생각이 든다.

김경동

오늘 뭐해? 그냥 밥이나 같이 먹자

우리가 남이가?

오늘 뭐해? 그냥 밥이나 같이 먹자

굳이 꼭 집어서 출처를 밝힐 필요도 없건만 말 자체가 성립하지도 않는 '자기 표절'까지 들먹여서 사람을 곤욕스럽게 만드는 야릇한 세태인지라 기억을 되살려 보려 해도 쉽사리 떠오르지 않으니 그저 어디선가 무심코 얼핏 본 듯한 게 아마도 어느 신문·잡지 부록 비슷한 데가 아닌가 싶다는 정도로 얼버무리고, 각설, "오늘 뭐해?"를 주제로 누군가 맛깔스런 글을 썼거나 책을 냈다는 그런 비슷한 말을 접한 일이 있다. 내용인즉슨 요즘 젊은이들 사이에서 이 말이 꽤 인기가 있다는 요지다. 특히 2030세대의 여성이 느닷없이 휴대전화로 친구에게 오늘 뭐 특별히 하는 일이 있느냐고 묻는 일이 생각보다 잦아진 것 같다는 것이다. 네 처지에 무슨 별일이 있을 까닭이 있겠냐만 알고 보면 나도 할 일 없이 빈둥거리고 있으니 차라리 둘이서 그냥 만나 놀기라도 해야 하지 않겠느냐는 비아냥에다 자기 비하까지 겹친 묘한 심기를 은연중에 내비치는 말이라는 해석이다. 처음 그 말에 접했던 순간에는 별 싱거운 친구도 다 있구나 하고 그저 지나쳐 버렸는데 숙맥 동인 모임의 숙제를 놓고 고민을 하다가 문득 그게 뇌리를 스쳤다. 생각하면 할수록 그 짧은 한마디 속에 여러모로 담긴 묘한 뜻이 새록새록 되살아나는 것이 신기해졌다.

사람의 삶이 다른 사람들과 어울려 더불어 살아가야 하는 운명에서 전혀 자유로울 수 없다는 엄중한 현실 속에서도 우리는 자칫 인간관계와 공동체적 삶의 의미를 성찰할 눈곱만한 빈틈조차 없이 대부분의 시간을 흘려보내며 산다. 개미 쳇바퀴 돌듯 살아가는 일상 속에서 순간적으로 누군가에게 전화를 걸어 뜬금없이 "오늘 뭐해?"라는 질문을 하찮게 던질 수 있다는 게 얼마나 행복한지를 의식할 겨를마저 박탈당한 채 사는 셈이다. 무엇보다 그런 질문을 해도 좋을 만한 벗이 있고 그런 사람과 함께할 수 있는 시간적, 심리적 여유를 누릴 수 있다는 사실 자체가 참으로 소중한데도 말이다.

하긴 보기에 따라서는 세상에 얼마나 할 일이 없고 무료한 인생이면 예고 없이 아무에게나 덜컥 전화를 걸어서 그런 시답잖은 물음이나 던질까 하는 해석도 할 법하다. 요즘처럼 수명은 예기치 않게 급속히 길어지는 터에 신체 멀쩡한 중장년이 조기 퇴직의 쓸쓸한 경력을 등에 지고 정말 할 일이 없어 몸이 뒤틀리고 쑤시는 걸 참다 못해 "에라 모르겠다. 심심해 죽겠는데 만만한 이 친구나 전화로 불러내어 노닥거리기라도 해야겠다"는 심경으로 그럴 수도 있을 것이기 때문이다. 이렇게 세상이 사람들을 하루아침에 한데로 내몰아 버리는 일이 있어도 되느냐는 항변이 나올 만한 현 세태의 단면임에는 틀림없다. 게다가 비상하게 높은 청년 실업률은 비단 우리나라만의 문제가 아니고 전 지구적 골칫거리라는 사실은 그 무심코 들어 넘길 수도 있는 한마디 속에 묻어나는 인간적 비극을 은근히 암시하기도 한다.

실직·실업이 왜 비인간적 비극인지는 긴 설명이 필요 없지만, 세계적인 사회학자의 말이라면 정말 심각한 일임을 미루어 짐작하고도 남을 만하다. 연전에 KBS의 요청으로 세계적인 석학과 만남을 촬영하기 위해 영국을 방문했을 때의 일이다. 독일 출신으로 일찍이 세계적인 명성을 얻은 후 영국으로 이주하여 런던 정치경제대학의 총장을 지낸 다음 작위를 받고 영국 상원(the House of Lords) 의원으로 추대받았으며, 면접을 위해 만났을 때는 옥스퍼드 대학 킹스칼리지의 책임교수로 학생들과 어울려 즐거운 시간을 보내고 있는 랄프 다렌도르프(Ralf Dahrendorf) 교수가 장본인이다. 그때가 1990년대 초였고 서방세계는 심한 경제 불황으로 몸살을 앓고 있었다. 특히 유럽에서는 스페인 같은 나라의 실업률이 30%를 웃도는 시절이었다. 인터뷰 과정에 여러 가지 문제를 다루는 중에 실업이 당연히 주제로 떠올랐는데, 놀랍게도 다렌도르프경의 목소리가 갑자기 높아지고 격해졌다. "한마디로 실업이란 비인간적인 비극입니다." 지금도 그 순간 그의 얼굴에 내비친 비장한 정서를 잊을 수 없다.

우리나라에서도 이런 비인간적인 비극이 갑작스럽게 국민의 가슴을 후려치게 된 시기가 다름 아닌 소위 'IMF 사태'가 벌어진 1997년이었다. 당시의 외환 금융 위기 자체가 이미 국권 상실에 비견할 비극적인 충격을 초래하기도 했지만 그로 인해 발생한 몇 가지 사회경제적 결과는 한국의 경제 성장기에서 이전에 전혀 경험하지 못했던 참극을 연출한 것이었다. 주요 금융기관을 비롯한 일부 대기업체들이 그때까지 한 번도 해 보지 않은 그 미명의 구조조정을 치러야 했고 거기에서 대규모 실업이 불가피하게 발생하였다. 실업은 즉각적으로 가계에 얼음물을 끼얹었다. 가계부에서 첫 번째로 날아간 항목이 자녀 사교육비 지출이었고 얼마나 지났을까 어느 날 아침 식구들은 주부가 보따리를 싸고 밤새 사라진 정황에 가슴에 구멍이 뻥 뚫리고 말았다. 또 어떤 집에서는 이제 더 쓸모가 없어 되어 하루 종일 방구석에만 쭈그리고 앉아 식구들의 눈에 거슬리게 된 생업 책임자를 담요와 옷 보따리를 챙겨서 길거리로 내몰아 하루아침에 노숙자 신세로 전락하게 만드는 참혹한 광경을 목격해야 했다. 가족은 와해의 위기를, 개인은 삶의 붕괴라는 쓴맛을 봐야 하는 처참한 사태가 우리들 눈앞에서 벌어지는 끔찍한 시기였다.

기왕에 노숙자 얘기가 나왔으니 말이지만, 노숙자가 인간으로서 삶을 거의 포기하기 시작하는 계기는 바로 전화를 걸어 안부를 묻고 혹 몇 푼이나마 도움을 청할 만한 사람의 명단이 동이 날 때라고 한다. 이제 더 이상 잡고 기댈 수 있는 인간관계라는 실낱같은 희망의 연결 고리가 사라지는 순간이다. 그래서 알고 보면 "오늘 뭐해?"는 일상이 무료한 이들에게는 삶의 가벼운 즐거움을 선사할 수 있고 인간관계가 그립고 아쉬운 사람들에게는 삶의 따뜻한 희망을 줄 수 있는 오묘한 맛이 풍기는 한마디다.

그처럼 어두운 면만 볼 필요는 없고 밝은 쪽 사정도 살펴보는 것도 또한 나쁘지 않다. 현대인의 삶이 워낙 시간의 사슬에 얽매여 눈코 뜰 새 없이 바쁘게 돌아가다 보면 스스로의 삶의 의미는커녕 자기가 하는 일의 가치와 고민, 자기가 속한 가족, 학교, 직장, 기타 사회적인 모임과 단체의 기능과 운영상의 각종 쟁점과 문제는 물론 거기서 얻는 유익한 경험과 즐거움, 그리고 동참하는 사람들의 생각과 느낌과 기쁨과 슬픔과 즐거움과 어려움을 함께 염려하면서 나누는, 푸근하기도 하고 찡하기도 한 인간적인 경험의 기회조차 향유하기가 그리 쉽지 않다. 거의 모든 일은 커다란 기계의 운행에 작은 한몫이나 차지하는 톱니바퀴마냥 그야말로 기계처럼 움직이는 일률성, 규칙성, 단순성의 반복으로 진행한다. 그 틈새에서 개인의 삶은 메마르고 각박하고 기름기 없는 기계처럼 삐거덕거리며 하루하루를 쌓아 갈 따름이다. 이런 생활의 연속에 파묻힌 우리가 어느 날 갑자기 딱히 할 일이 있는 것도 아니고 그렇다고 꼭 해야 할 일이 없는 것도 아닌 어정쩡한 처지에서 정말로 아무런 목적도 없이 누군가 만나야겠다는 생각을 한다는 게, 아무렇지도 않게 일어날 수 있을 리가 만무하다. 절박함이 이면에서 꿈틀거림에 틀림없다.

그 새장 같은 일상의 속박에서 잠시나마 벗어날 여지를 추호라도 누릴 수 있다는 사실 자체가 너무나도 희귀하다 못해 소중한 까닭이 거기 있다. 더구나 오늘날처럼 극한 경쟁의 연속 속에서 자칫 한눈만 팔았다가는 단번에 나락으로 곤두박질해야 하는 세상, 온갖 칭송과 특권이 쏟아지는 승자의 등 뒤 저 멀찌감치 누구도 거들떠보려고조차 하지 않는 어두운 구석에 내던져져 버리는 패자에게는 절망만이 가슴을 짓누르는 그런 세상, 그래서 곁눈질할 틈도 주어지지 않은 채 앞만 보고 내닫기만 해야 하는 세상의 고달픈 긴장의 끈에 매달려 허덕이는 인생에게 그래도 한줄기 인간다움의 빛이 스며드는 틈바구니라도 있다는 게 이 얼마나 감격하리만큼 귀하고 대견한가 말이다. 바로 이 때문에 "오늘 뭐해?"가 빛이 날 수 있는 것이다.

그리고 거기 따라 나오는 제안이 더 가관이다. "그냥 밥이나 같이 먹자"가 아닌가. 이 짤막한 문장에는 우선 '그냥'이라는 가벼우면서도 실은 대단히 묵직한 함의가 숨어 있다. 그냥이라니. 세상에 도대체 그냥인 게 무엇이며 얼마나 자주 있다는 말인가. 그냥은 공짜를 뜻하는데 빈틈없는 계산의 밧줄이 온몸을 칭칭 감고 있는 자본주의적 물질 만능의 시대에 공짜라니 그 구속에서 풀려날 수만 있다면야 그야말로 놓칠 수 없는 좋은 기회가 아닐 수 없다. 경제학에서는 기회비용이라는 말이 있다. 직접 물어야 하는 비용이 아니라 어떤 행동을 할 때 소요하는 부수적인 요소에서 발생하는 비용이다. 그것도 무상, 무료라면 그만이라면 마다할 이유가 없다. 대체 무엇을 하든, 동기, 의도, 목적, 목표, 업무상 필요, 사회적 수요, 개인적 선호, 무언가를 회피해야 할 절실한 처지 또는 심지어 꼼수까지도 개입하는 게 정상인 세태다. 그래서 그냥이라면 그냥 그 자체일 수 있다는 것이 백미다. 그런 걸쭉한 요소는 걸러 내어 버리고 진공 상태처럼 말갛게 마음을 비운 허허로움의 무아지경 같은 것이 가능하겠다는 일말의 기대라도 좋다. 만남 그 자체가 목적이요 즐거움이다. 현대적인 삶에서

만에 하나라도 이것이 현실로 이루어진다면 그냥 그것으로 만족이다. 그냥 좋다. 그런 것이 행복일지도 모른다. 사치스럽겠지만 그렇다. 그런 사치도 즐길 만한 사치로 치부해도 좋다.

그건 그렇다 쳐도 정말 만나서 그냥 아무 짓도 안 할 수는 없다. 그냥 서로 얼굴만 바라보고 멍하니 서서, 앉아서, 누워서 서로 기대고 그냥 있는 방법도 배제할 필요는 없다. 일반적으로 사람들은 그런 짓을 하며 시간을 낭비하려 들지는 않는다. 물론 일부러 그렇게 시간만 갉아먹으면서 존재할 수도 있다. 하지만 대개는 무슨 행동을 한다. 말을 하고, 웃고 울고, 시체 말로 스킨십이라는 신체 접촉을 하고, 싸우기도 하고 잠도 자고 그런 구체적 행위가 있게 마련이다. 그런 행동 중에서도 특별한 의미가 더 있을 법한 보기가 아마도 '같이 밥 먹기'일 것이다. 혼자가 아니고 함께 음식을 나누며 시간을 보내기다. 어차피 끼니는 때워야 할 바엔 모처럼 만난 김에 식탁에 마주 앉아 서로 얼굴을 보며 대화를 하면서 음식도 즐기는 편이 낫다. 그래서 "그냥 얼굴이나 보자," "그냥 만나" 같은 것보다는 인간미가 더하다.

한데, 그렇게 만나서 음식을 나누며 할 얘기는 무슨 내용이어야 하는가? 가끔 음식점에 들렀을 적에 참으로 이해하기 어렵고 신기하다 싶은 현상에 당혹해질 때가 있다. 도대체 음식점이 장마당인 게 거슬린다. 물리적으로 소음이 사람을 짜증나게 하는 게 우선 큰 문제다. 그런 데다 공공장소임은 아랑곳없다는 듯이 온 데서 대화라기보다는 무슨 소리 지르기 시합인 양 왁자그르르 마구 떠들어 대며 큰 소리로 웃는 모습이 정말 가관이다. 궁금한 것은 대체 저들이 무슨 얘긴지 그렇게 할 말이 많을까 싶은 것이다. 어린이가 동석한 가족 모임에서도 밤낮으로 얼굴을 맞대고 몸을 섞으며 사는 식구들끼리 그다지도 할 얘기가 흔하다는 것이 기이할 따름이다. 아마도 이런저런 신변 형편, 걱정거리, 의논할 일, 경하할 만한 좋은 일, 그저 일상에서 일어나는 자질구레한 사건, 아니면 세상사 잡담 같이 매우 다양하고 색깔이 다른 주제일 것으로 짐작은 할 수 있지만 놀랍기는 마찬가지다. 우리 두 내외는 워낙 서로 하는 일이 많아 깊은 내용의 대화를 길게 하려면 따로 시간을 내야 할 판이지만 어쩌다 식탁머리에서 해결할 때도 가끔은 있다. 다만 외식을 할 때는 거의 말없이 조용히 음식을 즐기는 게 버릇이 된 터라, 진짜 사람들이 그토록 시끄럽게 얘기할 내용이 있다는 게 그저 기묘한 것이다. 그래도 친구와 오랜만에 만나면 무슨 얘기든 하는 편이 나은 건 당연지사다. 대화가 중요하지 내용 자체가 크게 문제 될 것은 없을 줄 안다.

　이렇게 마구 수다를 떠는 현상은 여러 각도에서 설명이 가능하지만 현대사회의 인간에게 있을 법한 풀이는 아마도 저들이 너무도 외로워졌기 때문이 아닐까 하는 것이다. 먼저 유럽과 미국에서 겪은 일을 상기해 볼 수 있다. 한참 지난 일이지만 우리 내외가 파리에서 제네바로 TGV 급행열차 여행을 했을 때다. 객석에서 출발을 기다리는데 프랑스 말을 하는 남자와 여자가 한 명씩 우리와 마주 보는 좌석을 차지하고 앉았다. 언뜻 보기에도 서로는 모르는 사람들이었다. 좌정하자마자 여자가 먼저 인사를 청한 다음 뭔가 열심히 얘기를 하기 시작했는데, 거의 혼자서만 말을 하고 옆자리의 상대 남자는 대충 응수만 하는 시늉을 할 정도였다. 그렇게 일방적이다 싶은 대화(?)는 종착역에 도착할 때까지 약 4시간에 걸쳐 끊임없이 이어졌다. 저녁 시간이라 우리는 책이나 읽을까 했지만 솔직히 내용은 못 알아들어도 앞에서 그렇게 수다를 떠는데 집중이 어려워 마침내 그냥 눈을 감고 반은 졸면서 시간을 때웠는데, 어쩌다 중간에 눈을 떠 보면 그 여자는 계속 혼자서 지껄이며 열을 올리고 있는 모습이 눈에 들어오곤 했다. 그때 뇌리에 스친 상념은 "아하, 이 사람이 무척이나 외롭구나!"였다.

그 무렵 미국에 체류할 때 일화가 또 하나 있다. 미국에서 교편을 잡고 있는 후배 교수의 집에 저녁초대를 받고 갔을 적에 겪은 일이다. 잔디 마당에서 바비큐를 준비한 주인이 갈비구이에 열중하고 있는 자리에 곁에서 구경도 할 겸 친구가 되어 주려고 서성이고 있을 때 바로 옆집에 사는 신사가 퇴근하여 우리가 서 있는 마당을 지나가고 있었다. 담장이 없고 나지막한 정원수로 울타리만 대충 만들어 놓은 두 집 사이는 마당이 거의 이어져 있었으므로 이 신사가 다가오자 주인 교수가 자연스럽게 나를 소개해 주었다. 둘은 악수로 수인사를 나누었지만 딱히 할 얘기도 없는 터라 주인 교수 곁으로 발을 옮기려 하는데, 이 이웃집 신사가 말을 걸어오기 시작하였다. 결례를 면하려고 하는 수 없이 그 자리에 선 채 그의 얘기를 듣게 되었다. 물론 내용이야 무슨 야구 선수의 홈런 기록이 얼마고 어떤 미식축구 경기에서는 어떤 일이 일어났으며 증권시장은 어떻게 돌아가고 미국의 경기는 어떤 형편이고, 대충 그런 잡담이 이어졌다. 나로서는 특별히 할 말도 없고 대게 그다지 흥미도 없는 주제라 그저 미소만 띠면서 고개를 끄덕여 응대를 하고 서 있는 처지가 되었다. 그렇게 서 있기를 반시간은 족히 되었을까, 주인 교수가 순간 우리가 서 있는 쪽을 보다가 내가 처한 어색한 처지를 눈치채게 되었다. 마침내 그 교수의 입에서 "dinner's ready(저녁 준비 완료!)"라는 신호가 왔고 나는 그 무료하고 몸이 뒤틀리는 대화 아닌 대화의 고충에서 해방의 기쁨을 맛보게 되었다. 역시, 이 신사는 몹시 외로운 삶을 사는 사람이었던 것이다.

그럼 대화의 내용은 그렇다 치고 이제 본론으로 돌아가서 이런 만남은 누구와 가질까를 생각해 볼 수 있다. 자기 식구야 날마다 함께 지내니까 일단 이 범주에서는 열외다. 주 상대는 아무래도 친구 혹은 벗이 먼저고 다음이 친척, 이웃 그리고는 직장 동료 정도가 되겠지만, 나머지 일반적인 친지는 글쎄다. 이 중에서도 마음 놓고 거리낌 없이 "오늘 뭐해? 그냥 밥이나 같이 먹자"에 해당하는 사람의 범주에서 1순위는 역시 친구일 것이다. 친척이라 해도 늘 왕래가 있는 가까운 친척이면 모를까 웬만한 친족은 이런 만남의 범주에 들기가 쉽지 않다. 이웃끼리 그런 교류를 하는 수가 얼마나 있을지도 약간은 의문이고, 더구나 직장 동료라 해도 원래 친구로서 친분이 있는 사이든지 아니면 업무상의 필수 요건이 아니면 그러기가 어려울 것이다. 이런 순위를 매기면서 문득 떠오른 통계치가 있다.

지난 2011년 어떤 여론조사 기관에서 15세 이상 청소년들을 대상으로 조사한 결과다. 저들에게 가족과 가까운 친족의 명칭을 나열하고 그중에서 '가족이 아닌 사람들'을 지목하라고 했을 때 '비가족 구성원'으로 치부하는 사람들의 종류가 매우 흥미롭기도 하고 충격적이었다(조선일보, 2011년 1월 25일자 보도). 자신의 조부모(77%), 사위(76%), 친손자 손녀(75%), 며느리(74%), 그리고 외손자 손녀(73%)의 순으로 모두가 70% 이상의 젊은 응답자로부터 가족으로 인정받지 못했기 때문이다. 그리고 이런 비율은 2005년의 수치보다 모두가 두 배 이상으로 늘어났다. 그러니까 6년 사이에 청소년 세대의 가족에 대한 이미지가 갑작스레 변질했다는 말이다. 친족에 대한 태도가 그렇다면 터놓고 같이 밥 먹자 전화 걸고 바로 만나서 노닥거릴 수 있는 친구는 얼마나 될까 의구심을 억제할 수가 없다.

요컨대 세상은 하루아침에 변해 버렸다. 우리가 기억하는 이웃은 담장도 아닌 울타리 너머에서 아침저녁 인사 나누고 잡담도 하고, 설탕도 꾸고, 그 집에 은수저가 몇 벌인지, 할아버지 제사가 언제인지를 꿰고 있었다. 그리고 길흉사가 있거나 무슨 때가 되면 동네 사람들이 모여 모처럼 특별히 장만하는 맛난 음식도 나누고 잔치를 벌이기도 했다. 직장 동료들도 떼를 지어 집들이도 하고 또 초청해서 음식 대접도 하던 시절이 있었다. 그런 것도 무슨 핑계가 있을 때 일이다. 아무 때나 '그냥' 전화로 불러내어 밥이나 같이 먹는 일은 점차 우리의 공동체적 풍경에서는 자취를 감추고 있다.

이런 현상은 대개 서방의 문화와 풍습을 수용하는 과정에서 생긴 것으로 볼 수 있고, 아울러 공업화와 도시화를 아우르는 근대화 과정에서 경제성장을 경험하면서 드러난 변화의 단면이기도 하다. 거기에는 자본주의적 시장경제와 자유주의적 민주주의 정치의 문화적 요소가 거들었다. 개인주의가 상당히 만연하여 극단에까지 이르렀다는 인상을 강하게 받는 사회로 변질하고 있다. 그리하여 가족의 관념이 바뀌었을 뿐 아니라 실제로 가구 구성의 축소와 변질도 동반하였다. 우리가 어릴 때만 해도 할아버지 할머니가 함께 사는 3세대형 확대가족이 보편적이었다. 소위 핵가족이라는 말조차도 생소하던 시대. 그런데 조손이 함께 사는 3대가족의 비중이 6·25전쟁 직후인 1955년에 28.5%로 거의 3분의 1에 가까웠던 것이 반세기가 지난 2010년에는 6.8%로 줄었다. 더욱 놀라운 변화는 가구 구성원의 규모에서 나타난다. 가령 1980년에 총 가구 중 1인 가구의 비율이 4.8%였으나 2012년에는 25.3%에 이르렀고, 여기에 약 25%를 갓 넘은 2인 가구를 합치면 전체 가구의 절반 이상이 두 사람밖에 살지 않는 조촐한 가구라는 말이 된다. 그래서 요즘 부동산 광고에는 원룸, 투룸의 소형 주택이나 오피스텔이 부쩍 눈에 뜨이고 마트나 편의점에서는 1인용 음식 패키지가 인기다.

좀 더 자세히 뜯어보면 홀로 사는 1인 가구의 3분의 1 이상이 독거노인이고 2030 청년 세대층이 3분의 1 정도다. 특히 독거노인은 다수가 여성 고령자에다 거의가 최저생활자에 해당하고 자식이 있어도 유기 상태인 사례가 허다하다. 거기서 이른바 '고독사'라는 새로운 현상이 유래한다. 이렇게 사망한 후에도 연고자가 나타나지 않으면 국가가 대신 장례를 치러주는 '직장(直葬)'이란 용어가 일본에서 등장하였다. 우리도 여기에 바삐 뒤쫓아가는 실정이다. 게다가 이런 고령자들은 대다수가 우울증으로 시달린다. 잘 알려진 대로 고립으로 인한 외로움은 우울증의 주요인이고, 우울증은 자살이나 '묻지 마 범죄'의 주요인 중 하나다. 기독교에서는 고독이란 창조주 신의 뜻이 아니기 때문에 고독한 사람은 영혼이 황폐해진다는 풀이도 한다.

여기에는 우리의 주거 문화의 변화도 한몫을 하였다. 가령 1975년까지만 해도 오늘날 우리가 선호하는 아파트라는 주거 형태는 전체 주거 중에서 겨우 1.78%에 불과하였다. 마침내 한 세대, 30년이 지난 2005년에는 아파트의 점유율이 절반을 초과하는 50.16%로 급상승했고, 2010년에는 56.3%로 증가하였다. 같은 세 번의 연도에 단독주택의 비중은 87.68%에서 30.17%, 그리고 드디어 26.12%로 급감하였다. 아파트가 편리하고 현대식이고 멋진 데다 재테크의 수단으로서 엄청난 효과를 보여 주었기 때문이다. 그 아파트 단지는 수십에서 수천 가구가 모여 사는 인구 집중의 상징이다. 게다가 한 아파트 건물에는 적어도 수십 가구에서 많으면 수백 가구가 아주 근거리에서 살고 있다. 그런데 정작 바로 같은 층에서 현관문과 현관문 사이 거리가 1미터 정도밖에 되지 않는 물리적 '이웃'은 서로가 엘리베이터에서 만나도 얼굴도 몰라서 인사조차 제대로 하지 않고, 그 집 식구의 얼굴은 물론 세대주의 이름도 모르며 몇 식구가 사는지, 세대주의 직업이 무엇인지도 전혀 알지 못하면서 명색이 이웃이라는 명목을 등에 붙이고 살아간다.

이처럼 바로 옆집에 사는 사람들과 소통이나 교류를 끊다시피 하고 사는 이유 중 하나는 서로의 사생활을 보호한다는 명분에 있다. 아무리 가까이 살지만 옆집의 사정을 시시콜콜 알아야 할 까닭도 없고 잘못하다가는 공연히 서로에게 실례를 끼칠 수 있는 간섭이나 사생활 침해를 염려한다는 뜻이 담겨 있다. 실제로 그 두텁고 무거운 철문을 닫고 자기네 아파트 공간으로 들어가 버리기만 하면 사생활을 거의 100% 지킬 수 있는 건축 구조가 이를 부추기는 데 한몫을 한다. 가끔 택배 기사가 이 철문을 함부로 닫아버리고 돌아설 때는 그 '꽝' 하는 소리에 소스라칠 때가 있다. 옥내의 현관문을 그런 쇠붙이로 만들어야 할 이유를 의심해 보면 그 철문은 우리의 삶에서 저주라는 생각을 떨치기가 어렵다. 실은 요즘 한창 시끄럽게 법제화까지 밀어붙이게 된 소위 층간 소음으로 인한 갈등 문제도 어찌 보면 이 사생활 보호라는 가치를 어떻게 해서든 완벽하게 유지하겠다는 의지의 표현일 수도 있다. 조그만 소리도 못 참는다는 신경질적인 반응이 바로 오늘날 아파트라는 거주 공간을 살아가는 현대인의 희화적인 자화상인지도 모른다. 이렇게 자신을 그 인위적인 공간에 담고 철문을 닫는 순간부터 우리는 실상 번데기가 되어 버린다. 누에 시절 자신의 몸속에서 뽑아낸 실로 스스로를 칭칭 감아서 완전히 둘러싸 버림으로 고립을 자초하는 형상에 비유하여 서방학계에서는 이런 자가 형성적 고독의 상태를 일컬어 '번데기 되기(cocooning)'라는 말로 그 문제점을 지적하기도 한다. 최근 한 일간지의 시사평론에서 젊어 보이는 여성 사회비평가가 요즘은 아는 사람을 만들기가 어렵게 되었다면서 그 이유의 하나로 사람을 대면해서 만나기를 부담스러워하는 사람이 늘고 있기 때문이라고 했다.

현대사회의 이 같은 변화를 흔히 공동체 붕괴의 한 측면으로 보고 새로운 공동체 짓기(community building) 운동을 역설하는 사람들도 있다. 미국의 예로, 하버드대학의 정치학 교수인 로버트 퍼트넘(Robert Putnam)은 『Bowling Alone(나 홀로 볼링을)』이라는 제목의 책을 2000년에 출판하여 학계의 주목을 받았다. 본시 볼링이란 운동은 두 사람 이상이 짝을 지어 경기를 하고 끝나면 피자와 맥주파티를 하든지 아니면 동네 음식점에서 회식이나 나누고 대화를 즐기는 것이 중산층 이상의 일상의 광경인데, 현재 미국 사회는 그것이 점차 모습을 감추고 있다는 것이다. 가령 미국 사회는 땅이 넓어서 전용 주택가는 길도 널찍하고 서로 모양을 달리하면서도 전체적인 조화를 잃지 않게 기획하고 설계한 보기 좋은 단독주택이 거리를 따라 가지런히 늘어선 모습을 쉽게 만날 수 있다. 이 나라에서도 얼마 전까지는 이런 주택가 단독주택의 거리를 향한 쪽 테라스에는 기다란 벤치 같은 흔들의자가 놓여 있었고 거기에 할머니가 앉아서 지나가는 이웃들에게 인사를 하고 그들과 도란도란 대화도 나누는 광경이 어렵지 않게 눈에 띄었었다. 그러나 이런 풍경이 하나씩 하나씩 사라지고 있다. 그리고 이런 주택 지역의 이웃들이 자발적으로 조직한 각종의 지역공동체 운동을 전개하여 이웃의 사회적 유대도 적극적으로 형성, 유지하는 노력도 깃들였었다. 그런데 이러한 공동체적 연대가 점차 희박해지기 시작하였고 그래서 이제는 공동체와는 상관없이 혼자서 우선 먹고살 궁리를 열심히 해야 하고 친구 사귈 여지도 없이 혼자서 볼링장에나 나타나서 시간을 때워야 하는 사회가 되어 간다는 것이 퍼트넘의 진단이다. 친근하고 인간적인 사회적 유대는 점차 사라지는 추세고, 거기서 자생적으로 생성하여 지역공동체의 문제 해결과 미래지향적이고 자생적인 발전을 추구하는 각종 집단과 조직체도 쇠락하는 현상에 경각심이 생긴다는 견해다.

물론 이에 대한 반론도 있지만 현재 미국의 이런 지역공동체의 변화는 초기 미국 사회에서 싹튼 이후 미국 민주주의의 기틀로 자리 잡은 시민의 자발적 참여에 의한 지역사회 문제 해결과 자원봉사의 전통이 희석 내지 변질하는 단서로 주목의 대상이 되는 것은 사실이다. 그리하여 각종의 공동체 짓기 운동이 교회를 중심으로 번져나가는 한편 세속 사회에서도 이를 위한 여러 이론과 실천 방안들의 제시가 활발해지고 있다. 우리나라에서도 과거에는 비록 정부 주도이기는 해도 농촌 사회의 개선을 겨냥한 새마을운동 같은 것이 그런 공동체 운동의 보기이며 최근에는 마을 단위로 자발적인 공동체 운동을 시도하는 예가 조금씩 보이기 시작하고 있다.

좀 너무 멀리 온 것 같지만 기왕에 공동체에 관한 얘기가 나왔으니 마무리 겸 한 가지만 더 소개하기로 한다. 이른바 공동체주의(communitarianis)라는 사회철학의 관점이다. 이는 주로 철학 분야에서 개인주의 및 자유주의와 대비하여 논의하는 사상인데, 이 철학을 전체적으로 자세히 다루기는 어렵고 주요 핵심 관점만 언급한다. 이들에 의하면 공동체란 어떤 공통의 가치와 규범과 목표를 공유하는 사람들의 사회 조직체로서 구성원 각자는 이러한 공통의 목표 등을 자신의 것으로 동일시하고 개인의 자아도 공동체적 유대로 말미암아 성립하므로 공동체는 그 자체 도덕적으로 '좋은 것(善, a good)'이 된다. 공동체주의는 공동체는 물론 그 속에서 다른 구성원들과 맺는 관계 자체의 본질적이고 본원적인(수단적, 공리적이 아닌) 가치를 인정한다. 공동체는 삶의 도덕적 의미를 부여하며 인간은 공동체의 구성원이 됨으로써 인간은 자신의 도덕적 신념에 대한 깊은 의미와 실질적인 내용을 이해하게 된다. 요컨대 공동체는 하나의 인간적 욕구에 해당한다고 본다. 이처럼 '좋은 도덕적(good and moral)' 사회 조직체로서 공동체야말로 인간의 기본적인 욕구 충족과 실질적인 이해 관심의 배양과 계발을 위해, 또한 인간의 개별적인 잠재력과 도덕적 인격의 완벽한 실현을 위해, 최적의 조건을 만들어 준다고 보는 것이다. 인간의 욕망에는 아예 공동체를 바라는 욕망, 개입과 참여를 원하는 욕망, 그리고 서로 의존하려는 욕망이 있는데, 현대의 미국 문화는 이런 욕망을 심각하고 특이하게 좌절시켜서 사람들로 하여금 깊은 고독의 수렁에 빠지게 하는 결과를 초래했다고 본다. 인간에게는 사랑(애정), 소속, 용납, 인정, 성취 등의 기본욕구가 있고 '의미를 찾으려는 존재'로서 '의미를 향한 의지'가 있는데, 공동체에 대한 욕망은 이러한 기본욕구의 표출이라는 것이다.

그렇다면 공동체가 과연 어떤 특질을 지니기에 그런 욕구를 충족시키는 데 기여하는가? 먼저 좋은 양질의 공동체에서 요구하는 인간관계는 사려 깊고, 온화하고, 친절하고, 따뜻하며, 자신의 이익을 기꺼이 양보하고,

희생하는 관계가 특징이다. 그런 공동체는 신뢰할 수 있는 형제애적 협동을 추구하므로 서로 의지하고 싶은 욕망을 충족시키는 데 최적의 환경을 제공한다. 그리고 집단에 대해서는 구성원들 간의 연대, 충성심, 협동, 일반적 화합, 상호 책임 등을 요청한다. 또한 도덕적인 공동체는 성격상 공정하고 정의로우며, 애착과 인자함과 사랑으로 돌봐 주고, 관용하는 건전한 마음가짐을 장려하며, 동정심을 강조한다.

결국 "오늘 뭐해?"는 망가진 공동체적 관계와 조직생활에서 외로워진 사람이 그 공동제적 관계를 복원하려는 욕망의 표출로 바라보면 의미가 없을까 하는 상념의 단서라 보아도 좋다는 뜻이다.

우리가 남이가?

"우리가 남이가?" 이 말은 정계에서는 유명한 어구다. 대통령 선거가 한창이던 어느 날 부산의 어떤 일식집에서 선거 전략을 논의하는 과정에 나온 발언을 상대 후보자 진영에서 몰래 녹취하여 폭로함으로써 선거판을 몹시 시끄럽게 했던 기억을 상당히 많은 이들이 아직도 간직하고 있을 것이다. 단적으로 말하자면 우리 사회의 '패거리 문화'가 선거라는 정치적 선택의 과정에서 어떤 결과를 초래할 수 있는지를 성찰하게 하는 발언의 백미다. 남이 아니라는데 선택의 여지가 있을 까닭이 없는 우리 사회의 일반적인 풍토를 풍자적으로 표현할 때 이 말이 자주 입에 오르내린다. 남이 아니라는데 무슨 의문과 반대의 핑계가 있을 수 있느냐는 단호한 의지가 묻어나는 말이다. 이런 패거리 문화에서 특히 강조하는 것이 바로 공동체적 유대다. 친밀하므로 마음이 평안할 수도 있지만 끈적끈적해서 불편할 수도 있는 유대다. 여기서 우리는 어쩌면 공동체가 인간에게 일정한 속박이 될 수 있다는 점에 생각이 미친다.

위에서 우리는 공동체가 얼마나 숭고하고 인간적인 가치를 품은 현상인지를 여러 각도에서 살펴보았다. 요컨대, 우리는 그와 같은 공동체적 연대나 공동체적 관계는 친근하고 끈끈하여 그 관계 속에 있는 한 인간은 푸근하고 따뜻한 정서적 안정을 만끽할 수 있다고 믿으면서 살아가는 셈이다. 인간이 지나치게 외로운 상태에 놓이게 되는 것은 되도록 피하는 게 좋다는 논지는 행복 연구나 장수 연구 같은 여러 형태의 연구에서 일반적으로 수용하는 명제다. 따라서 외로움을 달래 주고 치유하는 공동체의 가치와 중요성은 부정할 까닭이 없다. 여기서 우선 외로움이 어떤 문제와 연관이 있는지를 뜯어볼 필요가 있다. 이미 위에서 잠시 언급한 바 있지만, 적어도 여러 전문가들의 관찰과 진단에 의하면 다음과 같은 지적을 볼 수 있다.

첫째, 양떼를 비유로 삼을 때, 무리지어 있으면 공격당할 확률이 낮은 반면에, 홀로 떨어져 나가면 이리의 밥이 되기 쉽다고 한다. 인간도 일생을 살아가는 동안에 여러 가지로 해치려는 사람이 있다든지 어려움을 당하게 될 수 있는데, 혼자라면 그런 위험을 감당하고 극복하기 어렵다는 것이다. 누군가 곁에서 함께 힘이 되어 주고 위로하고 도와주는 관계 속에 있을 때는 그만큼 안전을 보장받을 수 있다는 이점이 있는 것은 분명하다.

둘째, 홀로 지내다 보면 건강 면에서도 쉽게 질병에 노출될 위험도가 높고 한번 병에 걸리면 치유하기가 쉽지 않다. 누군가 가까이에서 돌봐 주고 보살핌을 받으면 병에 걸릴 확률도 줄어들뿐더러 질환에 시달릴 때도 도와주고 간병을 해 주는 사람이 있으면 심리적인 위안도 받고 동시에 그로 인해서 환우를 극복하기도 용이하다.

셋째, 고립 상태에 빠져서 의미 있는 관계로부터 멀어진 처지에 사는 사람들은 친근함이라는 조건 자체에 일말의 두려움을 지니게 되어서 여러 사람들과 가까이 있으면 어색하고 거북해진다. 그래서 어릴 때부터 외아들, 무남독녀처럼 혼자 자란 사람들에게서는 타인과 자주 만나서 깊이 사귀기를 꺼려하는 경향을 발견하곤 한다. 이런 사람들은 친근하고 끈끈한 관계가 오히려 부담스럽고 거추장스러울 수 있을 뿐 아니라 실지로 사람들과 사귀고 어울려 봐도 결국은 진정으로 친해지기가 힘들어지기 마련이다.

넷째, 고립적인 상황에서 살다 보면 균형 잡힌 시각 혹은 전망(perspective)을 잃기 쉽다. 객관적이고 공평한 균형 잡힌 견해를 누구도 공명정대하게 제공해 주지 않기 때문에 본인은 대체로 양극으로 쪼개진 판국에 신중히 생각하여 판단을 내리기보다는 극단적으로 생각하고 판단하여 잘못된 결정을 내리기 쉽고 충동적으로 행동하기가 십상이다. 결과적으로 위험한 상황에 처하게 되기 쉽다.

다섯째, 타인과 관계가 끊어진 상태에서 지내다 보면 사람들은 자기중심적이 되기 쉽고 고립은 결국 이기심을 조장하게 된다. 너무 자기 일에만 열중하다 보면 자기중심으로만 생각하고 행동하기 쉬운 것이다. 이런 삶은 매우 시야가 좁고 한정되기 일쑤라는 말이다.

여섯째, 종교적인 관점에서 가장 심각한 문제는 다른 사람들과 정상적인 관계를 맺지 않고서는 인간의 영혼이 번영할 수 없다는 점이다.

그렇다면 공동체는 완벽하게 이상적인 조건만 제공하는 삶의 모습이고 거기에는 아무런 문제도 개재할 여지가 전무하다고 할 수 있는가? 과연 공동체라고 모든 면에서 다 좋기만 하고 인간에게 항상 유리하기만 한가라는 질문을 끊임없이 제기하는 철학적, 사회학적, 심리학적 관점도 있다. 이런 질문에 제대로 대답을 하기 위해서는 현실적으로 공동체가 필연적으로 긍정적인 특성만 지니지 않을 수도 있다는 가능성에 문호를 열어 놓고 그에 대한 어느 정도의 이해도 갖출 필요가 있다. 보기에 따라서는 그 나름대로 인간에게 오히려 불리한, 때로는 비인간적인 효과를 자아내는 측면도 있다는 점에 주목해야 한다는 말이다. 말하자면 공동체의 의미와 중요성을 제대로 이해하려면 최소한도 공동체가 지닐 수 있는 양면성을 인식하고 부정적인 특성에 대해서도 이해를 하는 것이 중요하다. 무슨 일이나 극단으로 치우치면 오히려 해가 될 수도 있다는 중용의 이치를 굳이 내세우지 않아도 주의를 기울여 생각을 정리하는 것은 나쁘지 않을 것이기 때문이다.

이 같은 공동체의 부정적인 특성은 주로 다음과 같은 문제점으로 요약할 수 있다.

첫째, 공동체에 소속함으로써 개인의 자율성을 포기해야 할 때가 있다. 공동체는 특정한 가치 기준과 교조적 신념과 전통 같은 것을 만들어 가기 때문에 어느 시점에 이르면 이런 것에 대한 개개 구성원의 동조와 순응을 강요하기도 하고 공동체의 '공동선'을 내세워 이에 봉사하기를 요구할 수 있다.

둘째, 그런 기준과 전통을 따르지 않고 독자 행위를 하게 되면 공동체는 이를 제재하려 하고 심하면 공동체로부터 배제하기도 한다. 그런 배척을 피하고 구성원으로 계속 속해 있기 위해서는 자신의 욕구와 표현을 억제하고 자제할 필요가 있다.

셋째, 따라서, 공동체는 여러 모양으로 개인에게 구속감이나 압박감을 준다는 점을 무시할 수 없다.

넷째, 어떤 공동체에서는 극단적으로 맹목적인 목표를 세우고 이를 달성하기 위해서는 어떤 부정과 불의도 사양하지 않는 문화를 형성하는 보기도 있다. 이런 공동체라면 구성원들에게 오히려 바람직하지 못한 영향을 미치게 되고 심하면 인생을 망가뜨리는 결과마저 초래할 수도 있다.

다섯째, 폐쇄적이고 억압적인 공동체에서는 개인의 자유를 희생당하고 자율성을 훼손당할 수가 있으므로 이를 기피하려 하거나 공동체에서 탈피하려 하는 욕구가 생길 수 있다. 하지만 그런 행동이 드러나면 개인에게는 무서운 제재와 방해는 물론 극단적으로는 생명에 위협을 주는 보복이 따를 수 있다.

여섯째, 결국 이와 같은 성향은 사회적인 갈등을 야기하고 분열과 혼란을 초래할 개연성이 크다.

이런 문제점은 대개 개인의 자유와 자율성이라는 쟁점을 중심으로 고찰할 때 드러나는 것이다. 묘하게도 공동체의 특성으로 긍정적인 면이 때에 따라서는 동시에 부정적인 결과를 가져올 수 있다는 점에서 더욱더 개인의 처신을 난처하게 하는 측면이 있기 때문이다. 그런데 이런 문제는 바로 우리 사회의 특이한 인간관계와 사회조직 원리에서 두드러진다. 위에서 열거한 특징은 대체로 서방의 합리주의와 개인주의라는 잣대를 가지고 공동체의 문제점을 적시한 것인 데 비해 우리의 문화에서는 매우 특이한 작용을 하는 요소가 바로 "우리가 남이가?"라는 표현에 숨어 있다. 남이 아니라면 무엇인가? 그러한 관계의 특징을 요약하면 '인정주의(personalism)', '연고주의(connectionism)', '집합주의(collectivism)' 그리고 '위계서열적 권위주의(hierarchical authoritarianism)'라 할 수 있다.

남이 아니니까 나와는 개인적으로 인간적인 관계를 맺는 사이를 암시한다. 사무적이고 수단적이고 공리적인 사회적 상호작용의 대상이 아니라 인정으로 엮여 있고 관계 자체가 목적이지 거기서 무슨 이득을 바라는 사이가 아니라는 뜻에서 인정적인 관계다. 그리고 인정주의는 개인적으로 특수한 관계를 중시한다. "우리 사이에 뭘 그리 따지고 그럴 게 뭐 있어!"다. 스스럼없이 말하고 행동해도 무관한 관계다. 그래서 이런 관계가 아니면 어색하고 거북해진다. 여기서 한 발자국 더 나가면 사무적인 일, 이해관계가 얽힌 일을 위해서도 가능하면 사무적인 관계보다는 개인적이고 인간적인 관계를 형성해서 진행하는 게 편하고 안심이 된다.

여기에 함정이 있다. 이해가 얽힌 사무적인 일을 쉽게 처리하고자 할 때 합리주의적 사고라면 모든 규칙과 절차에 맞는 서류도 준비하고 적절한 과정도 밟아서 귀추를 기다리는 방법밖에 없다. 이에 비해서 일 처리를 속히 하려고 하면 우선 상대를 개인적인 관계로 엮어서 무관한 사이가 되도록 한 다음 진행하는 것이 편하다. 그러자면 '인정'의 표명이 필요하다. 이때 인정이란 단어는 한자로는 인정(人情)으로 쓰지만 뜻인즉 "선물, 행하, 뇌물 따위를 일컫던 말"이라는 사전적 풀이가 있다. 행하란 시쳇말로는 수고한 사람에게 건네는 팁(tip)을 가리킨다. 그러니까 예전부터 일을 빠르게 처리하도록 하는 데 활용하는 급행료를 '인정'으로 표현했던 것이 우리 문화의 관습이다. 이런 식으로 인정주의는 곁길로 나아가 사회질서에 먹칠을 하는 요인으로 변질한다. 뇌물을 줄 때 핑계로 안성맞춤인 말이 "우리가 남이가?"다.

일 처리를 급속도로 하는 데 유효한 또 한 가지 요소는 연줄이다. 그래서 근자 사회과학에서는 이를 일컬어 '사회적 자본'이라 한다. 사회적 상호작용에서 내게 유리한 조건으로 이용 가능한 사회관계를 말한다. 어느 사회나 그런 연고가 주효하기는 마찬가지지만 특히 우리 사회에서는 이연줄 없이는 일 처리도 어렵고 출세는 더 힘들다. 그만큼 연고가 중요하고 유용한 사회도 드물 것이다. 주지하다시피 우리 사회에서 가장 기본적이면서 유용도가 높은 연고는 혈연과 학연이다. 정치에서는 지연보다 더 효과적인 것이 없는 것도 한국 사회의 특이 현상이다. 그 외에도 직업과 관련 있는 직연, 군 복무의 연고인 군연(?), 그리고 조금이라도 연고가 될만한 인연이 있으면 거기에 의미를 부여하고 이용하려는 것이 우리 사회의 독특한 연고주의다. 최근에는 아예 정치권과 언론에서 소위 '관피아'니 '모피아'니 하는 특수한 직종의 연고에 얽힌 특혜와 비리를 겨냥하는 비판의 목소리를 높이는 것도 이런 현상의 반영이다. 이런 맥락에서도 한번 연을 맺으면 곧 바로 "우리가 남이가?"로 이행할 수 있다. 이 말만 들이대면 꼼짝 없이 문제 해결에 도움을 주어야 한다. 비록 그것이 불법이고 편법이고 질서를 교란하는 부정 비리라 해도 연고는 무시하기 어렵다.

인정이든 연줄이든 그것을 사회적 자본으로 활용하려면 가장 확실한 것이 같은 집단에 속하는 것이다. 인정주의와 연고주의는 그러한 집단주의의 효력을 이용하는 방편인 동시에 집단주의의 원천이기도 하다. 내가 소속한 집단이니까 인정도 부담 없이 베풀 수 있고 연줄을 만드는 데 유용하게 작용할 수 있다. 그중에서도 제일 믿을 수 있는 집단이 다름 아닌 가족이다. 이 가족주의가 강력하게 작동하면서 사회의 질을 좌우하고 사회질서의 유지에 영향을 미친다. 가족이 공동체의 핵이니까 가족 중심으로 운영하면 공동체를 친근하고 따뜻한 어머니의 품으로 만들 수 있다. 그런 반면에 가족을 특정 목적 달성의 한낱 수단으로 전락시키는 순간 '이기적 집합주의', '집합적 이기주의' 또는 흔히 쓰는 말로 '집단이기주의'로 변질해 버린다. 결과적으로 집합주의는 이제 반사회적인 정신 상태로 돌변한다. 여기에는 "우리가 남이가?"로 포장한 대외적인 폐쇄성이 마각을 드러낸다. 가족 또는 자신이 속한 집단, 조직체의 테두리를 벗어나면 곧장 "남이야"로 둔갑하여 자기 집단만 챙기는 패거리 문화의 전형이 된다. 그 안에서는 무슨 짓이든 용서받을 수 있고 그 테두리를 벗어나면 모두가 적이다.

게다가 우리나라의 권위주의는 정말이지 못 말리는 골칫덩어리다. 세상이 급변하는 와중에 정작 지켜야 할 권위는 실추해 가는 대신 그 뿌리 깊은 위계서열적 권위주의는 사그라질 기미도 보이지 않는다. 그 이유는 아마 우리말의 존댓말 체계 탓이라 해도 무방할 것이다. 존댓말을 해야 하는 처지의 사람과 어떻게 모른 체하며 평등하게 놀 수 있는가 말이다. 그래서 진정한 민주주의를 성공시키려면 우리말의 존칭 자체를 쓰지 말아야 한다. 이런 말을 하면 수백, 수천 년 내려온 언어 체계를 어떻게 하루 아침에 버릴 수 있는냐고 반문하겠지만, 실은 마음먹기에 따라 아주 쉬울 수도 있다. 그냥 지위 고하를 막론하고 모든 사람들이 서로에게 존칭을 쓰면 되기 때문이다. 사실 존댓말이 점잖고 좋은 면이 많은 대신, 존칭 때문에 의사 표시와 사회적 소통에 한계를 의식해야 하는 것도 심각한 문제다. 존칭 체계 때문에 공동체의 성격에 금이 갈 수도 있고, 반대로 그로 인해서 공동체가 개인과 사회에 부정적인 결과를 초래할 수도 있다. "우리가 남이가?" 하는 데서 상하에 차별이 생겨 버리면 남이 될 수도 있고 또는 오히려 개성을 무시당할 수도 있기 때문이다.

특히 우리나라에서 이런 정서를 잘못된 의도로 왜곡해 버리면 상당히 심각한 문제를 수반하는 수가 있다. '우리'라는 말의 함축은 일단 집합주의를 전제하는 것이다. 집합주의의 핵심은 가족이다. 가족이 망가지고 있는 세태에서 가족을 위시하여 공동체의 가치와 중요성을 강조하는 까닭은 원체 심하게 치달아 버린 개인주의의 병균이 이 공동체를 약화시키고 있기 때문이다. 그런 배경에서 우리는 공동체의 가치를 되짚어 보려고 한 것이다. "우리가 남이가?" 문화를 왜곡해서 공동체의 진가를 오히려 훼손한 보기가 있다. 1970년대 경제성장이 한창이던 시절 농촌 사회를 중심으로 펼친 새마을운동은 일단 새로운 공동체 운동으로서 효과를 가져오기 시작하였을 때다. 이것을 도시와 공업지대로까지 확대 시행하려는 시도가 있었다. 이때 공장 지대의 기업체마다 "회사는 내 집처럼, 종업원은 가족처럼"이라는 구호가 나붙었다. 그런데 노사 갈등이 격렬해진 1980년대 한 젊은 사회학도가 공단의 노동운동에 관한 연구 보고서에 근로자들의 선동 문서에서 그 구호가 변질한 모습으로 나타난 것을 밝혔다. "회사는 내 집처럼, 종업원은 가축처럼"으로 바뀌어 있었다는 것이다. 말하자면 권위주의적인 악덕 기업주는 그 구호의 취지를 "우리가 남이가?" 식으로 일방적으로 해석하여 근로자들을 비인간적으로 대우한다는 불만을 그렇게 표현한 것이다.

"우리가 남이가?" 문화는 한편으로는 공동체적 가치를 장려하는 데 유효할 수도 있지만 그것이 조장하는 패거리 문화는 사회적 무질서와 사회적 갈등의 주요인으로 작용함으로써 정치, 경제, 문화 모든 영역에서 사회의 정상적인 작동에 방해가 되고 사회의 발전에도 도움이 되지 못하는 점을 상기할 필요가 있다. 남이 아닌 게 과연 어떤 것이어야 사회의 정상적 기능에 유익한지를 이참에 깊이 한번 되새겨 보는 것도 나쁘지 않을 것이다.

이제 마무리 삼아 한 가지 생각만 더 보탠다. 인간은 외롭게 살 수는 없고 고독이 부정적인 결과를 가져올 수 있는 비인간적인 현상이므로 공동체적 관계를 맺고 공동체 안에서 삶을 영위하는 것이 바람직하다는 명제는 결코 가벼이 넘어갈 성질의 것은 아니다. 세상이 워낙 각박해지고 고독의 소외감을 못 견디는 사람들이 급증하다 보니 그런 논지가 힘을 얻게 된다. 그렇다고 공동체는 무조건 바람직한 것이고 인간은 항상 어떤 맥락에서든 공동체 속에 살며 거기서 제공하는 친근하고 편안한 관계를 향유하는 것만이 상책이라고 단정하지는 말아야 한다는 견해도 일단 수용할 필요도 있다. 인간은 공동체를 그리워하지만 언제나 끊임없이 그와 같은 관계 속에서만 살아갈 수는 없는 것도 사실이다. 또한 사람에 따라서는 그런 관계가 거추장스럽다고 느낄 때도 있는 법이다. 그런 상황에서 인간은 '약한 유대' 혹은 '가벼운 관계'가 자율성을 구속하지 않기 때문에 오히려 덜 부담스러우면서도 충분히 외로움은 극복하는 경험을 할 수도 있다. 무슨 일에나 중용과 균형, 그리고 유연한 사유와 유통성 있는 행위도 값진 가치라는 걸 잊지 않는 게 좋을 듯싶다.

그래서 아마도 "우리가 남이가?"보다는 "오늘 뭐해? 그냥 밥이나 같이 먹자"가 마음을 더 끄는 매력이 깃든 언명일지도 모른다.

(2014년 8월 16일, 주말 늦은 오후 퇴고; 2014년 11월 22일 교정)

김명렬

신록

한동안 뜸했던 탐화 여행을 어제 오랜만에 다시 다녀왔다. 이번에는 운길산(雲吉山)역에서 모여 가기로 하였다. 집합 시간이 10시인데, 운길산역이 초행이라 얼마가 걸릴지 가늠이 안 되어서 넉넉잡고 3시간을 앞서 아침 7시에 집을 나섰다. 전에 6시에 출동하던 것에 비하면 좀 늦은 편이지만 어려서 소풍가는 날처럼 새벽잠을 설치기는 새벽 출동 때와 마찬가지였고, 해 뜨기 전에 꽃을 찾아 나서면서 느끼는 설렘도 그때와 다름없었다.

차를 세 번 갈아타서 이촌역에 도착한 후, 거기서 마지막으로 용문행 전철을 갈아탔다. 마침 사람이 많지 않아서 강을 내려다보기 쉽게 남쪽 창가에 자리를 잡았다. 넓은 차창은 커다란 액자처럼 바깥 풍경을 넉넉히 담아 주었다.

이촌역을 출발한 열차는 서빙고, 한남동, 옥수동을 차례로 지나갔다. 한남동에 있는 초등학교를 다닌 나에게 이 동네 이름들은 60여 년 전의 아련한 기억들을 불러일으켰다. 그 시절 한남동, 보광동 일대는 봄이면 복숭아꽃, 살구꽃으로 뒤덮였었다. 그 밖에도 각종 과수와 들풀의 꽃이 하도 많아서 봄에 꽃을 보러 일부러 길을 나선다는 것은 생각지도 못했다. 그러나 지금 그 동네들에는 과수원은커녕 나무도 거의 없고 풀밭은 아예 한 떼기도 보이지 않았다. 회색빛 건물들만 꽉 들어찬 시가지를 바라다보면서, 우리가 지금 사는 곳이 대개 저럴진대 저 안에 칩거하여 이 봄도 모르는 사이에 보내기 전에 들꽃을 찾아서라도 봄맞이 나오기를 잘했다는 생각이 들었다.

'봄을 맞이하지 않으면 봄이 온 것을 어찌 알 것이며, 봄이 온 것을 모르면 봄이 가는 것을 또 어찌 알 것인가? 그 찬란한 기쁨과 그 가슴 아린 슬픔을 못 느끼고서 이 한 계절을 살았다 할 수 있을까?'

이렇게 혼자 속으로 뇌까리다가 봄꽃을 한 해의 환유(換喻)로 쓰던 한 선배 교수의 말이 생각났다. 봄날 연구실의 창밖으로 보이는 관악산의 붉은 진달래꽃을 바라다보다가, "나는 진달래 두세 번 피면 정년이야" 하던 그분의 말이 내게 강한 인상을 남겼던 것이다. 정년이 얼마 안 남았다는 말을 그렇게 효과적으로, 실감나게 표현한 것을 나는 달리 듣지 못했다. 대개 봄이 되면 해가 바뀐 것을 의식하고 이해는 알차게 살아야지 하고 마음먹었다가도 이런저런 세사에 얽매이다 보면 하는 일 없이 1년을 후딱 보내기 일쑤 아닌가? 그래서 봄을 지낸 지 얼마 안 된 것 같은데 금방 또 새봄을 다시 맞는 것이 상례이고, 그런 과거를 상기해 보면 봄을 두어 번 맞는 것은 정말 잠깐이라는 것을 절감하지 않을 수 없었던 것이다. 그 선배 교수는 그것을 "진달래 두세 번 피면"이라고 비유함으로써 그 기간의 덧없음을 더욱더 효과적으로 표현하였던 것이다. 그때 내 눈에는 그 선배 교수가 대단히 늙어 보였고 그분의 인생도 종착점에 가까운 것처럼 보여 일종의 연민마저 느꼈던 것이다.

그러던 나는 지금 어떤가? 나는 지금 정년을 앞두고 있는 것이 아니라, 정년을 지난 지 10년에 가까워 오고 있지 않은가? 그러니 이제 내게 다시 돌아 올 새봄이 얼마나 남아 있을까? 분명한 것은 이 봄을 허송할 수 있을 만큼 많은 숫자는 아니라는 것이다. 이백(李白)이 「춘야연도리원서(春夜宴

桃李園序)」에서 "옛사람들이 촛불을 밝혀 들고 밤놀이를 한 것도 마땅히 그럴 만한 이유가 있었다(古人秉燭夜遊 良有以也)"고 한 말에 새삼 공감이 갔다. 그래서 옛사람들의 풍류를 따르지는 못할지언정 이날 하루는 봄을 만끽하리라고 작심하였다.

덕소를 지나며부터 차창에 담기는 풍경에 한적한 시골 기분이 어리기 시작했고 강물 빛도 한결 더 맑아졌다. 기차의 차창으로 내다보는 강은 언제나 먼 길을 유유히 가는 자, 낮은 소리로 전하는 사연이 많은 나그네를 연상시킨다. 그것은 기차의 빠른 속도가 그에 비해 훨씬 느리면서도 태고서부터 앞으로도 오랜 세월을 천천히 쉬지 않고 흐를 강의 흐름을 대조적으로 부각해 주기 때문일 것이다. 또 빤한 철로길이 아니라, 강물은 후미진 강기슭이나 험준한 협곡이나 정감 어린 작은 마을들을 지나면서 품게 된 은밀한 사연들이 많기 때문일 것이다. 마지막으로, 기차 여행은 아무리 길어도 종착지가 있고 거기에서 끝나게 마련이지만, 강물의 여정은 끝없이 이어지는 것이기 때문일 것이다. 그래서 차창 밖으로 보이는 강물은 언제나 길 떠난 자의 마음을 깊이 흔든다.

팔당의 강물은 그런 사연들을 늘 소리 내어 지줄대는 것처럼 내게 느껴졌었다. 그래서 팔당 강물을 꼭 보고 싶었지만 새로 난 철로는 팔당 근처를 순전히 터널로 연결하고 있어서 검단산(黔丹山) 밑을 격류로 흐르는 거친 강물은 아쉽게도 볼 수 없었다. 팔당역을 지나면서 강은 다시 나타났으나 오래 볼 겨를도 없이 다음 전거장이 운길산역이었다.

새로 지은 운길산역은 깨끗하고 널찍한 데다가 타고 내리는 사람도 많지 않아서 한산하였다. 역사 앞마당에 나서니 어느새 해가 높아져서 기온이 떠나올 때와는 딴판으로 여름 날씨 같았다. 연무가 약간 남아 있기는 했지만, 그만하면 근래에 보기 드문 좋은 날씨였다.

모처럼의 봄나들이라 모두 마음이 들떴는지 일행은 다 예정 시간보다 일찍 나타났다. 다 모이자 우리는 두 차에 분승하여 먼저 세정사(世淨寺)로 향했다. 곧 절에 도착했지만, 절은 볼 것이 없다는 귀띔을 미리 받은 터라 절 구경은 생략하고, 우계(友溪)의 안내로 절 옆으로 흐르는 냇물을 따라 오르기로 하였다. 냇가에 이르자 이내 노란 피나물이 여기저기 보이기 시작했다. 꽃은 절정이 조금 지난 듯했지만 아직도 진한 노란색이 옅은 안개를 뚫고 비치는 햇빛을 받아 화사하게 빛났다. 그 꽃들은 우리가 이제 인간 세상을 벗어나 꽃 세상에 들어선 것을 알리는 전령 같았다. 그들의 환영을 받으며 조금 더 올라가자 피나물의 개체 수도 늘고 상태가 좋은 것들도 많이 나왔다. 또 곳곳에 으름, 나도개감채, 벌깨덩굴 등의 꽃도 보였다. 우리는 허기진 자가 풍요롭게 진설된 성찬을 탐하듯 한동안 이들을 카메라에 담느라고 여념이 없었다.

　그러나 사실 거기에 핀 꽃은 이들만이 아니었다. 도처에 병꽃과 조팝나무 꽃이 흐드러져 있었다. 너무 흔해서, 또 예쁘지 않아서 이들은 사람의 관심을 못 받지만, 그런 것에 아랑곳하지 않고, 각기 제 나름으로 봄의 영화를 한껏 구가하고 있었다. 실은 이들이 뿜어 대는 왕성한 활력이 우렁찬 봄의 찬가가 되어 그곳의 분위기를 주도하고 있는 듯했다. 새봄에 피는 꽃은 누가 찬미해 주지 않아도 그 자체로 충분한 축복이어서 저 혼자서도 무한한 희열로 자족하였다.

　우리가 웬만큼 사진을 찍고 한숨을 돌리자 우계가 이날 탐화의 주목적인 앵초(櫻草)를 보러 가자 하며 앞장을 섰다. 그곳에서 불과 10여 분 더 올라가니까 신기하게도 앵초가 갑자기 무리지어 나타났다. 아마도 꽃이 지고 영근 씨가 가까이에 떨어져서 그렇게 작은 지역에 조밀하게 퍼진 모양이다. 앵초는 진분홍 색깔도 예쁘지만, 다섯 개의 꽃잎을 가진 정형적인 꽃인데, 우계의 설명을 듣고 보니까 꽃잎 하나하나가 두 개의 쪽박을 마주 붙여 놓은 것 같은, 소위 하트 모양이어서 더욱 귀여웠다. 찍기 좋은 모델들이 얼마쯤이라도 있어서 우리는 배경이 좋은 것만 골라 찍을 수 있는 호사까지 누렸다.

나는 연장이 간단한 똑딱이인지라 배경까지 살리기는 어려워서 꽃을 정면에서 찍는 소위 증명사진을 몇 장 찍고 사진기를 접었다. 꽃도 좋지만, 꽃만 찍기에는 그곳의 분위기에 무언가 특이한 매력이 있어서 그 정체를 알고 싶었기 때문이다.

그곳은 서울서 전철로 불과 예닐곱 정거장 떨어져 있는 곳이지만, 세상과 천 리나 격해 있는 듯이 외지고 조용한 데다가, 주위가 산으로 둘러싸여 그 아늑함이 별천지 같은 느낌을 더해 주었다. 우람한 교목들이 없어서 하늘이 가려져 있지 않았는데, 아직도 조금 남은 연무가 강렬한 햇빛을 어느 정도 차단하여 전체적으로 매우 밝으면서도 일종의 간접조명과 같은 효과를 내고 있었다. 그것은 기독교 성화(聖畫)에서 흔히 보는 성인들의 후광처럼 노란색을 주조로 하는 온화한 밝음으로 모든 것을 밝히면서도 눈부시지 않은 빛이었다. 워즈워스(W. Wordsworth)가 「영생부(永生賦, Immortality Ode)」에서 천국과 가까웠던 유년시절에는 도처에서 보았지만 나이 들면서 잃어버렸다는 그 천상의 빛을 떠올리게 하는 빛이기도 했다. 그렇듯 안온하고 평화로운 빛에 감싸인 지상에는 신비와 환희가 어우러진 분위기가 미만(彌滿)해 있었다. 이 특이한 느낌이 어디서 오는 것일까 하며 주위를 살피다가 앵초 군락지에서 한 걸음 물러나 눈을 들어 멀리 예봉산(禮峰山)과 운길산의 정상 쪽을 올려다보는 순간 나는 그런 느낌의 근원을 직감하였다.

그것은 신록이었다. 연무로 정상은 안 보였지만, 눈길이 가 닿을 수 있는 가장 높은 곳에서부터 내가 서 있는 곳까지 온 산이 신록으로 덮여 있었는데, 그것의 눈록(嫩綠)에 가까운 연두색이 태양의 간접조명을 받아 그 부드럽고 밝은 빛을 발하고 있었고, 갓 씻겨 놓은 아기의 얼굴같이 애리

애리한 새잎에서 그 신비한 환희감이 발산되고 있었다. 두텁게 얼었던 강의 얼음을 밑에서부터 녹여 결국 깨뜨려 떠내려가게 했던 봄기운이 땅 밑으로 스미고 줄기를 타고 올라와 이제 비로소 새잎으로 제 얼굴을 세상에 내밀었으니 거기에 어찌 기쁨과 즐거움이 없겠는가? 부드럽고 연약한 싹이 굳고 딱딱한 나무껍질을 뚫고 나오는 이 경이로운 사건에 어찌 신비함이 함께하지 않겠는가? 실은 온 천지가 생명의 부활을 찬미하는 대축제를 시행하고 있었던 것이다. 그 특이한 느낌은 모두 이 새 생명의 발현이 빚어낸 것이었다.

생명의 발현은 날빛과 분위기만 천상의 것처럼 고양시킨 것이 아니었다. 그 오묘한 조화(造化)의 수단이 되고 있는 새잎들에게도 비할 바 없는 아름다움을 부여하였다. 은은한 빛을 품은 듯이 곱고 부드러운 빛깔과, 깨끗하고 흠결 없는 모양을 갖춘 새잎은 꽃에 비교해 손색이 없었다.

바로 이런 순간을 보았을 로버트 프로스트(Robert Frost)는 실제로 신록을 꽃이라 하였다.

Nature's first green is gold,	자연의 신록은 황금
Her hardest hue to hold.	지속하기 지난의 빛깔이지
Her early leaf's a flower;	갓 피어나는 잎은 꽃 ─
But only so an hour.	하지만 그렇기는 잠시뿐.
Then leaf subsides to leaf.	그리곤 잎은 잎으로 가라앉고
So Eden sank to grief,	낙원도 슬픔으로 침몰했지.
So dawn goes down to day.	그렇게 새벽은 낮으로 변하니
Nothing gold can stay.	귀한 건 오래가는 게 없네.

주지하다시피 영어의 'gold'는 '황금' 또는 '황금색'만을 뜻하는 것이 아니라 '최상의,' 또는 '가장 우미한'이라는 뜻을 내포한다. 그것이 여기서

후자의 뜻도 갖고 있다는 것은 셋째 줄에서 갓 피어난 잎을 '꽃'이라고 일컬은 데에서 확인할 수 있다. 꽃이 식물의 가장 아름다운 상태라면 잎도 지금 바로 그런 상태라는 것이다. 갓 피어난 새잎은 꽃같이 아름다울 뿐아니라, 꽃같이 연약하면서도 꽃같이 생명의 신비를 구현하고 있으며, 그리고 꽃같이 이내 사라진다는 점에서도 꽃을 닮았기 때문일 것이다.

새잎의 아름다움을 상찬하던 시인은 곧이어 그 최상의 상태가 오래가지 못한다는 사실에로 관심의 초점을 옮긴다. 그리고 신록뿐만 아니라 에덴동산이나 새벽같이 아름답고 신비한 것들도 모두 이내 타락하고 만다고 차탄(嗟歎)한다. 그 속절없음이 우리로 하여금 사라지는 아름다움을 더 귀하고 아름답게 느끼게 하는 것이다.

그러나 나는 신록의 단명함을 차탄하고 싶지 않았다. 변하는 것이 생명의 본성일진대 어찌 그 절정의 상태가 지속되기를 바랄 것인가? 가는 것은 차라리 고이 보내야 다시 올 것 아닐까? 또 그 복락의 덧없음을 슬퍼할 것이 아니라, 지금 이 귀중한 순간을 포착한 행운을 감사하고 즐겨야 옳을 일이다. 내주(來週)면, 아니 내일이면 저 부드럽고 야들야들한 생명의 속살이 단단한 외피로 덮여 버릴는지 모른다. 그러면 이 진귀한 광경을 다시 즐기기 위해 또 한 해를 기다려야 할 것이니 지금 어찌 한시인들 그냥 보낼 수 있으랴?

그래서 오후에 사나사(舍那寺)로 자리를 옮겨 금낭화, 홀아비꽃대, 광대수염 등을 찍으면서도 나의 눈길은 연신 절의 뒷산을 덮고 있는 신록 위를 맴돌았다. 이때는 연무가 걷혀 성화를 연상케 하는 그 신기한 날빛은 가셨지만, 정밀(靜謐)한 가운데에도 부단히 작용하는 봄의 생명력이 발산하는 환희감은 여전히 대기에 충만할 수 있었다. 내게 그것은 봄의 정기(精氣)로 느껴졌다. 나는 자꾸 심호흡을 하여 그것을 내 가슴에 채워 천지에 가득한 생명력과 잠시라도 함께하고 싶었다. 진정한 상춘(賞春)은 봄을 객체로서 완상하는 것이 아니라 봄과 하나가 됨일 것이기 때문이다.

어제 탐화 여행에서는 많은 꽃을 만난 편은 못 된다. 그러나 꽃에 못지 않은 신록을 제때에 본 것은 크나큰 수확이었다. 그것 하나만으로도 이제 이 봄을 다 보내도 큰 아쉬움이 없을 것 같다.

(2014. 4)

국화와 어머니

　어머니는 화초를 무척 좋아하셨다. 평생 단독주택에서만 사신 어머니는 손바닥만 하더라도 마당만 있으면 늘 화단을 만드셨다. 어머니는 화초 중에서도 향기 있는 꽃을 더 좋아하셨다. 국화는 그래서 어머니가 특히 좋아하신 꽃이었다. 그래 그런지 우리 집에는 다른 화초보다 국화가 많았다. 그렇건만 여름에는 경쟁적으로 꽃을 피워 대는 다른 화초들에 밀려 잘 보이지 않았다. 그러다가 여름 화초들이 시들고 나면 국화는 싱싱한 잎을 과시하며 수많은 꽃망울을 달기 시작했다. 주로 담 밑에, 화단 구석에 몰려 있던 이들은 찬바람이 불기 시작할 무렵부터 화단의 새 주인으로 군림했다. 그때마다 나는 "우리 화단 어디에 국화가 저렇게 많았지?" 하고 놀라곤 하였다.

　그맘때 우리 화단에 국화가 그렇게 번성할 수 있었던 것은 절기 덕만이 아니었다. 어머니는 봄서부터 뭇 화초를 가꾸면서 외진 데에 있는 국화에게도 생선 씻은 물을 주고 생선 내장을 골고루 묻어 주셨다. 또 한여름에 다른 화초들이 웃자라서 국화를 덮을 때는 끈으로 가지를 가든그려 매 주어서 공기가 통하고 햇빛도 들게 해 주셨다. 그런 어머니의 정성으로 국화는 여름 내내 기력을 길러서 가을이면 왕성한 활력을 자랑할 수 있었던 것이다.

국화가 피면 아침저녁으로 어머니가 화단에 나가 계시는 시간이 길어졌다. 뿌리에 흙을 돋아 주기도 하고, 시든 잎을 따 주기도 하셨다. 국화에는 진디가 잘 끼었다. 어머니는 작은 대야에 물을 떠서 들고 붓을 물에 적셔 진디를 일일이 씻어 내셨다. 약을 쓰지 않고 매일 일삼아 그렇게 씻어서 진디를 제거하셨다. 그러나 가을날 아침에 화단에 오래 나가 계신 것은 화초를 가꾸기 위한 것만이 아니었다. 그렇게 국화 곁을 서성이면서 그 향기를 즐기시기 위한 것이었다.

어머니는 국화 향기가 "청신(淸新)하다" 하셨다. 그리고 그 향기를 맡으면 정신이 "쇄락(灑落)해진다" 하셨다. 정결함이 극에 달하면 매서운 데가 있듯이, 청신한 국화 향기도 이른 아침에 한껏 고조되면 톡 쏘는 매운 맛이 있었다. 화단에 오래 거닐다 들어오시는 어머니에게서는 찬 공기와 함께 국화의 매운 향기도 묻어 들어왔다. 나는 찬 공기를 피해 따뜻한 이불 속을 더 파고들면서도 어머니에게서 살짝 풍기는 국화 향기도 맡았다. 그리고 찬 공기보다 그 향기에 잠이 깨어 결국 눈을 뜨곤 했다.

어머니는 국화 향기를 오래 보존하고 싶어 하셨다. 그래서 국화가 시들기 전에 따서 그늘에 말리셨다. 그렇게 말린 꽃을 납작한 망사 주머니에 넣고 그것을 다시 성긴 천으로 싼 다음, 꽃이 한데 몰리지 않게 바늘로 듬성듬성 뜨셨다. 그렇게 만든 얄팍한 국화 주머니를 내 베개 위에 올려놓아 주셨다. 나는 가으내 겨울까지 그 국화 베개를 베고 잤다. 말린 국화는 생화처럼 향기가 그렇게 강하지는 않았다. 그러나 처음 머리를 갖다 댈 때, 그리고 베개 위에서 머리를 움직일 때마다 바삭하는 소리와 함께 은은한 향기를 풍겨 주었다.

어머니가 돌아가신 지 30년도 지났다. 그러나 조금 있으면 국화 피는 절기는 다시 돌아올 것이고, 그 향기는 국화 베개를 만들어주시던 어머니의 따듯한 손길과 미소를 어제인 듯 생생하게 내게 상기시켜줄 것이다.

　이번 가을에 성묘 갈 때에는 좋아하시던 자주색 국화 한 분을 사다가 산소 앞에 심어 드려야겠다.

(2014. 7)

편지

이제는 내게 편지를 보내는 사람도, 내가 보낼 사람도 별로 없어서 편지 부칠 일이 거의 없는데, 연말이면 아직도 연하장을 보내 주는 사람은 몇 남아서 답례로 연하장이나 가끔 부친다. 지난 연말에도 연하장을 부치러 약국 앞의 우체통으로 나가려는데 아내가 그곳의 우체통이 없어졌으니 동회 앞의 것을 이용하라고 일러 주었다. 동회 앞에 가 보니까 거기도 철수하고 없어졌고, 우리 동네에서 제일 번화한 상가에 가서 찾아도 없어서 결국 우체국에 가서 부쳤다.

그 이후 관심을 갖고 보았더니 옛날에는 동네 길모퉁이에 흔히 서 있었던 우체통이 찾아보기 힘들었다. 우체국에 가서 보아도 우편 업무는 소포 발송이 주종이고 편지는 다량으로 부치는 광고문이나 공문이 대부분이었다. 우리가 편지라고 부르는 개인적인 서신을 부치는 사람은 거의 볼 수 없었다.

우리가 모르는 사이에 편지가 우리 사회에서 퇴출돼 버리고 만 것이다. 하기야 거의 모든 사람이 휴대전화를 갖고 있어서 무시로 서로 연락하고 또 컴퓨터를 통해 전자우편을 주고받으며 즉각즉각 일을 처리하는 판에, 쓰는 데 고생스럽고 보내는 데 시간 걸리는 편지를 누가 이용하겠는가?

편지를 업무 처리 수단으로 본다면 이제 그것의 소용이 없어진 것에 이해가 간다.

그러나 편지라는 것이 꼭 무슨 일을 보기 위해서만 쓰는 것은 아닐 것이다. 가령 친구 사이에 서로 오래 못 만나서 문득 그리운 마음이 들 때, 어떤 특별한 경험을 했을 때의 느낌을 마음이 통하는 지인과 함께 나누고 싶을 때, 사랑하는 사람에게 자기의 지금 심정을 전하고 싶을 때 — 이런 느낌을 전하는 데에는 전화보다 편지가 제격인데, 이때에 쓰는 편지는 꼭 용무가 있어 쓰는 것이라고 보기 힘들기 때문이다. 사실은 업무를 처리하기 위한 편지가 아닌 이런 편지가 편지다운 편지라고 생각된다. 내가 이 글에서 편지라고 지칭하는 글은 바로 이런 편지를 뜻한다.

편지가 할 수 있는 일을 전화가 모두 더 잘할 수 있다고 생각할지 모르지만, 그렇지 않다. 편지는 때로 전화보다도 더 친근감을 느끼게 한다. 전화는 항상 시간의 제약 아래 행해지는 대화이다. 그래서 되도록 빨리 끝내게 되고, 또 그렇기 때문에 사무적이 되기 쉽다. 그러나 편지는 그런 시간적 압박감에서 벗어나 있으므로 전화보다 더 차분하게, 더 정감 있게 이야기를 전할 수 있다. 특히 육필 편지에서는 쓴 사람의 특징적 필체가 그의 현존감을 강하게 느끼게 해 준다. 때론 필체가 그의 체취까지 전하는 느낌을 줄 수 있다. 이런 것들이 전선을 타고 오는 소리보다 더 긴밀한 사적인 관계가 이루어지고 있다는 느낌을 주며, 내용의 진정성도 담보해 주는 것이다. 또 전화로 길게 얘기한 것보다 편지로 네댓 장을 써 보냈을 때 우리는 상대방의 성의와 관심을 더 확실히 느끼게 되며, 그래서 그의 말에 더 신뢰감을 갖게 된다. 따라서 정말 중요한 일은 전화보다 편지로 해야 더 잘 풀릴 수 있다.

이뿐만 아니라, 편지는 대화나 전화보다 더 효과적으로 자기의 이야기를 할 수 있게 해준다. 대화나 전화는 양방적이므로 상대방의 발언이 이쪽의 말을 끊을 수도 있고 대화의 흐름을 바꿔 놓기도 하여 이쪽이 하고자 하는 말을 충분히 하지 못할 경우가 많다. 반면에 편지는 일방적인 통화이므로 그런 방해가 개입할 여지가 없어서 쓰는 사람이 하고 싶은 이야기를 충분히, 조리 있게 할 수 있다.

그러나 편지의 가장 큰 장점은 그것이 쓰는 사람의 속마음을 드러내기에 적합한 장을 제공한다는 점일 것이다. 편지는 상대를 직접 대하고 있지 않으면서도 단 둘만이 통화하는 묘한 심리적 공간을 형성해 주는 것이다. 상대방을 직접 대하고 있지 않다는 것은 부끄러움이나 상대방의 반응에 대한 불안감 같은 심리적 부담으로부터 자유로울 수 있는 여건을 조성해 준다. 또 단 둘만의 통화니까 속마음을 있는 그대로 드러내 보일 수 있는 최적의 상황이 되는 것이다. 편지는 이래서 특히 사랑을 고백하기에 좋은 수단이 된다. 편지로는 수줍은 소녀도 가슴속에 꼭꼭 숨겼던 연정을 당돌할 정도로 솔직히 표현할 수 있고, 용기가 없어 말 못하던 청년이 열렬한 사랑을 선언할 수 있게 되는 것이 이런 연유에서이다.

같은 이유로 편지는 연인들이 절절한 그리움과 사랑을 서로에게 전하는 데에 더할 수 없이 좋은 방편이 된다. 이미 서로 사랑을 고백한 사이라도 마주 보면서는 쑥스러워 말 못하던 과감한 표현이나 파격적인 비유를 편지에서는 자유로이 쓸 수 있는 것이다. 이래서 편지는 연인들이 서로의 사랑을 확인하는 데에 매우 요긴한 수단이 되는 것이다. 편지가 연인에게 얼마나 중요한 역할을 하는가는 파인(巴人)의 한 시구가 잘 보여 주고 있다.

강이 풀리면 배가 오겠지
배가 오면은 임도 탔겠지

임은 안 타도 편지야 탔겠지

오늘도 강가서 기다리다 가노라.

임이 못 오더라도 임의 사랑이 담긴 편지가 오면 목마르게 임을 그리는 화자는 많은 위안을 받을 수 있으리라는 것을 위의 시구는 강력히 시사하고 있다. 편지에는 임의 손길이 스쳤고, 그의 입김이 서렸고, 한 자 한 자, 한 단어 한 단어를 나를 위해 가려 쓴 임의 정성이 배어 있기 때문이다. 그래서 임이 보낸 편지는 임의 분신, 내지는 대리자가 되며, 배에 실려 오는 물건이 아니라 배를 '타고' 오는 당당한 주체가 되는 것이다.

편지에는 많은 미덕이 있다. 몇 가지만 들면, 우선 편지는 사람을 사려 깊게 만든다. 가령, 분노와 같은 격정에 휩싸인 사람이 그것을 말로 토로하면 조리 있게 말하기는 어려운 반면 말실수는 저지르기 쉽다. 그러나 그것을 편지로 쓸 경우는 마음을 어느 정도 진정시켜 평정심을 상당히 회복한 후에 쓰게 되고, 그런 상태에서는 상대방의 처지도 배려하고 사후에 전개될 상황도 고려하여 글을 쓰게 된다. 내 경우, 아이들의 잘못을 나무라고 고치라고 타이를 때에 말로 하는 것보다는 편지로 쓰는 편이 효과가 좋았다. 이 역시 내 스스로 먼저 화를 삭이고 아이들이 반감을 갖지 않게 말을 가려 한 결과일 것이다.

편지는 쓰는 사람을 문예인으로 만든다. 편지는 대화같이 말하는 순간 날아가 버리는 것이 아니라 글로 남는다. 어떤 경우 편지는 오랜 세월을 두고 읽고 또다시 읽힐 수 있다. 편지를 쓰는 사람은 모두 이런 경우를 염두에 두고 쓴다. 그래서 짧은 편지라도 한 편의 글이 되게 쓴다. 즉, 처음과 중간과 끝이 있고, 표현은 되도록 아름답고 감명 깊게 쓰려고 애를 쓰는 것이다. 그래서 편지를 쓰는 사람은 하나의 문학 작품을 만드는 것이다. 그렇게 시간과 정성을 들여 지은 글은 양쪽으로 득이 된다. 받는 사람은 잘 쓴 글을 읽으며 즐거워할 뿐만 아니라 자기에 대한 상대방의 정성을 보고 그에게 더욱 깊은 정을 느끼게 된다. 또 쓴 사람은 생각을 정돈하여 조리 있게 개진하면서 글 쓰는 요령을 익히는 것이다.

편지의 또 다른 미덕은 사람들에게 기다림을 가르친다는 것이다. 기다림은 인간의 행위 중에서 가장 소중하고 아름다운 것 중의 하나일 것이다. 그것이 소중한 까닭은, 인간에 대한 믿음이 기다림을 가능케 하는데, 이 신뢰야말로 모든 바람직한 인간관계의 전제 조건이며, 따라서 인간 사회의 초석이 되기 때문이다. 그것이 아름다운 까닭은, 인간에 대한 신뢰 자체가 아름답기도 하지만, 그 신뢰를 위해서 인종하고 자기를 희생하는 모습이 아름답기 때문이다.

위에 든 파인의 시구를 감동적이고 아름답게 만들어 주는 것도 기다림이다. 강물이 풀리기를 기다렸다는 것은 겨우내 기다렸음을 암시하고 '오늘도'의 '도'는 그동안 매일 기다렸음을 말해 준다. 우리는 임을 그리는 화자의 이 간절한 소망에 감동하고 사랑을 위한 그의 헌신에서 아름다움을 느끼게 되는 것이다.

편지를 쓰는 사람은 어쩔 수 없이 기다리는 사람이 된다. 그는 우선 상대방이 답신을 하리라고 믿어야 하고, 그다음에는 편지가 배달되도록 기다려야 한다. 이렇게 믿고 기다리는 것은 사람을 성숙하게 해 줄 뿐 아니라, 사람의 관계를 아름답게 만들어 준다.

지금까지 언급한 편지의 장점과 미덕을 고려해 보면 편지가 우리 사회에서 사라진 이유를 짐작할 수 있다. 편지의 퇴출은 무언가로 바빠 항시 쫓기는 생활, 기다리지 못하고 시간과 정성이 드는 일을 기피하려는 태도, 물건을 아끼고 보존하려 하지 않고 모든 것을 일회용으로 사용하고 버리려는 소비성 문화 등이 빚어낸 서글픈 현상인 것이다. 그런데 편지 같은 수단을 통해 깊이 있는 의사소통이 이루어지지 않는 곳에는 진정한 인간관계가 이루어지고 있다고 보기 어렵다. 또 서로가 속마음을 주고받을 수 있고 서로의 진정성이 통하는 관계 — 그런 의미 있는 인간관계가 존재하지 않는 곳은 건강한 사회라고 볼 수 없다.

그러므로 편지가 우리 사회에서 사라져 가는 것을 방치할 것이 아니라, 그것을 다시 살려 낼 방도를 강구해야 옳을 일이다. 가령, 초등학교서부터 학생들에게 부모님께, 선생님께, 친구에게 편지 쓰기를 장려하여 정이 담긴 사연을 주고받는 즐거움을 맛보게 하는 것도 좋은 방법일 것이다. 그러면 어려서부터 문학적 소양도 기르게 될 것이고, 경박하고 참을성 없는 풍조를 벗어나 남을 배려하고, 진득이 기다리는 법도 배우게 될 것이다. 중, 고등학생, 대학생들도 어디서나 휴대전화만 들여다보지 않고, 책상에 앉아 편지를 쓰고 읽는 시간도 가지면 우리 사회가 그만큼 더 건강해질 것이다.

이제 곧 달이 바뀌면 가을이다. 소슬한 가을바람이 불어오면 코스모스, 들국화가 흔들리면서 내 마음도 같이 흔들릴 것이다. 그다음에 낙엽이 날리고 물가의 갈대가 서걱거리면 까닭 모를 시름으로 전전반측하는 밤도 올 것이다. 라이너 마리아 릴케(Rainer Maria Rilke)는 「가을날(Herbsttag)」라는 시에서 가을인데도 아직 혼자인 사람은 "잠 못 이루어 글을 읽거나 긴 편지를 쓸 것입니다(Wird wachen, lesen, lange Briefe schreiben)"라는 시구를 남겼다.

나도 이 가을에 누구에게 긴 편지를 쓰고 싶다.

(2014. 8)

원고지 쓰던 때

한 30년 전만 해도 우리 모두가 원고지에다 글을 썼다. 그래서 제법 글을 쓴다고 할 주제도 못 되는 나도 집에 원고지 몇백 장쯤은 상비하고 있었다.

어쩌다 어디서 글 청탁을 받으면 나는 젊어서도 다른 능률적인 사람들 같이 곧 착수하는 법이 없었다. 언제나 마음속으로 글감을 이리 굴리고 저리 굴리며 궁리만 하다가 주어진 시간을 다 써 버리고는 결국 마감 날짜에 몰려서야 글 쓸 채비를 차렸다. 실은 그때쯤 돼야 글감이 마음속에서 어느 정도 익었다. 그러면 빈 원고지 다발을 책상 위에 갖다 놓고, 그때는 담배 없이는 글을 못 쓴다고 생각했으니까 담배도 넉넉히 한 두어 갑 준비해 놓고, 한밤중 사위가 조용해지기를 기다렸다. 그러나 조용한 때가 됐다고 쉽게 자리에 앉아지는 것은 아니었다. 공연히 책상도 정리하고 필기구의 성능과 상태도 다시 점검하는 등, 글쓰기 전에 할 수 있는 딴 전을 부릴 대로 다 부리고 나서 더 할 것이 없어야 할 수 없이 자리에 앉았다. 나는 그 당시 차를 별로 안 마셨으니 망정이지, 차까지 즐겨 마셨더라면 차와 차구 준비하는 것과 차 달이는 데에 또 많은 시간을 보냈을 것이다.

이렇게 여러 가지 준비를 하고 밤이 이슥해지도록 기다리고 하는 것이 어떻게 보면 일종의 의식(儀式) 같았다. 아닌 게 아니라 그때는 글을 쓴다는 것이 상당히 엄숙한 일 같았으며, 그래서 책상에 앉을 때에는 자못 경건한 마음으로 생각을 가다듬고 정좌했던 것이다.

　그런데 자리에 앉는다고 또 글이 곧 써지는 것도 아니었다. 대개 글의 내용이 될 아이디어가 생기면, 그것을 어떻게 발전시켜 어떻게 끝마치겠다는 것까지는 미리 생각해 두지만, 도입을 어떻게 할지는 글을 쓰기 시작할 때에야 생각하게 되기 때문이었다. 실은 글쓰기 전에 그렇게 뜸을 들인 것도 글쓰기를 마냥 밀고 싶어서이라기보다, 글의 시작이 잡히지 않아서 그런 경우가 많았다. 그러므로 갖은 딴전을 부리면서도 대개의 경우 속으로는 도입을 어떻게 할까 궁리하고 있었던 것이다. 내가 도입에 특히 이렇게 마음을 쓰는 것은 도입이 좋으면 글이 일사천리로 풀린다는 믿음이 있기 때문이다. 이것이 경험에 의해 증명된 사실인지, 그런 실증이 없는 일종의 신화인지는 분명치 않지만 내게는 확고히 자리 잡고 있는 믿음이다.

　그러나 글을 쓰려고 할 때 대뜸 그렇게 좋은 도입이 생각나는 것은 백의 한 번이나 있을까 말까 한 행운이다. 대개는 붓방아만 찧으며 또 얼마간의 시간을 허비하고 말았다. 그러다가 다급해지면 생각나는 대로라도 써 봐야겠다고 마음을 먹고 시작했다. 그러나 이렇게 허투루 쓰기 시작한 글은 곧 흐름이 막히거나 아니면 자꾸 엉뚱한 방향으로 빠져나가서 대개는 실패로 끝났다.

　결국 다시 새로 써야겠다 싶으면 그때까지 쓴 원고지를 뜯어내어 버리게 되는데, 내 경우 그 동작이 여간 극적이지 않았다. 이럴 때에 나는 원고지를 북 뜯어내어 양손으로 콱콱 구겨서 쓰레기통에 휙 던져 버렸던 것이다. 이런 격렬한 행동은 글이 안 써지는 데서 오는 스트레스를 해소해

줄 뿐만 아니라, 다시 시작할 결의를 굳게 해 주기도 했다. 또 이렇게 아까운 종이를 낭비했다는 죄의식이 머릿속의 긴장감을 더해 주어서 정신을 집중하는 데에도 도움이 되었다. 그래 그런지 이렇게 한두 번 파지를 내고 난 다음이면 대개 글이 풀려서 첫 고비를 넘겼다.

이후로도 이런 고비를 수 차례도 넘기고 나서 대개 창문이 훤하게 밝아질 때쯤에야 3, 40장 정도의 원고를 마무리지을 수 있었다. 요구되는 원고지 장수가 그보다 많으면 이런 밤의 수가 더 늘어났다.

요즘은 글쓰기 전에 이런 준비도 안 하고, 글을 쓰려고 한밤중이 되기까지 기다리지도 않는다. 컴퓨터는 거의 언제나 켜져 있으니까 글감이 생각나면 아무 때나 자판을 두드린다. 그러다가 생각이 막히면 저장해 놔 두고 얼마 후 또 생각이 나면 더 이어 쓰곤 한다. 절차가 많이 생략되어 여러 가지로 편해지기는 했지만 격은 좀 떨어졌다는 생각을 지울 수 없다.

글쓰기도 옛날보다 수월해졌다. 그 가장 큰 이유는 갖다 붙이기와 지우기를 자유자재로 할 수 있을 뿐 아니라 나중에 아무 흔적도 없이 깨끗하게 정서되기 때문이다. 원고지를 쓸 때는 생각지도 못한 편리다. 또 글쓰는 과정이 옛날에는 단선적(單線的)이었다면, 지금은 다선적(多線的)이 된 것도 그 한 이유일 것이다. 지금은 일단 쓴 것은 버리지 않는다. 다음에 읽어 보아서 마음에 들지 않으면 그것은 아래로 밀어 놓고 다시 쓰는 것이다. 이런 다른 버전으로 얼마간 진행하다가 그것도 안 되겠다 싶으면 또 다른 버전을 시작하거나 그도 마음에 들지 않으면 다시 첫 번째 버전으로 되돌아가기도 한다. 이처럼 컴퓨터로는 한 가지 내용의 글을 여러 버전으로 만들어서 아무 쪽으로나 진행하다가 그중에서 마음에 드는 것을 나중에 정할 수 있게 된 것이다.

옛날에도 물론 다른 버전을 쓰는 것이 불가능하지는 않았다. 그러나 그런 경우라도 기껏해야 하나 정도 더 있는 것이 고작이었다. 또 나중에는 결국 그중의 하나만 취하고 나머지는 버려야 하는데, 손으로 애써 쓴 것을 버리기가 아까우니까 다른 버전을 오래 지속하여 쓰지 못하고 취사(取捨)를 일찍 결정해 버렸다. 그러니까 결국은 아주 못쓰겠다고 판정이 나지 않으면 대개 첫 번째 버전을 고수했던 것이다. 따라서 글이 막히면 반드시 그 흐름에 이어서 길을 뚫어야 하기 때문에 생각도 많이 하고 고민도 많이 했다.

내 경우, 글쓰기가 옛날과 달라진 또 한 가지는 지금은 눈으로 글을 쓰지만, 전에는 머리로 글을 썼다는 점이다. 지금은 문장으로 완성된 생각이 아니라 한 단어, 또는 한 구절같이 단편적이 생각이라도 떠오르는 것이 있으면 일단 쳐 놓는다. 나 대신 컴퓨터가 그 생각들을 기억해 주는 것이다. 그리고 나중에 화면에 뜬 그 생각들을 눈으로 읽으면서 글을 짓는다. 이때에 글은 자꾸 보태 가는 과정을 통해 이루어진다.

컴퓨터 같은 기억장치가 없었던 때는 생각이 떠오르면 대개 그 자리에서 어떻게든 문장으로 만들어서 써 놓았다. 떠오른 생각을 문장으로 만들기 위해서는 먼저 말을 보태는 과정을 거치기는 한다. 그러나 그 문장을 완성하기 위해서는 머릿속에서 여러 번 반복하면서 발전시키고 가다듬어야 했다. 그것은 일종의 정련(精鍊) 작용과 같았다. 쇠를 달구어 두드리면 불순물이 떨어져 나가듯이 자꾸 머릿속에서 반복하며 다듬으면 글이 점점 더 응축되면서 간명해졌다. 그것은 어쩌면 우리의 기억의 속성과 관계있는지도 모르겠다. 우리는 되도록 간단하게 기억하고 싶어 하는데, 머릿속에서 반복해 생각하는 동안 그런 성향이 문장을 짧게 만들었을 수 있다는 것이다.

어떻든, 지금 컴퓨터로 쓰는 글과 비교해 보면 원고지에 쓴 글이 대체로 더 압축되고 밀도가 있게 느껴진다. 또 앞서 언급했듯이 단선적 작성 과정을 거치는 동안 꿰맞추느라고 고심한 흔적이 여기저기 눈에 띄기도 한다. 이런 연유로 원고지에 쓴 글에는 강한 함축이나 경구적인 표현, 또 때로는 약간의 비약이 보이기도 한다. 이런 것들이 글에 기복이 있게 해준다. 독자는 함축적 표현이나 비약에서 놀라며 읽기를 잠시 멈추고 그 뜻을 헤아려 보게 되고 이해가 됐을 때에 쾌감과 동시에 때로는 감동도 느끼게 된다.

그러나 지금은 글쓰기가 편해진 덕택에 말을 자꾸 부연하게 되고, 그래서 글이 늘어지고 설명적이 되는 경향이 있다. 그 결과 글의 흐름이나 표현은 걸리는 데가 없이 부드럽지만 글에 맺힌 데가 없고 긴장감이 떨어진다. 결과적으로 글이 밋밋해진 느낌이다. 글은 이렇게 균질한 것이 꼭 좋은 것은 아닌 것 같다. 사람이 걷는 길도 잔디밭을 따라 난 포장도로보다는 나무도 있고 물도 있고 오르막과 내리막도 있는 흙길이 더 재미있고 좋듯이 글도 적당한 변화와 기복이 있는 것이 더 좋은 것 같다.

원고지에 글을 썼던 때에는 지금은 갖지 못하는 즐거움도 있었다. 깨끗한 원고지에 내 생각을 하나하나 적어 갈 때면 무언가 온전히 내 것을 만들어 간다는 기쁨이 있었다. 그 글은, 자판을 치면 화면 위에 나타났다가 무슨 키 하나를 잘못 누르면 순식간에 허공으로 날아가 버리는 유령과 같은 요즘의 글과 달리, 확고하게 존재하는 실체적인 느낌을 주었다. 또 나 같은 악필은 바랄 수 없는 것이지만, 글씨를 예쁘게 쓰는 사람은 원고지 위에 가지런히 쓰인 글자에서 미적 만족감도 느낄 수 있을 것이다. 그러나 아마도 가장 기분 좋은 것은 글을 다 썼을 때의 성취감일 것이다. 특히 원고지 장수가 100장을 넘는 것이면 두툼한 원고 뭉치의 부피와 그것의 묵직한 중량감은 성취감에다 물리적 실체감까지 더해서 뿌듯한 만족감을 주었던 것이다.

이 밖에도 여유가 있으면 누릴 수 있는 호사도 있었다. 원하는 질의 종이에다 원하는 색으로 칸을 치고 자기 이름까지 밑에 넣은 원고지를 인쇄해 가질 수도 있었고, 기름 위를 미끄러지듯이 매끄럽게 쓰이는 좋은 만년필을 필기구로 가지는 행복도 있었다.

이상 두 가지 글쓰기 내지 글에 대한 논평은 순전히 나 개인의 느낌이기 때문에 일반화할 수는 없을 것이다. 그러나 나는 이런 이유들로 해서 컴퓨터로 쓴 글보다는 옛날 원고지 쓰던 때의 글에 더 애정과 애착을 가지고 있으며 그때에 대한 엷은 향수마저 갖고 있다.

정년 후에는 갖고 있던 원고지를 이웃집 학생에게 거의 다 주면서도 이, 약간은 남겨 두었다. 그뿐만 아니라 나는 꽤 큰돈을 들여 구입한 고급 만년필도 하나 갖고 있다. 이것들을 아직 간직하고 있는 것은 언제고 좋은 글감이 생각나면 그 만년필로 원고지 위에다 글다운 글 한 편을 쓰고 싶은 소망이 아직 남아 있기 때문이다.

(2014. 8)

김상태

말 말 말

언어를 갖지 못한 인류를 상상할 수 있을까. 인간이 동물과 다른 특성을 한마디로 요약해서 표현한 사람들은 많다. 그중에서 도구를 사용할 수 있는 동물이라고 표현한 것은 아마도 서양 사람의 발상인 듯하다. 구석기 시대를 거쳐서 신석기, 청동기 시대로 발전해 온 인류 진화의 발전상을 박물관에서 보면 그 말은 틀림없는 성싶다. 그 반면에 예의염치를 알아야만 인간다운 가치를 드러낸다고 강조한 것은 유교가 큰 흐름이었던 동양인의 발상이었던 것 같다. 인간을 이성을 가진 동물이라고 규정한 것은 인간의 이성에 최고의 가치를 둔 근대 이후의 철학이 만연할 때의 일일 것이다.

어떻게 말하든 인간에게 있어서 '말'의 중요성은 아무리 강조해도 오히려 부족하다. 말이 없이 오늘날의 인류 문화를 이룩할 수 있었을까. 말은 인간의 감정과 생각을 전달하는 도구라고 흔히 말한다. 이렇게 말할 때의 말은 전달에 그 무게가 실려 있는 듯하다. 동물들도 그들의 의도를 어느 정도는 전달하는 수단을 갖고 있다. 그러나 끝내 인간만큼 발달하지 못했다. 아니 발달하지 못했다고 보기보다 본능의 수준에서 멈추어 버린 것이다.

인간은 필요에 의해서 말을 가진 것이라기보다 표현하고 싶은 본능을 지닌 동물이라는 것이 맞다. 성장하는 어린애를 보면 알 수 있다. 말을 갖지 못한 어린아이일 때는 울음과 웃음, 혹은 동작과 표정으로 감정과 의사를 표현하지만 말을 할 수 있는 때가 되면 저 혼자서도 말을 주고받는 다는 것이다. 이 행위야말로 인간이 다른 동물과 구별되는 가장 중요한 특징이라고 슈잰 랭거는 말하고 있다.

인간 행위의 가장 중요한 몫은 말이라고 나는 생각한다. 다른 사람과의 접촉을 끊고 혼자 명상하고 있는 수도자일지라도 자기 내부에서는 끊임없이 말을 하고 있다. 만약 이 말조차 하고 있지 않다면 그는 목석이나 다름없다. 아니 살아 있다고 할 수 없을지 모른다.

흔히 필요에 의해서 말을 한다고 한다. 어린아이였을 때는 어른들로부터 불필요한 말을 한다고 꾸중을 들을 때도 있다. 사실 불필요한 말이란 있을 수도 없다. 다 필요한 말인데 그 상황에 맞지 않다는 말이다. 그 상황에 얼마나 적합한 말을 하느냐가 중요한 것이다.

우리가 살아가면서 꼭 필요한 말은 대체 얼마나 될까. 꼭 해야 할 말도 있지만 해서는 안 되는 말도 있다. 상대가 들어서 기분 좋은 말이 있는가 하면 들어서 좋지 않은 말도 있다. 그런가 하면 상대가 들으면 해악이 되는 말도 있다.

유명한 언어학자 로만 야콥슨은 언어의 기능을 여섯 가지로 나누고 있다. 감정을 나타내는 정감적(emotive) 기능, 나의 지시를 그대로 따르도록 하는 사역적(conative) 기능, 뜻을 드러내는 지시적(referential) 기능, 말 자체의 재미를 누리게 하는 시적(poetic) 기능, 말하는 사람과 말을 듣는 사람과의 유대를 맺게 해 주는 교감적(phatic) 기능, 말을 설명해 주는 상위언어적(metalinguistic) 기능 등이다. 각기 다른 언어적 기능을 구구하게 설명하기보다 나는 여기서 교감적 언어의 기능에 대해서 주목하고 싶다.

수도자가 아닌 다음에야 우리들은 끊임없이 말을 하고 산다. 말을 하지 못하게 하면 모르긴 해도 대부분의 사람들은 괴롭다. 죄수들은 여러 사람과 불편하게 사는 것보다 독방에 갇혀 지내는 것이 더 괴롭다고 말한다. 하루 종일 했던 말을 잠을 청할 때 생각해 보면 꼭 필요한 말이 그중에 얼마나 있었는지 의심스럽다. 대부분이 생활하면서 그냥 했던 말이다. 따라서 나는 두 가지 말로 나눌 수 있다고 생각한다. 필요에 의한 말과 생활에 따른 말이 그것이다.

한때 아침저녁 만날 때 인사하는 우리말이 번거롭다고 생각해서 간단하고 활기차게 할 수 없을까 하고 궁리한 적이 있다. 가령 영어의 "Good morning"이나, "Good evening"처럼. 지금은 "안녕하십니까"가 거의 보편화되어 있지만, 내 어릴 때만 해도 어른들에게는 "진지 잡수셨습니까" 하고 인사하는 말을 더 자주 썼다. 이제는 서양식을 닮아서 "안녕" 하고 말하기도 한다. 하지만 어린애가 쓰는 말 같아서 어른이 쓰기에는 영 어색하다.

사실 우리가 쓰는 말을 곰곰이 생각해 보면, 필요에 의한 말보다 생활에 따른 말이 훨씬 더 많다. 그런데 이 말을 적절하게 사용하지 못해서 상대를 화나게 만들고 때로는 불쾌감을 주기도 한다. 그 반대로 상대를 즐겁게 만들거나 기분 좋게 만들기도 한다. 요즈음 정치인들이 하는 말의 대부분은 필요에 의한 말이 아니다. 상대 당이나 정적에게 기분 나쁘라고 하는 말이다. 심지어는 험악한 말을 함부로 내뱉는다. 기분 나쁜 말을 해서 돌아오는 말은 무엇일까. 그에게도 기분 나쁜 말이 돌아올 것은 당연하다. 기분 나쁜 말을 주고받는 사이에 본질은 외면하고 진흙탕 싸움만 계속하는 것이다.

문득 나 자신을 뒤돌아본다. 친구나 친지 혹은 가족 구성원에게, 혹은 지나치면서 만나 잠시 말을 나눈 사람들에게도 불쾌한 말은 혹시 하지 않았는지, 반성해 본다.

공기 속에 살듯이 우리는 말 속에 산다. 맑고 좋은 공기 속에 살면 건강하고 기분 좋게 살 수 있듯이 아름답고 좋은 말 속에 살면 스스로 기분이 좋고 즐겁다. 보이지는 않지만 말의 환경은 분명히 존재한다. 내가 수양이 되지 못해서 말의 환경을 만들지는 못하지만 좋은 환경에서 살도록 노력은 해 봐야겠다. 필요에 따른 말을 제대로 못해서 항상 말을 하고 난 뒤에 후회하는 편이지만 생활하면서 상대에게 무심코 건네는 말부터 다시 생각해 보아야 할 것이다. 어린애가 말을 배우는 심정으로 말이다.

(2014. 9. 12)

보이지 않는 행복을 위하여

　흔히 세상 많이 좋아졌다고 말한다. 남들의 얘기가 아니라 나 자신도 그렇게 생각한다. 이전에 가질 수 없었던 것을 지금은 원하면 얼마든지 가질 수 있는 것이 많기 때문이다. 전화도, 텔레비전도, 자동차도 내 젊었을 때 어디 가질 수나 있기나 했나. 내 처지로서는 저 산 너머에 있는 것인 줄 알았다.

　내가 처음으로 미국 갔을 때 타코마로 한식을 먹으러 간 적이 있다. 그때 식당 종업원인 젊은 아가씨들이 자가용 차를 타고 하나둘씩 출근하는 것을 보고 놀란 적이 있다. 한국에서는 어지간히 돈을 가진 사람도 자가용으로 출근하는 것은 상상도 못할 때였다. 어디 그뿐인가, 내 소유의 전화도 마음대로 갖지 못하던 때의 이야기다. 미국에서 학생 기숙사를 나와 루밍 하우스(월세방)를 얻어 살면서 전화를 신청했더니 그날로 와서 달아 주는 것이 아닌가. 한국과는 너무나 딴 천지의 세상이다. 한국에 있는 친구에게 자랑이라도 하고 싶었다. 그러나 지금 한국도 그와 전혀 다를 것이 없다.

　김일성이 살았을 때, 입버릇처럼 했던 말이 있다. 이밥에 고깃국을 먹을 수 있다면 그보다 더 좋은 세상이 어디 있느냐고. 지금 한국이 바로 그가 원하던 세상이 되었다고 해도 아주 틀린 말은 아니다. 한데 그가 다스린 북한 주민은 수없이 굶어죽어 가고 있다고 하니 이만저만한 아이러니가 아니다. 김일성은 상상할 수 있었던 최상의 복지국가가 바로 그런 세상이라고 믿고 있었던 것에 틀림없다. 그런 복지국가를 이룩하기 위해서그에게 거슬리는 수많은 정적들을 처형 학살했으니 그가 살아 있다면 주먹을 불끈 쥐고 그에게 들이대고 싶다.

인간을 흔히 만물의 영장이라고 말한다. 이 지상의 모든 생물들을 지배하고 산다는 뜻이다. 그런데도 동물들보다 반드시 만족하면서 산다고 할수 있을까. 이 만족을 오래 지속할 수 있으면 그것을 행복이라고 할 수 있을지 모르겠다. 만족은 구체적이지만 행복은 추상적이다. 추상적인 것이되어서 그런지 행복이란 대체 무엇인지 꼭 집어서 말하기조차 어렵다. 먹고 싶은 대로 먹을 수 있는 것이 행복일까. 하고 싶은 짓을 마음대로 할수 있는 것이 행복일까. 동물들은 배불리 먹을 수만 있다면 그것으로 만족의 첫 단계는 이루었다고 할 수 있다. 인간처럼 행복 같은 애매하고 추상적인 조건 따위는 바라고 있지 않을지 모른다. 위(胃)의 만족이 인간의 가장기본적인 행복의 조건이긴 하지만 그 외에도 만족시켜야 할 부분이 많다.그 모든 부분을 뭉뚱그려서 인간의 행복이라고 말하는지도 모르겠다.

OECD 국가 중에서 자살률 1위가 한국이라고 한다. 대체 어느새 한국이 그렇게 되었는가 싶다. 이전보다 훨씬 더 잘살고 훨씬 더 만족하고 있는데도 불구하고 왜 자살률 1위가 되어 있을까. 더 잘 먹고, 더 잘 입고,더 편해진 세상이 되었는데도 불구하고 무엇이 못마땅해서 자살률 1위를기록하고 있을까. 내 어릴 때 노인들이 입버릇처럼 하던 말이 있다. 배부르니까 괜히 딴 생각들을 하는 미친놈들이라고. 하지만 바로 그 노인들의자살률이 더 높다는 것이다.

행복한 사람이 자살할 리는 만무하다. 스스로 행복하지 못하다고 느끼고 있기 때문에 자살한다. 그 나름대로는 다 이유가 있을 것이다. 이밥에 고깃국만 먹을 수 있다면 행복하다고 생각하는 사람들도 물론 있다. 그러나 자살률이 높다는 것은 먹는 것으로 도저히 해결할 수 없다는 뜻이다. 잘 살수록 자살률이 줄어들어야 하는데 왜 점점 더 늘어난다는 것일까.

누가 정했는지는 모르지만 세계 3대 진미를 푸아그라, 트러플, 캐비아라고 한다. 우리가 통상으로 맛을 볼 수 있는 음식들은 아니다. 이 진미들을 한 입만 먹어도 황홀할 것 같지만, 사실은 이 음식에 익숙하지 않은 사람은 "이게 뭔 맛이야." 하고 뱉어 버릴지도 모른다고 했다. 푸아그라란 거위의 간이라고 한다. 말하자면 지방간이 듬뿍 들어 있는 음식이다. 비싸기로 말한다면 입이 딱 벌어질 정도의 고가다. 캐비아가 비싸다는 것은 많이 들어서 알고 있지만 그 정도가 아니다. 화이트 트러플 한 덩어리 값이 웬만한 집 한 채 값이라니, 미친놈들 별 희한한 짓을 하는구나 하고 웃을지도 모른다.

이런 음식들은 그래도 입에 들어가 혀끝으로 맛이라도 볼 수 있다. 냄새로 값을 지불해야 할 돈이 또한 어마어마한 것이 있다. 향수 말이다. 음식이야 먹기라도 하지만 손에 잡히지도 않는 냄새로 인간을 유혹하면서 큰돈을 지불해야 하는 것이다. 우선 1그램의 사프란을 얻기 위하여 무려 500개의 꽃술을 따야 한다고 한다. 인도네시아에서는 한 줌도 안 되는 육두구(肉荳蔲)를 사려면 우리 돈으로 2억 원을 넘게 주어야 한다고 한다. 손에 잡히지도 않는 냄새를 위해서 이렇게 큰돈을 지불하는 것이 인간이다.

왜 사느냐고 묻는다면 대답이 쉽게 나오지 않는다. 먹고 싶은 것을 먹기 위하여, 하고 싶은 것을 하기 위하여, 내가 좋아하는 연인과 더불어 살기 위하여, 훌륭한 업적을 남기기 위하여 등등 제멋대로 말할 수 있다. 어쨌든 그렇게 해서 행복한 삶을 누리기 위해서라고 요약할 수 있다.

행복한 삶이란 대체 무엇인가. 잠시 가질 수 있는 행복은 만족이라고 말할 수 있다. 그러나 인간은 잠시 가졌던 만족에 만족하지 못한다. 아니, 잠시 가졌던 만족이 다음 순간 더 큰 불만으로 이어질 수 있다.

문명이 진화되면서 편해진 것이 참 많다. 손끝을 까딱하면 멀리서도 차에 시동을 걸 수 있고, 차 안을 따뜻하게 덥힐 수 있고, 밥을 지을 수도 있고, 로봇에게 청소를 시킬 수도 있다. 기계를 통해서 너무나 많은 것을 할 수 있어서 나같이 나이 많은 사람은 그 조작하는 법을 익히기 어려워 아예 포기하고 있는 실정이다.

그렇게 편해졌기 때문에 행복하다고 말할 수 있을까. 하긴 물질문명의 편함을 거부하기 위하여 산속으로 들어가는 사람도 있다. 어떻든 행복은 손에 잡히는 것도, 돈으로 지불할 수 있는 것도, 맛으로 느낄 수 있는 것도, 냄새로 맡을 수 있는 것도, 몸뚱이로 때울 수 있는 것도 아닌 것만은 분명하다. 행복은 그렇다. 보이지 않는 어떤 것이다. 그 보이지 않는 어떤 것을 가르쳐 주려고 성인들은 안간힘을 써 왔다. 그게 대체 무엇일까. 성인들이 살아 있다면 내게 이렇게 질책할지 모른다. 그렇게 앉아서 안이한 방법으로 그게 무엇인가 하고 캐묻고 있는 너의 자세가 이미 틀린 것이라고.

예수는 십자가에 못 박혀 죽으면서까지 그것을 가르치려고 했다. 석가는 누구나 부러워하는 왕자의 지위까지 내던지고 수도해서 가르치려고 했다. 소크라테스 또한 목숨을 잃으면서까지 설파하려고 했다. 눈에 보이는 것이 아니라, 보이지 않는 것을 위하여.

(2014. 9. 26)

영월 기행

오전 8시 정각까지 압구정동 현대백화점 주차장으로 오라고 했다. 집에서 6시 반쯤 출발하면 되겠지 생각했다. 그러나 마을버스를 타고 전철을 세 번이나 갈아타다 보니 약속된 시간이 이미 지나고 있었다. 현대백화점에 거의 가까워 오자 송현호 교수로부터 전화가 왔다. 모두들 다 나와서 나를 기다리고 있다는 것이다. 정확하게 12분이 늦었다. 나는 죄송하다는 말을 연발하면서 버스 안으로 들어섰다.

춘원문학연구회에서 기획한 영월 문학 기행을 위해서 이렇게 일찍 나온 것이다. 나로서는 영월로 가는 첫 나들이다. 일반으로 가는 영월 길이면 고속도로로 가겠지만, 오늘은 이전의 구 도로로 간다고 했다. 꼬불꼬불 산골길을 타고 가는 버스 안에서 '영월은 첩첩산중이라더니 과연 그렇구나' 하고 혼자 감탄인지 한숨인지 내뱉고 있었다. 우리가 타고 가는 버스는 우람한 신형 버스였다. 영월 산골길에는 어쩐지 어울리지 않은 버스 같았다. 영월이 고향이라는 성신여대의 송영순 박사가 안내를 하고 있어서 안내자 한 분은 제대로 모신 셈이었다.

이번의 문학 기행은 춘원이 쓴 『단종애사』에 나오는 지명을 둘러보고 그 문학사적 의의를 음미해 보자는 취지에서였다. 바로 어제(9월 27일) 춘원연구회에서 연구 발표회를 가졌던 바다. 그 회에서 적지 않게 놀란 것은 내 예상과는 달리 나이 많은 사람들이 많이 참석하고 있다는 사실이었다. 오늘의 문학 기행도 6, 70대 노인들이 대부분이었다. 그런데 그분들이 잠깐씩 쏟아 내는 말을 들어보니 춘원에 대해서는 모두 일가견이 있는 사람들이었다. 더구나 그 사람들의 대부분이 문학을 전업으로 하고 있지 않다는 사실이다. 문학을 전공하는 학자들은 의외로 적었다. 나도 이번 모임에 처음으로 참가하는 셈인데 초대 춘원연구회 회장인 김용직 형과 현 회장인 윤홍로 군이 이끌고 있다기에 무얼 어떻게 하고 있나 궁금해서 나온 것이다. 특히 윤홍로 군의 간곡한 청이 가슴에 남아 있었기 때문이라는 것이 더 정확한 말이다.

가는 길에 제일 먼저 들른 곳이 어음정(御飮井)이었다. 단종이 삼촌인 수양대군에게 왕위를 찬탈당하고는 노산군으로 강등되어 영월로 귀양 오는 길에서 목이 말라 물을 마셨다는 곳이다. 우물을 내려다보니 아주 깊다. 저 밑으로 아득히 고인 물이 보였다. 지금 길어 올려서 마셔도 충분히 마실 수 있는 물 같다.

다음에 들른 곳이 배일처(拜日處)라는 곳이다. 단종이 이곳에 왔을 때 서산으로 해가 뉘엿뉘엿 지고 있었다는 것이다. 서울을 향해서 눈물을 흘리며 해를 쳐다보며 자기 신세를 한탄했다는 고갯길이다. 만감이 교차하고 있었을 그의 가슴속을 상상해 보니 새삼스럽게 나까지 가슴이 아렸다.

고개 마루에서 영월 시내로 내려가면서 청령포가 어디 있는지 대략의 위치를 알려 주었다. 점심때가 되었으니 금강산도 식후경이라고 배부터 채워야 했다. 송영순이 추천한 식당으로 영월 시내에 있는 2층 식당으로 올라갔다. 곤드레나물밥을 먹게 되어 있었던 모양이었다. 송영순이 적극 추천하는 것으로 부식으로 딸려 나오는 김치메밀전은 절대로 남겨서는 안 된다고 했다. 점심을 마치고 나오면서 나는 그 메밀전의 맛에 대해서 혼잣말로 "맛없는 것 같은 것이 맛이 있네." 라고 했더니, 옆에서 듣고 있던 친구가 그런 말이 어디 있어, 라고 퉁바리를 놓았다. 사실이 그랬다. 메밀도 그랬지만, 백김치도 별맛이 있을 리 없다. 그런데 거듭 먹으면 고향 생각이 날 듯한 맛이었다.

다음은 단종의 유배지였던 청령포에 들렀다. 단종의 적소(適所)가 있었던 곳은 줄배로 타고 들어가야 하는 모양이었다. 사람들이 줄을 서서 기다리고 있었다. 금방 건너기는 했지만, 그 옛날 어떻게 이런 적소를 발견했을까 너무나 신기했다. 삼면이 강으로 둘러싸여 있고 한 곳은 절벽의 산으로 되어 있는 곳이다. 누가 지키고 있지 아니해도 도망을 치지 못할 곳이다. 소나무들이 울창하게 서 있었다. 안내자의 설명에 의하면 그 소나무들이 모두 모두 몸을 굽혀 절을 하고 있는 형상이라고 했다. 그런데 그중에 몇 그루만 배신하는 형상을 짓고 있다는 것이다. 한번 찾아보라고 했다. 그리고 보니 소나무의 형상들이 그러한 듯이 보였다. 바람이 그러한 형상을 만들었겠지만, 단종에 얽힌 설화가 그렇게 보이도록 사람들의 마음을 움직인 것이다.

다음은 단종의 능묘가 있는 장릉(莊陵)에 들렀다. 관광객을 위해서 잘 꾸며 놓았지만 자료가 많을 리는 없다. 능은 야트막한 산의 제일 위쪽에 위치하고 있었다. 나는 다리가 시원치 않아 별로 높지 않은데도 다른 사람의 도움으로 간신히 올라가 보았다. 영월에 위치해 있으니까 이곳도 관광 코스의 하나가 되어 있는 모양이다. 단종이 승하하고 60년이 지나 중종 때 봉분을 갖추어 지금의 능 모습을 갖추게 되었다고 한다. 단종으로 복위된 것은 80년이 지나 숙종 때 이루어졌다.

그가 남겼다는 「자규시(子規詩)」를 읽어 보면 구구절절이 애달프다.

원통한 새 한 마리가 궁중을 나오니	一自冤禽出帝宮
외로운 몸 그림마저 짝 잃고 푸른 산을 헤매누나	孤身隻影碧山中
밤은 오는데 잠들 수가 없고	假眠夜夜眠無假
해가 바뀌어도 한은 끝없어라	窮恨年年恨不窮
새벽 산에 울음소리 끊어지고 달이 흰 빛을 잃어가면	聲斷曉岑殘月白
피 흐르는 봄 골짜기에 떨어진 꽃만 붉겠구나	血流春谷落花紅
하늘은 귀먹어 하소연을 듣지 못하는데	天聾尙未聞哀訴
서러운 이 몸의 귀만 어찌 이리 밝아지는가	何奈愁人耳獨聽

열일곱 살의 단종이 지었다고는 생각되지 않을 만큼 애절한 시다. 기막힌 신세가 되면 가슴에 뭉친 애소가 저절로 시가 되는지 알 수 없다. 조선조 500년 동안 충절인의 가슴에 한이 되어 서려 있었던 이야기를 영월은 그 지명으로 풀어내고 있다.

(2014. 10. 9)

여남평등

딸애가 "사내들은 변덕쟁이야."라고 하면서 나를 물끄러미 쳐다본다. 그렇게 말해 놓고 다시 생각해 보니 저희 아버지도 사내인 것이 마음에 걸렸던지 "아빠는 물론 빼고 말이지." 한다.

"느닷없이 무슨 소리야. 여자의 마음은 갈대와 같다는 말은 들어 보았지만 사내들이 그렇다는 말은 금시초문인데."

딸은 아니라고 고개를 절레절레 흔든다. 여자가 예쁘기만 하면 사내들은 사족을 못 쓰지만 지속성이 전혀 없다는 것이다. 더 예쁜 미인이 나오면 금방 그쪽으로 고개를 돌린다고 했다. 스타 연예인에 관한 얘기다.

예쁜 연예인이 나타나면 금방 팬 카페가 생기기 마련인데 대체로 여자 연예인은 사내들로, 남자 연예인은 여자들로 득실거린다 한다. 연기와는 별로 관계없이 그렇다는 말이다. 특히 사내들은 연기보다는 인물을 더 본다고 했다. 그러다가 참신한 신인이 나타나면 그리로 우르르 몰려간다는 것이다. 특히 사내들이 그런 경향이 짙다고 했다. 말하자면 남자들은 여자에 비하여 좋아하는 지속성이 훨씬 떨어진다는 것이다. 지금까지 좋아했던 연예인은 언제 보았느냐는 듯이 팽개치고 새로 나타난 스타의 카페를 만들어서 열을 올리고 있다는 말이다. 그러니 사내들을 변덕쟁이라고 부를 수밖에 없지 않느냐고 했다. 연예계에 대해서는 아는 바가 없으니 그런가, 저런가 하고 허허 웃고 말았지만 실은 속으로 좀 켕기는 바는 있었다.

사내들이 미인을 좋아한다는 말은 흰 종이를 두고 흰 종이라고 말하는 것처럼 명백한 사실이다. 젊었을 때는 두말할 필요도 없지만 일흔을 넘긴 나 같은 노인네에게도 그것은 어김없는 사실이다. 나와 비슷한 연배인 노인네 친구들도 만나면 수시로 예쁜 여인에 대해서 얘기한다. 그래서 결론은 "여자는 무조건 예뻐야 해. 예쁘기만 하면 어떤 잘못도 면제되거든." 하는 말을 예사롭게 한다. "예쁜 여인 좋아하시네. 백번 좋아한들 무슨 소용이 있다고. 예쁜 여인이 우리를 쳐다보기나 하겠어. 설사 쳐다본들 무슨 소용이 있어." 그렇게 자탄하고 말지만 그 속내를 우리는 다 안다.

잘생긴 사내에 대한 여인들의 열광 또한 대단하다. 잘생긴 남자 탤런트를 보기 위해서 밤을 지새우며 그 집 앞에 진을 치고 있다는 얘기를 신문에서 가끔 읽었다. 며칠 밤을 새우고도 그 얼굴조차 보지 못하는 예가 흔하다니, 그런데도 실망하지 않고 기다리는 그 끈기를 어떻게 설명해야 할지. 하지만 사내들에 비하여 여자들이 훨씬 지속성이 높다는 것이다. 이에 비하여 사내들은 그 시선이 수시로 바뀐다고 한다. 그래서 변덕쟁이라고 한다는 것이다.

중국도 스타에 대한 열기는 한국과 별로 다르지 않은 모양이다. 게다가 한류 스타의 물결이 한국보다 한술 더 뜬다고 했다. 김수현을 보라고 했다. 김수현이 대체 누구기에 그러느냐고 했더니, 아빠는 그 방면에 너무 무식하다고 했다. 최근에 인기를 독차지하고 있는 연예인이라고 했다. 중국에서 어마어마한 거금을 지불하면서 초빙해 간 스타라는 것이다. 여자들이 좋아해서 그런 인기를 누린다고 했다.

15, 6년 전 미국에 갔을 때의 일이 생각난다. 그곳에 살고 있는 지인의

말을 듣고 한참 웃었던 일이 있다. 소학교 남학생인데, 그 엄마가 매일 아침 골치를 썩인다는 것이다. 또래의 계집애들이 매일 아침 집 앞에 찾아와 진을 치고 있기 때문이다. 소란스럽기도 할 뿐 아니라, 여간 성가시지 않다는 것이다. 사내애에게 반해서 문전을 지키고 있는 계집애들이 있다니, 참으로 어이가 없었다. 그때의 한국은 아직 그 정도까지는 되지 않았기 때문에 내게는 다만 신기할 뿐이었다.

남녀평등이 아니라 여남평등이라고 말하는 사람이 많다. 남녀평등이 지상 목표였던 것이 어느새 여자 상위 시대가 되어 있는 현실을 빗대어서 하는 말이다. 좋아하는 탤런트에 대해서 열을 올리는 것은 남녀가 비슷하겠지만 그 열광의 정도와 지속 시간이 다르다는 것이다. 통계를 낸 것을 본 적이 없지만 여자들의 열광이 훨씬 우세하고 그 지속 시간도 길다고 한다. 그래서 여성 팬을 많이 가진 스타는 생명이 길다고 했다.

비단 연예인뿐이 아니다. 종교인, 문인, 인기 강사들 모두 마찬가지다. 딸의 얘기를 들으면 여자들에게 인기가 있어야 그 생명이 길다고 한다. 그렇다면 여자대학에서 근무하다가 퇴직한 나 같은 사람에게는 다행이라고 할 수 있을까. 천만에, 그도 인기 있는 교수였을 때 하는 말이다.

사실 교직에 있는 사람은 인기 탤런트와는 전혀 다르다. 교장 선생님을 아버지로 둔 어느 젊은 학자가 취직이 되어 아버지를 찾아가 인사를 드렸더니 어느 대학에 취직했느냐고 물었다고 한다. 그는 서울서도 유수한 여자대학이라고 자랑스럽게 말했더니 교장 선생님의 말이 당장은 좋을지 모르지만, 수확이 좀 걱정이군, 하고 말했다는 일화가 있다. 그때는 그렇게 생각했을 수도 있다. 하지만 그 교장 선생님이 좀 모르는 소리를 한다고 통박을 주고 싶다. 남녀평등이 아니라, 여남평등이 되어 가고 있다는 사실을 미처 깨닫지 못하고 있다고 말이지.

우선 나의 경우를 보자. 해마다 스승의 날이 돌아오면 내 옛날의 제자들이 꼭 나를 찾는다. 그리고 그날만은 극진한 대우로 나를 모신다. 술대접을 받아본 적은 물론 없다. 제자들이 모두 얌전한 규수들이어서 술을 하는 사람이 한 사람도 없기 때문이다. 다행인 것은 나도 술은 별로인 점이다. 분명한 사실은 그 교장 선생님이 예측한 것처럼 수확이 없다고 걱정할 필요가 전혀 없다는 사실이다. 아니, 여남평등이 되어 있는 사실이 내게 있어서만은 반드시 불리한 형세가 아니라는 것 말이다. 변덕쟁이인 남자들에 비하여 여자 제자들은 처음 마음 그대로 이 못난 스승을 챙겨 준다는 사실 말이다. 얼마나 다행한 일인가.

(2014. 10. 6)

김학주

학문은 꾸준히 잘해야 하고(學貴有恒)
주력(主力)은 올바른 도를 지키는 데 두어라(主能達道)

2010년 가을 한중교육기금회(韓中敎育基金會) 고문(顧問) 자격으로 타이완(臺灣) 타이베이(臺北)에서 중한문화기금회(中韓文化基金會)가 주최하는 학술회의를 중심으로 하는 문화 교류 행사에 참석한 일이 있다. 우리를 초대한 그쪽 기금회에는 동사(董事)라는 요직을 맡고 있는 구젠둥(顧建東)이란 분이 계셨다. 연세는 나보다 4, 5년 위인데 10년 넘도록 서울과 타이베이를 해마다 서로 왔다 갔다 하다 보니 개인적인 친분도 상당히 쌓여 있었다. 그분은 타이베이에서 상당히 규모가 큰 사업체를 운영하는 한편 명달대학(明達大學)과 성오학원(醒吾學院) 등 교육기관도 운영하고 있는 분이다. 이 구 선생의 가장 두드러진 특징은 대단한 호주가라서 저녁마다 열리는 만찬 때면 언제나 개인적으로 좋은 서양 위스키를 댓 병씩 준비해 가지고 참석하여 중간 크기의 술잔을 들고 만찬장을 돌아다니면서 손님들에게 건배(乾杯)하기를 강권한다는 것이다. 때문에 중국 사람 한국 사람을 막론하고 만찬 참석자 전원이 그가 자기 옆에 오는 것을 두려워하는 지경이었다. 그분은 하루 저녁에 수십 잔의 독한 위스키를 건배하는 술 실력이었다. 그래도 나는 타이베이의 학자들과 문화계 인사들로 구성된

그곳 문화계에서 공인되고 있는 정도의 주당(酒黨)과 수십 년을 두고 친교
를 맺고 있고 그들로부터 상당히 훈련을 받아 온 터이라 구 선생의 그러
한 호기(?)를 누구보다도 잘 받아들여 줄 수가 있었다. 그런 연유도 있어
서 구 선생은 나에게 각별한 호감을 지닌 듯이 느껴졌다.

　학술회의가 끝나는 날 저녁 만찬 자리에서의 일이다. 아마도 구젠둥 선
생이 회의 참석자들을 초대한 자리였던 것 같다. 구 선생은 만찬 자리 한
옆 테이블 위에 무척 큰 종이(가로 약 70센티미터 세로 약 140센티미터)
를 펼쳐 놓은 다음 나를 불러 놓고 이제 우리도 많이 늙었으니 기념으로
자기가 글씨를 한 장 써 주겠노라고 하면서 붓을 들고 글씨를 쓰기 시작
하였다. 종이 위쪽에 먼저 붉은 물을 적신 붓으로 단번에 리본이 달린 둘
레 줄을 친 다음 "뜻대로 되기를! 뜻대로 되기를! 모든 일이 뜻대로 되기
를!(如意! 如意! 事事如意!)" 하고 세 줄로 쓴 다음, 이번에는 검은 먹물을
찍은 정식 붓을 들고 내 이름 학(學)자와 주(主)자를 각각 두 구절 앞머리
에 넣어 "학문은 꾸준히 잘해야 하고, 뜻을 오로지 하나로 해야 한다(學貴
有恒, 專志唯一), 주력(主力)은 올바른 도를 지키는 데 두고, 마음은 정성되
고 지극히 착하게 지녀야 한다(主能達道, 心誠至善)."는 뜻의 글을 중간에
두 줄로 쓰고, 다시 왼편에 약간 작은 글씨로 "경인년(2010) 가을 ― 학주
고문의 몸과 마음이 다 튼튼하고, 행복과 지혜가 함께 갖추어지기를 빌면
서. 꾸젠둥 올림(庚寅秋 ― 祝學主顧問, 身心兩健, 福慧雙修. 顧建東拜)."이라
썼다. 그리고는 더 써야만 하는데 남들 앞에서 계속하여 다 쓸 수 없으니
귀가하여 글을 다 써 가지고 귀국하기 전에 건네줄 것이니 오늘은 술이나
마시자고 하였다. 그날은 주인의 뜻을 좇아 만찬에 많은 술을 마시며 즐
겼다. 이틀 뒤 귀국하기 전에 구젠둥 선생은 글씨를 다 썼는데 술을 많이
마시고 써서 잘못된 곳도 있다고 하면서 종이봉투를 하나 내게 건네주었
다. 펼쳐 보니 큰 종이에 글씨는 가득히 채워져 있으나 명필은 아닌 것으

로 여겨지고 글의 내용을 자세히 읽어 볼 형편이 못 되어 무얼 쓴 것인지 잘 알지도 못한지라 제대로 고맙다는 인사도 못하고 봉투를 받아 넣고 귀국하였다.

집으로 돌아와 한참 날짜가 지난 뒤 봉투 안의 그가 써 준 글을 펼쳐 보면서 나는 깜짝 놀랐다. 내가 보는 앞에서 큰 종이에 쓴 글씨 아래쪽의 전면을 비슷한 크기의 다섯 토막으로 나누어 위로부터 「마음을 너그럽게 하는 노래(寬心謠)」·「세상을 깨우치는 시(醒世咏)」·「오래 사는 길(長壽之道)」·「사람이 지녀야 할 여덟 가지 좋은 마음(人生八味)」·「매화·난초·국화·대나무(梅蘭菊竹)」의 사람들에게 교훈이 될 다섯 가지 글들이 차례차례 빼곡히 씌어져 있었다.

첫 번째 「마음을 너그럽게 하는 노래」는 한 구절이 일곱 글자와 여덟 글자로 이어지는 20줄(行)의 노래이다. 첫머리 여섯 구절이 이렇게 시작되고 있다.

> 해는 동쪽 산에 떠서 서쪽 산에 지고 있고
> 걱정하는 날도 있고 기뻐하는 날도 있네.
> 일을 하게 되면 쓸데없는 짓 말아야
> 사람도 편안하고 마음도 편하다네.
> 매달 월급을 받으면
> 많아도 기뻐하고 적어도 기뻐해야 하네.

> 日出東山落西山,　愁也一天喜也一天.
> 일 출 동 산 락 서 산　수 야 일 천 희 야 일 천
> 遇事不鑽牛角尖,　人也舒坦心也舒坦.
> 우 사 불 찬 우 각 첨　인 야 서 탄 심 야 서 탄
> 每月領取薪資錢,　多也喜歡少也喜歡.
> 매 월 령 취 신 자 전　다 야 희 환 소 야 희 환

모두 교훈이 되는 좋은 말들이다. 다음의 「세상을 깨우치는 시」는 40구절로 이루어진 칠언시(七言詩) 형식의 글이다. 앞머리 여섯 구절을 아래에

인용한다.

붉은 먼지 흰 물결 이는 어지러운 세상살이
욕된 것 참고 부드럽게 어울리는 것이 좋은 방책이네.
어디에서나 환경에 맞게 생활하고
평생을 분수 따라 편안히 세월을 보내야 하네.
자기의 속마음 어둡게 지니지 말고
다른 사람들 잘못 들춰내지 않아야 하네.

紅塵白浪兩茫茫, 忍辱柔和是妙方.
홍 진 백 랑 랑 망 망　　인 욕 유 화 시 묘 방
到處隨緣延歲月, 終身安分度時光.
도 처 수 연 연 세 월　　종 신 안 분 도 시 광
休將自己心田昧, 莫把他人過失揚.
휴 장 자 기 심 전 매　　막 파 타 인 과 실 양

　다음의 「오래 사는 길」에는 다섯 가지 오래 사는 데 도움이 될 교훈을
담고 있다. 내게 오래 살아 달라는 뜻을 담아 썼을 것인데, '한 가지 그 중
심이 되는 것'으로 "건강(健康)" 한마디를 들고, '두 가지 요점(要點)'으로
는 "약간 바보스럽고, 약간 말쑥하게 지내라(糊塗一點, 瀟洒一點)."는 두
　　　　　　　　　　　　　　　　　　　　　　호 도 일 점　 소 쇄 일 점
가지를 쓰고 있는데　그 말은 교훈이 될 뿐만이 아니라 재미도 있다. 다
음 '세 가지 태도'로는 "남을 돕는 일을 즐거움으로 삼고, 착한 일을 하는
것을 가장 즐기고, 스스로 자기가 하는 일에 만족하며 즐기라(助人爲樂,
　　　　　　　　　　　　　　　　　　　　　　　　　　　　조 인 위 락
爲善最樂, 自得其樂)."는 말이 적혀 있다. 그 뒤로 '네 가지' '다섯 가지' 오
위 선 최 락　자 득 기 락
래 사는 데 도움이 되는 교훈을 썼는데, 이는 열다섯 줄이라 지면이 남자
"날마다 세 번 웃으면 얼굴이 멋지게 된다(天天三笑容顔俏)."는 등의 네 줄
　　　　　　　　　　　　　　　　천 천 삼 소 용 안 초
의 교훈이 빈 칸에 잘 어울리도록 더 적혀 있다. 네 번째 「사람이 지녀야
할 여덟 가지 좋은 마음」으로는 첫째로 '사랑하는 마음(愛心)'에 이어 '텅
빈 마음(虛心)'·'맑은 마음(淸心)'·'정성스런 마음(誠心)'·'믿음이 있는
마음(信心)'·'오로지 하는 마음(專心)'·'참는 마음(耐心)'·'넓은 마음(寬

心)'을 들고 이들 마음의 장점과 그런 마음을 지니는 방법을 두 구절의 글로 써 넣고 있다. 맨 아래쪽의 「매화·난초·국화·대나무」는 이들 사군자(四君子)의 네 글자 아래 각각 그 식물의 뛰어난 점을 두 구절로 써 넣은 것이다. 그리고 맨 아래에 옆으로 '사양인(射陽人) 회기(懷祺) 구젠둥(高建東) 배서(拜書)'라는 열 개의 글자가 쓰여 있고 양 옆에 두 개의 커다란 도장이 찍혀 있다. 위쪽에도 양편으로 또 다른 도장이 두 개 찍혀 있다.

전부 여섯 단으로 이루어진 1000자에 가까운 글씨이다. 이것을 다 쓰는 데 얼마나 힘이 들었을까? 그가 경영하는 학교와 사업의 직무가 무척 많을 것인데 그처럼 많은 술을 드시고 집에 돌아가서는 잠도 자지 않고 이것을 썼을 것이다. 글씨 중에는 취기가 약간 느껴지는 것도 있다. 나를 생각해 준 구젠둥 선생의 성의가 뒤늦게 내 가슴을 메웠다. 그는 '술을 무척이나 좋아하고 많이 마시는 사람'이었기에 나에게 글을 써 주려는 것도 술주정의 일종이라고 가볍게 생각하고 글을 쓴 종이가 든 봉투를 받을 적에도 제대로 고맙다는 인사도 드리지 못하였다. 남의 선물을 가볍게 생각하면서 받은 내 자신이 부끄럽기 짝이 없다. 어찌해야 구젠둥 선생의 성의에 고맙다는 인사라도 다시 할 수가 있을까? 연세가 적지 않은데 건강하시기나 한가? 그 뒤로 나는 한중교육기금회와의 관계를 끊었는데, 구젠둥 선생도 그쪽 기금회 활동에 더 이상 나서지 않는 것 같다. 제발 내가 다시 타이베이를 방문할 때까지 건강히 잘 계시기만을 간절히 빌 따름이다. 구젠둥 선생님! 선생님이 친필로 가르쳐 주신 교훈을 자주 읽으며 여생을 올바로 살도록 노력하겠습니다.

지금은 구젠둥 선생의 글을 표구하여 그 커다란 액자를 우리 집 응접실 한쪽 큰 벽에 걸어놓고 매일 바라보고 있다.

학문을 꾸준히 하는 게 소중하고, 뜻을 오로지 하나로 하라.

주력은 올바른 도를 지키는 데 두고, 마음은 정성되고 지극히 착하게 지
니라.

學貴有恒, 專志唯一.

主能達道, 心誠至善.

(2014. 1. 18)

가부키(歌舞伎)와 경극(京劇)

　얼마 전에 신촌에 갔다가 우연히 길가에 헌책방이 있는 것을 발견하고
들어가서 헌 일본 잡지 『문예춘추(文藝春秋)』(2011년 2월호)를 한 권 샀다.
잡지 표지에 "중국과 앞으로의 '정의(正義)'를 얘기해 보자"는 여러 명의
명사들이 쓴 '대형 기획(大型企劃)'의 특별 기사가 실려 있다고 씌어 있기
때문이었다. 중국에 관한 여러 가지 글과 함께 「김정은과 삼국지」 같은 북
조선에 관한 기사도 끼어 있어 재미있게 잡지의 글을 읽었다. 그중에서도
각별한 느낌을 받은 것은 일본의 전통 연극 가부키의 배우인 반도 다마사
부로오(坂東玉三郎) 씨가 쓴 「나에게는 미국보다도 중국이 더 잘 맞는다」
는 글이었다.

　반도라는 가부키 배우는 일본의 전통 연극인 가부키에서 남자이면서도
여자 주인공 역할을 하는 배우였다. 그는 이 글의 첫머리에서 2010년에
중국 쑤저우(蘇州)의 소주곤극원(蘇州崑劇院)으로 가서 중국의 고전극인
곤극(崑劇)의 명작 『모란정(牡丹亭)』의 여주인공인 두려낭(杜麗娘) 역을 맡
아서 소주곤극원의 전문 배우들과 함께 공연했다고 하였다. 정말 놀라운
일이다. 일본 사람인 그가 가부키의 여자 역할을 전문으로 하는 배우라
하더라도, 중국에 가서 쑤저우라는 고장의 방언까지 익힌 다음 중국 배우

들과 함께 중국의 가장 오래되었다는 일종의 가무극(歌舞劇)인 곤극의 대표작『모란정』의 여주인공 역을 맡아 좋은 평가를 받았다는 것은 정말 믿기지 않는 일이다. 일본 남자가 중국의 미녀처럼 창하기도 어렵고 여자 같은 동작은 말할 것도 없고 중국 미녀의 몸짓으로 춤을 추기는 더욱 어려운 일이다. 정말 놀라운 일이다.

중국의 경극계에는 청나라 때부터 남자로서 여자 역할을 하는 단역(旦役) 배우들이 크게 활약하였다. 특히 중화민국이 이룩된 무렵(1911년)에는 사대명단(四大名旦)이라 불리며 대단한 인기를 누린 네 명의 배우들도 활약하였다. 그중에서도 첫째로 손꼽히는 메이란팡(梅蘭芳, 1894~1961) 같은 배우는 중국뿐만이 아니라 일본을 비롯하여 미국과 유럽 여러 나라에도 알려진 세계적인 명배우이다. 이런 배우들이 활약한 중국에 가서 일본의 남자 가부키 배우가 곤극의 대표작인『모란정』의 여주인공 역을 맡아 중국 배우들과 함께 공연하여 좋은 평을 받았다니 놀라는 수밖에 없는 일이다.

곤극은 곤곡(崑曲) 또는 곤강(崑腔)·곤산강(崑山腔)이라고도 부르는데, 본시 명(明)나라 중엽 16세기에 쑤저우 바로 옆의 작은 도시 곤산(崑山)에서 개발되어 발전한, 그때 성행한 희곡인 전기(傳奇)[1]의 음악 가락의 일종이다. 그 가락이 특히 아름답고 우아하여 다른 여러 가지 희곡 음악의 가락을 제치고 크게 유행하였다. 청(淸)대에 이르러서는 화부희(花部戲)[2]라

---

1 중국의 희곡은 元대에 와서 歌舞戱적인 성격을 벗어나 규모가 큰 雜劇이 이루어진다. 雜劇은 보통 한 작품이 4折(幕)로 이루어지고 북쪽 지방 음악인 北曲을 썼다. 明대에 와서는 다시 數十齣으로 이루어진, 더 길어지고 남쪽의 음악인 南曲을 쓰는 傳奇가 유행한다.『牡丹亭』도 55齣으로 이루어진 長篇이다.

2 淸대에 와서는 여러 지방마다 자기 지방의 음악과 方言을 사용하는 地方戱가 발전하는데, 이를 지식 계급에서 좋아하던 崑劇과 대비시켜 花部戱라 불렀다. 그러나 後期에 가서는 花部戱 중에 北京을 중심으로 하는 지역에서 京劇이 이루어져 크게 流行하여 중국

고 부르는 새로운 형식과 가락으로 연출되는, 여러 지방마다 서로 다른 희곡이 크게 유행하였으나 이전의 전통 희곡 중 곤극만은 그 연행이 끊이지 않고 지금까지도 이어지고 있다. 그런 중에 2001년 UNESCO에서 중국 사람들이 가장 오래된 자기네 전통 연극이라고 내세우는 곤곡(崑曲)을 '인류의 구술(口述) 및 비물질 문화유산의 대표작'으로 지정하자 중국 연극계에서는 자기네 전통 연극을 세계화하겠다고 기염을 토하고 있다. 그리고 『모란정』은 명대 탕현조(湯顯祖, 1550~1616)가 지은 그 곤극을 대표하는 작품이다. 따라서 곤극의 명배우를 많이 갖고 있는 소주곤극단(蘇州崑劇團)과 상해곤극단(上海崑劇團) 등은 중국 내뿐만이 아니라 미국과 유럽 여러 나라 등 온 세계를 돌면서 『모란정』을 중심으로 곤극을 공연하며 그것을 세계적인 가극으로 발전시키겠다고 열을 올리고 있다. 그러한 작품의 여주인공 역할을 일본의 고전극 가부키의 남자 배우가 중국에 가서 해냈다는 것이다.

실은 반도 선생은 일찍부터 앞에서 얘기한 중국의 경극 배우 메이란팡의 연기에 매혹되어 있었고, 특히 메이란팡의 연기 중에서도 당(唐)나라 현종(玄宗) 황제와 양귀비(楊貴妃)의 사랑을 다룬 『귀비취주(貴妃醉酒)』라는 경극에서 보여 준 양귀비 역할에 반해 있었다 한다. 때문에 자신이 20세 무렵에 아버지가 "너는 새로운 작품 중에서 마음대로 고르라면 무슨 역할을 가장 하고 싶으냐?"고 물었을 때 "양귀비 역을 하고 싶습니다." 하고 잘라 대답하였다 한다. 이때 아버지는 "너무 엉뚱한 생각은 말아라!" 하고 충고하였지만 24세 때 아버지가 돌아가신 뒤에도 자기의 소망은 계속 간직하고 있었다 한다. 그런 중에 1987년에는 가타오카(片岡)라는 가부키 감독이 『현종과 양귀비』라는 작품을 무대에 올리게 되었는데 그 양귀

傳統戲曲의 중심을 이루게 된다.

비 역을 자신이 맡아 공연하였다는 것이다. 이때 그는 먼저 베이징(北京)으로 달려가 중국 경극 최후의 단역(旦役) 남자 배우라고 칭송되는 메이란팡의 아들 메이바오지우(梅葆玖)와 그의 여동생 메이바오웨(梅葆玥)[3]를 찾아가 직접 양귀비 연기와 필요한 창과 춤에 대한 지도를 받았고, 도쿄(東京) 신교연무장(新橋演舞場)에서 공연하는 동안에도 이들이 일본으로 찾아와 여러 가지를 지도하고 가르쳐 주었다 한다. 다시 1991년에는 무용극인『양귀비』에도 출연하였다고 한다. 그는 이렇게 쌓아온 경험과 수련이 있었기 때문에 2010년에는 중국으로 건너가 곤극인『모란정』의 여주인공 두려낭 역을 성공적으로 해낼 수가 있었을 것이다.

반도 선생의 글에 따르면 그의 아버지며 할아버지도 모두 가부키의 여자역 배우였다. 1926년 그의 할아버지와 아버지가 몇 명의 일본 가부키 배우들과 어울리어 중국을 방문한 일화도 쓰고 있다. 그때 30대의 전성기였던 메이란팡이 많은 저명한 정치가와 지식인과 실업가들 같은 각계의 인사들을 데리고 나와 마중해 주었고 환영 만찬에는 밤을 새우며 술 마시고 노래를 주고받으며 즐겼다 한다. 그리고 귀국할 적에는 비단으로 만든 중국 옷과 모자 등을 선물로 받았다고 하였다.

중국의 경극 배우들도 일본에 가서 경극을 공연하고 대우도 역시 잘 받고 있다. 보기를 들면 1956년 메이란팡이 63세의 나이로 86명의 경극단원을 이끌고 일본을 방문하여 53일 동안 도쿄를 비롯하여 교토(京都)·오사카(大阪)·후쿠오카(福岡) 등 12개 도시를 돌면서 공연을 한 일이 있는데 일본의 경극에 대한 반응은 열광적이었다. 교토에서는 입장료가 1500

---

3 梅葆玖와 梅葆玥 男妹는 아버지 梅蘭芳과도 여러 번 京劇을 공연하였으며, 梅葆玖는 중국 최후의 女主人公 役 專門의 男子俳優라 稱頌 받았으나 지금은 나이가 많아 梅蘭芳京劇團을 男妹가 함께 운영하고 있다. 우리나라에는 1900년대 초에 京劇「覇王別姬」에서 梅葆玖가 虞姬로 出演하여 유명하다.

원[4]이었는데도 공연 10여 일 전에 표가 매진되었고[5], 후쿠오카에서는 1300석 극장인데 관중의 요구로 입석을 200석이나 더 팔았고 공연 날에는 극장 문 앞에 2시간 전부터 줄을 서서 개장을 기다렸다 한다. 중국 경극단원들은 공연을 하는 한편 일본의 연예인들과 환담회도 갖고, 일본의 전통극을 감상하기도 했으며, 18개 대학을 방문하여 강연 및 경극의 연기와 동작 시연 등을 하였다 한다. 그리고 단원들은 몇 명씩 나누어져 자기 기호에 따라 일본의 무악(舞樂)·난릉왕(蘭陵王)·노(能, 2개 반)·교겐(狂言, 4개 반)·가부키(歌舞伎)·경무(京舞)·화류파(花柳派)·서기파(西崎派, 3개 반)·고전음악·샤쿠하치(尺八) 등을 일본 선생을 모시고 공부하였다. 한편 일본 배우들에게는 경극을 가르쳐 주고 필요한 옷과 도구 등도 모두 증정하였다. 일본에서는 경극단을 정성을 다해 접대하고, 경극단은 성의를 다하여 일본 사람들을 위해 공연하였다.[6]

이처럼 중국과 일본의 전통연예계는 서로 배우고 협력하면서 서로의 연예를 발전시키고 있는 것이다. 따라서 중국에서는 여러 편의 일본의 가부키 같은 전통 연예 작품을 경극으로 개편하여 공연하고, 일본 측에서도 중국의 경극 등의 전통 연예 작품을 가부키 등으로 개편하여 공연하면서 서로의 연기와 연출 방법을 배우고 발전시키기에 힘쓰고 있다.

반도 선생은 이 글에서 자기 할아버지와 아버지도 가부키 배우였음을 밝히고 있으니, 몇 대나 전수되고 있는 직업인지 모른다. 중국의 명배우 메이란팡의 경우에도 할아버지 매교령(梅巧玲)이 여역으로 이름을 날린 배우였고 그의 부모와 아들 딸들도 모두 경극 배우이다. 옛날에는 중국이나 일본 모두 배우들이 천한 직업으로 여겨지던 풍토였는데도 그들은 자

---

4 日本에서 入場料가 가장 비싸다는 歌舞伎도 1000원 이하였다.
5 吉川幸次郎『閑情の賦』梅蘭芳その他 의거.
6 梅蘭芳의 自敍傳으로『舞臺生活四十年』이 있다.

신의 가업을 존중하고 계승 발전시켰던 것이다. 청대 말엽부터는 이들에 대한 사회적인 인식도 달라져 메이란팡의 경우를 보면 중국경극원 원장을 역임하면서, 정협전국위원회(政協全國委員會) 상무위원(常務委員), 전국인민대표대회 대표, 중국문학예술계연합회 위원, 중국문련(中國文聯) 부주석, 중국극협(中國劇協) 부주석 등을 맡아 장관급의 대우를 받았다. 1953년 그가 한국전쟁에 참전하고 있는 중공 지원군을 위문하려고 부조위문단(赴朝慰問團)을 이끌고 북조선을 방문하였을 적에는 김일성과 최용건이 그를 마중하였다 한다.

이 글을 읽으면서 우리가 반성하고 배워야 할 일이 무척 많다고 느꼈다. 우리는 지금 이웃나라와의 문화 관계에 있어서 흔히 '한류'를 내세우며 우쭐하고 있다. 그러나 한류의 영향은 반도가 얘기하고 있는 일본과 중국 사이의 전통 연예를 통한 교류처럼 밀접하고 진실하지는 못하다. 한류의 영향이나 유행은 일시적이라고도 할 수 있다. 그러나 전통 연예란 우리의 혼을 바탕으로 이루어진 것이어서 그것을 통한 교류는 진실하고 영원하다. 우리도 일본의 가부키와 중국의 경극의 교류처럼 이웃나라와 전통 연예를 바탕으로 한 교류가 이루어졌으면 좋겠다. 전에 메이란팡이 우리나라 무용가 최승희로부터 여러 가지 미인의 춤사위를 배우고 익혔다는 말을 들은 일이 있다. 그리고 우리나라 무용가 중에는 메이란팡에게서 많은 것을 배워 자기 이름까지도 그의 이름 글자를 따서 지은 이가 있다는 것을 알고 있다. 그런데 지금 와서는 우리 스스로가 우리의 전통 연예를 가벼이 보는 경향으로 가고 있는 것은 아닌가 걱정이 된다. 이에 따라 남의 나라 전통 연예에 대하여도 관심이 희박하다. 중국의 경극은 중국의 위아래 계층 사람들 모두와 소수민족들까지도 다 같이 즐기고 있는 연극인데, 이에 대한 관심을 지닌 이는 보기 힘들 정도이다. 일본에 대하여도 옛날 우리가 여러 가지 중국의 연예를 익혀서 전해 주었다는 자부심만 내세우고 있지 가부키나 노(能) 같은 일본의 전통 연예를 제대로 알아보려는 노력을 하는 이는 극히 드물다. 우리도 우선 우리의 전통 연예를 다시 진작시키고, 일본의 가부키와 중국의 경극 분야처럼 진지하게 서로의 전통 연예를 바탕으로 한 이웃나라와의 교류가 늘어나게 되기를 간절히 빈다.

(2014. 4. 4.)

진시황(秦始皇)의 무덤

당나라 시인 왕유(王維, 699~761)가 쓴 「진시황의 묘를 찾아가서(過秦始皇墓)」를 읽으면 1991년 시안(西安)의 진시황 무덤을 찾아가 거기에서 발굴한 병마용(兵馬俑)을 구경하던 생각이 다시 떠오른다. 그곳 땅속 구덩이에 줄지어 서 있는 수많은 흙을 구워 만든 모습이 모두가 서로 다른 병사들과 그 속에서 함께 나왔다는 병거(兵車)와 무기 등은 그저 놀랍기만 하였다. 보병과 기병 모두 합쳐 7,000여 명이라는 병사들은 실물보다 약간 더 컸고, 발굴된 넓고 긴 구덩이는 세 개가 있었다. 지금 남아 있는 진시황(B.C. 246~B.C. 211 재위)의 무덤 봉분만도 높이가 50미터, 둘레가 1.5킬로미터에 이른다는 작은 산처럼 보이는 거대한 묘이다. 그런데 이 병마용은 봉분에서 상당히 멀리 떨어진 밭에서 농부가 샘을 파다가 발견한 것이라니 진시황의 무덤의 땅속 규모는 우리로서는 상상하기도 어려운 기가 막히게 큰 것이다. 병마용은 그 일부가 드러난 것에 불과할 것이다.

그런데 왕유의 시를 읽어 보면 이미 당나라 때에도 사람들이 진시황의 무덤의 엄청난 규모에 대하여 알고 있었다. 아래에 그 시를 소개한다.

오래된 무덤은 푸른 산을 이루었고,

땅속의 궁궐은 천제(天帝) 계시는 궁전 본떴다네.
위쪽에는 해와 달과 별들이 박혀 있고,
아래쪽에는 은하가 흐르고 있다네.
바다도 있다고 하지만 사람들이 어찌 건너다니겠는가?
봄가을이 없으니 기러기도 찾아 돌아오지 않는다네.
더욱이 소나무 바람 소리 애절하게 들리니,
진시황에게 대부(大夫) 벼슬 받은 소나무가 슬퍼하는 것만 같네.

古墓成蒼嶺, 幽宮象紫臺.
고 묘 성 창 령 유 궁 상 자 대
星辰七曜隔, 河漢九泉開.
성 신 칠 요 격 하 한 구 천 개
有海人寧渡? 無春雁不廻.
유 해 인 녕 도 무 춘 안 불 회
更聞松韻切, 疑是大夫哀.
갱 문 송 운 절 의 시 대 부 애

"오래된 무덤은 푸른 산을 이루었다."는 것은 흙을 쌓아 만든 봉분 모습
이니 당나라 때나 지금이나 크게 달라질 수가 없다. 그러나 바로 둘째 구
절에서 "땅속의 궁궐은 천제(天帝) 계시는 궁전 본떴다."고 노래하고 있
다. 이미 그때부터도 무덤의 땅속 규모는 밖에 보이는 봉분보다도 더 굉
장함을 알고 있었다. 바로 이어 무덤 속의 궁궐 모습을 "위쪽에는 해와 달
과 별들이 박혀 있고, 아래쪽에는 은하가 흐르고 있다."고 읊고 있다. 북
위(北魏) 역도원(酈道元, ?~527)의 『수경주(水經注)』 위수(渭水) 편을 보면
진시황의 묘를 만들 때 위수 근처의 흙을 파내어 쓰느라고 어지(魚池)라는
연못이 생겨났음을 설명한 다음 그 무덤 속의 모습을 다음과 같이 설명하
고 있다. "위에는 하늘 모습과 별자리 모습(天文星宿之象)을 만들어 놓고,
아래에는 수은을 가지고 장강(長江)·황하(黃河)·회수(淮水)와 제수(濟水)
를 비롯하여 온갖 강물을 다 만들어 놓았다. 오악(五嶽)과 구주(九州)가 다
갖추어진 땅의 형상이 다 만들어졌고, 궁궐과 모든 관청이며 기이한 그릇
과 진귀한 보배가 그 속에 가득 채워졌다." 곧 땅속에 진시황이 생각하고
있던 새로운 세상을 만들어 놓았다는 것이다. 그리고 뒤에 어떤 자가 도

굴을 하려고 무덤 속으로 가까이 가면 기계장치가 그를 화살로 쏘아 죽이도록 되어 있다고도 하였다. 진시황 무덤의 땅속에는 보통 사람들은 가까이 할 수도 없는 굉장한 세상이 만들어져 있다는 것이다. 왕유도『수경주』의 글을 읽었거나 그러한 소문이 세상에 널리 알려져 있었음이 분명하다. 왕유가 "위쪽에는 해와 달과 별들이 박혀 있고, 아래쪽에는 은하가 흐르고 있다."고 읊은 셋째와 넷째 구절은『수경주』에 보이는 기록과 흡사하다. 왕유가 "바다도 있다고 하지만 사람들이 어찌 건너다니겠는가?" 하고 읊은 것은 그곳은 일반 사람으로서는 가까이 갈 수도 없는 것임을 뜻하기도 할 것이다.

지금 드러나 있는 병마용은 진시황이 땅속에 만들어 묻어 놓은 물건의 극히 일부임이 분명하다. 진시황이야말로 보통 사람으로서는 생각하기조차도 어려운 굉장한 인물이다. 진시황은 중국의 역사상 처음으로 장강 유역 남쪽 지방까지도 북쪽에 합쳐 진짜 천하 통일을 이룬 황제이다. 그리고 서북쪽의 오랑캐들의 침입을 막기 위하여 백성들을 강제 동원하여 유명한 만리장성(萬里長城)을 쌓았다. 이에 한족은 천하를 차지하는 민족으로 자리를 잡게 된다. 그는 다시 천하의 질서를 확보하기 위하여 혼란하던 법률도 모두 통일한다. 전율(田律)·구원율(廐苑律)·요율(徭律) 등 특별한 일에 대한 법률만도 근 30종이나 만들어졌다. 그리고 사상을 통일하기 위하여 유가의 경서를 비롯한 여러 가지 책을 모아 불태워 없애고, 선비들을 잡아다가 산 채로 땅에 묻어 버리는 유명한 '분서갱유(焚書坑儒)'를 실시한다. 그들이 쓰던 문자인 한자의 글자체와 읽는 음도 통일한다. 그리고 전국 각지로 통하는 치도(馳道)라는 한길을 개통한 뒤 천하의 모든 수레의 바퀴 폭을 통일한다. 전국의 화폐와 도량형도 통일하였다. 도읍을 시안(西安) 바로 옆의 함양(咸陽)에 건설하고 위수(渭水) 남쪽 상림원(上林苑)에 동서로 200칸(間), 남북이 40장(丈)이나 되며 남산(南山) 꼭대기로부터 위수 건너 함양에까지 걸쳐 있는 아방궁(阿房宮)이라는 어마어마한 궁전도 전전(前殿)이라 하여 건설한다. 이 궁전을 짓는 데만도 70여만 명의 죄수들이 동원되었다 한다.

어떻든 대중국의 기틀은 이 위대한 진시황으로 말미암아 마련되었다. 그는 천하를 통일하기 위하여 엄청나게 많은 사람들을 죽였고, 천하를 지탱하고 여러 가지 토목공사를 하는 데에도 얼마나 많은 백성들을 동원하여 희생시켰는지 모른다. 그러니 그는 잔인무도한 폭군이라는 비판을 받기도 하지만 한편으로는 천하를 통일하여 대중국의 터전을 마련한 위대한 황제라는 칭송도 받게 된 것이다.

그러나 아무리 발버둥을 쳐도 사람은 사람의 한계를 벗어나지 못한다. 왕유의 시도 앞의 네 구절은 진시황 무덤의 엄청난 규모를 읊고 있지만 뒤의 네 구절은 그러한 진시황의 노력이 모두 헛된 것임을 노래하고 있다. 다섯 여섯째 구절에서는 "바다도 있다고 하지만 사람들이 어찌 건너다니겠는가? 봄가을이 없으니 기러기도 찾아 돌아오지 않는다네." 하고 읊고 있다. 아무리 거창하게 만들어 놓았어도 그 세상은 사람도 새나 짐승도 하나 없는 쓸데없는 세상임을 뜻한다. 사람 한 명 다니지 않고 새 한 마리 찾아들지 않는 세상이라면 죽은 진시황에게도 어떤 도움이 될 수는 없는 것이다. 무덤 속은 아무리 호화롭고 웅장하게 만들어 놓았다 하더라도 결국은 으스스하고 적막한 두렵고 소름끼치는 곳에 불과하다. 일곱 여덟째 구절에서는 "더욱이 소나무 바람 소리 애절하게 들리니, 진시황에게 대부(大夫) 벼슬 받은 소나무가 슬퍼하는 것만 같네." 하고 읊고 있다. 사마천(司馬遷, B.C.145~B.C.86?)의 『사기(史記)』 진시황본기(秦始皇本紀)를 보면 진시황이 산둥(山東)에 있는 태산(泰山)으로 하늘에 제사를 지내러 갔다가 갑자기 비바람이 불어와 잠시 큰 소나무 밑으로 가서 쉬었는데, 그때 진시황은 그 소나무의 공로를 높이 사 오대부(五大夫) 벼슬을 내려주었다 한다. 그 소나무는 아닐 터이지만 지금도 태산 기슭의 아담한 절 경내에는 이러한 기록으로 말미암아 이름이 붙여진 '대부송(大夫松)'이라고 사람들이 부르는 잘 자란 늙은 소나무가 있다. 어떻든 진시황은 그처럼 큰일을 이룩하고 죽었지만 그를 슬퍼하는 사람은 하나도 없고 오직 그로부터 벼슬을 받았던 소나무나 홀로 슬퍼하고 있을 것이라는 것이다. 만당(晚唐) 시인 호증(胡曾, 865 전후)의 「아방궁(阿房宮)」 시는 그러한 사실을 잘 잡아 노래하고 있다.

새로 지은 아방궁의 벽도 미처 마르기 전에
한(漢) 고조(高祖)의 군대 이미 장안으로 들어왔네.
황제가 만약 백성들 힘을 다 없애 버린다면
천하 통일의 위대한 업적도 모래 더미 무너지듯 쉽게 무너진다네.

新建阿房壁未乾, 沛公兵己入長安.
신 건 아 방 벽 미 건　　 패 공 병 이 입 장 안
帝王若竭生靈力, 大業沙崩固不難.
제 왕 약 갈 생 령 력　　 대 업 사 붕 고 불 난

아무리 거대한 일이라도 사람들에게 쓸 데가 없는 일이라면 그것은 무의미하다. 아무리 호화롭게 즐거움을 다하고 산다 하더라도 이 세상을 위하여 한 일이 없다면 그의 삶은 허황된 것이다. 왕유도 뒤에는 진시황의 무덤으로부터 그다지 멀지 않은 종남산(終南山)의 골짜기 망천(輞川)에 별장을 지어 놓고 나라 형편이나 백성들의 삶은 아랑곳없이 아름다운 자연과 술이나 즐기던 사람이다. 그런데도 진시황이 땅속에 건설해 놓은 영원한 궁전과 세계가 무의미한 것이라 읊고 있다. 이 시는 왕유가 15세 때 지은 것이라 하니, 왕유도 젊었던 시절에는 보다 건전한 인생관의 소유자였던 것 같다. 어떻든 그런 지독하게 배포 크고 잔인한 진시황으로 말미암아 그 뒤로 지금까지 천하를 아우른 큰 나라 중국이 존속되고 있는 것이다.

(2014. 3. 24.)

『논어(論語)』를 근거로 달리 읽는 한자

『논어』를 근거로 달리 읽는 한자가 있다. 「옹야(雍也)」편을 보면 공자가 제자인 안회(顔回)를 다음과 같이 칭찬하는 말이 보인다.

> "한 그릇 밥을 먹고 한 쪽박 물을 마시며 누추한 거리에 산다면, 남들은 그 괴로움을 감당치 못할 터인데, 안회는 그의 즐거움이 바뀌지 않는다."
> 一簞食, 一瓢飮, 在陋巷, 人不堪其憂, 回也不改其樂.

'식(食)'이란 글자를 여기에서는 '사'라고 읽는 것이 습관이 되어 있다. 「술이(述而)」편에도 다음과 같은 공자의 말이 보이는데 역시 '食'을 '사'로 읽는다.

> "거친 밥을 먹고 물을 마시고, 팔을 굽혀 베개 삼고 있어도 즐거움은 그 가운데 있다!"
> 飯疏食, 飮水, 曲肱而枕之, 樂亦在其中矣!

여기의 '食'은 모두 '밥'이라는 뜻이다. 다른 곳에서는 '밥'이라는 뜻으로 쓰는 '식(食)'자를 '사'로 읽는 경우가 없다. 주희(朱熹, 1130~1200)가 그의

『논어집주(論語集註)』에서 "食은 음이 사(嗣)"라고 두 곳 모두 음을 달아 놓았기 때문이다. 주희가 '食'자의 음을 '사(嗣)'로 읽으라고 하였다고 해서 이를 '샤'로 읽는다는 것은 아무래도 납득이 가지 않는다.

「옹야」편에는 다음과 같은 유명한 구절이 있다.

> "지혜로운 사람은 물을 좋아하고, 어진 사람은 산을 좋아한다."
> 知者樂水, 仁者樂山.

여기에서 '낙(樂)'자를 '요'라고 읽는 것도 『논어집주』에 주희가 그 글자음이 '오교반(五敎反)' 곧 '요'라고 표시해 놓았기 때문이다. 이 경우 우리나라에서는 '樂'자를 '낙'이라 읽으면 무식하다고 한다. '좋아한다'고 할 때는 '요'라 읽어야 하고 '즐긴다'고 할 때는 '낙'이라 읽어야 한다고 말하고 있다. 그러나 '좋아하는 것'과 '즐기는 것'이 어떻게 다른가? '요수요산 (樂水樂山)'을 '낙수낙산'이라 읽고 '물을 즐기고 산을 즐긴다.'고 옮기면 공자의 뜻에 어긋나는 것일까? 공연히 낙(樂)이라는 글자에 따로 쓸 필요가 없는 '요'라는 독음을 하나 늘려 놓아 혼란만 가져오게 한 것이 아닐까 한다.

「미자(微子)」편에는

> "지팡이를 꽂아 놓고 김을 매다."
> 植其杖而芸.

라는 구절이 보인다. 여기에서도 '식(植)'의 독음은 주희가 '치(値)'라 표시해 놓았기 때문에 모두들 '치'라고 읽는다. 그런데 주희는 지금의 푸젠(福建)성에서 나서 남쪽 지방에서 줄곧 살았기 때문에, 베이징 지역의 중국어는 할 줄도 모르는 사람이다. 남쪽 사람들은 한자의 독음도 북쪽 사람들과 크게 다르다. 더구나 중국 음은 直(직)자가 붙어 그 글자의 음을 이루고 있는 値(치)·殖(식)·置(치)·埴(식) 같은 글자의 음이 '植'자까지도 直자의 음을 따라 모두 Zhi이다. 성조도 모두 같은 제2성(聲)인데 '置'만이 제4성이다. 주희가 『논어』를 주석하면서 표기해 놓은 독음이 우리에게는 한자의 읽는 음을 공연히 번잡하기만 하게 만들어 놓고 있는 것이다. '땅에 심는 것'과 '땅에 꽂는 것'이 얼마나 크게 다르다고 읽는 음을 다르게 하는가?

유가의 경전 중에서도 읽는 음이 가장 중요한 것은 주(周)나라 초기의 시가집인 『시경(詩經)』이다. 중국 시는 글을 읽는 소리의 조화를 통해서도 아름다움과 시정(詩情)을 추구하고 있기 때문이다. 따라서 주희의 『시집전(詩集傳)』을 보면 어떤 경전의 주해서(註解書)보다도 본문의 글자 읽는 음을 많이 표시해 놓고 있다. 그런데 『시경』을 읽는 경우에는 글자의 음을 반드시 주희가 표시해 놓은 대로 따라 읽지 않는다. 보기로 『시경』 첫머리 국풍(國風) 주남(周南)의 「관저(關雎)」 시의 경우를 살펴보기로 한다. 운(韻)을 맞추기 위하여 음을 표시한 "寤寐思服(叶 蒲北反 — 픅)" "左右采(叶 此履反 — 치)之" 같은 경우는 제외하더라도 읽는 음이 보통 우리가 읽는 것과 다르게 표시되어 있는 글자가 네 글자나 있다. "關關雎鳩"의 '雎'자가 '七余反(칠여반)' 곧 '쳐'로 표시되어 있고, "窈窕淑女"의 '窕'자는 '徒了反(도료반)' 곧 '됴'로 표시되어 있으며, "參差荇菜"의 '參'자는 '初金反(초금반)' 곧 '츰'으로 표시되어 있고, "輾轉反側"의 '輾'은 '哲善反(철선반)'으로 표시되어 있으니 '천'으로 읽어야 한다. 우리는 『시경』을 읽으면서 전혀 주희를 따르지 않고 있다. 용풍(鄘風)의 「간모(干旄)」 시의 보기를 하나 더 든다. "孑孑干旄"의 '孑'자의 음을 '居熱反(거열반)' 곧 '결'로 표시하고 있고, "在浚之郊"의 '浚'자의 음을 '蘇俊反(소준반)' 곧 '슌'이라 표시하고 있으며, "何以畀之"의 '畀'자의 음은 '必寐反(필매반)' 곧 '패'라 읽도록 표시하고 있고, "何以告之"의 '告'자의 음은 '姑沃反(고옥반)' 곧 '곡'으로 읽도록 표시되어 있다. 『논어』의 경우에는 주희의 지시를 절대적인 것으로 알고 따르면서 더 중요한 『시경』을 읽을 적에는 주희를 따르지 않고 있으니 어찌 된 영문인지 알 수가 없다.

어떻든 한자의 읽는 음은 되도록 간편하게 통일하도록 노력해야만 할 것이다.

(2014. 4. 28.)

김용직

말레이시아 일기(2013)

12월 11일(도착 첫날, 왕궁 참관)

어제 저녁 우리 내외가 오랜만에 해외여행길에 올랐다. 인천국제공항을 6시경에 출발, 현지 시간으로 밤 12시에 말레이시아의 콸라룸푸르 공항에 도착했다. 공항에는 유중(裕中)이가 마중을 나와 있었다. 아내는 아들을 보자 두 손을 잡고 "반갑다, 반갑다"를 연발했다. 유중이가 모는 차를 타고 콸라룸푸르 근교의 신도시인 몽키아라(Mont Kiara)에 있는 콘도(여기서는 아파트를 그렇게 부른다)에 도착한 것이 새벽 2시경, 우리가 도착하자 며늘아기는 뛰쳐나와 인사를 했으나 두 놈 손자들은 자고 있다기에 깨우지 말라고 했다. 우리 내외는 샤워를 하는 둥 마는 둥 곧 잠자리에 들었다.

새벽 무렵 잠결에 할아버지, 할머니가 왔다고 외치는 소리가 들렸다. 너무나 반가운 소리여서 아내와 나는 동시에 이불을 걷고 일어났다. 그러자 곧바로 우리 품으로 두 손자들이 풋과일 냄새를 풍기며 뛰어들었다. 열 달 가까이 해륙수만리(海陸數萬里)를 사이에 두고 전화기를 통해서야 겨우 몇 마디씩 목소리를 들었던 두 손자와 우리 내외의 해후가 그렇게 이루어졌다. 그동안에 선형(善炯)이, 선휘(善輝)는 현지에 있는 유치원에 입학하여 다니고 있었다.

　아침 8시에 에미가 밥을 먹이고는 애비가 운전을 하여 유치원에 등원을 시켰다. 9시경 우리 내외는 아침을 마치고 유중이의 안내로 시내 구경을 나섰다. 처음 들른 곳이 말레이시아 왕궁. 우리가 본 왕궁은 조금 높은 언덕에 자리를 차지하고 있었다. 둘레가 돌담으로 된 거기에는 다락집이나 비원 같은 것은 없는 듯했고 규모도 덕수궁 정도가 아닌가 생각되었다. 우리나라 고궁(古宮)과 달리 일반인의 궁성 안 출입은 금지되어 있었다.

　현지에 도착하기까지 나는 말레이시아의 지난날과 현재에 대해서 거의 아는 바가 없었다. 말레이시아를 동남아 여러 나라의 하나인 신생국가 정도로만 생각했을 뿐 그 역사와 문화에 대해 아주 맹목으로 지내 온 것이다. 그것이 어처구니가 없을 정도의 몰상식이라는 사실이 도착 직후 곧 드러났다. 포르투갈, 네덜란드의 지배를 받기 전 말레이시아에는 몇 군데에 세력을 떨친 소규모의 왕국이 있었다. 제2차 대전이 끝나고 말레이시아가 영국 식민지 체제를 벗어나 독립이 되면서 그들 소규모 지역의 왕들에 대한 처우 문제가 생겼다. 이때에 말레이시아는 아홉 개 지역, 곧 아홉 개 주의 왕들의 자리를 그대로 인정했다. 이른바 아홉 개 주의 세습 술탄(Sultan)이 생긴 것이다.

　신생 독립국이 되면서 말레이시아는 정치체제로 입헌군주제(立憲君主制)를 채택했다. 이때에 이루어진 말레이시아 헌법은 아홉 명의 세습 술탄과 네 개 주의 주지사가 자리를 같이한 가운데 국왕을 뽑도록 명문화(明文化)한 것이다. 국왕의 선출은 비밀선거에 의거하지만 그 자격을 가진 것은 아홉 개 주의 술탄으로 국한시켰다. 이렇게 선출된 국왕의 임기는 5년이며 임기가 끝나면 그들은 다시 출신 지역 술탄으로 복귀가 가능하다. 하나 특이한 것은 말레이시아 헌법에 "국왕은 말레이인만이 될 수 있다." 는 조문이 있는 점이다. 이것으로 중국이나 인도계가 말레이시아 국왕이 될 수 없음을 명백히 한 것이다.

현지에 가서 보니 말레이계에게 국왕의 위상은 절대적인 것 같았다. 그들에게 술탄은 '알라신과 지상의 중재자'인 동시에 '알라의 그림자'로 추앙된다고 했다. 이런 이유로 5년마다 교체되는 국왕의 정치적 영향력은 상상 이상으로 큰 듯했다. 이것으로 다민족, 다문화 국가에서 생기는 갖가지 마찰과 분쟁이 완충, 중화될 수 있다고 들었다.

말레이시아 왕궁을 본 다음 우리가 들른 곳이 국립 모스크(National Mosque) 사원이었다. 이 사원은 콸라룸푸르 중앙역 근처에 있는데 본래는 식민지 시대의 영국 교회가 있던 자리에 세워진 건물이다. 말레이시아가 독립한 다음인 1965년 영국인 건축가들의 도움을 받아 건축된 것이라고 하는데 한꺼번에 1만 5,000명을 수용할 수 있는 대형 이슬람 사원이다. 그 지붕이 반쯤 접은 우산 모양을 한 것과 함께 하늘을 찌를 듯 높이 솟은 첨탑(尖塔)이 명물이었다. 그 높이가 자그마치 73미터이다. 또한 모스크 중심부의 돔에는 별 모양의 점 열여덟 개가 뚜렷이 새겨져 있다. 이것은 열세 개로 된 말레이시아 연방 주의 숫자와 함께 이슬람의 다섯 가지 원칙, 신앙고백, 기도, 단식, 순례, 이슬람 법식에 따른 시혜(施惠)를 뜻한다는 것이다.

하나 특이했던 것은 이 사원의 예배 보는 공간에 약간 높낮이가 다른 구분이 있는 점이었다. 내가 알고 있기에는 이슬람교의 기본 교리 가운데 하나가 일체의 신분, 계층상 차별을 철폐하는 것이다. 그래 회교 사원에서 예배를 보는 공간은 모두가 구획이나 경계선을 갖지 않는 것으로 알아왔다. 그런데 오늘 우리가 들른 사원은 그와 달리 뚜렷이 입구 쪽 절반 가까이가 조금 낮고 그 내부 쪽이 별도로 높게 되어 있었다. 나는 안내자에게 그 까닭을 물어보았다. 그리고 분명히 그의 설명을 들은 것 같은데 돌아와 생각해 보니 그가 말한 내용이 떠오르지 않는다. 나이를 먹은 탓으로 생각되어 서글프다.

시내 관광을 마치고 3시경 콘도에 도착, 우리 내외가 차에서 내린 직후에 선형이, 선휘도 유치원 차로 콘도 앞 현관 쪽에 나타났다. 그런데 집에 들어가서 보니 선형이의 왼쪽 눈가에 가는 금 정도의 생채기가 나 있었다. 저희 할머니가 놀라고 에미도 어떻게 된 것인지를 물었다. 선형이는 에미와 할머니의 물음에 입을 다물고 도리질을 할 뿐 입을 열지 않았다. 몇 번이나 애비, 에미가 번갈아 물어도 말문이 열리지 않았다. 끝내 선형이의 입이 열리지 않자 에미가 그 나름의 해석을 했다. 어린것이 그래도 큰 잘못이 없는 친구를 생각하는 마음으로 말을 안 하는 것 같다. 그리고 얼마 전에도 실수를 한 친구의 이름을 말하지 않더라는 것이다. 그런 설명을 듣는 순간 저희 할머니의 얼굴이 활짝 피었다. 덩달아 나도 너무 기뻐서 이 녀석을 안고 공중으로 높이 추켜올렸다.

5시경 큰 우레 소리, 이어 제법 굵은 빗방울이 떨어졌는데 콘도 창가에서 그런 광경을 보면서 '이것이 바로 소학교 때 교과서를 통해서 배운 스콜이구나'라고 생각했다. 어렸을 때 열대성 집중호우라고 배운 스콜은 그 양이 엄청난 것인 줄 알았다. 그런데 오늘 본 그것은 우리나라로 치면 잠깐 지나가는 소나기 정도였다. 15층 콘도 창 너머로 그런 정경을 보면서 나는 가벼운 실망감을 느꼈다.

12월 12일(말라야 대학 견학)

어젯밤은 선형이가 기침을 하고 열도 있었다. 걱정이 된 저희 할머니가 잠을 설치며 돌보아 주었고 애비, 에미가 함께 새벽까지 간병으로 잠을 설쳤다. 3시경 손자놈들 기침이 멎고 나자 그제야 모두 잠이 들었다. 그래도 8시가 되자 선형이는 생기를 되찾고 선휘와 함께 유치원으로 갔다. 어린것들이 참으로 원기가 있고 발랄하다.

10시 가까이 집을 나서 유중이가 교환교수로 있는 말라야 대학(UM)을 견학하기로 했다. 유중이가 얻어서 쓰는 연구실은 이 말라야 대학 동아시아학부 일각을 차지한 것이다. 콘도에서 자가용으로 약 30분 정도의 거리. 대학은 숲이 우거진 언덕과 계곡들 사이에 들어선 여러 개의 건물로 되어 있었다. 우리가 지나 본 정문은 지붕이 타원형 평판 모양에 흰 빛깔로 되어 있었다. 그것을 지나자 건물과 건물 사이에 열대지방 나무들이 솟은 숲과 붉은빛, 분홍빛들의 꽃들이 핀 화단들이 나타났다. 본부는 여러 층으로 된 건물이었으나 겉모양은 다분히 회교의 사원 느낌이 났다. 그 밖에 학부나 연구소 등은 흔히 있는 시멘트 건물로 4, 5층이 대부분이었다. 대학 발행의 편람을 보니 단과대학이 college로 표시된 것이 아니라 한자식으로 학부(學部)라고 되어 있었다.

뒤에 안 것이지만 말라야 대학은 단순한 국립대학이 아니라 말레이시아의 역사와 그 맥락을 같이하는 대학이었다. 이 대학은 말레이시아와 싱가포르 지역 최초의 종합대학으로 그 선행 형태는 싱가포르에 세워진 킹 에드워드 의학전문대학(1905년 발족)과 라플즈 대학 인문사회학부(1928년 설립)였다. 그들 두 개의 단과대학이 모태가 되어 1949년에 싱가포르에 말라야 연방 최초의 종합대학인 말라야 대학이 발족을 본 것이다. 그리고 1957년 말레이시아 정부의 발족과 함께 콸라룸푸르가 그 수도가 되자 우선 말라야 대학 분교가 이곳에 설립되었다. 그때까지 싱가포르는 말라야 연방 중의 하나였으므로 싱가포르에는 말라야 대학의 본교가, 콸라룸푸르에는 그 분교가 운영되고 있었던 것이다. 1963년 말레이시아 연방국이 탄생하고, 그 뒤 싱가포르는 독립하면서 말라야 대학 본교는 싱가포르 대학(NUS)으로 개칭되었다. 그와 때를 같이하여 콸라룸푸르의 분교가 말라야 대학(UM) 명칭을 이어 받았다.

우리가 들어선 말라야 대학은 그 구내의 넓이가 자그마치 750에이커, 구내 여기저기에는 하늘을 향해 뻗은 열대수가 서 있었고 정원에는 갖가지 꽃들이 피어 있었다. 그 가운데 다민족 국가임을 실감하도록 다양한 국적을 가진 듯 보이는 남녀 학생들이 오고 갔다. 또 하나 특이했던 것은 나무나 건물들 사이사이로 원숭이들이 무리를 이루어 출몰하는 점이었다. 그들은 오고 가는 사람들을 아랑곳하지 않고 캠퍼스 여기저기를 돌아다니고 있었다.

유중이의 연구실은 동아시아학부의 한 동 4층 한 자리에 있었고 그 넓이가 두 평가량, 냉방은 잘 가동되고 있었으나 한쪽 벽에는 시멘트 벽돌 면이 그대로 드러난 것이 보였다. 그것으로 말라야 대학의 가용 공간 사정도 넉넉한 편이 못 되는 것이구나 생각했다.

대학을 방문했으니 정석(定石)대로 도서관에도 올라가 보았다. 그러나 생각보다 무더운 날씨에 또한 방학 중이어서 장서 열람 편의는 얻을 수 없었다. 외래 심방자의 편의를 보아 줄 인원이 부족하다는 설명이었다. 그런 사정 때문에 우리 내외의 말라야 대학 견학은 두어 시간으로 마감을 했다.

12월 13일(바투 동굴)

어젯밤은 선형이 기침 소리가 거의 들리지 않았다. 어린것들이라 감기도 잘 걸리지만 치유도 빨리 되는 것이다.

아침에 두 손자들을 유치원으로 보낸 다음 우리 내외는 유중이의 안내로 콸라룸푸르 교외 관광 길에 나섰다. 처음 우리가 들른 곳은 승용차로 약 한 시간 거리의 시내 북쪽에 있는 종유석 동굴, 그 동굴에는 제2차 세계대전 후에 세운 불교 사원이 들어서 있었는데 그 이름이 바투 사원이었다.

사원 입구에는 기단 높이부터가 어른 키를 훌쩍 넘길 정도인 그것도 전신을 황금빛으로 한 불상이 버티고 서 있었다. 거리 여기저기에 회교 사원이 산재한 곳이라 대형 불상을 보게 되니 그것만으로도 이색적이라는 느낌이 들었다. 그러나 중국 여행 때 들른 불교 사원과 대조가 되게 불상 앞에 꽃을 바치고 분향 배례하는 사람들은 별로 없었다. 그것으로 말레이시아에서는 불교의 교세가 이슬람교의 경우보다 떨치지 못하고 있구나 하는 짐작을 했다. 바투 사원은 동굴 입구에서 시작되는 경사가 돌계단으로 되어 있었다. 계단의 숫자 272개, 그 계단을 오르면 사방이 종유석으로 이루어진 광장이 나오고 그 한 자리에 몇 기의 불상이 안치되어 있었다. 깊은 동굴 속에 여러 개의 불상이 안치된 것도 이색적인 광경이었는데 그 위에 더욱 장관인 것은 이 동굴의 광장 부분 천장이 하늘을 향해 크게 열려 있는 점이었다. 그것으로 동굴 바닥에서 푸른 하늘이 보이는 것은 물론 시원한 바람까지가 넘나들었다.

안내원에 따르면 본래 이 일대는 열대 수림이 우거져 있었고 극히 제한된 사람들만이 출입을 한 산속이었다고 한다. 제2차 세계대전이 끝난 직후 동남아 일대에는 반제, 민족 해방 투쟁을 표방한 좌익들의 게릴라 활동이 여기저기서 일어났고 그 일환으로 말레이시아에서도 공산당이 주도한 좌익들의 무력 투쟁이 전개되었다고 한다. 그 무렵 좌익 게릴라 활동이 가장 치열한 지역이 말레이시아 남서부 지역이었는데 이 동굴이 바로 그런 게릴라의 본거지가 되었다는 것이다. 당시 이 동굴에 다량의 무기, 탄약이 저장되었던 모양이다. 그것으로 보아 이 동굴 주변에는 게릴라와 토벌대의 유혈 충돌이 벌어졌을 가능성이 있었다. 돌이켜 보면 그로부터 70년 가까운 세월이 덧없이 흘러갔다. 그리하여 우리가 둘러본 바투 동굴에는 그 어디에도 지난날 벌어졌을 총격과 살상의 자취가 남아 있지 않았다. 우리가 돌아본 동굴에는 그저 돌벽을 타고 떨어지는 물방울들의 작은 소리만이 들릴 뿐이었다.

12월 14일(푸트라자야 관광)

오늘은 선형이, 선휘가 유치원을 쉬는 날이다. 우리 내외는 아들, 며느리, 두 손자들과 함께 푸트라자야에 다녀오기로 했다. 푸트라자야는 콸라룸푸르에서 약 50킬로미터 거리에 있는 말레이시아의 신행정수도이다. 우리가 고속도로에 접어들었을 때는 주말이었는데도 교통이 크게 붐비지 않았다. 약 한 시간가량 걸려 유중이가 모는 차가 푸트라자야 자이비지야 역에 도착. 거기서 우리 일행은 차를 주차장에 세워 놓고 시내 관광버스를 탔다. 정원이 40인인 관광버스에 우리 셋과 함께 동승한 사람들은 열 명 남짓, 그 덕에 선형이, 선휘는 어른 두 사람이 타는 좌석을 하나씩 차지하고 이 자리 저 자리를 옮겨 다니며 좋아라 했다.

우리 손자들이 쉬지 않고 자리를 옮기며 부산을 떨자 그것을 본 관광 안내원이 나에게 말을 건네 왔다. 뜻밖에도 그가 쓰는 영어는 한국에서 흔히 듣는 미국식이 아니라 영국 본토 발음이었다. 호기심이 동한 나는 그와 출신지, 학력, 직장 경력 등을 생각나는 대로 주고받았다. 겉보기로 짐작이 간 것처럼 그는 남양 쪽에 일찍부터 살아온 원주민계가 아니라 증조부 때에 푸젠성 쪽에서 말레이시아로 이주한 화교의 후손이라고 했다. 머리에 검은 것이 드문 것을 보고 나이를 물었더니 처음에는 나보다 상당히 위일 것이라고 대답했다. 내가 지난해로 80을 넘겼다고 했더니 뜻밖이라고 하면서 자신의 나이를 73이라고 밝혔다. 학력은 직업학교를 나왔고 전직은 국가공무원인데 정년퇴직 후 주정부의 주선으로 관광 안내를 맡고 있다고 했다.

내가 더듬거리며 그와 말을 주고받게 되자 자기소개에 흥이 난 안내원이 자기 집에는 증조부와 조부가 읽은 한문 서적이 아직도 보관되어 있다고 자랑까지 했다. 그의 이야기에 나도 관심이 생겨 가전장서(家傳藏書)에 『대학(大學)』, 『중용(中庸)』, 『근사록(近思錄)』 등이 포함되어 있는가 물어보았다. 내 영어가 서투른 것이었는지 그런 내 물음에 대한 안내원의 답은 애매모호했다. 조금 뒤에 도연명(陶淵明), 두보(杜甫)의 시 이야기를 해도 명쾌한 반응은 없었다. 그 역시 내 서투른 영어에 빌미가 있었던 것인지 모른다.

우리가 돌아본 푸트라자야에는 이미 외무성과 재무성, 국가기획국이 이사를 마쳤으며 총리 관저도 자리를 잡고 있었다. 우리가 탄 버스는 이전이 된 정부 부처 몇 곳을 차례로 견학한 다음 널찍하게 터를 잡은 푸트라 광장을 지나 인공 호수 위에 걸린 교량 위에서 멈추어 섰다. 거기서 바라본 푸른 강물과 멀리 가까이의 숲, 그리고 사이사이에 들어선 모스크와 작고 큰 빌딩은 참으로 아름답고 훌륭했다. 일찍부터 말레이시아는 농산자원과 지하자원이 풍부하며 석유는 상당량을 수출하는 나라였다. 안내원은 그런 말을 하면서 말레이시아가 여느 중동 국가나 아프리카 몇몇 나라처럼 정치적인 혼란이나 종교 분쟁이 없는 것을 자랑했다. 한국에서는 전혀 생각해 보지 못한 이 신흥국가의 저력과 강점을 알게 되어 나는 적지 않게 유쾌한 마음이 되었다.

12월 15일, 토요일(손자들의 재롱, 현지 수영장 이용)

일요일, 쉬는 날이어서 아침을 10시 가까이 먹었다. 식사가 끝나고 선형이, 선휘가 한국에서 가져간 동화책을 들고 나오기에 혹시나 하는 생각에 이제는 책을 막힘없이 읽을 수 있느냐고 물어보았다. 그러자 선휘가 아동용으로 개작한 『흥부전』을 아주 또릿또릿한 목소리로 읽어 내려갔다.

내가 동명성왕 이야기를 하다가 "임금님이 보검을 내리시고" 하니 내 말을 놓치지 않고 "보검이 무엇인데?"라고 묻기까지 했다. 그 소리를 듣자 곁에 있던 저희 조모의 얼굴이 다시 한 번 환하게 밝아졌다. "우리 손자들 참 총명하다"는 소리를 몇 번이고 되풀이 한 다음 두 놈을 번갈아 안았다. 나도 덩달아 일어나서 선형이와 선휘를 안고 거실 천장을 향해 높이 치켜올렸다.

점심을 외식으로 하기로 하고 여섯 식구가 대형 쇼핑몰인 퍼블리카(Publika)로 갔다. 이 쇼핑몰 지하에는 식당가가 형성되어 있는데 말레이시아와 동남아 여러 나라를 비롯하여 중국과 일식, 서양 요리들이 두루 나오는 여러 점포들이 있었다. 나는 평소 잘 먹는 닭고기에 밥이 딸린 중국 요리를, 아내와 며늘아기는 말레이시아 요리로 육개장 비슷한 것을 시켰다. 아들은 평소 습관대로 토스트에 커피가 딸린 간이식사를 택했고 집에서부터 부산을 떤 선휘는 도착 직후부터 잠이 들었으며 선형이도 식욕이 없는 듯 내가 먹는 닭고기 튀김을 조금 나누어 먹었다.

식사가 끝나고 같은 건물 위층에 있는 연쇄점을 돌아보았다. 아내와 며늘아기가 식료품부 쪽으로 간 사이 나는 서적부 쪽을 살피기로 했다. 거기 꽂힌 책들은 거의 모두가 영문으로 된 것이었고 그 내용도 요즘 세대들이 읽는 공상괴기소설, 시사물, 레저물들이 대부분이었다. 내가 찾는 학술 서적은 전혀 꽂혀 있지 않았다. 아마도 백화점가에 오는 일반 대중들의 취향에 맞춰서 책을 진열한 것이라 여겨졌다. 조금 있다가 집사람이 와서 선형이, 선휘 보라고 쉬운 영문이 섞인 그림책을 샀다.

귀가 후 유중이가 콘도에 딸린 수영장이 있으니 이용하는 것이 어떻겠냐고 말했다. 그러지 않아도 무더운 날씨에 미적지근한 물이 나오는 샤워가 갑갑하게 느껴진 참이어서 유중이의 말에 귀가 솔깃했다. 서울에서 가져간 수영복에 아내는 흑색 안경까지 꺼내어 쓰고 콘도 5층 일각에 있는 수영장으로 갔다. 수영장은 뜻밖에 실내가 아니라 노천식이어서 머리 위에 눈부신 태양이 쏟아지고 푸른 하늘이 펼쳐진 곳이었다. 맑고 푸른 물이 가득 담긴 풀장은 부속 시설로 탈의실과 샤워실이 있었고 수영 후 이용자가 쉴 수 있도록 직사광선을 막는 널찍한 가림막 공간과 함께 장방형 벤치까지 갖추고 있었다. 우리가 수영복을 입고 풀장에 들어간 직후 머리 위를 남쪽 나라의 제비까지 날았다. 우리 내외는 거의 30년 가까이를 경험해 보지 못한 노천 수영이어서 감격에 가까운 느낌으로 물장구를 치며 좋아했다. 우리의 그런 모습을 지켜보는 외국인 두어 사람, 우리는 그 가운데 누구도 우리를 알아볼 사람이 없으리란 생각으로 오랜만에 하늘을 향해 손을 휘젓기도 하고 소리를 내어 웃기까지 했다.

12월 16일(역사 도시 말라카 관광)

아침 일찍 누군가 우유 냄새를 풍기며 침대에 올라오기에 눈을 떴더니 잠옷 차림의 선휘였다. 한국에서 헤어질 때는 문지방을 넘는 데도 신경을 쓰게 한 녀석이 어느새 혼자서 방문을 열고 들어와 할애비 옆자리를 찾아들 줄 아는 것이다. 너무도 기쁘고 놀라워 샤워를 하기 전이었으나 가슴과 두 팔로 녀석을 감싸 안았다. 이어 선형이도 나타나 저희 조모 품에 안겼다. 감격한 저희 조모는 거듭 "착하다, 예쁘다, 고맙다"라는 말을 되뇌었다.

아침 11시, 아들이 모는 차를 타고 우리 내외는 고도 말라카를 향해 관광 여행길에 올랐다. 말라카는 콸라룸푸르에서 차로 약 두 시간 거리에 있는 옛 왕조의 고도였다. 일찍부터 인도양을 거쳐 태국과 월남, 중국에 이르는 바닷길목을 차지한 자리에 있어 해상 교역의 요충이 된 곳이다. 14세기 말경(1396) 수마트라에서 그곳에 건너간 파라메스와라(Parameswara)

왕자가 일대의 부족들을 복속시킨 다음 말라카 왕조를 세웠다. 한때 인도와 동남아 간의 교역 중개자 역할을 하여 국세를 떨치게 되었다. 그러나 16세기 초 포르투갈의 침공을 받아 말라카 왕조가 멸망했다. 그로부터 포르투갈의 이 일대 지배는 1641년까지 이어졌다. 이어 말레이시아 서부 해안 지역의 지배자가 네덜란드로 바뀌었다가 그 다음을 이어 영국이 그 지배자가 되었다.

아들이 모는 차는 두 시간 남짓을 달려서 고도 말라카의 중심에 위치한 네덜란드 광장 가까이의 주차장에 도착했다. 말라카 시의 중심 일대를 현지에서는 구시가지라고 했다. 구시가지는 골목이 좁고 중국계 상점이 많았다. 우리 셋은 그 가운데서 한국 식당을 찾아 좀 늦은 점심을 먹었다. 구시가지 입구에는 정화(鄭和)의 대형 초상과 함께 동상이 서 있었다. 널리 알려진 대로 정화는 명나라 때의 이름난 무장(武將)이다. 본래 그는 명나라의 지배 계층인 한족계(漢族系)가 아니라 중앙아시아 출신이었던 것같다. 그는 구라파 열강의 동남아시아 침공이 아직 본격화되기 전에 당시의 황제인 영락제(永樂帝)의 명을 받들어 대선단을 편성하고 해양 탐사의 길에 올랐다. 이때 그의 선단은 중국 남부를 출발하여 월남과 태국, 말레이시아 반도를 지난 다음 인도양에 이르렀다. 거기서 다시 페르시아, 아프리카, 아라비아 등 여러 지역을 순방하여 그의 발자취를 남긴 바 있는 것이다.

구시가지에서 우리가 들른 곳은 여기저기에 산재한 이슬람의 모스크와 중국계인 도교 사원, 그리고 기독교의 교회 등이었다. 그사이에는 불교 사원도 있어 말레이시아 반도 서남쪽 일대가 다민족, 복합 문화 지역임을 실감할 수 있었다. 그 가운데 특히 인상적인 곳이 부례객잔(富禮客棧)이라고 한자 표기가 병행된 Puri Hotel이었다. 이 호텔은 2층 목조건물로 되어 있었는데 그 외관부터가 오랜 세월을 거친 느낌이 들게 고색이 짙었다. 여러 서화들을 벽에 걸어 두었고 마당과 뜰에는 중국의 전통 도자기들, 수석 등과 여러 가지 종류의 나무와 꽃들의 분재가 진열되어 있었다. 또한 안쪽 전시 공간에는 포르투갈과 네덜란드, 영국 식민지 시대의 역사에 관계된 사진들이 전시된 방이 있었는데 그 가운데 눈길을 끈 것이 1942년에서 1945년에 걸쳐 말레이시아에 침공한 일제의 남방군 작전도가 걸려 있는 점이었다. 그 가운데는 우리 또래가 교실 벽과 복도에서 본 화보의 것과 꼭 같은 사진들도 있어 한 가닥 감회 같은 것이 일어났다.

구시가지 관광에 이어 우리 일행은 말라카 시내를 관통하며 흐르는 말라카 강변으로 나갔다. 거기서 유람선을 탔는데 배 크기는 60인승, 한강 유람선의 절반 정도로 생각되는 모터보트였다. 우리가 탄 유람선은 빈자리가 하나도 없을 정도로 만원이었다. 승선 때 안내판을 보았더니 출발점에서 회귀점까지가 500미터. 그러니까 승선한 곳에서 다시 내리기까지의 거리가 1킬로미터 남짓이었다.

우리 일행이 승선을 마치자 유람선은 곧 양측에 2층, 3층 집들이 보이는 물길을 가르며 달렸다. 물가에는 키가 큰 맹그로브 나무들이 서 있었고 그 사이사이로 잘 정리된 집들의 창들이 보였다. 안내자의 말에 따르면 물기슭 나무 그늘에는 밤이 되면 아직도 악어들이 나타난다고 했다.

유람선 선유가 끝나자 다시 우리는 네덜란드 광장 쪽에 있는 주차장으로 이동했다. 거기서 우리는 다시 차를 몰아 말라카 해의 푸른 물결이 넘실대는 바닷가로 갔다. 우리가 도착한 바닷가에는 뜻밖에도 흰 빛깔을 하며 일대의 풍광을 지배하는 듯 서 있는 이슬람 사원이 있었다. 바닷가에 선 모스크는 처음이어서 우리 내외는 별 생각 없이 광장을 거쳐 사원 내부로 들어가고자 했다. 그런 우리 발걸음이 모스크의 문턱을 넘어서기 전에 저지당했다. 신성한 사원에 출입할 사람은 반드시 신발을 벗고 맨발이 되어야 할 것은 물론 특히 여성들은 신앙과 종파를 물론하고 예외 없이 히잡을 쓰라는 규칙이 있었기 때문이다. 명백히 이방인이며 이교도임에도 나는 미련 없이 신발을 벗었다. 또한 아내는 안내자가 건네주는 히잡으로 눈만 남기고 머리와 얼굴 부분을 가렸다. 그 모양이 영락없는 아랍 여자와 같다고 하면서 우리는 웃었다. 모스크 서쪽은 말라카 해로 마침 해가 기우는 때여서 하늘과 바다가 일망무제로 황금빛이 되어 있었다. 그 잔잔한 물결 위에 마침 갈매기 몇 마리가 날고 있었다. 갈매기가 날아가는 북쪽을 바라보면서 우리는 곧 돌아갈 고국산천과 거기서 이루어질 우리 가족들의 삶을 이야기했다.

하루 종일 여기저기를 들르느라고 저녁이 매우 늦었다. 10시경에야 시내 변두리 일각에 있는 음식 센터에서 중국식 식사를 했다. 11시경 예약을 해 둔 Swan Garden Hotel 7층에 투숙. 우리 세 식구는 함께 잘 수 있는 특실을 빌려서 여장을 풀었다. Swan Garden Hotel은 신장개업이어서 비품은 모두 새것이었고 침구들도 깨끗했다. 그러나 실제 관리 운영에는 적지 않은 문제가 있었다. 샤워실은 배수가 되지 않아 내가 물 빠지는 구멍을 살폈더니 사각형으로 된 배수구가 곰팡이로 꽉 막혀 있었다. 내가 맨손으로 배수구를 뚫어 문제를 해결했다. 종업원이 거의 영어를 모르는 것도 난점이었다.

그럭저럭 자리를 정하고 눈을 붙일까 했더니 또 하나 문제가 생겼다. 바로 호텔 건너편에서 잠을 자는 데 방해가 될 정도로 소음이 들렸다. 창문으로 내려다보니 폭주족으로 생각되는 녀석들 한 떼가 도로와 골목을 점거하고 요란한 소리까지 내며 오토바이 경주를 벌이는 것이었다.

그래도 피곤한 나머지 잠깐 눈을 붙였는데 화장실에 가기 위해 눈을 떴을 때는 녀석들의 광란이 더욱 기승을 부리고 있었다. 3시, 4시까지 폭주족의 광란은 계속되었는데 그중 일부가 번갈아 가며 일대의 거리를 마음대로 질주했다. 5시경에야 좀 잠잠해졌다. 내 나라에서는 겪어 보지 않은 일을 만리타국에서 당하고 보니 적지 않게 기분이 상했다.

12월 17일(말라카 관광, 제2일)

어젯밤은 폭주족 때문에 잠을 설쳤다. 그래도 아침에는 내가 먼저 눈을 떠서 시계를 보았더니 8시경. 호텔 1층 식당에서 뷔페식인 아침 식사를 했다. 우유에 빵과 각종 남쪽 나라 과일이 있고 소시지 등으로 된 식사였다. 그 가운데 중국식 흰죽이 간이 알맞게 되어 좋았다. 10시 반에 체크아웃, 다시 아들의 안내로 스탯허스(Staadhuys) 언덕 쪽에 있는 네덜란드 총독 공관 자리를 찾아갔다. 건물 앞에 구 총독 관저를 허물고 Democracy Government Museum을 만든 것이 있었다.

① 먼저 The Museum of Literature를 보았다. 전시실에는 몇 사람의 시인, 작가 사진과 그들 약력이 보이고 작품집들이 전시되어 있었다. "A. Samad Said : He is one of national writers who is very deontological and willing to face up any obstacles challenge and polemics in the literary world."

같은 문학관에는 그림자 연극 코너가 있었는데 유중이의 말에 따르면 말레이시아가 바로 그림자 연극의 발상지라는 것이다.

② 구 총독 관저는 반지하 1층, 지상 2층으로 되어 있었다. 백색의 깨끗한 계단을 오르면 정면에 넓은 방이 나오고 그 복판에 장방형 테이블이 놓여 있었다. 방 전면에는 군복 정장의 마네킹이 서 있는데 그것이 총독 모형이었다. 좌측에 백색 예장, 우측에 흑색 예장을 한 마네킹도 있었다. 이 방 저 방에는 네덜란드 통치 시대의 총독들 이름과 약력 기록판이 있었고 그와 함께 국왕의 사진도 걸려 있었다.

③ 총독 기념관 뒷문을 나서자 곧 그 길이 세인트폴 성당 자리로 이어

졌다. 이 성당은 동방 포교의 개척자인 성 프란시스코 자비에르의 발자취를 되새기기 위해 세운 것이다. 지금은 당시의 옛 그대로의 건물이 아니라 벽과 지붕 일부만 남아 있다. 본래 이 성당은 1849년에 세운 것으로 고딕 양식의 건물이었는데 역사의 풍상 속에서 옛 건물이 뼈대만 남고 서 있는 것이다. 이와는 별도로 언덕 아래 바다가 내려다보이는 자리에 복원된 성 프란시스코 자비에르 성당이 있고 그 건물 앞에는 자비에르의 백색 상이 서 있었다.

④ 프란시스코 자비에르 유해가 안치된 성당을 뒤로하고 좀 가파른 계단을 내려서자 옛 말라카 왕국의 궁전을 복원해 놓은 '말라카 술탄 팰리스'가 나왔다. 서구식 건축들이 벽돌이나 돌, 시멘트로 되어 있음에 반해 이 건물은 규모가 큰 목조건물이다. 지붕의 물매가 급한 것이 특색이었는데 추녀는 곡선으로 된 중국식 목조 건축과 달리 전체 구조가 정확한 직선과 좌우대칭으로 되어 있었다. 내부는 문화 박물관으로 개조되었고 진열품은 전통 의상이나 장식품들이었다.

여기서 인상적인 것이 왕궁 뜰에 핀 꽃들이었다. 왕궁 정원에는 얼마 안 되는 넓이에 몇 종류의 꽃이 피어 있었는데 그 가운데 뜻밖에도 우리나라 국화인 무궁화가 보였다(뒤에 안 일인데 말레이시아의 국화가 바로 무궁화의 한 종류였다). 그 진홍빛 빛깔이 너무도 선연하여 우리는 그 앞에서 몇 장의 사진을 찍었다. 1시경까지 관람을 끝으로 곧 쿠알라룸푸르로 길을 잡아 3시 반경 몽키아라 마을에 도착하여 마을 앞 한식집에서 순두부 백반으로 점심을 먹었다.

1박 2일의 말라카 관광을 마치고 4시 반경 콘도에 도착하니 에미와 함께 집을 지킨 선형이, 선휘가 환호작약하며 우리 셋을 반겼다.

12월 18일(귀국 전날)

어젯밤에는 에미가 식료품 가게에 갔다가 좀 늦게 돌아왔다. 그런데 선형이가 피자를 잊어먹었다고 야단을 피웠다. 저녁 먹고 에미가 아이들 둘을 데리고 피자집으로 갔다. 9시 가까이가 되어도 돌아오지 않아 걱정이된 애비가 조모와 함께 찾으러 나가기까지 했다. 두 손자들은 밖에서 무슨 일로 심통이 났는지 집에 돌아와서는 한바탕 야단을 피운 다음 11시경부터 잠이 들었다.

아침에는 준비가 조금 늦어 9시 반경 두 손자를 애비와 조모가 함께 유치원에 데려다 주었다. 아내가 아파트 1층 로비 보급대에 비치되어 있는 신문 두 종류를 들고 올라왔다. 한자신문 『동방일보(東方日報)』와 일문 Senyum(センヨーム)이다. 일문의 것은 주간(週刊)으로 광고 전문지였다. 미요시(三好良一)의 「독서일기」가 재미있었다. 그 가운데 하나가 「교과서에서 배운 명시」, 시마자키(島崎藤村), 이시카와(石川啄木)와 베를렌, 두보(杜甫) 등의 이름이 올라 있었다. 특히 시마자키의 「첫사랑(初愛)」을 읽으면 눈물이 난다는 내용에 눈길이 갔다. 교포가 내는 광고지에는 이런 교양물로 읽을 만한 것이 담겨 있지 않았다. 이것은 명백히 우리가 일본 측보다 한 발 늦은 것으로 재빨리 보완되어야 할 부분이라고 느꼈다.

『동방일보(東方日報)』는 영자로 Oriental Daily News라고 되어 있는 일간(日刊)이다(2013년 12월 18일자는 타블로이드판 48면). 내용은 현지 뉴스(全國新聞)(12면까지), 국내 경제(國內經濟)(22면까지), 관리천하(管理天下), 상통(商通) 등과 오락, 국제 관계, 북한 관계 기사로 구성되어 있었다. 그 머리에 17일 서울발로 백령도에 대대적인 공격이 있을 것이라는 북한의 협박성 전단이 살포되었다는 기사가 실렸다. 같은 면에 「김정일 서세 양주년 조군경사보 김정은(金正日 逝世 兩周年 朝軍警師保 金正恩)」 제하의 기사가 보였다.

12월 19일(관광 마지막 날 : 서울에서 봐요)

오늘은 말레이시아 체재, 관광의 마지막 날이다. 새벽 7시경에 눈을 떴다. 선형이, 선휘는 잠결에서 깨자 곧 어제 사온 조립형 로봇 장난감을 다시 맞추느라고 부산을 떨기 시작했다.

나는 8시경 여기 와서 일과가 된 수영장으로 갔다. 풀장에서는 청소부가 물에 떨어진 나뭇잎을 걷어 내고 있었고 넓은 물속에는 어제 오후와 꼭 같이 한 사람도 이용자가 없었다. 푸른 물이 가득 담긴 풀장을 나 혼자 쓰면서 몸을 담그고 수영 시늉도 해 보았다. 구름이 지나간 다음 맑고 밝은 남쪽 나라 햇살이 내리비쳤다. 한 시간가량 수영을 하다가 콘도에 들어서니 두 꼬마들은 아직도 장난감 조립에 골몰할 뿐이었다.

점심시간을 이용하여 아내와 며늘아기가 함께 서둘러 집을 나섰다. 무슨 일인가 유중이에게 물었더니 시어머니가 며느리에게 방문 기념 특별턱을 한다는 것인데 그 내용이 뜻밖이었다. 두 사람이 함께 가까이 있는 쇼핑몰 쪽에 있는 지압 마사지 하는 곳으로 갔다는 것이다.

우리 집은 낙동강 상류 지역에 자리를 잡고 500여 년을 살아온 보수 유생의 후예이다. 우리가 자랄 때만 해도 새로 시집을 온 새댁은 아침저녁 시부모 방을 찾아 정성(定省)을 드리는 것이 관습이었다. 시어머니와 며느리는 거처하는 방이 따로 있었고 식사 때에도 고부(姑婦)가 마주 앉아 식사를 하는 것을 본 기억이 전혀 없다. 그런 우리 집에서 시어머니인 집사람과 며늘아기가 같은 미용실에 나란히 가서 팔다리를 서로 보이며 마사지를 한다는 말이었다. 세상 참으로 좋아졌다고 생각되어 나는 저절로 웃음이 터졌다. 어떻든 우리 집 고부 사이가 남달리 좋은 것 같아 기뻤다.

12시 반경 손자들과 나는 애비가 모는 차를 타고 고부가 기다리기로 한 지압 마사지실 쪽으로 갔다. 그 가까이 일식집에서 우리 여섯 식구가 우동, 소바, 스시 등으로 점심을 시켜 먹었다. 그 자리에서 아내는 아들과 며늘아기에게 이제 석 달 남짓 남은 해외 체류 기간 동안 건강들 조심하고, 재미있고 보람 가득한 생활을 하도록 하라고 거듭 당부했다.

점심 먹고 귀가한 다음 나는 다시 한 번 콘도 수영장으로 갔다. 거기서 7시경까지 수영장 물에 몸을 담갔다. 다시 우리 식구 모두가 한자리에 이야기판을 벌이면서 먹은 저녁 식사. 식사가 끝나자 우리 내외는 다시 손자들 재롱에 손뼉을 쳤다. 그리고 밤 12시 가까이가 되어 꾸려 둔 여행 가방을 들고 귀국길에 올랐다. 콘도 현관을 나서면서 저희 조모는 거듭 선형이, 선휘 머리를 쓰다듬고 얼굴을 감싸 안으면서 뺨을 비볐다. 나도 두 녀석을 번갈아 들어 올린 다음 공중그네를 태워 주었다.

우리 집 두 손자는 떠나는 우리를 보고 낭랑한 목소리로 말했다. "할아버지, 할머니 안녕히 가세요." 그와 함께 애비, 에미가 시키는 대로 "서울에서 봐요."도 되풀이했다. 그것으로 9박 10일의 말레이시아 여행의 막이 내리게 되었고 우리 내외는 아들이 몰아 주는 차로 콸라룸푸르 공항을 향했다.

제 곡조를 못 이기는 사랑의 노래

― 만해(萬海)의 시 : 이렇게 본다

초판본이 1920년대 중반기에 나온 만해(萬海)의 『님의 침묵』은 초창기 우리 근대 시단의 물굽이를 바꾸어 낸 사화집이다. 그러나 발간 직후부터 오랫동안 이 시집에 대한 우리 문단 안팎의 반응은 미미했다. 난해한 것이 그 소외 현상의 중요 요인이었는데 이런 외면 상태가 어느 정도 극복된 것이 1960년대경이었다. 이때 만해 시 재발견의 선진을 담당한 비평가 가운데 한 분이 고(故) 송욱(宋稶) 교수였다. 당시 그는 서울대학교의 영문과 교수였고 전공은 현대 영시였다. 평소 한국문학에 읽을 것이 없다고 말하는 버릇이 있었던 그가 『님의 침묵』을 접하고 나서는 생각이 크게 바뀌었다. 그는 만해의 시에서 영시의 한 갈래를 이룬 형이상시의 세계를 읽은 것 같다. 그리고 그 형이상성을 불교 사상과 상관관계를 가진 것으로 파악한 다음 그것을 토대로 『님의 침묵 전편 해설』이라는 연구서를 냈다. 이때 송욱 교수는 만해 시가 가지는 특성을 정의하여 '사랑의 증도가(證道歌)'라고 했다.

여기서 문제되는 '증도(證道)'는 증득(證得)과 같은 범주에 드는 말로 불교에서 한 마음 수행 과정을 거친 다음 돈오대각(頓悟大覺), 진리를 깨친 차원에 이르렀음을 가리킨다. 만해가 당대의 고승대덕(高僧大德)이었음을 감안할 때 그의 깨달음이 불교에서 말하는 정각(正覺), 견성(見性)의 경지를 가리킴은 달리 군말이 필요하지 않을 것이다.

그런데 이때 송욱 교수는 몇몇 작품에 대해 명백히 논리의 앞뒤가 맞지 않은 발언을 했다. 만해의 「심은 버들」을 송욱 교수는 "공(空)을 존재의 면에서 붙잡으려 한 것"(상게서, 209면)이라고 읽었다. 두루 알려진 대로 「심은 버들」의 표면적 제재는 '말'과 '버들'이다.

> 뜰앞에 버들을 심어
> 님의 말을 매렸더니
> 님은 가실 때에
> 버들을 꺾어 말채찍을 하였습니다
>
> 버들마다 채찍이 되야서
> 님을 따르는 나의 말도 채칠까 하얐드니
> 남은 가지 천만사(千萬絲)는
> 해마다 해마다 보낸 한(恨)을 접어 맵니다
>
> —「심은 버들」, 전문

여기서 '말'과 '버들'이 불교식 형이상의 차원에 이르기 위해서는 그들이 해탈과 지견(知見)의 길목을 차지하는 제재 구실을 해야 한다. 그러기 위해서는 이들 소재가 물리적 차원을 벗어나 형이상의 차원에 이르러야 할 것이다. 그럼에도 「심은 버들」의 행간 그 어디에도 그런 해석을 가능하게 만드는 시적의장(詩的意匠)이 발견되지 않는다.

이와 아울러 시집 『님의 침묵』에는 「논개(論介)의 애인이 되어서 그의 묘(廟)에」, 「계월향(桂月香)에게」 등과 같이 불교식 해탈, 지견(知見)의 경지를 노래하기에 앞서 탈식민지(脫植民地), 반제(反帝), 민족의식을 바닥에 깐 작품도 있다. 이들 두 작품의 주인공은 다 같이 임진왜란을 당하여 적의 장수를 찌르고 순국한 한국의 여인들이다. 그 행동 궤적에 민족의식의 자취가 뚜렷한 점은 넉넉히 지적될 수 있다. 그러나 이것이 불교식 세계 인식의 구경인 해탈, 지견의 경지와 무슨 유대 관계를 가질 수 있는가. 이렇게 제기되는 의문에 대해서 송욱 교수는 「논개」의 마지막 줄에 나오는 "용서하여요"를 '인(忍)'이라고 해석했다.

불교에서 인(忍), 또는 인욕(忍辱)은 사바 세상의 온갖 번뇌와 고통을 견디고 이겨 낸 다음 이를 수 있는 정신의 차원이다. 이런 인(忍)을 송욱 교수는 중간 과정을 거치지 않은 채 '자비'와 등식 관계로 보았다. 그것으로 인(忍)이 식민지적 질곡에서 신음하는 우리 동포를 아끼는 감정으로 해석된 것이다. 그런데 본래 인(忍)은 법보론에 속하는 절목(節目)일 뿐 그 자체가 직접 반제 역사의식이나 민족적 자아 추구와 같은 맥락으로 쓰일 수 있는 개념이 아니다. 이런 인(忍)이 어떻게 실제 행동의 특수 형태인 척살(刺殺), 순국에 직결될 수 있는지가 문제다.

여기서 우리가 유의할 것이 있다. 『님의 침묵』의 일부 작품이 불교식 형이상의 노래가 아니라고 하여 송욱 교수의 '사랑의 증도가' 론이 전면적으로 배제될 수는 없다. 그 이유는 명백하다. 만해 시의 대표작으로 손꼽힐 수 있는 작품에 「나룻배와 행인(行人)」, 「알 수 없어요」 등이 있다. 「나룻배와 행인」의 바탕이 된 것은 분명히 보살행에 그 끈이 닿은 제도중생(濟度衆生)의 감각이다. '제도중생'은 대승불교(大乘佛敎)의 제일 목표가 되는 것이므로 물리적 세계와는 범주를 달리하는 형이상의 차원이다. 그런가 하면 「알 수 없어요」의 마지막 한 줄에는 법보론의 중심축을 이루는 인연 사상이 내포되어 있다.

타고 남은 재가 다시 기름이 됩니다. 그칠 줄 모르고 타는 나의 가슴은 누구의 밤을 지키는 약한 등불입니까.

대승불교의 경전 어느 대목에는 우주의 생성 원리를 인연이라고 설파한 말이 나온다. 인연 사상에 따르면 불국토(佛國土)의 삼라만상은 수, 화, 풍, 토(水火風土) 등 사대(四大)가 모여서 이루어진다. 그 계기를 짓는 것을 인연이라고 하는데 인연이 있어 사대가 모이면 있음, 곧 유(有)가 된다. 그와 달리 사대가 흩어지면 삼라만상은 소멸하여 무(無)가 되어 버린다. 그러니까 인연으로 하여 삼라만상은 서로 꼬리를 물고 나타났다가 사라지며 태어났다가는 무가 되는 것이다.

불교에서는 이것을 유무상생(有無相生), 불생불멸(不生不滅)이라고 보며 그 연장선상에서 인간과 우주의 원리를 색즉시공, 공즉시색(色卽是空 空卽是色)이라고 하는 것이다. 이렇게 보면 "타고 남은 재가 다시 기름이 됩니다"는 연기설의 중심 개념을 만해가 그 나름의 가락에 실어 편 것이다.

여기서 우리는 한 가지 사실을 명백하게 확인해 두어야 한다. 그것이 『님의 침묵』의 세계가 단선적이 아니라 복합적이며 통섭적인 점이다.

우리가 만해 시 해독을 위해서 제대로 된 좌표를 마련하려는 경우 다시 한 번 검토해 보아야 할 것이 있다. 다음과 같은 허두로 시작되는 만해의 「군말」이 그것이다.

'님'만 님이 아니라 긔룬 것은 다 님이다. 중생(衆生)이 석가(釋迦)의 님이라면 철학(哲學)은 칸트의 님이다. 장미화(薔薇花)의 님이 봄비라면 마시니의 님은 이태리(伊太利)다. 님은 내가 사랑할 뿐 아니라 나를 사랑하나니라.

여기 나타나는 만해의 사랑은 '긔룬 것' 곧 마음속으로 살뜰하게 생각하는 차원의 개념이다. 이것으로 명백해지는바, 만해가 사랑하는 대상은 특정사상, 특정계파에 얽매여 있는 그 무엇이 아니다. 만해가 사랑한 것은 바로 시공을 초월해 있으며 범주도 사상의 경계도 없는 '있음'으로서의 삼라만상 그 자체다. 그렇다면 우리가 만해 시의 기능적인 이해를 위해 일차적으로 유의해야 할 것은 무엇인가? '군말'의 다음 자리에서 만해는 무변중생과 삼라만상을 참으로 사랑한다면 그 사랑 자체도 지양, 극복의 과제로 삼아야 할 것임을 에둘러 말했다. "연애(戀愛)가 자유(自由)라면 님도 자유(自由)일 것이다. 그러나 너희는 이름 좋은 자유(自由)에 알뜰한 구속(拘束)을 받지 않느냐." 여기서 우리는 한 가지 사실을 명백하게 인식해 두어야 한다. 만해에게 있어서 시는 검토, 분석의 대상에 그치지 않는다. 작품 「님의 침묵」의 마지막에 나오는 바와 같이 그에게 노래, 곧 시는 초공(超空)과 무아(無我)의 경지에 이른 다음 스스로 빚어지는 것인데 그것이 곧, '제 곡조를 못 이기는 사랑의 노래'였을 뿐이다.

김재은

고향 안동(安東)에서 있었던 일

1.

"여러분, 안녕하십니까? 제 이름은 김재은(金在恩)입니다. 이화여자대학교에서 40년간 심리학을 가르쳐 온 퇴직 교수입니다. 김원(金源) 교수와는 초등학교 동창이고 또 김 교수는 제 아우 김경동 교수(전 서울대학 교수)와는 동기이기도 합니다. 제가 4년 선배입니다. 저는 안동초등학교를 나왔으며 안동사범학교를 1950년에 제1회로 졸업한 사람입니다. 안동시 법상동에서 자랐습니다. 법석골이라는 곳이지요.

여러분, 저는 오늘 밤 무척 행복합니다. 김 교수가 나를 이 멀리까지(실은 고속버스로 2시간 50분 주행거리밖에 안 되지만 6·25사변 시에는 12시간이 걸렸기 때문에 심리적 거리가 아직 나에게는 남아 있어서다) 내려오라고 불러 준 데 대해서 크게 감사드립니다. 프로그램이 진행되는 동안 내내 행복감이 물안개처럼 나를 감싸 주었습니다. 그리고 여기서 새로운 얼굴과도 마주치게 되어 저로서는 아주 특이한 경험이었으며 매우 뿌듯합니다. 거기에 프로그램 진행도 좋았고, 내용도 좋았고, 노 개런티일 터인데 서울에서, 광주(光州)에서, 수원에서, 안동에서 이렇게 외진 곳까지 오셔서 그렇게도 진지하게 그러나 즐겁게 노래를 부르고, 시를 읊고, 춤을 쳐 주어서 관객의 한 사람으로서 또 한 번 감동 먹었습니다.

(프로그램을 내보이면서) 여기에 김 교수(김원)가 '작년에는 김용직 교수가 다녀갔는데 금년에는 김 교수님(저보고)이 오셔서 한 말씀 해 주시면 좋겠네요'라고 적어 보내서, '한 말씀'만 하려는데 이야깃거리가 너무 많습니다. 노 개런티로 연주해 주신 출연자 여러분께 감사를 드립니다. 내년에 만일 제가 오게 된다면 저는 트럼펫을 가지고 와서 공연을 할까 합니다. 사범학교에 다닐 때 브라스밴드의 밴드 마스터를 3년 했고, 악기도 여러 가지를 다루었습니다. 트럼펫, 클라리넷, 트롬본 등등을 다루어 보았습니다. 내년을 기약해 볼까요?(이 말에 모두가 박수를 쳤다).

몇 년 전 타이완에서 일어난 이야기를 한 가지 들려 드리겠습니다. 아이돌그룹 동방신기(東方神起)가 타이베이에서 공연을 하게 되어 있었는데, 그해 거기에 태풍이 불고 홍수가 나서 공연을 다음 해로 연기하게 되었습니다. 그 다음 해에 다시 타이베이를 찾은 동방신기에게 희한한 일이 벌어졌습니다. 21세 장소함이라는 한 젊은 여성이 7개월째 혼수상태에 빠져서 말도 못하고 자리에서 일어나지도 못하고 누워서 지내기만 했는데, 타이완 텔레비전(TTV) 방송과 ERA 뉴스를 통해서 다음 날 공연할 동방신기의 음악을 듣고 혼수상태에서 깨어났다는, 기적 같은 일이 있었던 것입니다. 장 양의 증상이 치유된 것은 말할 것도 없습니다. 그 소식이 알려지자 동방신기 멤버가 장 양을 그 이튿날 공연장에 초대해서 사진도 같이 찍고, CD도 선물했다고 합니다. 이 이야기는 음악이 마치 기독교의 은사치유(恩賜治癒)와 같은 위력을 발휘한 좋은 사례에 속한다고 할 것입니다. 예술에도 이런 치유적인 역능(力能, potency)이 있습니다.

오늘밤, 맑은 하늘에 별이 총총히 박힌 한 시골 마을 친구네 집 뜰에서 있은 작은 예술 잔치에서 우리는 어떤 정신적 고침을 받았습니다. 울적함을 털어 버렸고, 분노와 한을 삭였습니다. 그리고 무엇보다도 우리들은 마음의 평화를 회복했습니다. 그런 점에서 김 교수께 다시 한 번 감사하다는 말을 전하고 싶습니다.

　이런 좋은 자리에서 염치없이 공짜로 구경하고 그냥 돌아가도 되는지 모르겠습니다. 예고도 없이 회비를 새삼 걷을 수도 없고, 모자를 돌려야 할까요? 아무튼 여러분들과 함께 오늘 밤 마음의 평화를 얻고 행복감을 함께 나눌 수 있었다는 것에서 저로서는 큰 보람을 느낍니다. 다만 한 가지 염려되는 점이 없지 않습니다. 이것이 이렇게 인기를 끌면 안동시에서 이 '브랜드'를 탐내서 가져가려고 할 터이고, 내년이면 경북도청(慶北道廳)이 50리 밖에 개청을 하게 되어 있으니 뭔가 도(道)로서도 좋은 콘텐츠라고 생각해서 탐하지 않을까 하는 염려가 없지 않습니다. 나아가 1969년부터 시작한 미국 뉴욕주의 한 농장 우드스톡에서 시작한 '더 우드스톡 뮤직 앤드 아트 페어'라는 이름의 우드스톡 페스티벌처럼, '내앞(川前里)'에 전 세계 사람들이 구름 떼처럼 몰려오는 세계적 이벤트로 발전할지 누가 알겠습니까? 이 우드스톡 페스티벌은 지금 문화 운동이 되어서 큰 영향력을 미치고 있습니다.

　우리들은 모두 상처받은 마음을 치유받고 갑니다. 마음의 상처뿐 아니라 불행감도 털어 버리고 갑니다. 감사합니다."

　이상은 2014년 6월 14일(토요일) 밤 10시경, 안동시 임하면 천전리 구름골(雲谷)에서 있었던 김원표 '문학과 음악이 함께 하는 작은 뜰' 잔치의 맨 마지막에 내가 한 인사말이다.

　2.

　이날은 몹시 바빴다. 아침을 들고 9시에 집을 나와 버스를 타고 서빙고

역에 내려 청량리로 가는 전철을 탔다. 20분 후에 청량리에 도착하자 안동엘 가는 10시 30분 발 중앙선 무궁화호 표를 사서 기다렸다. 조금은 들떠 있었다. 1년 만에 고향엘 가는 길이다. 여든 중반에 들어선 노구인데도 고향엘 간다니 가슴이 설렜고, 어린 시절의 추억들이 되살아난다. 일가친척 중에서는 지금 내가 최고령자이기 때문에 고향에 가도 꼭 찾아뵈어야 할 어른이 없다. 그러나 그 사실이 어딘지 서글픈 느낌을 준다. '이제 나의 순서가 다가오고 있구나' 하는 생각 때문이다. 또한 고향이란, 불원간 나도 우리 할아버지와 그 할아버지와 또 그 할아버지처럼 묻히게 될 땅이기 때문이다.

오후 2시 반경에 안동역에 도착하자 전날 연락해 두었던 경기대학 회화과(繪畫科)의 김대원(金大源) 교수에게 전화를 걸었다. 그리고 이전에 '안동문화원'이었던 자리에 '경북문화콘텐츠진흥원'이 들어서 있는데, 거기서 김 교수의 〈청량산(淸凉山)〉 작품전을 열고 있다기에 거기서 만나기로 했다. 아래층에서 김 교수의 작품을 재차 감상하고(이미 서울서 한 차례 전시가 있었다) 불과 50리 밖에 청량산이 가까이 있어서 그런지 서울에서 감상할 때보다 그림의 분위기가 훨씬 더 잘 살아 있었다. '내가 뭔가 큰일을 해서 빌딩을 하나 가지게 된다면 김 교수의 작품을 하나 걸리라. 참 맘에 들어.' 이런 꿈 같은 생각을 하면서 원장을 만나서 인사를 나눈 후 김 교수가 안내해 준, 길 건너편에 있는 고려호텔에 짐을 맡기고 점심을 먹으러 나섰다. 나중에 안 일이지만 김 교수가 숙박비를 선불했단다. 전에도 그런 일이 있어서 피하고 싶었는데 그만 다시 내 다짐이 무산되고 말았다. 김 교수로서는 내가 자기 부친과 사범학교 동창(실은 후배)이니까 아버지를 생각해서 나를 대접했던 것일 게다.

시청 바로 맞은편에 있는 메밀국수집에서 점심을 먹는데 모처럼 안동의 미물묵(메밀묵의 안동 사투리)도 먹으면서 옛날 어머니가 쒀 주던 묵

생각을 했다. 김 교수 부인과 김 교수 친구 한 분과 넷이서 너끈하게 말아주는 메밀국수를 먹고 일어섰다. 나는 호텔에서 잠시 쉬었다가 저녁에 '내앞' 김원 교수 집에서 다시 만나기로 하고 우리는 헤어졌다.

6시쯤 되어서 구 시장에서 안동 한우 갈비탕을 먹고 택시를 탔다. '내앞'에 들어서고 보니까 이미 자가 승용차가 2, 30대 와 있었다. 대문간에는 사람들이 들락거렸다. 구름이 들락거리는 골짜기라고 해서 운곡(雲谷)이란 이름을 가진 이 마을에 만송헌(萬松軒)이라는 당호를 가진 집이 있었는데 바로 김원 교수의 집이다. 당호는 증조부의 호를 따서 지었다고 한다. 만송헌 현판은 퇴계 선생 14대 종손인 참봉공이 그의 아들에게 명하여 '고목생화체'라는 색다른 필체로 아담하게 새겨서 선물해 주어서 사랑방 앞에 걸어 두었다고 한다. 그리고 그의 서재에는 〈서운고당(瑞雲古堂)〉이라는 현판이 걸려 있었는데, 우리나라 당대의 서예 대가이신 일중(一中) 김충현(金忠顯) 선생의 휘필이었다. 瑞자는 그 집의 우물 '서천(瑞泉)'의 瑞에서, 雲자는 마을 이름 운곡(雲谷)의 雲자를 따서 지었다고 한다.

이 집은 500년이나 된 사대부 집의 전형이다. 뜰에는 400년 된 우물 서천이 있는데 지금도 사용하고 있었다. 여기 저기 분재가 놓여 있고, 기둥의 주련(柱聯)은 집안의 품위와 운치를 더해 주었다. 김 교수의 서재는 역시 학자풍의 침착함과 고상함이 묻어나는 인테리어였다. 골목 입구에 들어서니 큰 대문에 '종사랑공 종택(從仕郞公 宗宅)'이라는 현판이 걸려 있었다. 종사랑이란 정9품의 문관 벼슬이다. 김 교수의 11대조의 직함이다. 대문 옆에는 조그만 정자가 서 있었는데 세심정(洗心亭)이라는 현판이 걸려 있었다. 이 현판 글씨는 작고하신 서예 대가 남전(南田) 원중식(元仲植) 선생의 것이고 각은 김원 교수가 직접 했다고 하니 김 교수는 도대체 지금 몇 세기 전을 살고 있는 것인가? 대청마루에는 퇴계 17대 종손인 이근필(李根必) 선생(나의 사범학교 후배)이 쓴 청허재(淸虛齋)라는 현판이 걸려

있었는데 이 현판 글씨의 의미는 "마음을 깨끗하게 갖고(淸), 비우고(虛)
사는 집"이라고 한다. 이 집은 현판만으로도 사대부 집안임을 말해 준다.
과연 안동다운 풍경이다.

　김 교수는 청계 선생(淸溪先生, 김진(金璡))의 둘째 아드님이신 귀봉(龜
峰) 수일(守一) 선생의 16대 후손이다. 청계 선생의 다섯 아들 극일(克一),
수일(守一), 명일(明一), 성일(誠一), 복일(復一) 등 5형제가 모두 과거에 합
격했다. 귀봉 선생은 퇴계의 문하인으로서 학문을 닦았으며, 벼슬은 찰방
(察訪)까지 이르렀다. 귀봉 선생의 후손 중, 김원 선생의 윗대로 8대와 16
대 사이에 여섯 명의 문과 급제자가 나왔으며, 귀봉의 둘째 아우인 학봉
(鶴峰)은 역시 퇴계의 문하인으로서 문과에 합격하여 부제학, 통신부사,
관찰사, 우병사 등을 지냈는데, 임란 때 의병을 일으켜 진주성에서 왜군
과 싸우다가 순직하였다.

3.

　김원은 미국에서 도시 설계와 도시공학을 공부하고 박사 학위를 받고
돌아와서 서울시립대학에서 학생을 가르치다가 부총장의 직위까지 올라
갔으니 학자이신 청계 선생의 후예답다는 생각이 든다. 청계 선생의 첫째
아들 약봉(藥峰)은 내자시정(內資寺正, 정3품), 셋째 운암(雲巖)은 학자, 넷
째 학봉(鶴峰)은 관찰사(종2품), 다섯째 남악(南嶽)은 사성(司成, 종3품) 등
의 관직을 맡았던 집안이고 보면 김 교수도 그 전통을 이었다고 할 수가
있다. 김원 교수의 직함으로 따지면 조선조의 대제학(大提學, 정2품)에 해
당된다. 아주 훌륭한 집안이다.

　조선조의 멸망, 일제 식민 통치, 해방기의 혼란, 6·25전란, 민주화 등
격동기를 거치면서 옛날 명문대가들이 차츰 사라져 없어지고, 명문 종

가 중에서도 퇴락해서 흔적조차 없는 집안도 있다. 이런 판국에 의성김씨(義城金氏)네의 이런 전통 지킴이란 것은 우리에게 아주 각별한 의미를 던져 준다. 그것은 바로 우리의 민족적 정체성과 가문의 책무성을 지켜 주고 있다는 점이다. 현대의 민주국가에서 '가문', '가문' 하는 것은 어쩐지 어울리지 않으며, 정서적 위화감을 주고, 계급적 인식을 고조시키는 듯한 뉘앙스를 주지만, 그런 가문이 지켜 온 도덕적 윤리적 품위와 맑고 깨끗한 정신을 우리가 소중하게 여기는 것이다.

이와 같은 가문의 배경을 가지고 있는 김 교수가 왜 이런 시골에서, 여든이 다 되어서, 새삼, 자비를 들여 가면서, 예술 잔치를 한다고 경향(京鄉) 각지에서 친구들을 불러 모았을까? 이번이 세 번째여서 차츰 연륜도 쌓여 가니까 나로서는 약간의 불안감도 생긴다. 그것은 다름 아닌 김 교수의 나이와 경비 문제 때문이다. 이 모임이 앞으로 얼마나 더 유지될 것인가는 김 교수의 건강과 깊은 관계가 있을 것이다. 팔순이 다 된 노인네의 건강은 아무도 장담하기 어렵기 때문이다. 모쪼록 김 교수가 건강하기를 바란다. 또한 경비 문제인데, 지금까지는 잘 유지되어 왔으나 아무래도 혼자 감당하기에는 버거운 작업 같다. 내 생각으로는 가능하면 이것을 회원제로 하면 어떨까 한다. 물론 김 교수의 의견은 다를 테지만.

4.

14일 저녁 7시경, 택시에서 내려서 내앞 구름골로 들어서는데 이미 상당수의 참여자가 와 있는 듯했다. 자가 승용차의 바퀴 자국이 많이 나 있었고 여기저기 승용차가 골목에 기대어 세워져 있었다. 동네 입구에서 김대원 교수를 만나서 함께 들어가는데 안동병원 이사장 강보영(姜普英) 선생을 만났다. 이미 100여 명의 참여자가 와 있어서 나는 여기저기 아는 얼굴이 있나 하고 살피니 안동 지례예술인촌의 촌장 시인 김원길(金源吉) 선생 얼굴이 보였고, 국회의원 김광림(金珖林) 의원, 경북문화콘텐츠진흥원장 김주한 선생, 내 옛 제자, 안동대학교 교수 몇몇, 서울서, 광주서 온 시인, 음악가, 수필가들이 여기저기 눈에 띄었다.

7시 반을 좀 넘어서자 김 교수가 마이크를 잡고 오늘 행사의 취지를 간단히 이야기하고 오신 분들에게 감사하다는 인사말을 했다. 그리고 참석자 중 이른바 명사들을 소개하고 나서 김 교수는 내가 최근에 출간해서 김 교수에게 보내 준 책 네 권 중『예술이 어떻게 사람과 사회를 변화시키는가?』라는 저서를 들어 보이면서, 오늘의 이 모임과도 의미 있게 연결이 되어서 저자와 책을 간단히 소개하겠다면서 나를 자리에서 일으켜 세웠다. 그리고 '나중에 김 교수님(내 이야기)의 말씀을 듣기로 하겠다'는 취지의 말을 끝내고 시인이자 수필가인 정연순 씨의 사회로 곧장 첫 순서인 '뮤직 패밀리 팝오케스트라' 상임지휘자 박경모 씨의 색소폰 연주에 들어갔다. 곡목은 〈안동역에서〉와 〈돌아가는 삼각지〉였다.

이날 프로그램을 훑어보면 구중서 선생의 시조 낭송, 조정제(전 해양수산부 장관) 선생의 수필 낭독, 광주대학교 음악학과 겸임교수인 김미옥 선생의 〈그리운 금강산〉 등의 노래, 호남대학교 명예교수인 시인 이향아 선생의 시 낭독, 해동경사연구소 소장이신 권오춘 선생의 선비 춤, 월곡초등학교 교사이신 임성국 선생의 대금 연주, 한국문인협회 회원이고 '글발동인'인 강희동 선생의 시 낭송 등이 있었고, 특별한 손님으로 오신 시인이자 전 한국문인협회 회장인 성춘복 선생의 짧은 인사말이 이어졌다.

잔치는 무르익어 가는데 밤이 이슥해져서 이미 10시를 넘어섰다. 모처럼 맞이하는 고향 밤하늘에서 쏟아져 내리는 듯한 별빛을 쳐다보면서 나는 내 어린 시절의 추억에 잠시 휩싸였다. 도시의 무슨, 무슨 아트홀이 아니고 500년이라는 역사를 품고 있는 고택의 뜰에서 벌인 예술 잔치라 특별한 의미가 있는 듯했다. 여러 번의 앙코르가 이어지고 흥이 돋우어지면서 이 밤이 지새도록 놀아 보고 싶은 분위기였다. 10시가 넘자 시장기도 돌고 해서 나의 격려사를 마지막으로 잔치는 마무리되었다.

봉화 닭실에서 오신 김 교수의 부인 권 여사가 친척들과 마련한 맛있는 야참이 안뜰에서 기다리고 있었다. 안동의 맛, 고향의 맛을 거기서 한껏 즐겼다. 배추전이 왜 그리도 구수하고 맛있는지, 옛날 내 어릴 때 어머니가 솥뚜껑 뒤집어 놓고 들기름으로 부쳐 주시던 배추전의 그 구수한 맛, 그 속에는 향수가 어려 있었다. 감자전은 또 어떻고. 거기에 막걸리를 곁들여 든 야참은 이날의 모든 피로를 말끔히 풀어 주었다. 나는 특히 먼 데서 왔으니 이중으로 치유를 받고 있음을 느꼈다. 몸의 피로는 이런 음식 잔치로, 마음의 피로는 음악과 시와 춤과 같은 예술 잔치로 풀리는 것을 느꼈다.

5.

이 예술 잔치의 의미를 좀 새겨 보고자 한다. 우선 김 교수는 'noblesse oblige' 정신을 지켜 주고 있다는 점을 들고 싶다. 서울에서 몇십 년 대학교수직에 있다가 낙향해서 고향에서 편히 쉬면서 가끔 마을 앞을 흐르는 반변천에서 천렵이나 하고 세월을 낚으면서 지내도 좋을 나이인데 이런 잔치를 벌이는 것은 아무래도 그 나이로는 무리일 성싶은데 남이 하지 않는 짓(?)을 하는 그는 예사로운 사람이 아니다. 그의 피 속에 면면히 흐르는 사대부 집안의 금도와 선비 정신이 그것을 가능하게 했을 것 같다.

또 한 가지, 그의 고향을 사랑하는 지극한 마음을 읽을 수 있다는 점이 나로서는 가장 감동받게 했다. 고향을 사랑한다고 해도 이런 일을 기획하는 일 자체가 어디 팔순 노인이 감당할 일인가? 그는 그것을 극복하고 감행(?)했다. 놀라운 일이다. 그리고 그 행사의 진행을 지켜본 나로서는 감탄해야 할 일이 한두 가지가 아니었다. 그렇게 고향을 사랑하고 고향의 문화를 지켜 온 사람으로서의 인간적 신뢰와 그의 넓고 돈독한 인맥이 이런 행사를 가능하게 했구나 하고 생각하게 된다. 인구 17만의 작은 도시의 중심에서 12킬로미터나 떨어진 작은 시골 마을에서 제법 근사한 예술 잔치를 벌인다는 것은 그리 쉬운 일이 아니다. 그럼에도 그는 경향 각지에서 저명한 아티스트들을 불러 모았고, 150명이 넘는 관객을 모았다. 이것은 그의 뛰어난 기획 능력과 관리 능력을 말해 준다. 이런 일을 하고자 해도 아무나 할 수 있는 것은 아니다. 관심을 끄는 것은, 대한민국에서 다른 어떤 지역에서 어떤 한 개인이 이와 같은 행사를 감히 기획할 생각을 했으며 할 수가 있었을까이다. 김 교수가 만일 문화기획자로 돈을 벌기로 작심했다면 돈도 벌었을 것 같다. 왜냐하면 이런 일을 3년에 걸쳐 잘 치러 내는 것을 보니 그런 엉뚱한 생각이 든다. 김 교수의 이 자그만 예술 잔치가 발전해서 안동 시민들이 일상에서 받은 마음의 상처를 치유하는 데 크게 이바지하게 되기를 기대해 본다.

나는 이런 후배를 가까이에 갖게 된 것이 무엇보다도 자랑스럽다. 사람보다 물질을 귀하게 여기는 이 시대에 자기를 이웃을 위해 내줄 줄 아는 이런 인물이 안동에 살고 있다는 것이 안동 사람으로서 나는 매우 행복하다. 그래서 이번 고향 행차는 무척 즐거웠다.

신념의 함정

"나는 아이들을 키울 때 자유롭게 키웠지."라든가 "나는 우리 집안의 내력으로 봐서 좀 엄하게 키운 편이야." 하는 부모의 고백을 듣곤 한다. 자녀 교육문제에 대해서 자유롭게 키워야 한다는 입장과 엄격한 통제하에서 키워야 한다는 입장이 늘 대립한다. 물론 그 중간도 있다.

자유롭게 키웠다는 입장의 이야기를 들어 보면, 그래야 복잡한 세상을 살아가는 데 주도적으로 의사결정을 하고, 남에게 의존하지 않고도 독립적으로 인생을 살아갈 수가 있기 때문이라고 한다. 좀 엄하게 키웠다는 쪽의 이야기를 들어 보면, 세상이 어디 마음대로 되는 것이 아닌 이상, 그런 세상에서 살아가려면 규칙과 질서를 잘 지켜야만 조직에 적응하면서 남과 더불어 살아남을 수가 있단다.

이 두 입장은 모두 논리적으로나 현실적으로 다 수긍이 간다. 그러나 우리가 이런 신념을 좀 지나치게 강하게 밀고 나가거나 고집하면 그 부작용이 만만치 않다. 극단적인 '자유방임주의'거나 '스파르타식의 엄격주의'는 상당한 부작용을 가져올 수 있기 때문이다.

늘 같은 생각으로 밀고 나가고 행동으로 옮기는 것을 신념이라고 한다. 이런 신념을 초지일관 강하게 견지해 가면, 좋게 말해서 '확고한 신념'을 가졌다고 하고, 이것을 나쁘게 말하면 '과신한다' 거나 '광신자야' 라고 한다. 특히 종교에서 그렇다. 한쪽 축에 해방신학이나 민중신학과 같은 급진적인 신학 체계가 있는가 하면 다른 한 축에는 군대에 가는 것을 거부한다든지, 응급실에 실려 온 환자가 수술을 받아야 하는데도 다른 사람의 피를 받을 수가 없어서 수술을 거부한다든지 하는 아주 보수적인 교리를 가진 종파도 있다. 그리고 그사이에 여러 단계의 신앙 형태를 가진 종파가 존재한다.

종교 분쟁의 대표가 이슬람교인데, 터키나 말레이시아처럼 종교와 정치를 분리한 세속주의(世俗主義)가 있는가 하면, 이란이나 탈레반처럼 신정 체제(神政體制)를 따르는 근본주의 종파도 있다. 지금 이 두 종파 사이의 갈등이 열전으로 변질되어 이라크와 시리아에서 지루한 전쟁으로 번지고 있지 않는가?

내 대학 동창 중에 충남 공주 출신이 있었다. 3학년 땐가 아버지가 돌아가셨다고 전보가 하숙집으로 배달된 것을 친구들에게 내보이길래 모두 위로의 말을 해 주었다. 그런데 정작 상주 본인에게서는 슬퍼하는 기색이 전혀 엿보이지 않았다. "고향엘 다녀와야지." 했더니, 의외로 "나, 안 가." 하지 않는가? "왜?" "아버지하고는 정이 없어." "그래도 마지막 가시는 길에는 가 뵙는 것이 자식 된 도리가 아니야?" "우리 아버지는 나와는 인연이 없어."라는 대답이 돌아왔다. 너무도 의외의 대답이었다. 그래서 사연을 들어 보니 이러했다.

그의 집안은 아들만 7형제란다. 자기는 넷째가 되어서 서열상 한가운데라고 했다. 그런데 아버지가 너무 엄격해서 아이들에게 벌을 줄 때에는 장작개비로 때렸다고 한다. 형제 중에서도 그가 제일 많이 맞고 자랐단다. 이유는 형들이나 동생들이 잘못했어도 모두 책임을 자기에게 돌리면서 때렸다고 했다. 그의 몸에는 맞은 상처가 남아 있었다.

서울대학에 들어올 정도면 공부는 괜찮게 한 것 같은데 왜 매를 그렇게 많이 맞았을까? 아마도 자식이 많다 보니 통제가 어려웠을 것 같고, 아내를 편하게 해 주려고 그랬던 것 같다. 거기다가 보수적인 충청도 분위기도 한몫했을 게다. 그렇게 자라다 보니 아버지를 사랑하지도 존경하지도 않았으며, 무의식 속에서는 아버지를 증오하고 있었던 것 같다.

'엄격'이 지나쳤던 것이다. 물론 이 집안의 형제가 이 사람처럼 다 반항적이지는 않고, 고분고분 말 잘 듣고 잘 풀린 형제도 있다니 아이러니가 아닌가? 상반된 두 가지 효과가 다 존재하는 것이다. 극단적인 방법은 그것이 어떤 방법이 되었든 극적인 효과를 가져올 수도 있지만 그 반대의 효과도 가능하다. 가끔 언론에서 쓰는 말이지만 '극약 처방'이란 말이 있듯이, 독약도 약이 될 수는 있으나 그랬다가는 죽음도 각오해야 한다.

이와 같이 자녀를 엄격하게 키우면, 부모 말을 잘 듣고 순조롭게 크는 아이도 있지만, 그 반대로 반항적이고 반사회적으로 빗나가는 아이도 생긴다. 옛날 신창원이 그랬었다. 어릴 때 어머니와 사별하고 아버지와 같이 살고 있었는데, 아버지가 창원이를 몹시 때렸다고 한다. 끼니를 제대로 잇지를 못할 만큼 가난해서 동네 구멍가게에서 먹을 것을 훔치다 들켜서 아버지한테 죽도록 얻어맞고 도망을 다니면서 좀도둑이 되고, 잡혀서 소년원엘 들락거렸다고 한다. 드디어 그는 탈옥을 하고 살인도 저지르고 흉악범이 되어 버린 것이다. 어릴 때 아버지한테 크게 얻어맞은 기억이 그를 반항아로 만들고, 계속 범죄의 수렁으로 몰고 간 것이다. 매를 드는 만큼 아이들이 잘되는 것일까? 교육적으로는 매는 칭찬보다 효과가 없다는 것이 정설이다.

그 반대 이야기를 해 보자. 아이들을 자유분방하게 키우면 창의적이고 자율적이며 자립심이 강한 아이가 되기도 하지만, 반면에 도덕적으로 일탈하는 아이도 나오고, 마약이나 환각제 복용과 같은 정신적 황폐화 쪽으로 풀리기도 하며, 때로는 사이코패스와 같은 병리를 지닌 사람이 나오기도 한다.

그러니까 어떤 방법이든 '극단적으로' 나가면, 동–반동(動–反動)의 역학적 원리가 크게 작동하게 된다. 용수철처럼. 적당한 힘으로 누르면 그 누르는 힘과 같은 크기로 반동이 와서 용수철에는 탄력이 생긴다. 적당한 수준에서 조정이 되기 때문에 안전하다. 그러나 누르는 힘이 약하면 용수철은 튕겨서 원상 복구가 되어 용수철 구실을 못 하게 되고, 지나치게 세게 누르고 있으면 그 용수철은 다시 튀어 오르지 못하고 끝내 망가져서 못 쓰게 된다.

이런 물리적 원리나 교육에서의 자유–통제의 원리는 같은 이치로 작동한다. 비단 교육에서뿐 아니라 인간관계의 모든 상황에서도 작동한다. 조선조 말 동학군이 일을 벌였을 때의 상황을 보면, 절대군주 국가에서 어디 감히 백성이 관군과 싸우겠다고 나설 수가 있었겠는가? 그런데 탐관오리들이 횡행하고, 가렴주구를 일삼고, 심지어 고부 군수 조병갑이 전봉준의 아버지를 때려서 죽였으니 목숨까지 걸고 싸우게 된 것이 동학혁명의 동력이 아니었는가? 무기력하게 보였던 백성도 극에 달하면 반발하게 되는 것이다. 저 북한의 역학(力學)은 어떻게 작용하게 될까? 관심거리이다.

세상의 인문–사회적인 현상에도 물리현상과 마찬가지로 역학적인 법칙이 말을 할 때가 있다. 사회제도, 법률, 국가나 조직의 시스템, 국제–외교 관계에서도 그렇다. 프로이트는 인격의 발달 메커니즘을 초자아(超自我), 자아(自我), 이드라는 원시적(原始的) 자아 사이의 삼각관계의 역학으로 설명하려고 했다. 초자아가 너무 세면 양심가가 되지만 늘 죄의식 속에 살게 되며, 자아가 강하면 현실의 여러 조건에 부합하게 적응을 잘하면서 살지만 실리만 쫓고 때로는 법도 어기는 이기주의자가 되기 쉽다. 이드의 힘에 눌려서 살면 쾌락추구자가 되어 병리적인 문제를 일으키게 된다고 했다. 이 삼자 사이의 역학적 관계가 조화를 이룰 때 사람은 건전하고 원만한 인격자로 성숙하게 된다. 건전하고 원만하다는 말은 적어도 정신-병리적인 문제는 안 일으킨다는 말이다.

돈이 많으면 좋지. 돈으로 원하는 일을 할 수 있고, 갖고 싶은 것을 가질 수 있고, 남이 감당하기 어려운 일도 쉽게 할 수 있고, 남에게 도움을 줄 수도 있고, 성공한 사람으로 인정받을 수도 있어서 좋다. 너무 가난하면 좌절하고 자살도 하고 범죄도 저지르게 되기 쉽지만, 대기업이나 재벌가의 경우를 보면 가끔 그 돈 문제로 집안에 큰 분란이 일어나는 경우를 본다. 이런 현상은 비단 우리나라의 사정만은 아니고, 인간 보편적인 현상이라고 할 수가 있겠다. 욕망이라는 인간 보편적인 속성 때문이다.

보통 사람에게는 돈이 적당히만 있으면 편안하고 행복하다. 어떤 조사에 의하면, 약 30억 정도의 재산을 가진 사람이면 1, 2억 정도 재산이 더 불어나는 것에서는 그리 큰 감동을 못 느낀다는 것이다. 돈이란 상대적인 의미를 갖는 조건이지 절대적인 조건은 아니다. 그럼에도 돈에 대한 지나친 집착은 큰 화를 불러올 수가 있다. 고급 공무원이나 나라의 지도자급 인물이 돈 문제로 영어의 몸이 되고, 국회 인사 청문회 스크린에서 걸려 낙마를 하는 경우를 많이 보지 않는가?

권력은 또 어떤가? 권력도 사람은 누구나 갖고 누리고 싶은 욕망의 한 축이다. 권력이 있으면 자기 뜻과 결정에 따라 세상을 바꿀 수가 있고, 사람을 움직일 수 있고, 삶의 방식도 바꿀 수가 있다. 거기에 권력이 있으면 위엄을 부릴 수도 있고, 존경의 대상이 될 수도 있고, 박수도 받을 수 있어서 좋다. 그러나 그만큼 위험 부담이 뒤따르는 것이 권력이다.

기업 쪽에서 흔히 쓰는 말이지만, '위기(危機)'는 '위험(危險)'하기도 하지만 '기회(機會)'이기도 하다는 말이다. 나는 이 말을 반대로 쓰고 싶다. '기회(機會)'는 성공으로 가는 길이기는 하지만 동시에 '위기(危機)'이기도 하다고. 돈이라는 기회, 권력이라는 기회, 지위라는 기회는 동시에 위험성을 안고 있다는 말이다. 많은 돈 때문에 일어나는 사고, 사건, 추문은 얼마든지 있다. 투자의 귀재라는 워런 버핏(버크셔 해서웨이 CEO)은 세계에서 가장 영향력 있는 100인 중의 한 사람이다. 이런 배경을 가진 그도 2008년 세계적 금융 위기 때 몇십억 달러 손실을 보았다. 돈이 돈을 낳는다고 하지만 돈이 돈을 삼키기도 한다.

청계천 양안(兩岸)에 판잣집이 즐비하게 늘어서 있었을 때의 우스갯소리가 있다. 거지 부자가 청계천 다리 밑에서 살고 있었는데, 이웃 빌딩에 큰불이 나니까 그걸 보고 거지 아버지가 아들에게 하는 말, "얘, 우리는 얼마나 행복하니? 집에 불날 일이 없으니까."라고. 잃을 것이 없는 사람에게는 도리어 박탈감이란 것도 없다. 우리나라 대통령을 지낸 사람들 중 돈 때문에 감옥에 간 사람도 있고, 부하들의 권력 다툼으로 시해된 대통령도 있다.

가톨릭의 최고 권력자인 로마 교황 중에서도 여러 명, 한때 세계의 대통령이라고 불린 미국 대통령 중에서도 여러 명이 독살되었거나 암살되었다. 약 40여 년 전, 일본의 사회당 전당대회장에서 어떤 젊은 친구가 단도를 들고 단상에 올라가서 당수를 칼로 찔러 살해하는 장면이 방송으로 그대로 나간 일이 있었다. 줄리어스 시저도 친구인 브루투스에게 살해당했고, 『햄릿』에 나오는 덴마크의 왕 클로디어스는 조카 햄릿에게 죽음을 당하지 않았던가? 권력이란 영원하지도 않으며 그리고 전능한 것도 아니다. 절대 권력이란 절대적으로 위험한 것이다.

사회제도도 마찬가지다. 어느 한쪽으로 너무 나가면 망하거나 끝장이 난다. 그 좋은 예가 볼셰비키 혁명으로 세운 소련과 그 위성국가들이다. 70년 버티다가 멸망했다. 그러면 자본주의 사회는 안전한가? 산업혁명이후 생겨난 자본주의라는 경제 시스템은 자유주의 기치(旗幟) 아래 200여년 동안 잘나가다가 1995년 미국 뉴욕의 주식시장의 주가 폭락을 신호탄으로 은행 도산, 신용의 붕괴, 무역과 재정의 쌍둥이 적자, 최하 수준의 금리 등등을 몰고 왔다. 또 신자유주의 경제라는 명분으로 시장 독점 체제를 가져왔고, 헤지펀드의 창궐을 부추겼고, 빈부 격차를 심화시켜 2008년에는 드디어 세계적 금융 위기까지 초래했다. 세계의 유수 국가들이 아직도 국가 부도라는 수렁에서 헤어나지 못하고 있지 않는가? 그래서 정부의 개입과 IMF나 WTO와 같은 글로벌 조직이 개입하게 되는 것이다. 시장독점주의만으로는 경제를 계속 발전시킬 수가 없는 것이다. 어떤 경제학자는 이제 자본주의도 붕괴 프로그램으로 들어섰다고 했다.

헤겔의 변증법을 굳이 빌리지 않아도 설명할 수 있는 현상이 너무도 많다. 어떤 자연현상도, 어떤 사회현상도 또 어떤 인간적 신념이나 태도-행동도 궁극에 가면 엄청난 반작용과 부작용을 초래하게 되는 것이다. 과연 양적 한계는 질적 변환을 초래하는 것인가? 심리학에 천장 효과(ceiling effect)라는 것이 있다. 반에서 꼴찌를 하던 놈도 공부를 열심히 하면 50명 중 50등 하다가도 1등까지 50단계를 오를 수가 있다. 그러나 늘 1등 하던 놈은 아무리 열심히 해 봐야 등수에는 변화를 줄 수가 없다. 천장에 닿아버렸기 때문에 한계점에 도달한 것이다. 더 올라갈 수가 없다. 더 올라가려면 천장을 뚫어야 한다. 이것이 'breakthrough', 즉 한계 타파(限界打破)라는 방법이다. 그렇게 했을 때 바깥에서 어떤 상황이 벌어질지 모를 위험 부담도 안고 감행해야 한다.

사람이 품고 있거나 내세우고 있는 이데올로기란 것도 마찬가지다. 어떤 신념을 가지고 세상을 바꾸겠다고 사회운동을 하고, 정치를 하고, 경제를 하고, 교육을 하는 사람들 중에는, 사회는 무섭게 변화했고 또 변화하고 있는데 몇십 년 동안 그 낡아빠진 구호와 기치를 계속 들고 나와서 소리 지르는 사람들이 있다. 그들은 이념의 노예가 되어 있는 사람들이다. 시효가 지나도 한참 지난 구시대의 이념을 금과옥조(金科玉條)처럼 모시면서 규환(叫喚)하고 있으니 한심하다 할 수밖에 없다. 그 신념이란 것이 인류 보편적인 가치를 담고 있다기보다는 정파적(政派的)인 것이기 때문에 가치는 더욱 떨어진다. 과연 그들의 외침이 시민들의 가슴에 호소하는 바가 있을까?

신념의 스펙트럼은 넓고 길다. 그 변환의 경사(gradient)는 무수히 길다. 그럼에도 우리는 아주 좁은 의미의 신념 그룹으로 나누어 딱지를 붙여서(labeling) 거기에 경도되는 경향이 있다. 인간의 태도나 신념도 극단으로 갈수록 운신의 폭은 좁아진다. 융통성도 없어지고 드디어 편집증(paranoia)으로 발전하게 된다. 그런 경지가 되면 이미 그 신념은 작동 불능 상태가 된다. 즉 그 이념은 공허해진다는 말이다.

이념 스펙트럼이 중도에 가까울수록 양쪽으로 넓게 왔다 갔다 할 수 있는 융통성이 커진다. 그런 것을 나쁘게 말해서 '줏대가 없는 사람', '간에 붙었다가 쓸개에 붙었다가 하는 회색분자', '이중간첩', '밤낮 양비론(兩非論)을 들고 나오는 사람', '기회주의자'라고 비난할 수도 있다. 경멸적으로 쓰면 그렇게 말할 수 있다. 그러나 다른 각도에서 보면 시야가 넓고, 객관적으로 관찰할 수 있고, 공정성을 기하는 사람이라고 평가할 수도 있다.

우리의 삶의 현장에서는 이념은 그리 중요하지가 않다. 동화(同化)와 조절(調節)이라는 생물학적 기능이 작동할 뿐이다. 현실을 받아들여서 그것을 소화시키거나 그 현실에 자기를 맞추거나 그 현실을 자기에게 맞게 바꾸거나 하면서 사는 것이 생존의 법칙이니까. 여기에 이념이 너무 강하게 개입하면 삶이 왜곡되기 쉽다. 더구나 이념을 극단으로 몰고 가면 그 피해는 막대할 수밖에 없다. 그 대표적인 것이 지금 여기저기서 벌어지고 있는 이슬람의 시아파와 수니파 간의 전쟁이다.

공자(孔子)의 제자 자공(子貢)이 하루는 "자장(子張)과 자하(子夏) 중 누가 더 현명합니까?" 하고 스승에게 물으니까 공자가 하는 말, "둘이 다 똑같다."고 대답을 했다. 자공이 그 말을 듣고 "그것이 무슨 말씀입니까?"하고 되물으니까, 공자는 "자장은 넘치고 자하는 모자라서 그렇다. 지나친 것은 미치지 못한 것과 같다는 말이다."라고 대답했다. 그것이 곧 '과유불급(過猶不及)'이다. 어떤 시스템이나 신념이든 한쪽으로 극단적으로 치우치면 궁지에 내몰려 빠져나올 수가 없게 된다. 광신자의 종말은, 스스로 무너지는 길밖에 없다는 것을 나는 요즘 새삼 느끼면서 산다. 광신자는 오대양 사건이나 1979년 남미 가이아나의 존스타운에서 있었던 인민사원 집단 자살 사건(914명) 막다른 골목에서 갈 길이 막힌 상태에 내몰리게 되고 드디어 자멸하게 된다.

병리적으로 따지더라도 편집증보다는 분열증(schizoid)이 좀 매력이 있다. 다원적이기 때문이다. 가끔 딴소리도 잘 하니까. 우스갯소리지만 정신 분열증 환자의 조어 능력(造語能力)이 하도 탁월해서 가끔 글 쓰는 사람들도 관심을 갖게 되고 정신의학자들의 연구주제가 되기도 한다. 이 장점을 이용해서 극작가 오영진 선생이 정신병리적 문제를 다룬 희곡을 쓴 것이 몇 편 있다. 특히 분열증 환자에게는 이런 엉뚱한 면이 있어서 매력적이다. 융통성이 있지 않은가?

일전(2014년 7월 14일자)에 내 친구 철학자 박이문 박사가 동아일보의 허문영 기자와 인터뷰한 기사가 신문에 났다. 허 기자가 박 선생에게 "인생의 근본적인 것에 대한 답을 찾으셨나요?" 하고 물으니까 "평생 노력했지만 인생의 궁극적인 의미 같은 것은 없다는 생각이 듭니다. 답이 없다는 답을 알게 된 거죠."라고 허무주의적인 답을 내놓았다. 좀 의아했지만 진솔한 대답이었다고 생각한다. 만일 그가 새삼 무슨 주의주장이나 사상을 내놓았다면 아주 어색했을 성싶다. 박 교수의 이 말로 나는 은연중 큰 안도감과 위안을 느꼈다. 그 이유는, 그랬더라면 자기 스스로에게나 다른 사람에게도 부담을 주었을 것 같기 때문이다. 어느 주의, 주장에도 얽매이지 않는, 자유로움을 느낄 수가 있어서 공감을 했다.

자유로워진다는 것은 진정으로 성숙했다는 것을 말하며 성숙한다는 것은 곧 자유로워진다는 말과 동의어이다. 『논어(論語)』에도 "七十而從心所欲하되, 不踰矩니라."가 있다. "일흔 살에는 마음이 하자는 대로 행동해도 법도에 벗어나지 않았다."라는 말은 이 나이가 되면 마음대로 행동해도, 성숙성이 최고조에 달해서, 특별히 마음을 안 써도 법을 어기지 않는다는 말이다. 자유로운 경지를 말해 준다.

연세대학 철학과의 김형석 교수님과 몇 번 여행을 같이 한 일이 있었는데, 한번은 내가 이런 질문을 했다. "선생님, 사람이 인격적으로 성숙해서 최고의 단계에 이르면 어떻게 되는 것입니까?" 하고 물으니까 "자유로워지는 것이지." 하고 대답하신 것을 기억한다. 자유로워진다는 말은 어떤 한 가지 사상, 주의, 신념 체계, 아니면 권력, 금력, 지위 따위에 구애받지 않는 자유로움을 의미하는 것일 게다.

자기의 주관과도 결별하고, 객관 세계에서도 초연한 상태, 그것이 바로 박 교수가 궁극에 가서 찾게 된 '무위자연(無爲自然)'의 세계이다. 그래야 사람은 사고의 대평원(大平原), 감정의 대해원(大海原)을 종횡으로 거닐 수가 있다.

극단적인 신념이 갖는 위험 요소란 그 속에 잠복해 있는 편견과 자가당착과 정체(停滯)란 것이다. 거기서는 결코 변혁, 창조, 쇄신, 혁신, 성장, 재탄생 같은 것은 일어나지 않는다. 시간이 갈수록 진부해지고, 관념의 앙금만 남고, 진퇴양난의 경지로 빠져들게 되기 때문에 '극단이라는' 함정에 빠져들지 않아야 우리는 건전한 판단을 할 수 있고, 우리의 사고와 시각도 유연해지고 융통성을 갖게 된다. 좀 더 자유로워지는 것이다.

(2014. 7)

과학적 정교성이 없다

1974년 1월 23일, 우리나라에서 최초로 세워진 공단인 구미공단에 큰 화재가 일어났다. 피해액만 당시 금액으로 115억 원이었으니까 지금으로 계산하면 어마어마한 돈이 하루아침에 날아간 것이다. 윤성방직이란 공장에서의 일이다. 우리가 돈이 없었을 때였으니까 일본에서 자금을 들여와서 지은 공장이다. 우리나라 섬유업계의 대부였던 대구의 기업가 서갑호(徐甲虎) 씨가 지은 공장이다. 73년에 공장을 완공해서 가동 중이었는데 1년도 안 되어 불이 난 것이다.

화재는 천장에 달린 형광등의 전기 합선으로 인한 불똥이 화섬의 미세 먼지에 옮아붙어서 일어난 것이었다. 물론 보험으로 처리는 되었지만 다시 공장은 복구되지 못했다. 그 손실은 어마어마한 것이다.

그리고 꼭 40년 만에 대참사가 이번에는 바다에서 일어났다. 2014년 4월 16일, 전라남도 진도군 해상에서 '청해진해운' 소속의 6,835톤급 연안 여객선 '세월호'가 승객 476명을 태우고 인천을 출발해서 제주도로 가다가 침몰한 사건이 일어났다. 연안 여객선으로는 한국 최대의 선박이다. 이 사건으로 304명이 사망했다. 그중 200여 명이 경기도 안산시 소재의 단원고등학교 2학년 학생들이었다. 너무도 허망한 사고였다.

우리나라의 교통사고 사망률이라든가 음주운전 건수가 세계최고 (OECD 국가 중)라든가, 알코올중독자 증가율이나 비만 환자 증가율도 세계 최고라는 통계가 있다.

이 위에 든 두 가지 비극적 사건과 교통사고, 음주운전, 알코올중독자 비율, 과다 비만자 통계 등이 의미하는 바가 과연 무엇인지에 대해서 탐구해 보고자 한다.

우선 우리 한국인에게는 객관적인 사실을 근거로 한 과학적 문제 해결력이 부족하다는 점을 들고 싶다. 큰 사고만 나면 루머가 횡행한다. 그리고 그 루머가 '진실'로 포장되어 돌아다닌다. 이럴 때마다 당국자는 곤욕을 치른다. 정부나 전문 기관의 발표보다 루머를 더 믿는다. 한국인들은 귀가 얇다. 그래서 사기꾼이 설치고 다녀도 무신경하다. 매일같이 언론에 사기 사건 기사가 올라오는데도 그렇다. 왜냐하면 객관적 사실보다 남의 말을 더 믿기 때문이다.

우리나라 사극을 보면 이야기 전개는 네 가지 키워드로 좌우된다. 물론 이 이야기는 필자의 주관적 분석이다. '엿듣기' '모함하기' '소문 퍼트리기' '사회적으로 매장하기'다. 궁중에서부터 서민의 삶에까지 이 패턴이 적용된다고 해도 과언이 아닐 것이다. 지금도 큰 사건이 터졌다 하면, 이 엿듣기, 모함하기, 소문 퍼트리기, 매장하기가 발동한다. 세월호 사건도 그런 범주에 속한다.

귀가 얇다 보니 소문에 휘둘리고, 그걸 '진실'인 것처럼 믿고 투자했다가 망한 사람들 얼마나 많은가? 요 몇 년 사이에 서민들을 울리고 가슴 아프게 한 저축은행 사건도 그런 유에 속한다. 정관의 문장과 관련된 숫자를 꼼꼼히 따져 보지 않고 덤비기 때문이다. 이런 태도는 교육받지 않는 사람만이 아니라 높은 교육을 받고, 사회 지도층에 있는 사람에게도 볼수 있다. 객관적인 사실을 좀 더 철저히 살피는 태도는 어릴 때부터 가정에서나 학교에서 길러 줘야 한다.

우리네는 집 안에서나 조직에서 무슨 사고가 터지면 제일 먼저 보이는 반응이 "누가 그랬어?"이다. "책임자가 누구야?" "돈이 얼만데!" "장관 사표 내야지!" "대통령이 사과하라"라는 식으로 추궁한다. 그리고는 온갖 헛소문, 루머, 귓속말, 유언비어, 중상모략이 판을 치고 다닌다.

가령 집의 부엌에서 접시 깨지는 소리가 났다고 하자. 거실에서 TV보고 있던 엄마는 "누가 깼어?"라고 소리 지른다. "이어서 그게 얼마짜리인데!" 하고 한탄하는 소리가 뒤따른다. 이런 상황에서 서양 사람들은 "누구 다친 사람 없어?" 하고 묻는다. 한국 사람들은 물건이 사람보다 더 아까운 것이고, 서양 사람들은 물건보다 사람이 더 아까운 것이다. 반응의 본질에 차이가 있는 것이다.

사고가 나면 제일 먼저 할 일은 진상(객관적 사실)을 빨리 파악하는 일이다. 그리고 원인을 과학적으로 신속하게 조사해야 한다. 혹시 같은 사고가 연발하지는 않을지를 검토해야 하기 때문이다. 전문가들로 하여금 조사하게 해야 한다. 그래야 객관성을 유지할 수 있다. 비전문가들끼리 왈가왈부하다가 보면, 진상이란 것은 한 가지일 터인데 보는 눈이 제각기 다르기 때문에 중구난방이 되기 쉽고, 그래서 유언비어가 난무하게 된다. 이러한 유언비어는 사회 불안을 조장하기 때문에 빨리 객관적으로 진상을 규명해야 한다. 그리고 그것은 과학적이어야 하고 정교해야 한다.

과학적이란 말은, 객관적인 검증 가능한 사실에 입각해야 한다는 말과 같은 것이고, 문제 해결 과정은 과학적 '원칙'에 입각해야 한다는 말이다. 예컨대. 윤성방직의 경우, 화재 원인은 간단하게 진단된다. (1) 섬유 공장이니까 미세 먼지가 많다. (2) 미세 먼지는 눈에 잘 안 보이는 장소에 쌓이기 쉽다. 왜냐하면 눈에 잘 안 띄기 때문이다. (3) 천장에 매달린 형광등에 쌓이기 쉽다. 왜냐하면 눈에서 머니까……. (4) 형광등이 과열하면 점화되기 쉽다. (5) 형광등은 접촉 부분에 가끔 스파크가 일어난다. (6) 그러니까 형광등을 가끔 청소해야 한다. (7) 언제 청소했지? (8) 1년 동안 안 했다. (9) 그러면 화재의 위험이 많다. 이런 과학적 추리하에서 화재 관리를 해야 한다. 그런데 이 원칙을 안 지킨 것이다.

세월호 사건은 또 어떤가? (1) 날씨가 나쁘면 출항을 유보해야 한다. (2) 지정된 해로로 가야 한다. (3) 정해진 속력으로 운항해야 한다. (4) 위험성이 많은 해로 운항에는 전문가가 조타해야 한다. (5) 여객과 화물을 과적하지 말아야 한다. (6) 여객에게 사전에 안전 훈련을 해야 한다. 그런데 이 모든 과정을 과학적으로 통제하지 않았던 것이다.

위 두 사건 모두 이런 과학적 원칙과 법을 안 지킨 결과로 생긴 것이다. 그러니까 사고는 이미 일어나게 되어 있었던 것이다. 다른 모든 사고도 이와 같은 기본적인 과학적 원칙과 법을 어겨서 생긴 경우가 대부분이다. 교통사고도 마찬가지다. 지정된 차선에서, 지정된 속도로, 지정된 차간 거리를 유지하면서, 술 마시지 말고, 졸지 말고 달리면 사고는 크게 줄게 되어 있다. 이 원칙을 안 지키면 사고는 나게 되어 있는 것이다. 그런 규칙이 왜 중요한지를 잊고 있었던 것이다.

대학의 과학 실험실에서 전기 사고나 화재 사고가 나는 것도 그들이 신봉하는 과학적 원칙과 법을 안 지켰기 때문이다. 20여 년 전 전북 이리역에서 일어난, 화약을 실은 화물차 폭발 사고는 열차 호송 요원이 차에 타고 있는 상태에서 담배를 피운 것이 원인이다. 가장 기본적인 과학적 원칙과 법조차 안 지킨 결과였다. 화약을 실은 차에서는 금연이다. 그것은 기본 이치이고 규칙이다. 과학적 원칙이란 것은 아주 섬세한 배려를 안 하면 깨지게 된다는 것을 알아야 한다. 함부로 조작했다가는 큰일이 벌어지게 된다. 원자력 발전소의 불량 부품 납품 문제는 돌이킬 수 없는 큰 재앙을 초래할 뻔한 사건이다. '기본'이란 거창한 것이 아니다. 아주 사소한 것에 있다. 한 예를 들면, "나트륨(소금)을 줄여라."라고 하는 것은 그 나트륨이 고혈압과 위암의 발생을 촉진하기 때문이다. 그걸 못 지키면 그 결과는 스스로 감당해야 한다. 소금 섭취를 왜 못 줄이는가? 간단하다. 조금씩 줄여나가면 되는 것이다.

한국인들은 건강 염려증이 심하다. 몸이 좀 불편하면 엄살을 부리고 자가 진단을 하고 거기다 확신까지 갖는다. 의사가 자가 진단과 다른 말을 하면, "이 의사는 뭘 몰라." 하고 평한다. 그리고는 비전문가의 말에 솔깃해서 민간요법에 의존하다가 큰 후유증을 얻는 경우가 허다하다. 그 좋은 예가 근래에 선풍을 일으킨 '효소' 사건이다. 단순한 발효식품인데 이것을 '효소'라고 믿고 과용해서 고혈당증, 고지혈증, 혈액의 산성화를 불러와서 여러 가지 건강상의 문제를 일으킨 사건들이다. '발효'와 '효소'를 혼동한 것이다. 이 두 가지는 서로 다른 개념이다.

이런 현상은 모두 우리의 문제 해결 과정에 '정교성이 결여되어 있음'을 말해 준다. 어릴 때부터 현상과 사실을 주의 깊게 관찰하고, 따지고, 계산하고, 측정하고, 분석하고, 원인과 결과 사이의 관계, 즉 인과관계를 찾아내고, 문제 해결에 관련된 모든 변수를 고려하는…… 그런 교육을 못 받았던 것이다.

두 번째 논점은, 우리는 이런 식으로 따지는 습관을 미덕으로 생각하지 않고 도리어 '적당히' '어물어물' '그럭저럭' '되는대로' '대충대충' 하는 쪽으로 기우는 경향이 있다는 점이다. 가정, 일반 직장, 정부 및 공공 기관, 학교, 군대 할 것 없이 이런 무식하고 안이한 문제 해결의 관행을 지켜오고 있다. 군대 안에서의 자살 소동, 총기 소동, 탈영 소동 등도 모두 같은 맥락에서 이해할 수 있다.

매뉴얼이 없는 경우도 많고, 있어도 적당히(이 적당히는 '알맞게'가 아니라 대충대충을 의미한다) 체크하고, 대충대충 보고하고, 대충대충 감사하고, 대충대충 처리하고 만다. 우리 사회는 어느 한 구석도 철저하게 점검하고, 수정하고, 재검토하고, 공개적으로 발표해서 검증받는 풍토가 안되어 있다. 이런 과학적 정교성이 결여된 문화이기 때문에 우리는 대형사고를 너무도 많이 겪는다. 뒤꽁무니로, 눈가림으로, 눈치껏, 몰래몰래, 슬쩍슬쩍 처리한다. 세월호 사건은 이런 변칙의 종합 선물 세트였다.

술 마시면 지각력이 떨어지고, 지각력이 떨어지면, 순간적인 판단력도 떨어진다. 빨리 달리는(시속 100킬로미터 정도) 자동차는 차간거리를 100미터를 잡으라고 되어 있으면 그렇게 해야지, '설마(아무런 근거 없이) 나에게 불행한 일이 일어나지야 않을 테지' 하는 허망한 신념으로 고속도로를 시속 100킬로미터로 술 먹고 달린다면 그는 이미 이승의 사람이 아니다. 아무런 근거 없는 맹신이나 자기 확신은 사고를 불러오기에 딱 알맞다. 우리는 너무도 정서적이다. 일 처리가 허술하다. 뒷마무리가 안 되어있다.

비단 교통사고만이 아니다. 행정, 교육, 입법, 정치, 경제, 일상사에서조차도 문제를 해결하는 과정이 너무도 비과학적인 경우가 많다. 그리고사고(思考) 과정이 엉성하다. 논리적이고 과학적이기보다는 감정적이고주관적이다. 국회에서 통과시킨 법률 중에 위헌 요소를 가진 법이 얼마나많은지를 보면 알 수 있다. 거기에는 또 당파성도 개입되어 있다.

입법 과정에서, 그 법률이 가져올 후유증(파급효과와 동시에 위헌 여부)을 2중, 3중으로 검토해야 한다. 미국은 건국한 지 200여 년이 되었지만, 22번의 개헌(Amendments)을 했어도 모두 글자 몇 자 바꾸는 자구 수정정도였다. 그런데 우리나라는 건국 이래 70년 동안 근 열 차례의 개헌을했는데 모두 권력 구조 개헌을 위시해서 대폭적인 수정이었다. 지금 다시개헌 논의를 하고 있는 것을 보면, 왜 우리는 역사에서 배우지를 못하는지 알 수가 없다. 시행착오만 계속 되풀이하고 있지 않는가? 엄청난 시간,

예산, 자원, 노력의 낭비이다.

오늘날 국회에서 만든 법이 헌법에 위배되는 건수가 얼마나 많으냐 하면, 헌법재판소에 계류 중인 건수만 해도 몇천 건이나 된다고 한다. 조선조 세조 때(15세기) 만든 『경국대전(經國大典)』을 보면(국사대사전 참조), 그 조문의 정교성과 치밀성에 대해서 놀라지 않을 수가 없다. 500년 전의 일이다. 우리에게 그런 전통이 있음에도 왜 우리 후손들은 선조들만큼 철저하지 못할까? 지금의 우리의 국회에는 교육받은 사람도 많고 전문가라는 사람도 많은데 왜 위헌적인 법을 양산하고 있을까? 부끄러운 일이다. 실컷 게으름을 피우다가 연말에 회기에 쫓겨 몸싸움을 해 가면서 200개의 법률안을 한꺼번에 통과시키니, 그럴 수밖에 없지 않는가? 정교성에 큰 문제가 있는 것이다.

정교성도 창조성의 일부이기 때문에 우리가 창조적으로 문제를 해결하려면 우리의 사고가 좀 더 정교하고 치밀해야 한다. 어릴 때 학교교육에서부터 아이들에게 좀 더 과학적으로 사물을 관찰하고, 객관적으로 세상을 바라보고, 인과관계를 따지고, 문제의 본질을 과학적으로 파악하고, 해결하려는 태도를 갖도록 길러야 한다. 가정에서도 그렇다. 과학 교과서 공부는 많이 하는데 실생활에서는 아무런 소용도 없다. 왜냐하면 학교 공부란 것이 대부분 입시용이기 때문이다. 살아 있는 과학 공부를 시켜야 한다. 공부만 많은 시간 한다고 그것이 머리에 다 들어가는 줄 알고 있는 한국의 부모님들, 공부의 효과는 시간의 문제가 아니라 집중도의 문제임을 알아야 한다. 학교에 가서는 잠자고 학원에 가서는 12시까지 공부해서는 훌륭한 지도자가 되기는 어렵다. 이유는, 자기 머리로 생각하는 능력을 갖지 못하기 때문이다.

과학 공부를 좀 더 철저히 시키지 않으면 우리는 영영 선진국 대열에 끼지 못하고, 돈은 많은데 무식한 졸부 신세를 면치 못하게 될 것이다. 핸

드백 살 때만 감각을 곤두세우지 말고 아이들이 먹을 과자나 음료를 구매할 때 포장지의 설명을 읽어 보고, 장난감을 살 때에는 침을 발라서 페인트가 묻어나는지 어떤지도 살피고, 무기류 장난감을 살 때에는 만일의 경우 상처를 입지나 않을지도 철저히 확인하고 사야 한다.

정교성이란 일종의 완성도와 같은 것이다. 완성도에 관한 한은 일본인을 따라잡기 어렵다. 일본도를 한 자루 완성하는 데 천 번의 손질을 한다고 한다. 그래서 칼은 일본도(닛폰도) 하면 알아준다. 우리의 전통 도예가들도 가마에서 나온 작품에 티끌만 한 흠만 있어도 왕창 깨어 버리지를 않는가? 이런 정신이 우리에게 좀 더 필요하다. 그것이 과학적 근거를 가지고 있을 때 더욱 설득력이 있다. 그래야 숭례문의 단청 사건, 광화문 현판의 균열 사건 같은 것이 다시는 안 일어나게 된다.

(2014. 8)

김창진

갈밭에서

1.

낙동강은 산골짜기의 한 나무뿌리의 시원지에서 출발하여 끝내는 반도 (半島)의 아랫자락을 적시고 있는 바다에 닿는다. 이 하구(河口)에 이르기 3, 40리의 상류에서부터 마음놓고 강의 흐름이, 오랜 세월 동안 700리에 이르는 기슭에서 핥아 온 토사(土砂)를 흩뿌리면서 흘렀다. 그건 왼쪽과는 달리 바른쪽인 서편에는 거기서부터 확 트인 벌판이 펼쳐져 있었기 때문이다. 양옆에 산을 내내 끼고 내려오는 경우와는 달리 벌판을 만나면, 굽이굽이 흘러온 물줄기는 더욱이 홍수 때는 그 뻘물을 벌판에 퍼다 부으면서 바다로 흘러들 터이니, 그렇게 이루어진 넓은 하상(河床)에는 군데군데 모래톱의 삼각주(三角洲)들이 만들어지는 것이다.

낙동강 하구의 하상에 이루어진 많은 모래톱 가운데 본디의 섬의 모습으로 지금껏 남아 있으면서 지나가는 사람들의 눈에 쉽게 드러나 보이는 것은 철새 도래지로 알려져 있는 을숙도(乙淑島)일 것이다.

이 섬은 낙동강 하구의 물 흐름 속에 내내 떠 있었는데, 이제는 허리께를 가로지른 하구언(河口堰)으로 해서 강의 양안(兩岸)에 달랑 묶여 낙동강 물결이 아무리 출렁여도 꼼짝달싹 못하게 돼 버린 꼴이 되었다.

모래톱의 모형만한 이 을숙도보다 아주 본격적인 크기의 삼각주는 지금은 강둑의 바깥 서쪽으로 밀려나(?) 있다. 마구 휩쓸고 오는 하류의 흐름과 그 흐름에 침해받는 벌판에 경계를 만든 것이 제방(堤防)인데, 가장 큰 삼각주는 하구에까지 이 둑의 든든한 보호를 받아서 지금은 도도한 낙동강의 흐름을 외면한 뭍의 모습으로 있다.

　그러나 삼각주의 흔적은 그대로 남아 있다. 멀리 벌판의 무릎까지 핥았던 물줄기가 그냥 남아, 이제는 그 안쪽 벌과의 경계를 이루는 샛강으로, 이 거대한 삼각주의 두 면을 감싸면서 흐르고 있기 때문이다. 저 위에서부터 내내 이어진 제방으로 해서 섬의 고립적 형상은 잃었으나 아직도 모래톱의 윤곽을 그대로 지니고 있는 셈이다.

　지금의 형상으로는, 흘러흘러 온 낙동강이 바다에 닿기 바로 앞에서, 옛날에 마음놓고 휘젓던 벌판을 못 잊어 한 갈래가 옆으로 슬그머니 빠져나와 벌판에 지류(支流)를 이루어 가다가 10리 못 미쳐 작은 샛강을 먼저 흘러가게 해 놓고는 또 10리 정도 깊숙히 스며들어서는 본류(本流)가 흘러가는 하구 쪽으로 아까의 작은 샛강과 함께 평행하다가 끝내는 바다에서 어울린 것처럼 되어 있다. 그래서 상공(上空)에서는 이 새끼 강들이 김해평야의 아랫벌 자락에 섬의 형상을 어지러이(?) 그어 놓은 것처럼 보이는 것이다.

　이 섬의 형상 ― 이제는 섬이 아니지, 비록 한 가닥이지만 긴 둑으로 김해 벌에 이어졌으니 ― 의 삼각주가 내가 어릴 때 내내 자랐던 고향 벌이 된다.

　고구마 모양의 큰 삼각주 ― 이의 한가운데 김해국제공항의 활주로가 펼쳐 있다 ― 는 또 하나의 모래톱인 작은 삼각주를 밑자락에 잘룩하게 달고 있다. 달고 있다고 하는 것은 작은 것이 본디는 독립된 형세였으나 아까 말한 제방으로 해서 이제는 큰 것의 꼬리에 바짝 붙어 있는 것으로 보이기 때문이다. 이와 큰 삼각주와의 경계에 흐르는 또 하나의 샛강도 이쪽저쪽에서 오가려면 나룻배를 이용해야 하는 넓이이고, 그 길이도 10여 리나 된다.

김해평야의 한 자락에 큰 삼각주를 이룬 40여 리의 낙동강 지류는 말할 것도 없고, 이 지류가 거느린 30여 리의 가늘고 긴 샛강, 그리고 큰 삼각주의 밑자락에 숨다시피 달린 작은 삼각주 — 이름이 재미있게도 맥도(麥島 ; 보리섬)이다 — 를 이룬 10여 리 너머의 샛강, 이들의 양안(兩岸)에는 온통 갈대밭이, 특히 여름날에는 울울하게 이어져 있고, 가을에는 이 섬들의 가장자리들에서 촘촘한 이웃들에 서로 대공의 줄기들을 비비며 서걱이는 것이다.

같은 삼각주인데도 위쪽 지역은 갈밭이 눈에 덜 띄었고, 아래쪽 — 아까의 그 맥도도 포함해서 — 일수록 한층 심했다. 이 갈대밭의 우거지고 안 우거지고의 그 번식 생태의 분포 상황이 바로 우리 고장의 개화와 미개화 또는 개척 지역과 미개척 지역을 말해 주는 문화지리(文化地理)적 성격 그대로를 드러낸다고 할까. 갈대를 별로 볼 수 없는 지역의 위쪽 사람들은 아래쪽 사람을 더욱 촌사람으로 하시하는 경향까지 있었다. 그래서 "갈밭에서 본 배 없이 자란 놈……" 등속의 내뱉는 말까지 한때 떠돌았다.

2.

도도한 낙동강의 흐름, 그것도 홍수에 휩쓸려 온 토사가 이뤄낸 거대(?)한 모래톱, 내 집은 30리 너머 길이의 이 삼각주의 중간쯤의 마을에 있었고, 세 집이나 되는 내 큰집과, 외가 그리고 두 이모 집은 모두 갈밭이 많은 아래쪽의 서녘, 내 집에서 10리나 15리 길의 거기저기에 흩어져 있었다.

내 생애의 기억에서 가장 어렸을 때의 그것은 엄마의 등에 업혀 10리 길의 외갓집에 갔던 일이다. 그것이 몇 살 적인지는 모르나 여하튼 그리 걸음이 쉽지 않을 나이의 아주 꼬마 때인 것만은 틀림없다. 외갓집으로 가는 길은 우리 집에서 몇 발 안 가면 곧 배수로의 개울을 따라가게 되는데, 그래서 그 길은 갈대숲을 내내 끼고 있었다.

해가 어둑어둑해질 때 내가 칭얼댔겠지, 아니면 졸라 댔을까.

엄마는 나를 업은 채 길섶의 갈대 줄기의 맨 끝에서 쑥쑥 자라 오르는 새 잎을 뽑아서 팔랑개비를 만들어 주었다. 그런데 바람을 타야 갈잎의 프로펠러는 팔랑거리면서 뱅뱅 돌아간다. 엄마 등을 연거푸 두들겨 내 팔랑개비가 신나게 바람을 타도록 달리게 했으니, 어쩌다가 지금도 갈대가 서걱이는 소리 같은 환청을 들으면 아, 개울물을 뒤덮은 갈대숲과 그 옆의 갈잎을 스치며 외갓집으로 가는 길과 팔랑개비를 쳐들고 말(馬)을 달리던 그 어릴 적의 영상(映像)이 이내 선명해 오는 것이다.

내 외갓집은 제법 넉넉한 강폭을 가진 샛강을 앞에 한 마을에 있었다.

물론 거기 강변에도 갈대는 우거져 있었다.

이 갈대숲의 강에 달이 뜨고, 잠이 안 오고 그래서 옆에 누운 대학생 외사촌 형에게, 이제는 많이 자라 중학생이 된 내가 물었다.

형, 이런 때는
잠이 안 오고
저 들녘 끝의 산,
그 산 너머에
내 또래의 소녀가
있을 것 같고,

야, 이놈아,
잠이나 자거라,
네만할 때는 다 그렇다,

잠이나 자거라.

— 이런 때란
내 외갓집 갈숲의
월포리(月浦里)에서
휘영청 밝은 달빛이
모기장 속까지
스며든 여름날
이슥한 밤,

누구나 좋아하는
외사촌, 형 곁에서
나는 그만 무안당했지.
그 빨개진
내 얼굴을 형은 달빛 때문에
보았을 텐데,
아마 혼자 웃었겠지.

— 졸시 「외사촌 형」의 전반

　이 월포리 샛강 강가의 갈대숲, 그 무성한 아우성의 몸부림은 내 어릴
때부터 마음에 지워지지 않는 풍광(風光)으로 남아 있다. 이 동네의 한가
운데에 외갓집은 있었다. 집채에서는 조금 떨어졌지만, 텃밭 끝에 통싯간
이 있었는데, 거기 들러 쪼그리고 앉으면, 붓돌 가에도 그 싱싱한 갈대의
순이 억세게 비집고 올라오는 것을 어릴 때 보았다.

　3.

　월포리 내 외가 동네 앞에 흐르는 — 사실은 거의 멈추어져 있는 듯한
— 샛강을 따라 하구 쪽으로 내려가면, 거기도 내내 갈대숲의 연속이다.

길이 큰 도랑물이 흐르는 둑이고, 그 둑길 아래 갈대숲이 따르고 있어서, 갈대들이 바람에 흔들리고 있어도 갈꽃 너머로 그 샛강을 보면서 갈 수 있었다. 이 샛강의 강물에서 바람에 희살짓는 잔물결의 표정들을 참 나는 익숙히 보면서, 우리 집안의 맨 위 큰댁을 찾아가곤 했다.

이 큰댁이 우리 고장 삼각주의 맨 끝에 있었고, 그 큰집 옆에 흐르는 이 샛강의 건너 기슭 쪽은 아까 말한 작은 삼각주(맥도)의 끝부분이 거의 다 한 곳이기도 하다. 이 샛강에 나룻배가 있었다.

이 나룻배를 젓는 사촌 형이 있었는데, 우리 큰댁의 근처에 살았다. 근처가 아니라, 샛강 기슭의 갈대숲 자락에 살았다.

아까의 내 외사촌 형이 일찌기 고향을 떠나 떠돌았다면, 이 만(萬)이 형님의 생전의 떠돎은 겨우 샛강의 이쪽 기슭과 저쪽 기슭, 그야말로 저만치의 거리에서뿐이었다. 나는 그 형을 — 어쩌다가 몇 년 가다가 한 번씩 보았지만 — 그 샛강의 나루터, 여름이면 갈대가 무성하고, 가을이면 벌써 끊임없이 갈잎들이 서걱이고, 그리고 그 사이사이 나룻배가 물결에 출렁이는 그곳 — 외에서는 만이 형님을 생각할 수가 없다.

나는 한때 세상을 원망했다. 세상은 하루가 무섭게 변해 가는데, 어째서 형은 내내 그 자리에 있는 것인지, 역사는, 시간은, 어떻게 저 형만 비켜 놓고 가는 것인지, 하고 말이다.

형의 거룻배가 기슭에서 출렁일 뿐만 아니라 형이 노를 저어 저쪽 기슭에 왔다 갔다 할 때에도, 늦가을이나 겨울녘의 저녁때쯤 그 질서정연하게 — 그러니까 아무런 머뭇거림이나 거리낌도 없이 대오도 정연하게 강의 흐름을 거슬러 날아가는 기러기 떼 무리들의 멀리 떠남을, 하늘에서 아니면 노를 젓는 강심(江心)의 잔잔한 수면(水面)의 거울에서 보았을 텐데, 형은 그걸 보고도 전혀 무심(無心)했던 것 같다. 세상이 무심했고, 갈대는 갈대대로 하늘은 하늘대로 저 혼자 서걱이었고 저 혼자 그저 높았고 그리 무심했고, 아, 그보다 형이, 내 사촌 만이 형이 무심했던 것 같다.

그런데 묘하게도 그가 죽고 난 뒤, 나는 그를 그 갈숲의 샛강과는 전혀 다른 먼 한강(漢江) 상류의 산 중턱에서, 남의 죽음을 단단히 묻는, 달구소리 속에서 보았으니.

> 그 다음다음 해인가, 그 형이 벌써 죽었다는 늦은 소문을 들었습니다. 형은 무표정하게 돌아가셨을 게고 집안 사람들은 그 예의 무관심을 더 발휘했을 것입니다.
> 그런데 형이 저승객이 되었다는 늦은 소식을 들은 그 다음 해에 나는 만이 형님을 만났습니다. 그건 북한강이 굽어보이는 서울 근교의 천주교 성당의 공동묘지의 중턱에서였는데, 내가 그곳에 간 것은 그 전날 임종을 한 내 가까운 분의 무덤을 마련키 위해서였지요. 사무실을 비워 놓고 산(山)일을 나간 관리인, 그러니까 묘지기를 찾아 헤매다가 산모롱이에서 다른 몇 사람과 함께 새로 생긴 한 무덤의 흙을 달구소리도 드높게 다지고 있던 그를 만났습니다. 그 무표정의 눈길이며 몇 마디의 느린 그러면서도 짤막한 말투며 깊이 패인 골의 얼굴이며 ― 그 모두가, 옛날에 큰아버지가 어디서 줏어 와서 길렀다는, 샛강의 뱃사공 내 사촌 만이 형님이었습니다. 그 형은 전혀 이상해하지 않았습니다. 아무것도 자기에게 변한 것이 없다는, 그리고는 '어어여라 달고' 달구소리를 더 높이는 것입니다. 사실 아무것도 변한 것이 없었습니다. 그 연기의 완벽함에 감동되어 나는 전혀 이의를 제기할 수 없었습니다.
> ―「물구나무서기를 풀지 못했습니다」의 부분

그에겐 떠돎도 없었는데. 사실은 그가 어릴 때 떠도는 것을 우리 집안의 큰 어른께서 주워 왔다는데.

4.

만이 형님이 어릴 때 떠도는 것을 줏어 왔다는 큰어른이란 맨 위 큰댁의 큰아버지를 지칭한 말이다.

그를 그리 극존칭한 것은, 웃대 어른 — 그러니까 나에게 조부 되시는 — 이 장수하지 않아서 이 백부가 일찍이 집안의 큰어른일 수밖에 없었기도 했지만, 그보다 나는, 나뿐만 아니라 집안의 모든 이들은 이 어른의 별난 성격 — 아주 급하셨다 — 때문에 그 앞에서 다들 꿈쩍하기가 어려웠다는 데서, 더욱 그리 큰어른으로 기억되는 것이다.

이 어른은 내가 중학교 2학년 땐가 돌아가셨다. P시에서 하숙할 때였는데, 학교에서 공부하다가 백부의 작고 소식을 듣게 되어 부랴부랴 기차를 타고 큰 강의 나룻배를 타고 그리고 만이 형님이 노를 젓는 그 샛강을 건너서, 갈대숲의 강기슭에 있는 큰댁에 왔는데, 나는 이리 오면서 백부의 돌아가심에 대한 슬픔보다, 아 그 자리에 가서 눈물이 안 나오면 이 일을 어쩌나 하는 걱정만을 했다. 그분은 그리 무서웠다.

그 큰아버지께서 줏어 온 — 왜 '줏어 왔다'고 집안에서 말하는지, 그게 무엇을 뜻하는지 몰라도, 나는 이 표현에 어릴 적부터 익숙해져 있었다 — 만이 형은 언제나 그 큰댁 울타리 바깥에서 그야말로 '언뜻언뜻 스치면서 서성이곤' 했지, 집안의 같은 항렬들의 형제들과 어울리지 않았다. 아니 못했던 것 같다.

큰댁의 백부의 적자(嫡子)로서의, 다른 한 분의 사촌은 줏어 온 만이 형과는 달리 그때나 지금이나 의젓하다. 이 종형은 종가의 종손답게 자식을 7남매나 두었다.

그런데 네 아들 중 막내가 몇 년 전의 어느 날 열여덟 열아홉의 한창 나이에 느닷없이 이 세상 바깥으로 그만 뛰어내려 버렸다. 그래서 그애의 아버지와 어머니를 한동안 끊임없는 고통 속에서 나날을 보내게 했다.

그애는 그때 대학 입시를 준비하고 있는 재수생이었는데, 그만 무슨 조그만 불만으로 온몸에 석유를 끼얹고 불을 댕기고는, 너무 뜨거워 불덩어리인 채 마루에서 마당에 굴러굴러 그 끝에 이은 무논에까지 철벙거렸으나 숨졌다는 — 것이다. 그애의 이러한 죽음은 참 낙천적이던 형과 형수의 말문을 오랫동안 닫게 했는데, 멀리 있었던 나에게도 이 소식은 한동안 많은 생각에 빠지게 했다.

왜 그리 자기 몸을 불태웠는지, 참 상상키가 어려웠다.

더욱이나 그애의 아버지, 그 유(柔)한, 어질디어진 내 종형의 자식에게 어찌 그런 격렬(?)한 선택이 있었는지 상상이 잘 안 되었으나, 그애의 죽음은 대입시를 앞둔 재수생 특유의 고통, 부자유, 답답함, 이런 원인들에서 왔겠지 달리 생각할 수 없었다.

그런데 요새에 와서는, 그애의 죽음에의 결행은 우리들 삶의 근원적인 조건 또는 그 상황이 주는 더욱 본질적인 어떤 답답함의 문제 때문에서 아니었을까 하는 생각도 든다.

> 나는 목포의 유달산 아래서 개미와 같이 자라났다. 부러운 것 없이 따분하게 자라갔다. 학교에 간다고 집을 나와서 낯선 골목을 돌아다니다가 공부하고 있는 교실 안을 숨어보면서 어디로 가야 할지 망설이곤 했다. 학교에 가는 날보다 더 많은 날을 으스름한 햇빛이 스민 나의 방에서 '프랑다스의 개'와 같은 책을 보며 즐기었다. 감동하곤 했다. 가족이라곤 나의 그런 경향을 더욱 조장시켜 주시는 아버지가 계셨을 뿐이다.
> 아버지는 환자를 보는 시간 외에는 친구분들과 술 마시는 일과 정원을 가꾸고 개를 기르는 것이 전부였다. 거나해지시면 '황성 옛터'와 '목포의 눈물'을 부르시곤 하였다. 나는 그것이 질색이었다. '스미고미'(入仕)를 하는 조수나 간호원이 있을 뿐 아버지와 둘뿐이었는데 바람이 치는 날은 많은 유리창을 덜커덕거리는 소리가 유난하였다.

이는 어느 여류시인(김하림)의 글의 일부다. 나는 이를 어디서 읽곤 바로 옮겨 놓았는데, 그건 이 필자를 나는 잘 모르지만, 이 짤막한 글에서 그의 짙은 어릴 때부터의 고독 같은 걸 실감했기에서이다.

'부러운 것 없이 따분하게' '어디로 가야 할지 망설이곤' '으스럼한 햇빛이 스민 나의 방' 등속의 표현에서도 그랬거니와, 나에게 그녀의 고독이 제일 울려 왔던 것은, 바람이 부는 날 유난히 덜커덕거렸던 유리창들의 소리였다. 이 소리의 들림은 그가 얼마나 거기서 고독했는지를 한껏 떠올리게 한다.

바람으로 해서 창문이 덜커덕거리는 ─ 그 모든 자연의 소리나 모양이 우리들의 고통, 고독, 갈등 그런 것과는 관계없이 저리 흘러가고 있다고 보는 데서, 그애 내 조카의 죽음이 예비되었는지 모르겠다는 생각을 하게 된다.

우리가 무슨 일에 열중하다가 그 일에서 풀려났을 때, 즉 숨가쁨에서 그 숨결을 잠재웠을 때, 그때 우리에게 들려 오는 소리는 여태껏 자기가 열중하던 세계와는 전혀 다른 것이, 우리들 의식의 빈 공간에 갑자기 또는 서서히 들어오는 것이다. 예컨대, 자기의 심장 박동의 여진(餘震), 바람에 창이 덜커덕거리는 소리, 시계의 초침 소리, 그때까지 멀어져 있던 바깥 길에서의 자동차의 질주하는 소리 ─ 들.

그런데 그것들이 나하고는 전혀 관계없이 ─ 심장의 그 소리까지 ─ 저만치서 새삼 '달리' 들려오는 것이다. 어떤 일에의 빠짐에서 돌아와 보니, 여태껏의 그것들이 한순간에 달리, 그러니까 사실(!)대로 보인 것이다.

모든 것이 나와 인연(因緣)하였고, 그래서 나와 하나였다고 생각했던 것, 저 들판을 가르는 바람의 말굽 소리며…… 등이,

그러나 그건 나와 관계가 없고, 그것은 그것대로 존재하고, 결코 나를 위해서 나와 함께 리듬을 맞추는 것도 아닌, 그 자체의 숨소리에 돌아가 있고, 나는 나 혼자, 그것도 내 심장 소리와도 관계없어 보이는 내 '혼자'

로만 존재(存在)해 있음을 철저하게 사실(?)대로, 또 올바르게(?) 느끼게 되는 것이다.

이럴 땐 이건 허전함이 아니라, 내가, 나에게 무의미(無意味)한 것들에게 갇혀 있다는 답답함일 수 있겠지. 소월(素月)이 첩첩산중의 '삭주구성(朔州龜城)'에서, 빼곰하게만 보이는 하늘이 오히려 한(恨)으로 죄여 와, 끝내는 아편을 먹고 죽어 버린 것도, 그가 그리 노래하고픈 자연도 그에게는 언제나 '저만치'서 그리 '혼자' 피고 지고들 했으니, 그 거리감 때문이었겠지.

바람 소리가 들을 휩쓸고, 샛강의 물살을 희살짓다가 마당에 와서 먼지를 풀풀 일으키고, 이럴 때 귀 기울이지 않아도 갈잎이 서걱이는 소리, 하늘 높이 날아가는 기러기 떼의 울음소리,

그런 것은 열여덟 열아홉의 내 조카에게 아까의 그 '창문들의 덜커덕 소리' 그것과 같았을지 모르지.

그것뿐인가, 어둠이 묻어 오는 마당귀의 저 짚무더기의 지푸라기 한 오리의 하늘거림을 보아라,

얼마나 그것이 나하고는 관계없는,

바람과 어둠과 저들만의 흔들거림인지!

5.

내 어린 날, 우리 마을 뒤에 흐르던 샛강이 얼었을 때, 거기서 미끄럼을 타고 싶어 앉은뱅이 썰매를 만들었다.

두꺼운 널빤지 밑바닥에 굵은 철사의 두 줄이 지나가야 했다.

널빤지야 없으면 부뚜막에 있던 도마판으로도 변통이 되었겠지만, 굵은 철사가 있어야지.

그런데, 우리 고장의 겨울 벌판에 바람만 지나가면 소릴 내던 전선주(電

線柱)가 서 있었지. 그것들에는 세찬 바람과 우리들의 무관심 ― 우리 마을
하고는 아무런 관계가 없었으니까 ― 을 견디느라 그걸 받치는 굵은 철사줄
의 몇 가닥이 그 꼭대기 목께서부터 빗금으로 땅에 팽팽히 당겨 있었다.

　　나는 그것의 밑자락의 한 가닥을 애써애써 짤랐다.
　　그래서 성공했을 거야,
　　얼마나 신나게 탔을까,
　　그 앉은뱅이 스케이트를.

　　그러나 나는
　　썰매를 타고 돌아오는 들길에서
　　내내 두려웠다.
　　바람에 소리내고 있는 저 전선주의, 내가 짜른 밑줄기 위의 그 남은 철
사줄의 긴 흔들림,
　　그건 누구의 시의 깃발처럼
　　언제나 공중에 떠 있었다.
　　그게 얼마나 날 괴롭혔는지 모른다.

　　나는 그걸 바라보는 두려움과 괴로움으로
　　세상을 내내 살아온 것 같으다.
　　어찌 나뿐이랴,

　　밤 늦게 전철을 탄다.
　　텅 비어 있는, 그 늦은 공간에
　　아아, 내가 본 것은

또 그 흔들림이었다.
전철 천장 공간에 일렬로 도열한 채,
흔들리고 있는 저 많은,
그러나 저 빈 손들의 흔들림.

그건 당신들이 그 잡답(雜沓)하던 일상(日常)을 다 빠져나가서
이제는 당신들의 가족들에 안겨 있을 때의,
우리들이 거기 매달려 있었던
일상의 흔적들이다.

우리의 이승에서의 생이 끝났을 때,
무어가 남을까,
저 빈 흔들림만 남겠지.
내 시골 겨울 들판에서의 내가 짜른 전선의 잉여 자락 같은,
그리고 마지막 전철의, 그 빈 빈 손잡이의 흔들림,
아니, 그들 흔들림의 흔적처럼.

(1996년 탈고 · 미발표)

갈밭에서 갈밭에서

1.

다음은 낙동강 하구를 무대로 한 김성홍(金性弘, 1933~2009) 소설의 한 대목
이다.

> 새! 그렇다. 한두 가지 새가 아닌 수백 가지의 새가, 한두 마리 아닌, 수
> 백, 수천 수만, 수십만 마리의 새가 무리지어 있는 것이다. 거기, 하구 아래
> 쪽 여기저기 점점이 흩어져 지금은 흰 옥양목 자루를 옆으로 눕힌 듯한 삼
> 각주들. 그 삼각주들의 둘레마다 안고 있는 질펀한 개펄과, 갈대밭과, 바다
> 를 바라보는 드넓은 강물 위에, 가지 많고 수많은 철새들이 지금 겨울을 나
> 고 있는 것이다. 백조, 청둥오리, 도요새, 기러기, 재두루미, 가마우지, 물
> 떼새, 개개비, 물닭, 덤불도요, 덤불해오라비, 황오리, 참독수리, 검은머리
> 물떼새…… 그러니까 새라는 새는 모조리 모여들어 저기서 날마다 잔치를
> 벌이고 있는 것이다. 하늘에서, 강에서, 개펄에서, 갈대밭에서, 날며, 기며,
> 헤엄치며, 달리며, 뒹굴며, 비벼대며, 자맥질하며 겨울을 지내고 있는 것이
> 다. 봄이 되면 이들은 돌아가고 또다른 새떼들이 무리지어 찾아온다. 쇠부
> 림슴새, 저어새, 혹고니, 흰쪽박이오리새, 뜸부기, 닭뜸부기, 쇠뜸부기사
> 촌, 제비물떼새, 닭도요, 칼새, 바늘꼬리칼새, 잿빛개구리매, 알락오리, 흰
> 눈썹뜸부기…… 참으로 새들만의 별천지가 아닌가.
>
> ─「눈 오는 河口(하구)」, 부분

점점이 흩어져 있는 삼각주들, 그 모래톱의 둘레마다의 개펄과 갈대밭과 강물 위에서 겨울을 나고 있는 새들은, 거기 갈밭에서 갈밭에서, 바람 부는 벌판에서, 그리고 그 바람에 휩쓸리는, 바자울 가의 대숲에서 살아온 내 고장 사람들의 이름일 것이다.

그 외종은 기러기였고, 만(萬)이 형은 덤불도요였고, 애비와 에미를 울린 그애 내 조카는 뜸부기였겠지.

얘야, 이러는 게 제일 편하지, 이제 제대로 숨쉬어지는구나, ─ 죽음 앞에서도 밭귀와 밭머리에 서성이던 갈숲 가의 셋째 큰댁의 그 사촌 형의 새 이름은 무엇일까, 개개비, 개개비, 그 새는 울음이 있어 안 될 텐데, 아 그러면 칼새였겠지.

언제나 목말라 헤매었던 갈증이 삶의 전부였던 둘째 큰댁의 그 종형은 저어새 저어새였던가, 그리고 나는 바람 앞에서 언제나 쓰러졌으니, 도요새는 아니었겠지.

2.

「눈 오는 河口」는 주인공 소년으로 하여금 '그 숱한 새 가운데서 단 한 마리를, 그렇다, 너무 큰 놈도 아닌 웬만한 놈을, 그것도 이번 단 한 번만 꼭 낚고 싶은 것'으로 얘기가 전개된다.

이 철새들이 날아오는 하구의 갈숲에 대해서, 그 갈숲에서 살아가는 사람들의 고통에 대해서 「갈꽃 먹는 섬」의 작가 김성홍이 70년대에 있었고, 그 앞에 「모래톱 이야기」의 김정한(金廷漢)이 60년대에 있었고, 그리고 아득히 20년대에 조명희(趙明熙)의 「낙동강」(1927년)이 있었다고 이제는 말해야겠지.

> 기러기 떴다 낙동강 우에
> 가을 바람 부누나 갈꽃이 나부낀다

　이리 어릴 때부터 노래를 불러온 박성운도 이 개펄의 한 마리 새일 것이다.

　낯선 그는 어떤 새일까.

　그는 이제 노래를 부를 수 없게 되었음에 분노한다.

　"낙동강이 흐르고 이 마을이 생긴 뒤로부터 그 갈을 비어 자리를 치고 그 갈을 털어 삿갓을 맨들고, 그 갈을 팔아 옷을 구하고 밥을 구하엿"던 그 갈밭이, 마을 앞 낙동강 기슭에 여러 만 평 되는 그 갈밭이 어떤 힘있는 자의 명의로 넘어가, "이 가을부터 갈도 비일 수가 없"어졌기 때문이다. 그래서 촌민들과 저편의 "수직ㅅ군하고 시비가 생"긴 사건이 일어났다.

　주인공 성운은 "○○○라는 혐의" ─ 이 사건의 주모자 내지 선동자라는 혐의겠지 ─ 로 두어 달 동안 구금되어 있다가 병으로 그의 집, 우리 고향 벌판으로 돌아온다.

　「낙동강」의 주인공 성운은 내가 태어나기 전부터 우리 고을 벌판에 날아다닌, 독수리인 것 같다는 생각이 든다.

　나도 이제는 「눈 오는 河口」의 소년처럼, 한 마리의 새를 잡고 싶다. 내 고향 벌판에서 붙잡고 싶은 것이다.

　1920년대의 박성운! 나는 이 독수리가 갈대숲을 날던 멧새에서 저 하늘의 사나운 새가 되기까지, 그리고 우리 고장 사람들의 갈밭을 위해서 그 날쌘 발톱으로 하늘에서 이 모래톱의 갈꽃으로 날아와 지키다가, 상처를 안고 귀향하는, 즉 나룻배를 건너 내 고향 벌에 돌아오는 대목을, 이 소설의 앞뒤를 넘나들면서 다음과 같이 띄엄띄엄 옮겼다.

그의 말과 같이, 박성운은 과연 낙동강 어부의 손자요, 농부의 아들이었다. 그의 할아버지는 고기 잡이로 일생을 보내였었고, 그의 아버지는 농사ㅅ군으로 일생을 보내였었다. 자기네 무식이 한이 되여 그 아들이나 발전을 시켜볼 양으로 그리 하였든지, 남하는 시세에, 쫓아 그대로 해보느라고 그리 하였든지, 남의 논밭을 빌어 농사를 지어 구차한 살림을 하여 나가면서도, 어쨌던 그아들을 가르켜 놓았다. 서당으로, 보통학교로, 도립간이 농업학교로……

그가 농업학교를 마치고나서, 군청농업조수로도 한 두해를 있었다. 그럴 때에 자기 집에서는 자기 아들이 무슨 큰 벼슬이나 한 것 같이 여기며, 만나는 사람마다 자기 아들 자랑하기가 일이었다. 그러할 것 같으면 동내 사람들은 또한 못내 부러워하며, 자기네 아들들도 하로 바삐 어서 가르켜 내놀 마음을 먹게 된다.

그러다가, 마침 ○○○○이 ○○하였다. 그는 단연히 결심하고 다니던 것을 헌신짝 같이 집어던지고는, ○○○○에 ○○하였다. 일마당에 나서고 보니 그는 열열한 투사였다. 그때쯤은 누구나 예사이지마는 그도 또한 일년 반 동안이나 철창 생활을 하게 되었었다.(423면)[1]

이른 겨울의 어두운 밤, 멀리 바다로 통한 낙동강 어구에는 고기잡이 불이 근심스러히 졸고 있고, 강 기슭에는 찬 물결의 울리는 소리가 높아 질 때다. 방금 차에서 내린 일행은 배를 기다리느라고 강 언덕 우에 옹기중기 등ㅅ불에 얼 비쳐 모여섰다. 그 가운데에는 청년회원, 형평사원, 여성동맹원, ○○○○사람, ○○○○단체 사람들이 대부분을 차지하였다. 동저고리ㅅ바람에 헌 모자 비스듬히 쓰고 보ㅅ다리 든 촌ㅅ사람, 검정두루막이, 흰두루막이, 구지레한, 양복, 혹은 루바시카 입은 사람, 쨔켓 깃우에 짧은 머리털이 다팔다팔 하는 단발랑, 혹은 그대로 틀어 얹은 신 여성, 인력거 위에 앉은 병인, 그들은 ○○감옥의 미결수로 있다가 병이 위중한 까닭으로 보석출옥하는 박성운이란 사람을 고대 차에서 받아서 인력거에 실어가지고 마을로 들어가는 길이다. (420면)

---

1 전광용 편저, 『原本 한국근대소설의 이해 I』(민음사, 1983). 이하 모두 같음.

병인은 인력거에서 내리며 부축되어 배에 올랐다. 일행이 오르기를 마치매 배는 삐꺽삐꺽 하는 노젓 맞히는 소리와 수라수라하는 물 젓는 소리를 내며 저쪽 기슭을 바라보고 나아간다. 뱃ㅅ전에 앉은 병인은 등ㅅ불빛에 보아도 얼굴이 참혹하게도 야위어졌음을 알 수 있다.(421면)

「아, 누가 소리 해줄 사람이 없능가?…… 아, 로사! 참 소리하소, 의……
내가 지은 노래하소」
옆에 앉은 단발랑(斷髮娘)을 조른다.
「노래하락고?」
「응, (봄마다봄마다)해라 의.」
「봄마다 봄마다
　　　　　불어 내리는 낙동강물
구포벌에 이르러
　　　　　넘처 넘처 흐르네 —
　　　　　　흐르네 — 에 — 헤 — 야.
「……………………………」(421면)

병든 성운을 둘러싼 일행이 낙동강을 건너 어둠을 뚫고 건넌 마을로 향하여 가던 며칠 뒤 낮절이었다. 갈 때보다도 더 몇배 긴긴 행렬이 마을 어구에서부터 강 언덕을 향하고 뻗혀 나온다. 수 많은 기ㅅ발이 날린다. 양렬로 늘어선 사람의 손에는 기 — ㄴ외올베자락이 잡혀 있다. 맨앞에 선 검정테 둘은 기폭에는 「고 박성운동무의령구」라고 써있다.
　그 다음에는 가지 각색의 기다. 무슨 「동맹」 무슨 「회」, 무슨 「조합」, 무슨 「사」. 각단체 연합장임을 알수 있다. 또 그 다음에는 수많은 만장이다. (428~429면)

　나는 내 고장 사람들의 원형(原型)을 김정한의 1930년대의 소설 「사하촌(寺下村)」의 촌민(村民)들에게서 또 60년대의 갈밭새 영감(「모래톱 이야기」)에게서 보고 싶어 했다.
　이제 포석(抱石 ; 조명희의 호)의 「낙동강」을 읽으면서 우리 고장 사람들의 뿌리를, 그러니까 갈밭새 영감보다 윗대인 사하촌 사람들, 그리고 또 이들의 윗대의 한 초상을 내 고향 들길에서, 마침 우리 마을의 고샅에서 이리 만났다.

갈밭새 영감의 마지막이 범람하는 강의, 그 홍수의 노도 속에 있었다면 이 1920년대의 박성운의 죽음은 낙동강 둑의 서쪽 벌 내 고향 들판에서 있었다.

나는 그의 죽음의 장례 행렬을 보지는 못했다. 내가 태어나기 전이었으니까. 그리고 그때 내가 태어났더라도 그건 복자(覆字 ; 일제 식민 당국의 검열에서, 그들의 구미에 맞지 않으면 이리 심하게 복자 처리했다)가 곳곳에 웅덩이처럼 많은 소설 속에서였으니.

오색의 만장(挽章) 물결을 거느리며, 그 한쪽으로만 트였던 들길, 하늘과 땅이 맞붙었던 서역(西域)으로 향하던 꽃상여의 장례 행렬을 나는 어릴 때 참 많이 보았다. 그들의 살았을 때의 고통이 그리 미화(美化)되는 것은 의외였다. 그래서 흑인영가(黑人靈歌)를 들으며 온통 꽃들에 장식되어 떠나던 영화 〈슬픔은 그대 가슴에〉의 주인공의, 이 세상 고통과의 작별은 나에게 그래서 아름다웠다.

> 이 해의 첫 눈이 푸뜩푸뜩 날리는 어느 날 늦은 아침, 구포역(龜浦驛)에서 차가 떠나서 북으로 움지기어 나갈 때이다. 기차가 들녘을 다 지나 갈 때까지, 객차 안 동창으로 하염없이 밖앗을 내어다보고 앉은 여성이 하나 있었다. 그는 로사이다. 아마 그는 돌아간 애인의 밟던 길을 자기도 한번 밟아 버리려는 뜻인가 보다. 그러나 필경에는 그도 멀지 않어서 다시 잊지 못할 이 땅으로 돌아 올 날이 있겠지. (429면)

1927년에 복자투성이로 발표된 조명희의 「낙동강」은 이렇게 끝난다. 이제, 내 얘기들의 긴 들먹거림도 끝내야겠다.

(1996년 탈고 · 미발표)

외사촌 형 이야기

1.

외종의 내 형은 지금도 나와 짙은 연(緣)에서 형제 ─ 고종과 외종의 ─
의 정(情)을 잊지 않고 있는데, 지난 추석 며칠 뒤에 전화로 나를 불러서는

"─ 아, 야아, 니도 외동이지?"
"예."
"─ 아, 야아, 나도 외동이다!"

이러는 것이다.
이 뻔한 말은 나를 나무라는 것이었으니, 내가 어쩌다가 그야말로 한
번도 안 그러다가 올해 처음으로 이 중추가절의 인사를 놓친 것이다.
형은 술에 몹시 취한 목소리였다. 술을 안 들었을 때의 그의 목소리는
너무 맹숭맹숭해서 오히려 어색할 때가 많을 정도로, 취해 있을 때의 그
가 오히려 자연스럽다.
며칠 뒤 나는 형수에게 전화를 해서 이 형의 근황을 물었다.

"아이고, 데련님, 이 일을 어쩌면 좋지요? 함께 살고 있는 둘째의 장사하는 술병들을 들고 나가서 동리 — 형은 이 동리에서 살기 시작한 지 얼마 되지 않는다 — 친구(?)들에게 다 나누어주는 것은 말할 것 없고요. 글쎄, 그저께는 둘째 내외와 내가 무슨 일로 집을 비웠다가 아침에 와 보았더니, 동네의 몇 사람과 함께 온 집안의 장사 밑천을 뒤적여 마시고 마시곤 하고는, 늦은 아침까지 이들이 온 방에 활개를 치다시피 자고들 있었으니…, 아이고 며늘애에게도 말이 아니니… 데련님, 아이고 어떡하면 좋지요."

라는 것이다.

형의 흉허물을 생전 말하지 않던 형수에게서 처음 이 말을 나는 듣고, 형이 좀 심했다 싶긴 했으나, 그 얘기가 형의 경우엔 새롭지 않다는 생각을 했다.

내년이면 칠순인 이 형은 한평생을 이리 살아왔다 해도 과언이 아니다. 자기가 가진 것 — 형은 이제, 아니 벌써부터 가진 것이 없어졌으니, 자식이 가진 것도 — 은 그대로 고스란히, 유지하지 못하는, 참 좋은 점과 참 나쁜 점을 가지고 살아왔으니 그렇다.

해방 후의 그 혼란기에 형은 P시에서 맨 처음 생긴 D사립대학을 다닐 정도로, 집안 그러니까 우리 외가는 살림이 먹고살 만했다. 나는 외숙을 본 일이 어릴 때였으니, 이 형은 아버지를 일찍 여읜 셈이다. 그래서 외아들인 형은 대학 시절부터 집안의 경제권을 행사했을 것이다. 정치에도 젊어서부터 관심이 있어서였는지 그즈음의 도의원 선거에도 입후보했던 이 형은, 자기 집에서든 술집에서든 지나가는 사람을 불러들여 술을 따라 주고 사 주는 데 철저했던, 그야말로 철저했던 — 그런 분이었으니, 그 시골 살림은 몇 해 안 가서 거덜이 났을 건 뻔하다.

그가 한때 재야의 민주화운동의 대열에서 떠돌(?) 때, 서울에 와서 어디

서든 며칠 묵다가, 나에게 전화를 하곤

"애, 동생아, 지금 내가 어디 — 대개 찻집이다 — 에 있는데, 여기에 좀
나올래?"
한다. 내가 그곳에 가서,
"형님, 돈 안 필요해요?"
이리 물으면
"응, 있으면 — 없어도 괜찮고 — 얼마만 주고 가거라."

면서,
그는 결코 요새 시세로 하면 4~5만 원 정도의 돈만 갖지, 그 이상은 요
구도 안 했고, 내가 걱정해도 더 받으려고 하지 않았다.
그런데 기가 차는 것은, 그 돈을 받자마자, 그는 그 자리의 차(茶)값을
그것으로 계산하고, 식객(?)의 일행들 — 언제나 대여섯 명이 넘었다 —
을 몰고는 찻집을 떠나는 것이다. 그러니까 금방 내 포켓에서 나간 그 돈
의 거의 모두가 거기서 그대로 소비되고 있는 것이다. 그의 주머니는 이
렇게 손익(?)계산상으로 보아 +− 제로의 상태, 그러니까 늘 비어 있는
것이다.

        ......
        ......

        그 형이 그리워
        과천 문원동 마을에
        찾아갔더니,
        자전거를 세차게 몰다가 넘어져 뿌러진
        바른쪽 팔뚝엔 깁스를 하고선

왼손으론 우산을 받치고, 날 기다리느라
버스가 오는 길에
서 있다가 너무 반가워서,

그 반가워하는 눈길엔
내 돌아가신 어머니의
눈물도 보이고,
내 외숙모님의
조용함도 보이고,
이놈아, 네만할 때는
그렇다는, 그
감춘 웃음도
보였지.

육십여 평생 동안
돈벌이라곤, 지난 봄
청계산에서 산불조심의
띠 두르고, 그래서
두 달 동안, 일당 이만여 원의
합계를 받아서, 친구들과 내내 대취대취했다는
낙천주의의 극치, 그래서 가난한
그분이, 술자리 옆에서 칭얼대는
외손녀를 왼손으로 안으면서
멀리 간, 그 위의 어린 외손자를 생각하면서

내 어머니와 똑같은 표정의
눈물을 보였을 때,
나는 내 목구멍에
빙빙 도는,

옛날 내 유년 시절
외갓집 월포리(月浦里)
형 곁에 누워

달이 너무 밝아 얼굴 붉었던, 형의
그 말을 되돌려 주고
싶었는데,
그만 우리는
너무너무 취해 버렸다.

형님, 외종형님, 이제
주무세요,
나이 드시면 다 그렇습니다.
다 그렇습니다.
　　　　　　　　　　　　— 졸시 「외사촌 형」의 후반

　이건 형이 지금의 사는 곳으로 옮겨 가기 전의, 오랫동안 살았던 과천
의 청계산 자락 시절이었다. 형의 이 주거지는, 서울대공원이며 과천 신
도시 등이 들어서면서 그 언저리에 살았던 원주민을 한쪽으로 몰아 이주
시킨 단지였는데, 그 원주민 시절 — 허기야 형의 권속(眷屬)들의 가난한
삶의 터전은 여기였으나, 형은 언제나 붙어 있지 않고 유랑(流浪)했다 —
도 길었지만, 이 이주 단지 마을에서도 참 용케도 내내 오래 살았다. 그러
다가 지지난해인가 형은, 이 청계천 자락에서 느닷없이 떠나, 조금 더 아
래쪽으로 옮겼다.

　지금 사는 곳으로 이사하고 난 얼마 뒤의 지난봄이었다. 내가 그리로
찾아갔다. 형은 술이 안 취한 채 집에 있었다. 날 데리고 그 길거리 집의
뒤꼍에 있는 밭께로 인도하는 것이다. 남의 밭이라면서 그 귀퉁이들을 빌
려 토마토도 심어 놓았고, 호박 구덩이도 그 옆을 지나가는 신작로 밑자
락에 만들어 놓았다. 거기 콩대도 올라오고 있었다. 그런 것이 그에게 술
에서 깨어 있을 때의 유일한 재미인 양 보였다. 그걸 다 둘러보인 다음 형
은 이리 말했다.

"새벽에 잠이 안 와서, 여기 나와서 어둠 속에서 이것들을 매만지고, 그래도 동이 안 터서, 담배를 피우고, 그래야 그때서야 어둠이 억지로 물러간단다."

나는 이 말을 예사로 듣는 체했으나, 참 가슴에 닿았다. 그 어둠 속에 아침을 기다리는 형, 참 내 마음에 그랬다.

내가 어릴 때 외가에 갔을 때 — 나는 이 형이 어릴 때부터 좋았다 — 형은 어린 나를 데리고 천렵(川獵)도 하고, 낚시질도 했다. 그래서 잡은 숭어들은 형의 술안주로 바로 바뀌었다. 다른 사람들이 곁에서 그런 것 먹으면 디스토마에 걸린다고 겁을 주어도, 형은 "아이고, 못 먹어서 죽는다이."라면서 아랑곳하지 않았다. 몇 년 전에 그가 서울 근교의 큰 종합병원에 입원했다는 소식을 듣고 가 보았더니, 그는 "동생아, 날 보고 간경화래."라면서, 그러나 예사로운 표정이었다.

한 1주일의 입원 생활에서 풀려나온 후, 그가 금주(禁酒)한 날짜는 며칠도 못 되었다고 한다.

신기하게도 그의 낙천주의 — 또한 무감각주의? — 는 그 위험병도 우습게 만들었는지, 그의 음주 행각은 여전하다.

"어이, 보래이, ……아, 동생아,
 인생은 공수래(空手來) 공수거(空手去) 아잉가!"

나는 세상에 단 둘도 이런 낙천주의, 혹은 무한무책임(?)주의 — 그의 가족에 대해서 — 자를 보지 못했다.

그러나, 그에게서 어쩌다가, 술이 취했을 때의 더듬더듬 어눌하면서도 요란한 그런 급한 목소리가 아닌, 그야말로 맹숭맹숭한 목소리로, 토씨

하나 틀리지 않는 정확한 문장으로 구사되는 얘기를 듣게 되면, 그 목소리의 밑자락에는 새벽의 동이 트기 전 그 어둠의 밭귀에서 한참 앉아 있는, 그의 우수와 고독이 배어 있음이 느껴진다.

나는 이 형이 나보다 먼저 세상을 뜨면, 나는 갑자기 한순간에 더 고독해질 것이라는 생각이 근래 문득문득 난다.

참, 내가 아까 말한 요새 사는 형집의 뒤꼍, 그 밭귀의 남쪽, 가장자리 언저리는 가파른 언덕으로 되어 있었는데, 나는 그때 '새벽을 기다리는', 아니 '어둠에 익숙해'져 있는 그런 형의 얘기를 듣고 난 다음, 그 언덕 가에 가서 좀 거닐었다.

거기 비탈에 풀이 그야말로 무성했다. 어떻게 잡초들이 저리 마음놓고 자랐을까 싶을 만큼 한껏 요란했다. 그리고 그 잎들은, 햇볕에 빛나면서 바람에 휩쓸리면서 펄럭거리는 윤기로 해서 나에겐 눈이 부시었다. 그 눈부심이 한순간, 갑자기 나로 하여금, 고향 벌판에 서게 했다. 형이 저쯤에 서서 나를 보고 있었으니, 더욱 그리 생각됐겠지.

(1996년 탈고 · 미발표)

이상옥

넓고 넓은 황무지 추억

한 오래된 집착

1945년 8월 15일 전후

내한(耐寒) 마라톤 대회

건축가 — 이루지 못한 꿈

『황악』 제2호 내던 시절

넓고 넓은 황무지 추억

1995년 5월에 미국 유타에 가서 1년쯤 한국문학을 가르쳐 보지 않겠느냐는 난데없는 제안을 받았을 때 나는 기대보다 우려가 더 컸다. 가서 머물도록 되어 있던 대학이 모르몬교도들의 정신적 본산이라 할 수 있는 브리검영 대학이었으므로 그 교파를 늘 비딱한 눈으로 바라보던 나에게는 은근히 경계심이 일었기 때문이다. 뿐만 아니라 해외여행의 보람을 자연경관 탐승보다는 역사의 흔적 탐사에서 찾아야 한다고 생각해 오던 나에게 미국의 서부야말로 최악의 곳이 될 거라는 느낌까지 들었다. 그 사막으로 되어 있다는 곳에서는 도대체 역사적 유적은커녕 눈길을 끌 만한 자연경관 같은 것도 기대할 수 없을 듯했던 것이다.

그런 선입견이 바뀌게 된 것은 현지에 도착한 후 얼마 되지 않아서였다. 염려하던 것과는 달리 가르치는 일이 별로 부담스럽지 않기에 이내 나는 차를 몰고 쏘다니기 시작했고, 그러는 동안 몇 가지를 새로이 알게 되었다. 무엇보다도 중학교 시절부터 valley라는 낱말의 뜻을 '계곡' 혹은 '골짜기'로만 알고 있던 나에게, Utah Valley처럼 폭이 수십 킬로미터요 길이는 백 킬로미터가 넘는 광활한 평원이 '밸리'라 일컬어지고, 계곡이나 골짜기를 가리키는 말로는 따로 canyon이라는 낱말이 있다는 것을 알고는 적잖은 충격을 받았다. 내가 아직껏 가 보지는 못했지만 캘리포니아 주의 새너제이라는 곳에 있다는 '실리콘 밸리'도 작은 계곡이 아니고 넓은 지대가 아닌가 싶다. 그런데 우리나라에는 벤처기업이 입주하는 빌딩 몇 채를 지어 놓고는 무슨, 무슨 밸리라고 부르니 참으로 우스꽝스럽기 짝이 없는 일이다.

뿐만 아니라 또 한 가지 놀라웠던 것은 그곳의 사막이 내가 늘 '사막'이라면 떠올리던 사하라 사막 같은 곳과는 엄청나게 다르다는 것이었다. 그곳은 고운 모래만으로 된 땅이 아니고, 곳에 따라 밀도의 차이는 있으나, 세이지브러시(sagebrush)니 래빗브러시(rabbitbrush) 같은 작은 관목들이 자라고 노간주나무들이 더러 숲을 이루기도 하는 황무지였다. 그러니 오랫동안 영어 선생을 해오면서도 desert라는 명사의 뜻을 그저 '모래밭'으로만 이해하고 있었던 것이 부끄러워졌다. 그곳의 desert는 모래밭이 아니고 그저 '버림받은 땅'이며, 그런 의미를 두고 '사막'을 가리키는 명사 desert와 '버리다'는 뜻의 동사 desert의 어원이 똑같이 라틴어 desertus에 있다는 너무나 뻔한 사실까지 새삼스럽게 확인해 보아야 했다.

그런데 이상하게도 나는 처음부터 그 황무지에 홀딱 빠지게 되었다. 차를 몰고 가다가 조망이 좋은 곳에서 광활한 땅을 바라보면 언제나 'unreal'이라는 영어 낱말이 떠오르는 것이었다. 그 쓸모없이 버려진 땅은 참으로 비현실적이요 비현세적이었는데 어쩌면 그렇게나 내 마음을 그 속으로 흡인해 들이고 있던지 나는 마치 꿈속에서 헤매고 있다는 착각에 빠지곤 했다. 그 넓은 땅에 자이언(Zion)이나 브라이스(Bryce) 같은 국립공원이 보석처럼 박혀 있다는 것은 황무지 탐사꾼들에게 여분의 특혜가 될 수 있다. 그 두 국립공원은 라스베이거스나 그랜드캐니언 같은 명승지에서 비교적 가깝기 때문에 인기가 높지만, 사실 그 두 곳 이외에도 찾아볼 만한 곳은 많다. 동북쪽으로 더 들어가면 캐피털 리프(Capitol Reef)니 캐니언랜즈(Canyonlands)니 아치스(Arches)니 하는 국립공원들이 산재해 있는데 그 모두가 규모도 훨씬 클뿐더러 각각의 특징적 면모를 지니고 있어서 쉽게 제쳐 둘 수 없는 명승지들이다.

앞서 말했듯이 나는 여행의 목적을 자연경관보다도 역사의 흔적 탐사에 두어야 한다고 믿지만, 그래서 스위스의 알프스나 남미의 이과수 폭포 같은 세계적 명승지를 탐방의 우선순위에서 일단은 배제하는 편이지만, 미국의 서부를 쏘다닐 때는 그런 생각을 일시적으로나마 접어야 했다. 그리고 예상과는 달리, 그곳에도 사람이 살던 흔적이 없지 않음을 알고 나는 적잖게 놀랐다. 무엇보다 도처에 원주민들이 살았던 유적이 남아 있었다. 미주 대륙을 유럽 열강들이 침공한 후에 원주민들이 겪었던 박해의 흔적들은 말할 것도 없고 그보다 훨씬 전에 그곳에서 살다가 어디론지 떠나 버린 종족의 유적들까지도 나에게는 무척 흥미로웠다. 귀국 후에 나는 대학의 이메일 ID로 anasazi를 쓰기 시작했고 지금까지 20년에 가깝도록 쓰고 있는데, 그것은 옛날에 그곳에서 살다가 지금은 흔적만 남기고 사라져 버린 아나사지(Anasazi) 족에 대한 내 나름의 경의 표시라 할 수 있다.

그리고 여타의 황무지가 지니고 있는 또 한 가지 역사적 함의는 그곳이 모르몬교도들의 정착지라는 데서도 찾을 수 있다. 내가 머무르고 있는 동안 유타 주는 주 승격 100주년을 맞아 떠들썩한 자축 행사를 했다. 애리조나, 네바다, 아이다호, 와이오밍 같은 주위의 모든 지역이 각각 연방의 1개 주로 승격하는 동안 중앙정부로부터 백안시되어 냉대만 받고 있던 모르몬교도들의 정착지는 1896년이 되어서야 뒤늦게 정식 주로 승격되기까지 많은 우여곡절을 겪어야 했으므로 그 100주년 기념일은 주민들에게 각별히 의미심장했을 것이다.

1830년에 조지프 스미스가 뉴욕 주에서 창시한 후기성도예수교회의 모르몬들은 정통 기독교 신자들에 의한 박해를 피해 오하이오 주를 거쳐 일리노이 주까지 쫓겨나와 정착했지만 교주 스미스가 폭도들에게 살해된 후에는 다시 새 삶의 터를 찾아 서부의 미개척지를 향해 정처 없는 대장정 길에 나서야 했다. 2대 교주인 브리검 영 일행이 천신만고 끝에 로키 산맥을 넘어 유타 밸리 북쪽의 넓은 소금물 호수 근처에 도착했을 때 그는 "This is the place."라고 외쳤다고 한다. 내가 대학의 한 모르몬 교수에게 그 말의 함의를 물었더니, 그 쓸모없는 황무지를 탐내고 넘보는 사람은 없을 터이므로 그곳에서는 더 이상 박해받거나 쫓겨나는 일이 없을 것이라고 안심했다는 뜻이라고 설명해 주었다.

이런 역사적 배경을 알게 되자 나는 모르몬교도들에 대한 경계를 풀고 그들의 역사를 알아보려고 했다. 그래서 그들이 세운 박물관을 위시하여 많은 연고지를 찾아보았다. 솔트레이크시티에 있는 '템플'이라는 성전이 몹시 궁금했지만 신도가 아닌 사람들에게는 출입이 허락되지 않았으므로, 나는 그 경내에 있는 모르몬 태버내클을 여러 차례 방문했다. 매주 일요일 오전 그곳에서 열리는 그 유명한 합창단의 공연을 실황으로 듣기 위해서였다. 그곳을 찾아갈 수 없을 때는 으레 NBC 방송의 생중계로 그 합창을 시청했다.

이래저래 그 황무지로 된 땅에 머무는 동안 나는 그곳에 대한 애착을 기르게 되었다. 어디서나 눈에 띄는 『모르몬경』을 나는 단 한 페이지도 읽어 본 적이 없고 후기성도교회의 교리나 제도를 깊이 알아보려고 하지 않았지만, 모르몬들이 가족의 가치를 중시하고 검소하게 사는 것을 눈여겨보면서 그들의 인생관을 이해하려고 노력했다. 그러나 그곳에 대한 나의 추억에는 무엇보다 그 다채롭고 매혹적인 자연경관들이 점철되어 있다. 쳐다보고 있노라면 빨려 들어갈까 은근히 무서워지던 그 짙푸른 하늘, 염도가 25%나 되어 생물이 살기 어렵다는 그레이트 솔트레이크 호수, 겨울도 아닌데 웬 눈일까 싶어지는 광활한 본빌 소금밭, 한여름까지도 산정에 눈을 이고 있는 와사치 산맥의 연봉들, 그리고 기기묘묘한 형상들이 둘러선 가지각색의 원형극장들을 연상시키는 브라이스 캐니언 같은 곳들도 잊을 수 없지만 무엇보다 그리운 것은 마치 꿈속에서처럼 아득히 펼쳐져 있던 그 넓고 넓은 황무지이다.

한 오래된 집착

　자클린 뒤 프레가 연주하는 엘가의 첼로 협주곡을 들으며 며칠을 보냈다고 하는 분이 있다. 참으로 대단한 열정이다. 또 듣자하니 뒤 프레가 엘가의 협주곡을 녹음한 후 한동안 다른 첼리스트들이 감히 그 협주곡을 녹음하려 하지 않았다는 소문도 있다. 엘가의 곡이 명곡이라는 뜻보다는 뒤 프레의 연주가 탁월하다는 뜻이겠으나, 뒤 프레의 엘가야말로 문자 그대로 타의 추종을 불허하는 명반 중의 명반이라는 말이 아닐까 싶다.

　내가 그 곡의 LP판을 산 것은 미국에 체류하고 있던 1970년경이었는데, 그 무렵 나는 첼로 곡들을 한창 수집하고 있었다. 그때까지 나는 뒤 프레라는 첼리스트에 대해서는 아는 것이 전혀 없었고 그저 레코드 가게에서 이 판 저 판 뒤적이다가 20대로 보이는 예쁘장한 여인이 첼로를 들고 있는 사진이 재킷에 실린 Angel 판을 집어 들었던 기억이 난다. 그러니 그 판에 대한 평판이나 '명반' 소문을 근거로 골랐다고는 할 수 없겠다. 아무튼 그날 저녁 그 판을 뜯어 턴테이블에 얹자 나는 그만 그 자리에서 엘가에게 — 아니면 뒤 프레에게? — 홀딱 반하게 되었다. 그리고 오늘날까지도 나는 그 판을 들을 때마다 그 첫 감격을 생생하게 떠올린다.

　앞서 말한 그분은 뒤 프레의 엘가를 들으면서 "독수리의 저공비행의 날갯짓 소리를, 때로는 알을 품는 것 같은 신음 소리 같은 것"을 연상한다고 하는데 참으로 대단한 감수성이 빚은 연상이라 하지 않을 수 없다. 그런 비범한 능력과는 거리가 먼 나는 그 연주에서 고작 영국의 전원 풍경을 떠올릴 뿐이다. 경작지와 목초지와 삼림지대가 혼재하는 완만한 경사의 구릉들이 물결처럼 굽이치고 띄엄띄엄 작은 마을들과 소박한 교회의 첨탑으로 점철되어 있는 잉글랜드의 전원 풍경이 눈앞에 펼쳐지는 듯하다는 뜻이다.

사실 영국에 대한 내 애착은 런던이나 에든버러 같은 유서 깊은 역사적 도시의 매력에도 있지만, 그보다는 대부분의 잉글랜드 농촌 지역 어디를 가든 내 가슴에 안온하게 안겨 오는 듯한 매혹적 풍경에 더 기인한다고 해야 옳을 것이다. 내가 머물고 있던 남동부 지역의 사우스다운즈 같은 구릉지대라든가 옥스퍼드 인근의 코츠월드 지방 같은 곳에서라면 그런 풍경을 쉽게 볼 수 있다. 특히 코츠월드에서 그리 멀지 않은 우스터의 대사원을 찾아가 보면 그 경내에는 엘가의 동상이 서 있는데, 이는 그 고장이 바로 엘가의 고향이라는 것을 뜻하지 않나 싶다. 이런 것들을 생각할 때 내가 엘가의 협주곡에서 영국의 전원 풍경을 떠올리는 것도 전혀 근거 없지는 않다고 할 수 있겠다.

한편, 내가 엘가의 협주곡을 그렇게 좋아하면서도 지금까지 다른 첼리스트가 그 곡을 연주한 판을 사려고 하지 않는 것은 아마도 은연중에 뒤 프레의 판 한 장만 있으면 더 이상은 필요 없다고 여기기 때문이다. 역시 미국 체류 중에 나는 뒤 프레가 바렌보임과 합주한 브람스의 첼로 소나타 1~2번의 LP도 구입했다. 하지만 이 곡의 CD 복각판이 아직도 나에게는 없기 때문에, 카세트에 녹음해서 자동차에 싣고 다니던 것을 이따금 끄집어내어 들어 보는데 역시 빼어나게 좋다는 것을 매번 느낀다. 그래서 카잘스(1939), 로스트로포비치, 슈타커 등이 연주한 브람스의 소나타 CD들을 찾아서 뒤 프레와 비교해 보기도 하지만 모두 뒤 프레만은 못하다는 생각이 든다. 브람스의 감미로운 선율들을 애절하게 담아 내는 솜씨가 모두 이 여류 첼리스트의 경지에는 미치지 못하는 듯하다는 뜻이다.

이런 생각이 모두 뒤 프레에 대한 내 편견이나 애착 때문인지 아니면 객관적 타당성에 근거한 것인지 나로서는 판단할 길이 없다. 하지만 이런 일에서 좋으면 좋은 것이지 그것을 좋아하는 이유를 굳이 찾아내야 할 필요는 없지 않을까 싶다. 그리고 한 가지 — 엘가나 뒤 프레의 삶과 관련된 여러 가지 사실이나 풍문들이 내 판단에 별로 영향을 주고 있지 않다는 점은 분명하다.

내가 가진 뒤 프레는 이처럼 엘가의 협주곡 및 브람스의 소나타가 전부이다. 그리고 뒤 프레의 다른 판들은 구입할 생각은 전혀 하지 않고 있다. 뿐만 아니라 엘가의 협주곡도 다른 첼리스트의 판을 구할 생각이 없다. 특별한 이유가 있는 것은 아니다. 오직 다른 판들을 듣다가 혹시 뒤 프레나 엘가에 대한 내 환상이 깨지고 마는 불상사라도 겪게 될까 무의식적으로 걱정하고 있기 때문이 아닐까 싶을 뿐이다.

1945년 8월 15일 전후

일제로부터 해방되던 해 그러니까 1945년 여름이 되자 밤낮없이 공습경보 사이렌 소리가 울렸지만 너무 빈번한 경보에 익숙해진 읍민들은 별로 경계의 빛을 보이지도 않았다. 대낮에 B-29 폭격기가 은빛 날개를 자랑하며 드높이 파란 하늘을 날아가는 것이 더러 목격되기도 했다. 그 정도의 높이는 유효사거리를 넘어서기 때문에 일본군의 고사포는 침묵할 수밖에 없다는 설이 돌고 있었다. 그래서 그런지 폭격기들은 마치 창공을 산책하듯 유유히 날아다녔다. 종전이 가까워질 무렵이라 일본 공군이 자랑하던 '하야부사(隼)' 전투기들은 씨가 말랐는지 한 대도 나타나지 않았다.

그러던 중 내 고향 김천읍은 미국 공군의 폭격을 당했다. 그날도 오후에 공습경보가 울렸지만 나는 방공호에 들어갈 생각은 아예 하지도 않았다. 골목에 나와 보니 어른들이 하늘을 쳐다보고 있었다. 이윽고 두 대의 폭격기가 그리 높지 않은 고도로 날아오더니 시커멓게 생긴 물체 두 개를 떨어뜨렸다. 그 순간 곁에 서 있던 한 군청 직원이 "바쿠단(爆彈)이다!" 하며 고함을 질렀다. 그 소리에 놀란 나는 집을 향해 뛰기 시작했다. 대문을 밀치고 마당으로 들어서는데 잇달아 폭음이 들리더니 조금 후에 모래 먼지를 실은 바람이 휘몰아쳐 왔다.

우리 집 창고 속의 지하실은 이내 동네 사람들도 가득 찼다. 그 네모반듯한 콘크리트 지하실은 공습 대피 시설로 지정되어 있었으나 여름철에는 바닥에 물이 질퍽했기 때문에 아무도 거기로 내려가려 하지 않았다. 하지만 그날만은 달랐다. 그곳을 빼곡히 채운 사람들은 모두들 웅크린 채 요란한 기관총 소리를 들으며 새파랗게 질려 있었다. 어른들은 그것을 기총소사 소리일 거라고 했다.

그날 처음으로 전쟁을 실감한 우리 가족은 봇짐을 싸고 구읍에 있는 외가로 피난을 갔는데 그 시절에는 그것을 '소카이(疏開)'라고 했다. 김천역 조차장(操車場) 곁으로 난 신작로와 철길 사이의 빈터에 폭탄이 떨어진 곳이 보였다. 지름이 10미터쯤 되게 파인 웅덩이를 바라보면서 어른들은 적어도 1톤짜리 폭탄은 떨어졌을 거라고 했다. 그 당시 군사훈련의 일환으로 학교 운동장마다 '엔수이고(圓錐壕)'라는 것을 파 두었는데 나는 그 웅덩이를 보며 대형 엔수이고 같다고 생각했다.

몇 주일 만에 외가에서 집으로 돌아와 보니 그사이에 마당에 심은 여러 포기의 옥수수가 부쩍 자라 있어서 집이 낯설어 보이기까지 했다. 8월 초순에는 히로시마(廣島)에 '겐시바쿠단(原子爆彈)'이라는 무서운 폭탄이 떨어졌다는 흉흉한 소문이 돌았다. 그 무렵 대낮에 미 해군의 '그루만' 간사이키(艦載機)가 나타나서 저공비행을 하는 통에 우리는 그 굉음에 혼비백산한 채 이불을 뒤집어쓴 적도 있다. 어른들은 미군의 '고쿠보칸(航空母艦)'이 조선 근해까지 들어왔을 거라고 하면서 종전이 임박했음을 예감하는 듯한 눈치였다.

*

마침 여름방학이었기에 우리 동네 아이들은 급변하는 전황을 아랑곳하지 않고 여전히 바쁘게 쏘다녔다. 8월 15일 그날도 나는 낮에 두세 명의 4학년 급우들과 직지천 냇가에서 물장구를 치며 놀았다. 집으로 돌아오는 길에 철길 옆의 농업 창고들을 지나는데, 그 거대한 목조건물 중의 하나에는 육중한 문이 열려 있었다. 주위에 인기척이 전혀 없기에 우리는 안으로 들어가 보았다. 곡식을 담은 듯한 마대가 산더미처럼 쌓여 있었고, 한 찢어진 자루에서는 콩이 새어나와 흩어져 있었다. 우리는 말없이 주머니에 콩을 가득 채웠다. 농사를 지어도 일제가 공출이라는 이름으로 수확물을 모두 수탈해 가던 시절이었다. 특히 그 무렵에는 일제가 만주서 가져온 고량(高粱) 국수와 콩깻묵을 식량이랍시고 배급받고 있었기 때문에 끼니때마다 주부들은 난감해했다. 아무튼 우리는 거의 본능적으로 콩에 손을 대면서 누가 보지 않나 조마조마했다.

창고에서 빠져나와서 의기양양하게 집으로 가고 있는데 저만치 앞에서 일본군 헌병 두 명이 오고 있지 않은가. '닛폰도(日本刀)'를 철걱거리면서 다가오는 그 오만한 모습 앞에서 잔뜩 겁을 먹고 고개도 들지 못한 채 걸어가는데 당장에 그들이 우리를 불러 세울 것 같아 가슴을 조이던 일이 아직껏 선명히 기억된다.

우리 동네에 이르니 왠지 온통 분위기가 심상치 않았다. 일본이 전쟁에 지고 조선이 해방되었다고 사람들이 조심조심 소곤대고 있었던 것이다. 아버지는 일본 천황의 항복 방송이 있었다고 했다. 라디오를 켜니 천황의 말이 재방송되고 있었는데, 그 의미를 알아듣기는 어려웠지만 침통한 어조가 무슨 큰일이 났음을 알리고 있음이 분명했다. 낮에 함께 놀았던 동무들은 그날 저녁에 다시 모였는데 우리 모두의 주머니에는 볶은 콩이 들어 있었다. 어른들은 삼삼오오 모여서 앞으로 세상이 어떻게 변하게 될까 궁금해했고 우리는 그 주변에서 밤이 이슥하도록 서성거렸다.

　한 이틀 후였다. 우리 집 아래채에 하숙 들어 있던 김천중학교 고학년 학생 두 명이 마당에서 어머니를 찾았다. "아주머니, 파란색과 검정색 헝겊 좀 구할 수 있겠습니까?" 그 용도를 물으니 우리나라의 국기를 만들어야겠다는 것이었다.

　그간 대문에 내걸곤 하던 일장기를 태극기로 개조하는 작업이 시작되었다. 재봉틀이 대청으로 나왔고 학생들은 태극기의 도면을 종이에 그려 보였다. 일장기에서 '히노마루(日の丸)'의 일부를 도려내고 그 자리에 남색 천 조각을 오린 태극 문양을 만들어 붙였다. 검은 천으로는 네 개의 괘(卦)도 만들었다.

　그때 그 태극기는 두 학생에게 많은 것을 의미했을 것이다. 그들이 다니던 김천고등보통학교(金泉高等普通學校)는 1931년에 최송설당(崔松雪堂) 여사가 창립했는데, 개교 후에 이내 학생들의 반일 감정의 온상이 되었다. 결국 일제 말기에 총독부는 학교를 강탈해서 공립김천중학교로 만들어 버렸다. 그런 수모를 당하면서도 학생들이 꼼짝도 하지 못했을 테니 우선 그 급조한 태극기 한 장으로나마 그들은 해방의 기쁨을 만끽하려 했을 것이다. 학생들이 그렇게 급조된 태극기를 휘두르며 기고만장해하던 모습이 마치 불과 수 년 전 있었던 일처럼 회고된다.

내한(耐寒) 마라톤 대회

동짓날이 되면 사람들은 으레 팥죽을 연상하겠지만 나는 마음속으로 한 달리기 행사를 떠올린다. 중학교 시절에 두 번이나 참가했던 내한(耐寒) 마라톤 대회가 아련히 추억되기 때문이다. 내가 김천중학교에 입학하던 1948년 동짓날 우리 학교 학생들은 전원이 마라톤 대회에 참석했다. 이 마라톤은, '내한'이라는 말에 함축되어 있듯이, 동지 추위를 무릅쓰고 모두들 옷을 훌랑 벗은 채 팬츠 바람으로 일정한 거리를 달리는 연중 행사였다.

12월 초순에 전교생은 그 행사를 위한 준비운동을 시작했다. 첫날은 조회가 끝나는 대로 전교생이 운동장의 트랙을 한 바퀴만 돌았다. 이튿날에는 운동장을 두 바퀴, 그리고 사흘째에는 세 바퀴를 돌았다. 이런 식으로 하루에 한 바퀴씩 운동량을 늘려 가다가 열흘째에는 열 바퀴를 돌았고, 그 때부터는 바퀴 수를 늘리지 않고 매일 열 바퀴씩만 돌았다. 마라톤 대회는 겨울방학이 시작하는 날 개최되었는데, 내가 겪었던 두 차례 모두 그날이 방학을 하던 동짓날이었던 것으로 기억된다.

전교생은 두 개의 집단으로 나뉘어 뛰었다. 1학년에서 3학년까지의 하급생들은 교정에서 출발하여 서낭대이(城隍堂)와 노실고개를 넘어 지례

길나들이 어귀에 있던 양물내기의 반환점을 돌아왔으니까 왕복 거리가 6, 7킬로미터쯤 되지 않았을까 싶다. 4학년에서 6학년까지의 상급반은 그 거리보다 더 먼 곳을 다녀왔으며 반환점이 농소면 어디쯤이었다는 말을 들었다.

마라톤 당일 전교생은 교실에 옷을 벗어 놓고 운동장에 모여 간단한 준비운동을 한 후 출발했다. 몇몇 병약한 학생은 담임의 양해 아래 교실에 남기도 했지만 그 숫자는 전교를 통틀어 많지 않았다. 모두들 출발선에 나왔고, 일부 낙오자들을 제외하고 거의 모두 풀코스를 뛰었다. 우리는 누구나 꾀병하기를 부끄러이 여겼고 대부분 오기(傲氣) 때문에 반환점을 돌아왔다.

엄동설한에 벌거벗기고 그 먼 거리의 달리기를 시킨 학교 당국에 대해 요즘 사람들은 뭐라고 할까. 아마 무모한 짓이었다고 나무랄 것이다. 하지만 그 당시 그 마라톤 행사에 대해 불평을 하는 학부형이나 학생은 하나도 없었다. 뿐만 아니라 그렇게 긴 거리를 달리고도 그 후유증으로 고생했다는 학생도 없었다.

지금 돌이켜 생각하건대 이런 달리기 행사가 공연히 생겨났던 것 같지는 않다. 적어도 해방 후 처음 5년간은 온 국민이 달리기에 무척 큰 관심을 보였기 때문이다. 1936년에 가슴에 일장기를 달고 베를린 올림피아드에서 우승했던 손기정 선수가 해방 직후 전국 순회 중에 김천에 들렀을 때는 온 시민이 태극기를 들고 '그라운드 운동장'에 모여 그를 환영했다. 그리고 1947년에 서윤복(徐潤福) 선수가 태극 마크를 달고 보스턴 마라톤에 출장하여 세계를 제패하자 온 민족은 열광했다. 이어 1950년엔가는 함기용(咸基鎔), 송길윤(宋吉允), 최윤칠(崔崙七) 선수가 역시 보스턴에서 1, 2, 3위를 휩쓸어 민족적 자긍심을 한층 드높였다.

그런 분위기에 휩쓸렸기 때문이겠지만 그 당시의 학생들은 매일 달리기를 했다. 당시 초등학교 상급생이거나 중학교 저학년 학생이던 나는 방과 후에 동네 아이들과 어울려 시내 여기저기를 뛰어다녔다. 우리는 거의 매일 달리고, 달리고 또 달렸다. 영화 〈포레스트 검프〉의 포레스트처럼 달렸다. 그 어렵던 시절에 무슨 힘으로 그렇게 뛰어다녔는지 지금 생각하면 하나의 기적으로만 여겨진다.

내한 마라톤 대회는 학교의 전통이었던 것으로 기억되지만 그 행사가 언제부터 시작되었는지 지금은 생각나는 바가 없다. 나는 중학교에 입학하던 해와 이듬해에 그 마라톤을 뛰었다. 하지만 1950년에 한반도에 전쟁이 발발하자 그 전통은 뚝 끊어지고 말았다. 온 국민이 전쟁의 참화를 겪으며 하루하루의 생존 도모에 급급하던 시절이었으니 아이들도 동네에서나 학교에서 한가하게 달리기나 하고 있을 기분이 아니었을 것이다.

그 후 60년이 넘도록 김천중고등학교에서 내한 마라톤 대회를 부활시켰다는 소문은 들리지 않는다. 아니, 부활시킬 수도 없었을 것이다. 사회적 풍조나 학교 분위기가 도대체 그런 '쓸데없고' 소모적인 행사를 허용하지도 않을 것이기 때문이다.

어차피 내한 마라톤 같은 행사는 찌는 더위나 매운 추위를 아랑곳하지 않고 전교생이 매일 아침 운동장 조회에 참석하여 교장의 훈화를 듣고 국민 보건체조를 '넷 둘 셋 넷'까지 거듭하던 시절에나 가능했다. 요즘에야 땡볕이나 강추위에 학생들이 10분간만 서 있어도 여기저기서 픽픽 쓰러질 텐데 그런 무모한 행사를 어찌 상상조차 할 수 있을 것인가. 하지만 그 옛날 전교생이 동짓날 팬츠 바람으로 시내를 달리던 그 시절의 학교교육이 요즘의 공교육에 비해 여러모로 훨씬 더 건전했다는 데 이의를 제기할 수는 없을 것이다.

건축가

— 이루지 못한 꿈

내 중학교 시절의 친구 김용일은 1940년대 말엽에 우리 집에 놀러 왔다가 '아메리카'라는 잡지를 보았던 일을 이따금 회상한다. 기억이 흐리기는 하나 그 잡지의 정확한 제호는 『아메리카나』였을 것이다. 그 월간지는 당시 USIS라고 알려져 있던 미국 공보원에서 발행하고 있었다.

해방 후의 그 어수선하던 시절에 그 잡지가 어떤 경로로 우리 집에 배달되었는지는 모르겠다. 아마도 해방 직후 간행된 유형기 목사의 영한사전 및 한영사전과 조선어학회에서 낸 을유문화사의 『조선말큰사전』(전6권) 등을 구입해서 서가에 꽂아 두었던 선친이 그 잡지를 구독하지 않았던가 싶다.

내가 그 잡지를 아직도 잊지 못하는 것은 거기 실려 있던 한 편의 기사 때문이다. 그 기사는 20세기 미국의 대표적 건축가 프랑크 로이드 라이트(Frank Lloyd Wright)를 소개하고 있었는데, 그의 사진과 그가 설계한 건축물 사진을 여러 장 곁들이고 있었다. 지금 확실히 생각나지는 않으나 저 유명한 폭포수 위의 저택과 탤리에신 건축물들의 사진이 수록되어 있었던 것 같다.

내가 중고등학교 시절 내내 가슴에 품고 있던 건축가의 꿈도 바로 그 기사에서 배태되었다. 나는 그 잡지에 게재되어 있던 라이트의 흑백사진을 4B 연필로 도화지에 큼직하게 모사해서 책상 옆에 붙여 두고 매일같이 건축가가 되어야 한다는 결의를 다지기도 했는데, 6·25사변에 우리 집이 폭격을 당하는 통에 물론 그 초상화 스케치는 사라지고 말았다.

건축가 꿈이 지리학 및 지도에 대한 내 집착과 은연중에 결합하게 된 것은 그 후 얼마 되지 않아서였다. 그리고 건축학이 단순한 집짓기뿐만 아니라 도시계획과도 관련 있다는 것을 알게 되자 건축가 꿈은 점점 더 익어 갔다. 1950년에 발발한 전쟁으로 고향 김천 시내가 무참하게 황폐화되어 있던 시절에 고등학교 학생이던 내가 「김천시 재건론」이라는 제목의 논문 현상 모집에 응모하기 위해 김천시 일대의 5만 분의 1 지도 몇 장을 펴 놓고 끙끙댄 적이 있는 것도 물론 건축가가 되어야겠다는 꿈과 관계있었다.

고등학교 진학 때 이과 반을 택했던 나는 서울대학교의 문리과대학이나 공과대학을 가려고 마음먹고 있었다. 당대의 공대로 말하자면 가장 인기가 높은 학과가 화학공학과였지만 나는 물론 공대의 여러 학과 중에서도 유독 건축학과만 염두에 두고 있었다. 한편, 지금 생각하면 참으로 어이없는 일이지만, 건축학과가 미술대학에 있지 않고 공대에 속해 있는 것이 이해되지 않아 늘 불만이었다. 그 당시 오직 홍익대학교에서만 건축학과가 미술대학에 속해 있었는데 그건 물론 홍대에 공과대학이 없기 때문이었다.

그러던 중에 고등학교 3학년 여름방학이 될 무렵 내 오랜 꿈은 흔들리고 말았다. 부산으로 피난 와 있던 공대의 화공과에 입학하여 첫 학기를 마치고 올라온 선배 두 사람이 학교로 찾아와서 우리 졸업반 애들에게 공대 지망을 종용하는 유세를 했다. 그들은 공대에 가면 학습량이 많을뿐더러 한 주일에도 여러 차례 시험을 친다는 말을 자랑 삼아 이야기했는데 그게 나에게는 역효과를 냈다. 왜냐하면 그 말을 듣자 나는 그만 공대라는 곳은 갈 데가 못 되는 곳이라고 단정했기 때문이다. 학창 시절에 시험을 무척 싫어했던 탓이었겠지만, 거의 매일같이 시험을 봐야 한다는 말에 공대에 대한 내 흥미는 그만 싹 가시고 말았던 것이다.

나는 반생 동안 아무 숙려(熟慮) 없이 가벼이 결정한 일들로 인해 그 뒤 치다꺼리를 하느라 고생하곤 했거니와, 그때 건축학과 진학을 쉽게 포기했던 일이야말로 참으로 어이없고 경솔하기 짝이 없는 결심의 전형적 사례였다고 하지 않을 수 없다. 물론 공학 분야가 아닌 다른 분야에 진학한다고 해도 시험이 완전히 면제되는 것은 아니었다. 학사과정 시절 나는 늘 수강 과목의 담당 교수가 시험을 보이는 대신에 기말 논문 같은 것으로 대신해 주기를 은근히 바랐지만 시험을 봐야 할 경우가 그렇지 않은 경우보다 더 많았다. 그래서 채워야 할 답안지를 앞에 둘 때마다 나는 늘 시험이 싫어서 공대를 멀리했던 일을 새삼스럽게 떠올리고 있었다.

훗날 미국에서 공부하던 시절 나는 세 분야에 걸친 논문 제출 자격시험을 준비하면서 오랜 기간 도서관에서 많은 시간을 보내야 했는데, 책 읽기에 싫증이 날 때마다 참고도서 열람실에 들러 두툼한 대형 지도책이며 갖가지 화첩 및 도록들을 이것저것 들춰 보며 머리를 식히곤 했다. 그러다 간혹 프랭크 로이드 라이트의 도록 — 몇 가지나 있었다 — 을 훑어보기도 했는데, 그때마다 나는 잦은 시험이 두려워 공대 건축과 지원을 포기했던 내가 어쩌다 서른이 넘어서까지 시험 준비를 하느라 시달리고 있는지 하는 생각을 하며 회오에 찬 아이러니를 느끼곤 했다.

결국 나는 명색이 영문학 선생이 되었지만 필생의 업으로 삼은 영문학에서 커다란 보람을 찾기는 어려울 것임을 이내 깨닫게 되었다. 그래서 한때는 민속학을 연구해 보아야겠다고 마음먹고 이리저리 기웃거리기도 했지만 그 꿈은 오래가지 않았다. 또 한국문학을 공부한답시고 덤벼든 적이 있지만 내 타고난 능력이나 처해 있던 상황이 한국문학에 대한 깊은 천착을 허용하지 않아 고작 그 주변에서 서성이다 말았다. 이처럼 일생에 걸친 휘청거리는 학문적 노정이 모두 대학 진학을 앞두고 내가 경솔하게 택했던 그릇된 길 때문에 결정되었던 것이니, 이제 와서 무엇을 탓하고 누구를 원망할 수 있을 것인가.

오래전부터 나는 로버트 프로스트의 시 「걷지 않은 길」을 읽으며 무한한 공감을 해왔다. 특히 그 마지막 세 줄이 늘 짠한 느낌을 자아낸다.

> 숲속에서 두 길이 갈라졌는데
> 인적이 덜한 길을 택했었기에
> 그래서 모든 것이 달라졌다고

부질없는 짓이겠거니와, 이 중 가운데 줄을 살짝 비틀어 본다면 지금의 내 심경을 절실하게 반영할 수 있지 않을까 싶다.

> 숲속에서 두 길이 갈라졌는데
> 경솔히 한쪽 길을 택했었기에
> 그래서 모든 것이 달라졌다고

『황악』 제2호 내던 시절

내가 김천고등학교에 다니던 시절 학도호국단 학예부에서 간행한 학생 잡지는 제호가 『황악(黃嶽)』이었다. 1951년에 학제 개편으로 고등학교가 처음 창설되었을 때 중학교 4학년을 수료한 사람들은 고등학교 2학년에 입학했고, 중학교 3학년을 끝낸 나는 1학년에 입학했다. 상급생들은 2년 후 고등학교를 졸업하기 전에 교지의 창간호를 냈고, 그 둘째 권을 내는 일은 우리 학년 몫이었다.

그 당시에도 대학 입학 시험은 학교 당국이나 학생들에게 아주 중요했지만, 아무도 요즘처럼 입시에 목을 매고 있다시피 하지는 않았다. 그래서 그런지, 요즘의 풍습과는 달리, 졸업반 학생들도 태평스럽게(!) 잡지 만드는 일에 관여하고 있었다.

내가 반장으로 있던 학예부 출판반에 몇 명의 애들이 속해 있었는지 지금은 생각나는 게 없다. 다만 우리가 만든 잡지의 뒤표지 안쪽에 실려 있는 〈黃嶽, 第2號 編輯을 마치고〉라는 캡션의 사진을 보니 네 명의 학생이 교사 두 분의 지도를 받고 있었던 것 같다. 지도교사는 국어 담당 김정진(金正鎭) 선생과 영어 담당 김승규(金勝珪) 선생이었는데 김승규 선생은 그 후 얼마 되지 않아 전남대학교의 교수가 되어 학교를 떠났다.

학생 편집위원은 3학년 문과생 김석도(金錫道)와 송주항(宋柱恒) 그리고 이과생 권기선(權奇璇)과 이상옥(李相沃)이었다. 이 네 사람 중에서 송 군을 제외한 세 사람은 그보다 3년 앞서 중학교 3학년 시절 한겨울에 동인지『초생달』의 창간호를 내겠답시고 여러 날 동안 끙끙대다가 미숙한 등사(謄寫) 작업으로 인해 끝내 실패하고 말았던 사은구락부(四隱倶樂部)의 멤버들이었다.

1953년 여름방학이 시작되기 전에 전교생에게는『黃嶽』제2호의 원고 모집이 광고되었다. 9월에 가을 학기가 시작되자 수합된 원고는 편집을 거쳐 김천 시내의 한 인쇄소로 넘겨졌다. 당대의 많은 인쇄소와 마찬가지로 그 인쇄소도 활판 인쇄를 하는 곳이었다. 문선공(文選工)이 원고지를 보며 활자를 뽑아 놓으면 식자공(植字工)이 실물 크기의 잡지 판형으로 그 활자를 식자해서 한 페이지씩 조판(組版)했다. 정판(整版)을 거친 활자판(活字版)을 인쇄기에 얹어 놓고 전지(全紙)를 한 장씩 메겨 주면 인쇄기는 철커덕철커덕 소리를 내면서 인쇄를 해냈다. 참으로 지금 사람들은 상상하기 어려운 노동집약적이고도 열악한 출판 과정이었다.

인쇄소에는 식자와 조판 그리고 인쇄를 전문으로 하는 기술자가 있었지만, 웬일인지 잡지 한 권 분량의 문선 작업을 감당해 낼 직원들이 없었다. 그래서 시내에 있던 형무소에서 불려 나온 수감자 몇 사람이 장총을 멘 간수들의 감시를 받으며 문선 작업을 했는데, 무슨 사정 때문이었는지 죄수들이 출근하지 않는 날이 많아서 문선 작업은 지지부진했다.

출판이 지연되자 대학 입학 시험을 겨우 몇 달 앞두고 있던 우리 출판 반원들은 초조하기만 했다. 그래서 우리들 스스로 방과 후에 빈번히 인쇄소에 들러 직접 원고지를 들고 문선 작업을 돕기도 했다. 하지만 온 벽에 줄지어 늘어선 활자판에서 크고 작은 활자들을 집어내는 일이 초심자에게는 쉽지 않았고, 들인 시간에 비해서 그 성과는 미미했다. 뿐만 아니라 우리는 교정물이 나올 때마다 밤이 이슥해지도록 인쇄소의 난로 옆에 앉아 즉석 교정도 보아야 했다.

우여곡절 끝에 성탄절 무렵 잡지가 제본되었을 때는 대학 입학 자격 연합고사가 임박해 있었고 대학별 본고사는 겨우 2개월 남짓 남아 있을 뿐이었다. 부득이하게 입시 준비를 소홀히 하면서 내심 불안해진 나머지 아침저녁으로 내가 당대의 유행어였던 "사고 났네. 사고 났어!"를 되뇌며 혼자 푸념하던 일이 지금도 생생히 기억난다.

하지만 편집을 담당했던 우리 네 사람은 모두 대학에 붙었다. 옛 사은구락부의 세 멤버들은 각각 문리과대학의 원하는 학과에 들어갔고 송 군은 고려대학교에 합격했다. 그야말로 요즘 사람들은 좀처럼 상상하기 어려운 성과였다고 할 수 있으니, 우리는 참으로 좋은 시절에 고등학교를 다닌 행운아들이었다고 자처해도 좋을 것이다.

이상일

몇 개의 무용 리뷰 — 작품 〈네 요소〉, 〈불쌍〉, 〈아가페〉,
원로들의 춤인생 6, 70년, 〈Full Moon〉, 〈낙화유수〉, 〈회오리〉… 그리고 절필

몇 개의 무용 리뷰

— 작품 〈네 요소〉, 〈불쌍〉, 〈아가페〉, 원로들의 춤인생 6, 70년,
〈Full Moon〉, 〈낙화유수〉, 〈회오리〉… 그리고 절필

박나훈의 세 레퍼토리 재구성 무대 〈Four Element〉

박나훈의 〈네 요소〉는 제명(題名)대로라면 네 가지 중심 요소가 드러나
주어야 한다. 그런데 작품의 1부 〈두 개의 문〉, 2부 〈로비무용〉, 3부 〈세
개의 공기〉라는 세 이미지 장(場)에 양념처럼 프롤로그와 에필로그가 딸
려 있는 〈네 요소〉 공연을 보고 나면 마지막 네 번째 요소는 어디 있느냐
고 묻지 않을 수가 없게 된다.

주제가 각기 다른 1, 2, 3부는 연계되는 '네 가지 요소'라는 주제로 묶이
지 않는다. 박나훈의 몇 가지 공연 작품 가운데 재공연 레퍼토리로 재구
성된 작품들 〈두 개의 문〉, 〈세 개의 공기〉, 〈배추생각〉, 〈모르는 두 남자
만지기〉을 모아 놓은 것이니까 세 작품만 비슷한 주제로 모을 수도 있고
다섯여섯 개를 재구성 형식으로 모아 대령시킨다고 해서 안무자의 자유
를 탓할 수는 없다. 1부 〈두 개의 문〉은 어쩌면 〈모르는 두 남자 만지기〉
로 묶이고 3부 〈세 개의 공기〉가 〈배추생각〉으로 묶일 수 있다면 2부 〈로
비무용〉의 장난스런 아이디어와 실연이 이번 공연을 위한 전위적 창작 작

품이라 할 수 있지 않을까. 그러나, 그래도 안무자가 내세운 '네 가지 요소'가 무엇, 무엇 네 가지인지 궁금했던 나 같은 관객은 1, 2, 3부 다 다른 방향의 신(장면이라 해도 좋고 이미지라 해도 좋은데)을 보면서 연결되지도 않는 장면 설정에 왜 한 요소만 빠졌는지, 그 하나는 어디로 갔는지 물어보지 않을 수가 없다는 것이다.

〈네 요소〉는 안무가의 손으로 걸러져 요소 하나하나가 선명하게 드러나야 한다. 그것을 이미지, 혹은 신, 장(場, 章)으로 구성한다 해도 몇 개의 이미지로 구성된 안무 계획이 네 가지라 해 두었다가 세 개밖에 표출되지 않으면 주제의 질서가 흐트러지지 않을 수가 없다. 아무리 그런 구성이 레퍼토리 재구성 무대라 해도 작품 주제로 흡입되는 전체의 흐름은 있을 것이고 주제를 네 가지 요소라고 붙인 이상 네 가지 이미지로 통일되는 흐름은 잡아 주는 것이 안무자의 도리일 것이다.

네 요소의 중심 흐름이 1, 2, 3부로 분산되다 보니까 2부 〈로비무용〉은 젊은 안무자의 객기 넘치는 전위적 유희로 그치고 전체적으로 통일된 이미지 형성은 벌레 모양의 무대장치로 집중되어 있을 뿐, 마지막 무대로 마구 던져진 배추로 인해 환경 애호론자들의 설익은 설교 듣듯 한 이 작품에서 기본적인 네 가지 요소 없이도 〈배추생각〉 하나만 키웠더라면 작품으로서는 충분히 설득력이 있겠다 싶다.

불쌍한 불상(佛像) 같은 우상에 대한 비판
— 국립현대무용단의 〈불쌍〉

무대 위에는 크고 작은 각종 조각상들이 어지러이 놓여 있고 그것들을 지키는 인간 군상들은 뒷머리에 탈바가지를 달고 있다. 가면을 쓴 그들은 일반 대중들일 수도 있고 종교인들일 수도 있고 정치인, 저널리스트, 학자, 예술가들일 수도 있다. 잠정적으로 각종 조각상을 받드는 무리는 무용수들이다. 안애순 국립현대무용단장의 본격적인 작품 활동의 포인트가 되는 〈불쌍〉(3월 21~22일, 예술의전당 토월극장)은 부처님을 뜻하는지, 뭐가 불쌍하다는 것인지 헷갈리게 만드는 신성모독의 이미지를 풍긴다.

어지럽게 무대 바닥에 놓인 각종 조각상들은 국립현대무용단의 시즌 프로그램 주제인 '역사와 기억' 같은 관념일 수도 있고 단순히 '우상(偶像)'을 대변할 수도 있다. 바닥에 흐트러져 있던 우상들은 마지막에 가서 호리촌트가 열리면 넓은 전시장에 질서 있게 정돈된다. 무질서에서 질서의 행렬에 드는 부처상, 예수상, 기타 성인들의 우상은 저마다의 우여곡절을 겪으며 대중의 무지를 틈타서 권위와 존엄을 획득해 나왔다. 그런 존엄과 권위의 가치 부여에 참여하는 것은 부처도 예수도 아니다. 어리석게도 부화뇌동하면서 돌과 나무나 시멘트 덩어리에 지나지 않는 원자재에 굴복 맹종하는 대중들, 무대 위에서는 국립현대무용단의 엘리트 무용수들이다. 그래서 그들은 도시적 그림 같은 정형성(定形性)을 부각시킨다. 그들이 얽혀 동양적인 문화 아이콘이 세속적 일상 가운데서 어떻게 소비되고 있는지를 무대가 보여 준다.

옛것의 고전미나 교양미가 복제와 다량생산으로 증식되어 소비된다. 그런 측면에서 '역사와 기억'이 교체되면서 다양한 시공간이 펼쳐지며 장르간의 교차와 혼성 모방이 일어날 때 무용수들의 빗겨 쓴 가면들이 기능적으로 작용한다 — 다문화적인 충돌도 마다하지 않는다. 한국의 민속 춤, 동남아의 손짓, 중국 무예, 당연히 불교 의식도 현대무용에 도입된다. 예술과 일상의 경계를 허물어뜨리기 위해 설치미술의 '최정화'와 'DJ Soul Scape'의 오브제들과 자유로운 음악이 시너지 효과를 낸다.

안무가 지향하는 초점은 현실의 정치적 종교적 우상일 수도 있고 예술계, 무용계의 대가나 권위주의적 학자, 잘난 평론가, 아니면 콧대 높은 관리들을 겨냥할 수도 있다. 넓게 말하면 그런 사회적 현상에 대한 안무가 안애순의 비판적 안목이, 좁게 말하면 무용계에 만연해 있는 유파들의 이른바 권위에 대한 혐오감이 무용 행위를 통해 우아하게 카무플라주되는 것이다.

춤판과 나란히 가는 것은 그런 우상 형성 과정인데 가장 선명하게 이미지로 남는 부분은 플라스틱 바구니로 만들어지는 알록달록한 조형 — 불상과 어우러지는 자유롭고 장난기 심한 불탑 형상이고 왼편에서 고독하게 춤추는 검은 의상의 여인이다. 그는 누구일까 — 그 여인은 어쩌면 안애순의 자화상일는지도 모른다. 우상에 대한 거부반응은 그러나, 결코 직선적이거나 공격적이지 않다. 한국과 극동 3국, 그리고 동남아 춤사위를 주도하는 안애순의 이성적 현대무용 스타일의 섬세함은 이 작품 전체의 이미지 조성에 적극적인 공간을 내주어서 자유롭고 여유가 넘친다. 그런 공간에서 놀이적 유희성이 현대무용 특유한 즉흥성과 어울려 무대의 활성을 유지한다. 그 활성적인 무대는 작품 〈불쌍〉, 아닌 '불상(佛像)'을 통해 불쌍한 우상들의 무덤이 된다. 이 무덤은 역설적으로 현대무용적 통합의, '원초적 춤'의 축제 마당으로 탈바꿈한다.

불상에 대한 말장난이 우상화에 대한 무용적 비판이 된 국립현대무용단의 〈불쌍〉은 불상이라는 명사가 불쌍하다는 형용사로 바뀌지 않았으면 완벽한 말장난의 문명 비평적 사례가 될 수 있다. 최근에는 광고 선전 문구에 민중적 재치로 말장난이 활용되지만 민속인류학적으로 이런 말귀 바꾸기 재담은 우리 탈춤 말뚝이 대사의 양반 골리기나 아프리카 트릭스터 이야기 등에서 말장난(Wortspiel) 형식으로 전승되어 나왔고 이번에 무용적으로 차용되었다는 측면에서 신선하게 다가온다.

불상의 존엄이나 권위가 불쌍하게 전락하는 가치전도(價値顚倒)의 시대는 모든 우상들의 비극적 존재 양상이 드러나는 계절이기도 하다. 부동

(不動)의 가치는 없다. 먼지 낀 살들을 쓸어 낸 다음 관절 해체, 지방질 제거 다음의 원형의 놀이는 무거운 진지함의 중압이 아니다. 예수나 공자나 마호메트나 석가모니 등 성인군자들의 신성을 거부한다는 의미는 권위나 전통적 가치를 인정하지 못한다는, 기존 가치관에 대한 거부와 도전, 그 비판 의식에 다름 아니다. 그런 저항과 반항은 동시대인으로서 우리 모두 민주화 과정의 현대사에서 지겹게 체험했고 이제는 그 무게에서 자유롭고 싶다.

현대무용이 제기하는 문명 비평적 가치전도의 방향은 단순히 종장(終章)의 질서정연하게 선반에 상품처럼 전시된 부처상, 예수상 등등 우상들의 무덤을 비웃는 것만은 아닐 것이다. 해체된 무용 미학으로 새롭게 시작하는 원초적 춤(Ur-dance)의 발아(發芽)를 느낄 수도 있다.

공연지원센터 기획 시리즈 'Rough Cut Nights'의 전혁진 작 〈아가페〉

전혁진이 안무 연출한 그라운드 제로 프로젝트의 작품 〈아가페〉(3월 25일, 대학로예술대극장)를 통해 전혁진이라는 젊은 예술가를 발견한 것은 큰 수확이다. 그의 〈아가페〉는 관능적 사랑과 대비되는 정신적 사랑을 뜻한다는 식의, 개념적이고 관념적인 차원을 넘어서서 무용이 표현할 수 있는 영역을 내공으로, 퍼포먼스로 확대한다. 그들은 통상적인 춤의 미학을 추구하지 않는다. 몸이라는 제한된 육체 공간에서 어떻게 춤의 정신을 확대해낼 수 있는가를 실험하는 그들의 몸의 움직임은 어쩌면 무용의 미학조차 배려하지 않는다. 어쩌다 순간순간 아름다운 몸의 미학이 터져 나오는 경우가 있지만 아가페의 탄생은 태초부터 압축된 몸의 기(氣)를 어떻게 세상에, 우주에 내보낼 것인가 숙고하는 성찰과 다원화의 움직임이다.

우리는 전혁진의 그라운드 제로 프로젝트가 무엇을 지향하는 그룹인지 잘 모른다. 그러나 공연예술지원센터가 '밤의 시연(Rough cut Nights)'이라는 기획 시리즈물 가운데서 이런 이름 모를 젊은 천재들을 가려낸 것만 해도 할 일을 했냈다는 안도감을 갖게 만든다. 〈아가페〉 ― 육체의 불안 정성 속에서 벗어나려는 안간힘이 안타까운 일련의 움직임은 오케스트라 박스의 물에 접근하는 좌절의 점철(點綴)이라 해야 할 것이다. 전혁진의 연기적 표출력이 작품 전편을 압도하는 가운데 노래하는 여인은 현대의 여신으로 매체 간의 상호작용에 불을 붙인다. 그녀가 대지에 가라앉는다. 그 자리에 예상치 못한 그리스 조각 토르소의 머리 하나가 솟는다. 감정 표현이 없는 머리 조각은 나중에 둘이 무대를 후비고 다닌다. 서로 접근할 수 없는 나무의 생리 같은 두 개의 머리가 서로의 아가페일까, 아니면 아무리 해도 제한된 육체 공간을 확대할 수 없는 한 젊은 춤꾼의 내공의 힘과 대치되는 아가페의 존재 양식이 무대 바닥에서 솟아나는 조각 머리, 아니면 생(生)머리일까.

끝까지 〈아가페〉는 해답을 내놓지 않는다. 원심력과 구심력이 작용하면 생몸과 소도구들이 오브제로서 상호 조응한다. '모란도……조란도……'로 들리는 여인의 노래도 풀리지 않는 젊은 춤꾼의 불안정한 몸의 균형을 보장할 수 없다.

탄생은 신화적 시발이었고 희미한 빛에 가려진 전라의 육체는 검은 양복 아래위 한 벌쯤으로 가려져도 된다. 걸음조차 가누지 못하는 육체는 약하디약한 매체이자 강인한 메시지다. 멀리 닭 우는 소리가 희미하게 들린다. 무용 문법을 무시하듯 한 안무 연출의 전혁진이 보여 준 육체적 표현기법은 주변의 간소한 환경과 어울려 주제의 핵심을 강하게 부각시켜 낸다. 무대 정면 강물에 머리 조각은 흐르고 호리촌트에서 전진해 나온 커다란 검은 공은 전시적 효과만 노린 것은 아닐 것이다.

원로들의 기념 공연 — 배정혜의 춤 70년, 김매자의 춤 60년

지난 달 리뷰 과잉으로 편집에서 빠진 김복희 공연 〈천형, 그 생명의 수레〉 맺음말 끝에는 '퇴임을 바라보는 30년 초연의 재현'이라는 사족이 달려 있었다 — 80년대 대학 무용과 창설과 무용 교수 임명, 그리고 지도교수 중심의 동문 대학 무용단 설립에 이어 지도교수들 정년퇴임이 시기적으로 맞물려 이 몇 년 사이에 그들의 퇴임 기념 공연들이 잦다. 65세 대학 교수 정년퇴임 기념 공연은 김혜식, 정승희, 김현자 등 한예종 원장 출신 이외에 각 대학에서 앞으로 줄줄이 이어질 전망이다. 그러나 퇴임 기념 공연은 65세 퇴임 기념 행사일 뿐이다. 차라리 명작을 남겨 명작 몇 년 기념 공연에서 안무자와 무용수의 이름이 남는 것이 정도(正道) 아닐까.

예술가가 나이나 퇴임을 기념하는 것은 과욕이거나 허영, 아니면 과시욕의 표현 이상도 이하도 아니다. 아무개 교수가 몇천만 원을 들여 퇴임 기념 문집을 만들고 제자들이 몇백 혹은 몇십만 원씩의 쌈짓돈들을 모아 기념 공연을 해 주어 봤자 그 영광이 몇 년을 가는 것이 아님을 우리는 가까이에서 보고 있다.

그런 한편 대학이나 시·도립 무용단에 속해 있지 않은 사적(私的) 개인 민간 무용단 대표들인 중진·원로 무용가들의 2, 30년 춤 인생들이 어느덧 50년도 넘어 김매자 춤 인생 60년 기념 공연 〈그리고, 다시 봄〉(3월 26~27일, 아르코대극장), 배정혜 춤 인생 70년 기념 공연 〈춤〉(3월 29~30일, 세종회관 M시어터)으로 상향되어 가는 느낌이다. 대중가수들이 공식 무대에 데뷔해서 노래를 불렀다고 어린 천재인 양 자기과시를 하는 것은 예능인들의 몫이다. 그런 것까지 닮을 까닭은 도무지 없는 것이 무용예술계의 품위여야 한다.

창작무용이라는 창조적 역경의 길을 연 김매자 공연의 경우 〈봄날은 간다〉가 문예위 사후 지원 작품이며 공연센터 공동 기획 작품 발표 형식인 데다가 춤 인생 60년을 기념하는 사진첩 출판 기념을 겸했다면, 전통무용과 공직의 길을 걸어온 배정혜의 경우도 70년 춤 생애를 담은 출판 외에 기념공연은 1부 11명, 2부 11명의 무용수들이 연(蓮-태혜신), 인(忍-오은희)자 같은 한자 키워드를 내세워 4시간 넘는 전통무용의 변용을 보여 주었다.

이제 한국무용에서는 10년, 20년 춤 인생을 내세울 계제가 없어질 판이다. 오히려 춤 인생 1백 세 기념공연도 가능할지 모른다는 기대와 두려움도 갖게 한다. 그런 중진 원로들의 무용예술 작품들을 보고 즐기며 비슷한 시대를 함께 살아온 '동시대인'인 관객들은 행복한 세대라 할 수 있다. 그들의 예술적 정진과 노고에 만강(滿腔)의 치사(致辭)를 드리고 싶다.

피나 바우쉬가 살아 있는 부퍼탈 탄츠테아터의 〈Full Moon〉

피나는 살아 있다. 적어도 〈Full Moon〉(3월 28~31일, LG아트센터)에서는 그녀의 입김이 강렬히 살아 있어서 박수치는 관객 앞으로 그녀가 걸어 나올 것 같은 분위기였다. 피나의 작품이니까 그의 체취, 그의 정신, 그의 이미지가 살아 있을 수밖에 없는 것이 현실이다.

독일 부퍼탈 탄츠테아터는 피나 바우쉬가 있음으로써 세계적 무용단이 되었다. 그녀가 죽어서 전설이 된 지금 그 무용단이 계속 그 명성을 유지할 수 있을는지는 아무도 모른다. 작년 4월에 새로 부임한 루츠 푀르스터 예술감독은 그의 이름을 딴 솔로 작품 한국 공연으로 우리나라 관객들과 인연을 맺고 있다. 그 부퍼탈 탄츠테아터가 피나 바우쉬가 죽고 없는 세상에서 그녀의 보름달 작품 〈Full Moon/Vollmond〉(만월)을 새삼 신선하게 한국 무대에 올렸다. 피나는 이미 우주 안에 없지만 그의 예술은 남고 그의 정신은 예술작품을 통해 우리를 감동시킨다.

첫 도입 부분과 마지막 종결 부분이 맞물리고 있어서 서사화(敍事化)의 순환성이 뚜렷하다. 몸이 그대로 시어(詩語)가 되어 이미지를 움직이게 한다. 무대공간을 놀리지 않으려는 부지런한 움직임들이 두드러진다. 1부가 인간들의 관계에 대한 서사화라서 인간 교류의 모자이크 같은, 장편(掌篇) 소설 같은 즐거움이 뿌려지고 입맞춤의 관능조차 서정적 객관화라 말할 수 있다. 2부에 들어가면 거대한 바위에 물 끼얹기 같은 허위의 인공성이 드러내는 무위(無爲)의 자연, 원초적 제의 같은 열린 하늘이 비친다. 비나 바위는 리얼한데 이야기가 이미지화된다.

현대의 천재적 안무가 피나 바우쉬가 살아서 숨 쉬는 작품 〈Full Moon〉은 등장하는 무용수 하나하나가 그들대로의 이야기를 표출해 낸다. 그것이 솔로가 되든, 두셋이 어울려진 군무 형식이 되건, 그 하나하나는 글자 그대로 탄츠테아터(춤극)로서 이야기를 꾸며 낸다. 아마 무용수 하나하나가 그 이야기를 스승인 피나에게 이렇게 표출해도 '되겠느냐고 물으면 너 하고 싶은 대로' 표현해서 이야기하라며 그대로 건네주는 식으로, 이야기 하나하나가 쌓여 이른바 서사성의 모자이크가 큰 그림판으로 완성되어 가는 것이다.

만월 — 보름달의 환한 명쾌성이 부퍼탈 탄츠테아터, 내지는 피나 바우쉬의 세계가 갖는 밝음과 통하고 유쾌한 장난과 놀이는 물을 가지고 노는, 빗속에 헤엄치는, 비의 장막과 바위 이미지조차 가볍고 경쾌하고 투명하게 만든다. 1부의 어둠은 2부에서 비가 내리는데도 투명해진다.

무대 오른편 잘 다듬어진 커다란 바위는 하늘에서 떨어진 운석일는지 모른다. 메마른 바위는 처음 물과 전혀 관련되어 보이지 않는다. 그러나 차츰 무대는 물이 주제가 된다. 빗물이 조명 속에 반짝이며 떨어지고 비의 장막에 강물이 흐르고 춤꾼들이 빠르게 끊임없이 헤엄치고 바위에 부딪치는 물살을 사람들이 퍼 올려 반사되는 물보라는 조명에 반짝이는 빗물이 된다. 그런 정황은 태초의 풍요 제의를 현대판 축제로 바꾸어 놓는다. 달과 여인들과 물과 나무 같은 풍요 제의의 연상(聯想)은 이루어지지 않지만 현대의 굿은 그렇게 춤을 거느린 제의로 부활하는 것처럼 보인다.

우화(寓話)와 암유(暗喩)의 어머니상(像) — 박명숙의 〈낙화유수〉

박명숙 현대무용단의 날카로운 현대적 감각이 민속 전통의 컬러로 옷을 갈아입고 나오면 보는 즐거움은 두 배가 된다. 이번 〈낙화유수〉(4월 11~12일, 대학로예술대극장)도 제목 자체가 대중가요조(調)라서 전통과 민속 계열이었던 전작 〈에미(1996)〉, 〈유랑(1999)〉, 〈바람의 정원(2008)〉과 맥이 이어진다고 볼 수 있다. 실제로 이번 상연은 그 세 작품 가운데 특히 선명한 장면들을 재구성하여 격동의 시대를 살아간 한국의 여인상을 부각시킨다.

치매기가 있는 노파의 행적을 좇는 형식인 이 현대무용극 〈낙화유수〉는 여성 수난사(受難史)를 파노라미처럼 펼쳐 보인다. 가부장적인 남편으로부터 소외된 에미는 아들로부터도 사랑을 보상받지 못하는 질긴 생존사(生存史)만 엮어 내어야 한다. 그런 전제가 전작(前作) 세 작품의 드라마적 이미지였고 따라서 작계는 하나의 가족사가 시대를 반영하는 공동체의 역사가 되고 민족사로 연계될 수도 있다.

무대 위에는 어느 고물가게에서도 살 수 없을 법한 찢어진 종이우산 ─ 수난의 오브제가 등장한다. 낙화유수 노래와 찢어진 우산 ─ 그런 콤비네이션이 끝내 가면을 벗지 않는 노파(박명숙 분장)의 어줍은 행적과 독백의 큰 줄기를 따라 젊고 발랄한 현대무용 가족들과의 얽히고설킨 서사성 짙은 삶의 장면 전환이 핵심 과제로 부각된다 ─ 근대화의 기차 소리, 가부장적인 남편, 도시화된 아들 가족과 이웃 공동체 사이를 떠도는 여인은 체내로 침범한 쥐새끼에게 내장을 뜯어먹히는 환상을 즐기는 듯하다.

모든 것은 우화(寓話)이고 암유(暗喩)이다. 어쩌면 남성 우위로 기록되어 있는 우리 역사의 잠재성(潛在性)을 정면으로 치고받는 역사의 파고를 그대로 뒤집어쓴 우리의 어머니, 할머니, 그리고 딸들 — 역사의 잠재성은 여성성(女性性)에 기대어 있는지 모른다. 마치 기원전 2000년 시리아 출토의 작은 지모신(地母神) 모습에 인류의 고대 여인상이 괴기하게 담겨 있듯 〈낙화유수〉에 점철되어 드러나는 모상(母像)은 예리하게 가다듬어진 문명 비평적 평필로 갈가리 찢겨난 여성사, 민중사로 반영되어 한 에미의 가족사 형식으로 펼쳐지는 것이다.

춤의 드라마는 무대로 떠도는 치매기 노파의 생애를 롱컷, 쇼트컷으로 형상화하며 서곡 — 바람에 밀려온 생, 둘째 낯선 시간 속에서, 길 위의 나날들 등 여덟 개의 삶의 풍경으로 그려진다. 회상의 저편은 고통과 억압과 피멍으로 맺힌 원한이겠지만 그런 인간사(事)는 흐르는 강물에 씻겨 나가고 〈낙화유수〉의 구성진 노래 대신 〈봄날은 간다〉의 애잔한 센티멘털리즘과 끈질긴 목숨의 집착이 대밭의 바람 소리, 달걀의 다산성(多産性), 구멍 뚫린 물통과 보자기 보따리의 오브제 행렬로 이미지화된다.

가족이라 하더라도 소통되지 않는 신진과 기성세대 간의 벽은 배준용, 이수윤, 홍하나 등 젊은 중진들의 활력적인 움직임과 재빠른 변신술로 생생한 격변의 시대에 대응하는 노파의 민간 전통과 묘한 연계를 갖는다. 과다한 시퀀스의 무게에 짓눌리는 가족사를 공동체의 역사로 전환하는 계기를 선명하게 만들기 위해 고무신짝을 가지런히 벗어 놓는 암유적인 장면은 뱃속에서 내장을 갉아먹는 보이지 않는 쥐라든지 무대 위에 흩어지는 리얼한 달걀과 보자기 행렬로 극화의 극점을 이룬다. 대나무 숲을 그대로 배경으로 삼은 조명의 색조는 드라마의 갈등에 깊이 매몰되기보다 극화를 가볍게 하는 변수의 계기가 될 수 있었을 것이다.

국립무용단의 과감한 해외 안무가와의 협업
— 테로 사리넨의 〈회오리〉

한국무용 위주의 국립무용단과 해외 안무가와의 첫 공동 작업은 국립무용단 창단 이래 52년 만의 모험이었다. 그리고 그 모험은 성공적인 결실을 맺는다. 한국무용의 드라마가 이렇게 격렬하게 꽃을 피운 적이 없었기 때문이다. 핀란드의 무용수이자 안무가인 테로 사리넨 안무의 〈회오리〉(4월 16~19일, 국립극장 해오름대극장)는 우선 조명이 무용수들의 춤 이야기를 동굴 극장 안에 조소(彫塑)처럼 떠오르게 하며 흔들리는 수초의 담시(譚詩)처럼 시작된다. 그리고 그 끝은 나비의 애벌레와 번데기 속에 빛과 소리와 무용의 움직임을 강력히 수렴하는 바람의 교향악, 춤의 심포니로 폭발한다. 아니면 그렇게 숨 가쁘게 휘몰아치는 바람과 춤의 회오리는 마지막 흰 의상의 솔로로 집결된 근원적 원초적 핵으로 환원된다. 그런 회오리는 한국무용에 없던 요소인가. 아닐 것이다. 있는 것이니까 외국 안무가 끌어낼 수 있는 것 아니겠는가. 그런 측면에서 과감하게 한번 낯선 해외 안무가에게 한국무용의 속살이 얼마나 질긴 창의력을 발휘할 수 있는지 맡겨 보는 것도 나쁘지 않은 시도다.

먼 북구의 핀란드 춤꾼인 테로 사리넨은 일본의 전통무용인 가부키나 부토의 세뇌를 받아서 동양 무용의 정중동(靜中動)이나 동중정(動中靜)의 정신은 알고 있다. 한국에서의 몇 번에 걸친 공연으로 국립무용단 해외 안무가 협업 대상자로 부상한 안무가인 그의 안무 노트에 의하면 첫째 무대는 '조류', 둘째는 '전승', 그리고 셋째가 '회오리'로 적혀 있다. 물결이 일어서 흐르다가 폭포가 되고 바람의 작은 파동이 커져서 커다란 폭풍이 되듯 나비의 연약한 날갯짓도 회오리바람으로 휘몰아칠 수 있다는 표상(表象) 이상이 아니라면 작은 바람이나 조류 물결이 지구 표층을 돌다가 어느 날 태풍의 에너지로 확대될 수 있다는 메시지가 강렬하다. 정중동

의 얌전한 한국무용의 옷자락을 거들어 올려 주는 테로 사리넨 같은 서양
안무에 익숙한 지도자를 만나면 전통의 한국무용단도 낯선 바람처럼 우
리의 감성을 뜨겁게 자극할 수 있는 모양이다. 중심에 있는 무용수는 검
은 흑의를 걸친 남녀(김미애, 이정윤)와 흰 백의의 남녀(최진욱, 박혜지),
그리고 처음 솔로로 도입을 맡았다가 나비 애벌레가 되어 갇히는 흰 의상
의 송설 — 그들은 디근자 무대 단(壇) 위의 희미한 박명에 갇혔다가 어느
덧 무대 중심부로 회오리처럼 군무의 바람을 일으키며 발레 기법, 현대무
용 기법, 그리고 전통무용 기법을 두루 섞는 퓨전 댄스의 묘미를 원초적
동굴 같은 국립극장 무대에 숨 가쁜 에너지로 뿌린다. 중심은 원심력으로
빠져나가려 하고 밖으로 돌던 일단은 구심력이 되어 안으로, 핵심 포인트
로 휘몰아친다. 군무가 치고 빠지고 휘몰아친다. 날기도 하고 뛰기도 하
며 더러는 연기적으로 모태(母胎) 속에서 꿈틀거리는 생명의 모형을 동서
의 융합 형식으로 창조해 낸다. 비빙의 음악적 재능과 안무의 연출 재능
이 호흡일치를 이루는 가운데 흰 날개를 부비면 들리는 음향효과가 아주
특이했다.

〈절필〉

이로써 나의 무용 리뷰도 마감할 때가 되었다. 무용 글 쓰기도 너무 오
래 하다 보면 감격이 없어진다(그렇게 나는 오래 써 왔던 연극 평론에서
도 손을 놓았다).

감명 깊었던 작품에 대한 회상은 절필을 통해 유지될 것이다.(『몸』 5월호)

南風會 荻麥同人

郭光秀(茱丁)　金璟東(浩山)　金明烈(白初)　金相泰(東野)　金容稷(向川)

金在恩(丹湖)　金昌珍(南汀)　金學主(二不)　李相沃(友溪)　李相日(海史)

李翊燮(茅山)　鄭鎭弘(素田)　朱鐘演(北村)

＊ 가나다 순, (　) 속은 자호(自號)

길 위에서의 기다림

인쇄 · 2014년 12월 24일 | 발행 · 2014년 12월 27일

지은이 · 정진홍, 주종연, 곽광수, 이익섭, 김경동, 김명렬, 김상태,
　　　　김학주, 김용직, 김재은, 김창진, 이상옥, 이상일
펴낸이 · 한봉숙
펴낸곳 · 푸른사상사
주간 · 맹문재 | 편집 · 지순이 | 교정 · 김수란

등록 · 1999년 7월 8일 제2-2876호
주소 · 서울시 중구 충무로 29(초동) 아시아미디어타워 502호
대표전화 · 02) 2268-8706(7) | 팩시밀리 · 02) 2268-8708
이메일 · prun21c@hanmail.net / prunsasang@naver.com
홈페이지 · http://www.prun21c.com

ⓒ 정진홍, 주종연, 곽광수, 이익섭, 김경동, 김명렬, 김상태,
　 김학주, 김용직, 김재은, 김창진, 이상옥, 이상일, 2014

ISBN 979-11-308-0314-2　03810
값 20,000원

　저자와의 합의에 의해 인지는 생략합니다.
　이 도서의 전부 또는 일부 내용을 재사용하려면 사전에 저작권자와 푸른사상사의
서면에 의한 동의를 받아야 합니다.
　이 도서의 국립중앙도서관 출판시도서목록(CIP)은 서지정보유통지원시스템 홈페이지
(http://seoji.nl.go.kr)와 국가자료공동목록시스템(http://www.nl.go.kr/kolisnet)에서 이용
하실 수 있습니다. (CIP제어번호 : CIP2014036848)

내지 판화 : 김재은